AF142295

JÉRÔME LEROY

DER SCHUTZENGEL

KRIMINALROMAN

AUS DEM FRANZÖSISCHEN ÜBERSETZT
VON CORNELIA WEND

EDITION NAUTILUS

Die Originalausgabe des vorliegenden
Buches erschien unter dem Titel
L'ange gardien © Editions Gallimard, Paris, 2014.

 Dieses Buch
erscheint im Rahmen
des Förderprogramms
des französischen
Außenministeriums, vertreten durch die
Kulturabteilung der französischen Botschaft
in Berlin.

Ein kleines Glossar finden Sie
am Schluss des Buches.

Edition Nautilus GmbH
Schützenstraße 49 a
D-22761 Hamburg
www.edition-nautilus.de
Alle Rechte vorbehalten
© Edition Nautilus GmbH 2019
Deutsche Erstausgabe
März 2020
Umschlaggestaltung:
Maja Bechert, Hamburg
www.majabechert.de

Druck und Bindung:
CPI – Clausen & Bosse, Leck
1. Auflage
ISBN 978-3-96054-224-7

Für Serge Quadruppani

Wenn man jedoch fragt, was diese drei sind, dann wird die große Armut offenbar, an welcher die menschliche Sprache leidet. Immerhin hat man die Formel geprägt: Drei Personen, nicht um damit den wahren Sachverhalt auszudrücken, sondern um nicht schweigen zu müssen.

Augustinus, *De Trinitate*

Sehr gut!
Ändern wir nichts!
Wir leben in einer phantastischen Zeit!

Eddy Mitchell, *Ändern wir nichts*

EINS

BERTHET

Das ist eine ziemlich schlechte Idee

1

Berthet soll getötet werden.

Das ist eine ziemlich schlechte Idee.

Einmal, weil Berthet es gemerkt hat, dann, weil Berthet das nicht mitmachen wird, und schließlich, weil Berthet in diesen Dingen kein Anfänger ist. Mit der Zeit entlockt ihm das nur ein müdes Lächeln. Die Möglichkeit eines gewaltsamen Todes begleitet ihn schon sehr lange, auch wenn er nicht so weit gehen würde zu behaupten, sie sei für ihn inzwischen etwas Alltägliches geworden, denn er weiß, dass man weder dem Tod noch der Sonne ins Auge schauen darf.

Aber mit der Zeit wird eben alles relativ. Zumal Berthet inzwischen über sechzig ist. Damit hat er das offizielle Renteneintrittsalter überschritten. Er ist früh ins Berufsleben eingestiegen und seine Arbeit hat ihm unweigerlich ein hohes Maß an Einsatzbereitschaft abverlangt. Insofern könnte man sagen, ein Mann in seinem Alter sollte aus Gründen der sozialen Gerechtigkeit eigentlich gar nicht mehr arbeiten müssen.

Dazu muss man jedoch wissen, dass Berthet nie in die Rentenkasse eingezahlt hat. Mehr noch, er hat während seiner gesamten beruflichen Laufbahn eigentlich nie ein richtiges Gehalt oder sonstige Bezüge erhalten. Er hat keine Lohnzettel, Gehaltsabrechnungen oder Scheckheftabschnitte, die ordentlich abgeheftet im Schrank verstauben, und die man nie wieder anschaut, außer wenn man alt wird oder eine Steuerprüfung droht.

Berthet fühlt sich nicht alt, und er ist nie mit dem Finanzamt in Berührung gekommen.

Nur einmal, bei diesem Mitte der neunziger Jahre ertrunkenen Oberfinanzdirektor aus Südfrankreich, an dessen Tod Berthet einen gewissen Anteil hatte; der Mann war auf die unglückselige Idee verfallen, gegen den ausdrücklichen Wunsch seiner Partei bei den Wahlen zu kandidieren.

Aber das zählt eigentlich nicht.

Obwohl Berthet gerade in höchster Gefahr schwebt, fällt ihm jetzt diese alte Geschichte ein, eine unter vielen. Im Moment kommt alles wieder hoch, schon komisch.

Vermutlich denkt er wegen der Hitze daran, die an diesem Abend in Lissabon herrscht. Sie erinnert ihn an einen anderen heißen Tag zu einer anderen Zeit an einem anderen Ort.

Tod durch Ertrinken in einem Pool also.

Der Oberfinanzdirektor gehörte ursprünglich dem *Bloc Patriotique* an, jener rechtsradikalen Partei, die in dem Departement zu der Zeit sensationelle Wahlerfolge feierte. Dann kehrte er der Partei den Rücken, weil der alte Dorgelles, der Chef des Patriotischen Blocks, ihn nicht auf einen aussichtsreichen Listenplatz für die Europawahl setzen wollte, die wenige Monate später anstand.

Der Oberfinanzdirektor war ein Abgeordneter aus Lancrezanne, der Block hatte das Rathaus dieser nicht gerade unbedeutenden Stadt erobert. Als der Abgeordnete erfuhr, dass Dorgelles ihn nicht für die Europawahl aufstellen wollte, wurde er von heute auf morgen zum Abweichler. Mit acht anderen Gemeinderäten und zwei Stellvertretern im Schlepptau bildete er eine neue Gruppe im Gemeinderat.

Die regionale Presse kannte kein anderes Thema mehr, die nationale Presse wurde ebenfalls aufmerksam. Dorgelles wurde als willkürlicher Despot tituliert, was er ohne Frage war. Das machte sich in den Umfragen bemerkbar. Der Patriotische Block büßte kostbare Punkte ein, und die Unité kam zu dem Schluss, dass sich das in der momentanen Lage nicht gut machte. Man forderte Berthet also auf, diesen nörgelnden, faschistischen Spitzenbeamten zu eliminieren. Natürlich nicht aus Sorge um die Demokratie. Die Unité machte keine Politik – oder sie tat nichts anderes, je nachdem, wie man es betrachtete.

Berthet waren die Gründe der Unité damals vollkommen schnuppe. Heute ist das ein wenig anders, aber das ändert an dem grundsätzlichen Problem auch nicht viel. Man war auf dem üblichen Weg mit ihm in Kontakt getreten, hatte ihm ganz einfach einen postlagernden Brief auf den Namen Berthet in ein Postamt des 14. Arrondissements in der Rue Marie-Rose geschickt. In einem Umschlag aus Kraftpapier befanden sich sehr spärliche Instruktionen: Ein paar Angaben zur Biografie des Oberfinanzdirektors, ein Foto von ihm, ein vorläufiges Datum für die geplante Liquidierung, und ein Überweisungsschein für eine Zahlung auf eines von Berthets vielen Konten.

In diesem Fall eine BNP-Zweigstelle in Noyon, wo er ein Konto auf den Namen Jacques Sternberg besaß. Berthet konnte sich nicht erinnern, der Unité dieses Konto genannt zu haben. Das ärgerte ihn. Schließlich hatte die Unité für ihn mehrere Konten unter seinen diversen Tarnnamen eröffnet. Daneben gab es die anderen Konten, die nur er allein kannte.

Damit gab die Unité ihm indirekt zu verstehen, dass sie sein Konto auf den Namen Jacques Sternberg in Noyon entdeckt hatte. Berthet sagte sich, dass er irgendwo anders ein neues Konto eröffnen müsse, unter einem anderen Namen, um das Gleichgewicht zwischen den Konten, die die Unité kannte, und denen, die sie nicht kannte, wieder herzustellen. Dieses Spielchen ging nun schon ein paar Jahre. Die Unité wusste, dass ihre Mitarbeiter sich fast alle persönlich absicherten. Denn sollte man sie aus irgendwelchen Gründen mal fallenlassen, mussten sie untertauchen können, auch wenn es sehr kompliziert war unterzutauchen, wenn man der Unité angehörte.

Berthet hatte, offen gestanden, gar nicht die Absicht zu verschwinden, aber man wusste ja nie. Schließlich waren bereits so einige Leute plötzlich in Ungnade gefallen, hatte man mit so einigen Leuten kurzen Prozess gemacht. Manchmal ahnte man, warum es jemanden traf, manchmal aber auch nicht. Tatsächlich hatte es Methode, dass ständig dieses Damoklesschwert über allen schwebte, so sah moderne Personalführung aus. Wer weiß, vielleicht hatte die Unité dieses Terrormanagement überhaupt erst eingeführt, das heute in Betrieben der öffentlichen Hand gang und gäbe ist, seit diese mit der Privatwirtschaft konkurrieren müssen. Die endgültige Entscheidung bezüglich des Oberfinanzdirektors ließ man ihm ebenfalls auf dem üblichen Weg zukommen, das heißt durch eine Botschaft in einem Internetforum für Videospiele.

Berthet schritt also zur Tat. Er checkte in einem dieser günstigen Hotels an der Autobahn in der Nähe von Lancrezanne ein, wo man alles über Computerterminals abwickelte. Er zahlte mit der Kreditkarte auf den Namen Jacques Sternberg. Da die Unité das Konto in Noyon nun kannte, konnte er sich jegliche Tricksereien sparen.

Es war Sommer. Es war sehr heiß in Lancrezanne. Berthet versuchte erst gar nicht, die defekte Klimaanlage wieder in Gang zu bringen, und riss das Fenster auf. Draußen in der Dunkelheit zeichneten sich die Umrisse des oberhalb der Stadt liegenden Mont-Lancre ab. Da irgendwo lag das Haus des Oberfinanzdirektors, eine dieser schönen Patriziervillen, die in der dichten Vegetation am Hang fast verschwanden.

Berthet hatte ein feines Gehör, die Wände waren dünn, aber irgendwie gelang es ihm zu schlafen, trotz der vögelnden Paare, die gerade ihre Ehepartner betrogen, und der Handelsvertreter, die wie kleine Kinder von Albträumen geplagt wurden, weil sie ihre Zielvorgaben nicht einhalten konnten, und der Lastwagen, die kurz vorm Autobahnkreuz abrupt abbremsten.

Berthet brauchte drei Tage, um alles auszukundschaften, dann hatte er den idealen Zeitpunkt für die Liquidierung des Oberfinanzdirektors ausgemacht. Der verließ sein Büro immer gegen fünfzehn Uhr, kam nach Hause, nahm ein Bad im Pool, fuhr dann wieder in die Stadt und schaute bei der Gelegenheit im Rathaus vorbei. Der Beamte planschte also eine knappe Stunde lang ganz allein in seinem Pool herum. Berthet hatte herausgefunden, dass die Frau des Oberfinanzdirektors in dieser Zeit wahlweise auf der Couch ihres Psychoanalytikers lag, an einem Töpferworkshop teilnahm oder aber mit einem sozialistischen Anwalt schlief. Das einzige Kind des Paares, eine Tochter, besuchte derzeit in Aix-en-Provence die Vorbereitungsklasse für eine Elite-Uni.

Was die Leute eben so machten.

Neben den üblichen Gefahrenquellen wie Nachbarn, der überraschende Besuch des Gasmanns oder die unerwartet frühe Rückkehr der durchanalysierten, ehebrechenden Hobby-Töpferin, musste Berthet bei dieser Mission, die die internen Angelegenheiten des Patriotischen Blocks betraf, auch noch vor dem Sicherheitsdienst der Partei auf der Hut sein, insbesondere vor der Delta-Gruppe, die von einem gewissen Stanko geleitet wurde. Der ehemalige Skinhead und frühere Fallschirmjäger war ein zu Tobsuchtsanfällen neigender Zwerg und halber Homo, gefährlich wie ein unbekanntes Virus. Berthet hatte schon mal mit der Delta-Gruppe und Stanko zu tun gehabt. Wenn die sich in eine Sache einmischten, dann gab es immer Probleme, die meistens nur durch den Einsatz extremer, manchmal irrationaler Gewalt gelöst werden konnten, was leider zur Folge hatte, dass man die Aufmerksamkeit von viel zu vielen Menschen auf sich zog.

Wenn aber nun die Unité die Beseitigung des Oberfinanzdirektors anordnete, dann bedeutete das, Dorgelles hatte, aus welchen Gründen auch immer, selbst nicht den Entschluss gefasst, den Rebell zu beseitigen. Denn sonst hätte die Unité das logischerweise Stanko und seine Schergen erledigen lassen, beziehungsweise es ihnen nahegelegt.

Berthet stieg zu Fuß zu der Villa des Beamten hoch, über verschlungene Straßen und Wege, die sich zwischen Bougainvillea, Clematis, Lavendel und Korkeichen den Mont-Lancre hinaufschlängelten. Es duftete gut nach Mittelmeer und nach Harz. Die Zikaden machten einen Höllenlärm, schlimmer als jede Autobahn.

Als Berthet die Villa erreichte, tat er das Übliche. Er vermied, ins Visier der Überwachungskamera zu geraten, achtete beim Überklettern der Mauer darauf, nicht in die dort eingelassenen Scherben zu greifen und schlug den alten

Flandrischen Treibhund nieder, der wegen der Hitze hechelte und knurrend auf ihn zukam. Der Hund würde später wieder zu sich kommen. Das Tier durfte auf keinen Fall getötet werden, denn das wäre ein ziemlich eindeutiges Indiz für Fremdeinwirkung gewesen.

Dann baute Berthet sich vor dem Oberfinanzdirektor auf, der ungefähr so alt war wie Berthet heute. Er hatte sich gut gehalten, noch nicht mal einen Bauchansatz. Berthet hingegen sah man damals mehr als heute an, dass er ein Killer war. Der Beamte erblasste unter seinem gut gebräunten Teint, der für einen Mann der besseren Gesellschaft aus dem Süden typisch war. Er lag in Badehose auf einem Liegestuhl mit einem Laptop auf den Schenkeln.

»Sind Sie einer von Stankos Leuten?«, fragte der Oberfinanzdirektor.

Berthet antwortete nicht.

»Ich warne Sie, ich habe Instruktionen hinterlassen, für den Fall, dass mir etwas zustoßen sollte. Das sollten Sie Dorgelles lieber sagen, bevor Sie noch einen Fehler begehen. Und wo ist mein Hund?«

Sie waren alle gleich. Sie sagten alle das Gleiche, behaupteten, sie hätten Vorkehrungen getroffen. In den allermeisten Fällen stimmte das nicht. Und während ihr Tod unmittelbar bevorstand, machten sie sich Gedanken über Nebensächlichkeiten. Das erstaunte Berthet immer wieder.

»Wie heißen Sie?«, fragte der Steuerbeamte noch.

»Jacques Sternberg«, antwortete Berthet.

»Ach, mal wieder ein Jude.«

Berthet nahm den Laptop des Spitzenbeamten mit einer angesichts der Umstände erstaunlichen Vorsicht an sich und stellte ihn ordentlich auf dem Boden ab. Der Mann wich noch nicht einmal zurück. Dann drückte Berthet auf einen ganz bestimmten, mysteriösen Punkt irgendwo in der Gegend zwischen Hals und Schulter des Oberfinanzdirektors.

»Sie tun mir verdammt weh, Monsieur Sternberg. Ich kann mich nicht mehr bewegen. Ich glaube, ich schreie gleich.«

16

Berthet legte seine andere Hand über den Mund des Oberfinanzdirektors und sagte:

»Aber ja doch, Sie können sich noch bewegen, sehen Sie.«

Er nötigte ihn aufzustehen und führte ihn zum nur wenige Schritte entfernt liegenden Pool, dabei verringerte er den Druck auf diesen ganz bestimmten, mysteriösen Punkt etwas. Man hatte in diesen Fällen immer das Gefühl, eine Marionette zu bewegen. Der Beamte hatte eine komische Art zu gehen, wie ein Krebs im Seitwärtsgang, mit verdrehter Wirbelsäule, dabei schwitzte er sehr stark.

Berthet zwang ihn, die Leiter zum Pool hinabzusteigen, an der Seite, wo er noch Boden unter den Füßen hatte.

»Ich flehe Sie an«, sagte er, nachdem Berthet die Hand von seinem Mund genommen hatte.

Berthet erhielt den Druck auf den ganz bestimmten, mysteriösen Punkt aufrecht und drückte seinen Kopf unter Wasser, dabei wurde sein Arm nass, bis zum Bündchen seines Fred-Perry-Poloshirts. Der Oberfinanzdirektor wehrte sich nicht, weil der Druck auf diesen ganz bestimmten, mysteriösen Punkt ihn lähmte. Ihm blieb nichts anderes übrig, als zu ertrinken, was er dann auch ziemlich schnell tat, nachdem er noch etwas wie »dreckiger Jude« gestammelt hatte. Danach kamen nur noch Blasen aus seinem Mund und dann regte er sich nicht mehr.

Berthet trat den Rückweg an, die Zikaden wollten einfach keine Ruhe geben. Der Ärmel seines Poloshirts trocknete sehr schnell in der provenzalischen Sonne. Als er zurück im Stadtzentrum war, trank er auf einer Caféterrasse am Cours la Fayette einen Mauresco, blickte den jungen Frauen hinterher, entdeckte keine einzige, die Kardiatou ähnlich sah, war darüber leicht frustriert, bestieg seinen Mietwagen, gab ihn beim Autoverleih am Bahnhof zurück, nachdem er sein Gepäck aus dem Kofferraum genommen hatte, und bestieg den Sechzehn-Uhr-vierzig-Zug nach Paris.

2

Berthet soll getötet werden.

Das ist eine ziemlich schlechte Idee.

Vor allem grenzt es an Beleidigung.

Allein schon, wen sie ihm da schicken. Das riecht verdammt nach Outsourcing. Mehr noch, es riecht nach Outsourcing vom Outsourcing. Die Unité hat offenbar Finanzprobleme. Sie lagert aus, aber sie lagert schlecht aus. Sie spart an allen Ecken und Enden, wird zum Erbsenzähler, zum Pfennigfuchser.

Das zeigt, wie tiefgreifend diese Wirtschaftskrise ist, denkt Berthet. Zugleich versucht er die Situation abzuschätzen, in der er sich befindet, und Strategien zu ersinnen, mit denen er seinen jämmerlichen Verfolgern entkommen kann. Dabei verfällt er jedoch nicht in übermäßige Panik.

Trotzdem, sie übertreiben es echt mit der Austeritätspolitik. Der Neoliberalismus zwingt die Staaten in die Knie. Ihre Finanziers, ihre Bankiers, ihre Weiße-Kragen-Kriminellen sind schlimmer als alles, was Berthet in seiner gesamten Laufbahn kennengelernt hat.

Und er hat weiß Gott so einiges kennengelernt.

Auch wenn Berthet weiß, dass es unprofessionell ist, in seinem Beruf persönliche Animositäten zu hegen, würde er mit dem größten Vergnügen dem Auftrag nachkommen, ein paar Kerle von Goldman Sachs abzuknallen oder andere Zauberlehrlinge des sogenannten »Marktes«. Seit der Krise im Jahr 2008 hat Berthet eine Menge Kohle verloren. Er lässt sich nicht gerne übers Ohr hauen. Er hat auch seinen Stolz, er möchte schließlich nicht so dumm dastehen wie irgendein Landarzt, der seine gesamten Ersparnisse an der Börse investiert hat, und dann, als er die sechzig erreicht, feststellen muss, dass sein Vermögen um vierzig Prozent geschrumpft ist. Berthet hat eine Menge bedeutender Persönlichkeiten um die Ecke gebracht. Er hat so manches Staatsgeheimnis erfahren. Er war an Verschwörungen beteiligt, die so dermaßen raffiniert waren, dass niemand überhaupt bemerkte, dass es sich um Verschwörungen handelte, noch nicht mal die Verschwörer selber. Und wenn Berthet sich jetzt seine Wertpapierkonten und -bestände ansieht, dann muss er feststellen, dass man ihn verarscht hat, und zwar nach Strich und Faden. Sollte er die Gelegenheit bekommen, einen Börsenhändler umzulegen, würde er sich möglicherweise sogar eine Inszenierung von geradezu barocker Opulenz einfallen lassen, was eigentlich gar nicht seine Art war, ihn zum Beispiel ans Kreuz nagen oder ihm nach allen Regeln der Kunst die Haut abziehen.

Schon wieder kommen alte Erinnerungen hoch, ausgerechnet jetzt, wo diese Versager ihn ausschalten wollen. Erinnerungen, die mit den Finanzproblemen der Unité zu tun haben, und eben diese Finanzprobleme werden ihm das Leben retten, wenn denn die Unité hinter diesem idiotischen Versuch steckt, und er wüsste nicht, wer sonst.

Berthet erinnert sich an einen Buchhalter der Unité, der genau so aussah, wie man sich einen Buchhalter vorstellt, und der behauptete, er hieße Queneau. Aber bei der Unité konnte man wie ein Buchhalter aussehen und sich trotzdem darauf verstehen, durch das Drücken ganz bestimmter mysteriöser Punkte am menschlichen Körper jemanden dazu zu nötigen, sich zu ertränken, ohne dass bei der Autopsie irgendetwas Auffälliges festgestellt würde. Da konnten die Journalisten noch so viel spekulieren, es hätte nicht die geringste Konsequenz. So wie in dem Fall des Oberfinanzdirektors zum Beispiel. Queneau stellte also eine Adidas-Tasche auf den roten Resopalküchentisch in der eigens angemieteten Wohnung am Rande einer beliebigen französischen Stadt, sagen wir mal Le Mans, oder meinetwegen auch Poitiers.

Die Adidas-Tasche enthielt eine für damalige Verhältnisse ziemlich große Summe. Das war Anfang der achtziger Jahre.

Dieses Geld deckte die geschätzten Kosten für die geplante Mission ab. Darin war das Honorar für Berthet und für die Agenten, die er sich zur Unterstützung holen würde, bereits enthalten. Wenn Berthet Bargeld von der Unité erhielt, war es ihm immer selbst überlassen, wie viel davon er für sich persönlich nahm, vorausgesetzt, er verlangte nicht im Laufe der Operation eine ungerechtfertigte Aufstockung.

Berthet sah wieder vor sich, wie sich die metallicblaue, leicht seidig glänzende Adidas-Tasche von dem roten Resopaltisch abhob. Ein Anblick, der einem fast in den Augen und an den Zähnen wehtat. Aber er hatte die achtziger Jahre schon immer extrem hässlich gefunden. Ein ästhetisch betrachtet völlig inakzeptables Jahrzehnt. Berthet zum Beispiel litt damals persönlich ganz besonders unter den schmalen und zugleich schreiend bunten Lederkrawatten und den Songs von Jakie Quartz. Berthet zählte also unter Queneaus Augen die Geldbündel. Damals waren es noch Francs. Auf den schönen Scheinen waren Gesichter abgebildet, keine vom Computer entworfenen virtuellen Landschaften.

Nachdem Berthet Queneau ein Bier angeboten hatte und Queneau ihm im Gegenzug eine Gitanes, versuchte Berthet ein wenig Konversation zu machen, und drückte seine Verwunderung darüber aus, wie problemlos die Unité so große Summen lockermachte, obwohl es sie offiziell gar nicht gab. Queneau sah ihn daraufhin an und sagte dann diesen sibyllinischen und sehr stichhaltigen Satz, der Berthet so gut gefiel, mehr wegen seines sibyllinischen Charakters als wegen seiner Stichhaltigkeit, denn Berthet hatte eine Schwäche für Geheimnisse, er lebte im Geheimen, und das Sibyllinische ist die poetische Seite des Geheimnisses.

Außerdem mochte Berthet Poesie, er las gerne Gedichte.

Gerade hat er in der Tasche seines Leinenanzugs eine Originalausgabe vom *Gedichtroman* von Georges Perros stecken. Berthet denkt, es wäre besser, er hätte jetzt stattdessen eine Knarre bei sich, selbst wenn er diese Clowns vermutlich relativ leicht mit bloßen Händen töten könnte. Man muss sie sich nur mal ansehen, dieses Lumpenproletariat mit der falschen Hautfarbe, ausgemergelt und sichtlich drogenabhängig.

Queneau sagte also, während er seine Gitanes ausdrückte und dabei einen Rülpser unterdrückte, nachdem er seine 33-Export-Dose zur Seite gestellt hatte:

»Geister müssen nicht aufs Klo gehen.«

Damit wollte er sagen, dass eine Organisation, die offiziell nicht existierte, die aber für den Staat unentbehrlich war, sich nicht mit solchen Lappalien wie administrativen oder budgetären Fragen abgeben musste. Ja, Berthet fand, diesem Bild wohnte eine gewisse Poesie inne. So könnte der Titel eines Gedichtbandes lauten. *Geister müssen nicht aufs Klo gehen.* Eines Tages würde Berthet auch etwas schreiben. Er verspürte von Tag zu Tag einen größeren Drang dazu, aber er hatte weder die nötige Zeit, noch das nötige Talent, dachte er. Man müsste jemanden finden, der das für einen erledigen konnte. Einen Ghostwriter. Da kommt Berthet eine Idee, aber nun ja.

Während er die jungen Taugenichtse beobachtet, die ihn aus dem Weg räumen sollen, denkt er, dass der tendenzielle Fall der Profitrate innerhalb der marktwirtschaftlichen Systeme und die sich daraus ergebende Austeritätspolitik alle dazu zwingt, aufs Klo zu gehen, selbst die Geister. Niemand, keine einzige Organisation, kann mehr so tun, als hätte sie nicht auch ein Bedürfnis.

Noch nicht mal die Unité.

Was war das noch für ein Auftrag, für den Queneau ihm das Geld überbrachte?

Ach ja, jetzt fällt es Berthet wieder ein.

Bürgerkrieg in einem Land des Nahen Ostens. Dort hatte man einen unserer Botschafter erschossen. Der Botschafter hatte ein palästinensisches Flüchtlingslager besucht und war mit seinem Chauffeur auf dem Rückweg zur Botschaft, ein mutiger Typ, ein früheres Résistancemitglied. Die Hauptstadt des Landes war in eine Vielzahl von Enklaven aufgesplittert, die von Verrückten aller Art beherrscht wurden, Anführer diverser politisch-religiöser Gruppierungen. Sie verfügten über ein reichhaltiges Waffenarsenal und zeichneten sich durch extreme Grausamkeit aus. An fast jeder Ecke der in Ruinen liegenden Stadt gab es Straßensperren, zwischen den durch Dauerbeschuss mit Maschinenpistolen brüchig gewordenen Häusern hatte man Checkpoints errichtet. Der Wagen des Botschafters wurde durch zwei alte schwarze BMW blockiert. Denen entstiegen ein paar Typen, natürlich mit Sturmhauben, und ansonsten ohne besondere Kennzeichen.

Nach dem Bericht, den Berthet gelesen hatte, hatte der Botschafter den Chauffeur angewiesen, die Türen zu verriegeln. Der Botschafter war intelligent und mutig. Ihm war klar, dass man ihn entführen wollte, und dass er als Geisel für Frankreich ein sehr viel größeres Problem wäre denn als Toter. Die Angreifer aus den schwarzen BMW waren wütend, sie hatten es eilig und sahen schon einen Transportpanzer der UNO anrollen. Also durchsiebten sie den Peugeot 607, der noch nicht mal gepanzert war, mit den Kugeln ihrer Kalaschnikows. Man fand elf Kugeln in der Leiche des Botschafters. Beim Chauffeur, der kurz darauf im Krankenhaus verstarb, waren es ein paar weniger.

Da die Geiselnahme gescheitert war, brüsteten die Auftraggeber sich nicht mit ihrer Tat, noch nicht mal inoffiziell. Dementsprechend nahmen die entlegensten Gruppierungen das Attentat für sich in Anspruch. Sogar die Roten Brigaden entblödeten sich nicht, sich dazu zu bekennen. Dabei konnte sich niemand vorstellen, wie diese Stümper, die den ganzen Tag Toni Negri lasen, bekanntermaßen lausige Schützen und von der politischen Polizei ihres eigenen Landes unterwandert waren, eine solche Operation an einem zweitausendfünfhundert Kilometer von Rom entfernten Kriegsschauplatz hätten durchführen können.

Der Auslandsnachrichtendienst kam relativ schnell zu dem Schluss, dass diese Operation vom Geheimdienst einer der regionalen Mächte, die in den Konflikt verwickelt waren, initiiert worden sein musste. Die regionale Macht fand, dass Frankreich sich ein wenig zu sehr in die internen Angelegenheiten des Landes im Kriegszustand einmischte und eine der Parteien den anderen vorzog. Sie mochte die neokoloniale Politik Frankreichs nicht.

Natürlich hatte man keine handfesten Beweise, nur einen begründeten Verdacht. Also erhielt der Auslandsgeheimdienst die Erlaubnis, Vergeltungsmaßnahmen durchzuführen. In den Wochen nach dem Anschlag kam ein Dutzend hochrangiger Militärvertreter der regionalen Macht auf ziemlich brutale Weise ums Leben. Aber offenbar war man an höherer Stelle der Meinung, dass das nicht genügte, um es den Schweinen zu zeigen.

Dementsprechend forderte man den Inlandsnachrichtendienst auf, ein paar Leute aufzutun, die in Frankreich lebenden Staatsangehörigen der betreffenden Regionalmacht einen Denkzettel verpassen könnten. Man wollte zeigen, dass man es an Bösartigkeit mit ihnen aufnehmen beziehungsweise sie darin noch übertrumpfen konnte. Beim Inlandsgeheimdienst reagierte man eher unwirsch darauf. Man hatte nämlich wenig Interesse, in einen neuen Kreuzzug hineingezogen zu werden, ohne offiziellen Auftrag, und diesen wollte die Regierung natürlich nicht erteilen.

Man regte es nur an, mehr nicht.

Man ließ es durchblicken.

Man munkelte es in den Hinterzimmern.

Und wenn man sich im Bereich bloßer Andeutungen bewegt, ist das eher ein Fall für die Unité. Sie existiert zwar offiziell nicht, aber versteht alles ohne weitere Erklärungen. Die von der Unité sind echte Spezialisten für Euphemismen, für Unter- und Übertreibungen, für doppelte Verneinungen, für Anspielungen und alles, was dazugehört.

Kurzum, Berthet erhielt in diesem Wohnblock am Rande einer Provinzstadt auf dem roten Resopalküchentisch Geld, um ein Team zusammenzustellen und eine Reihe von Anschlägen gegen in Frankreich lebende Staatsangehörige der Regionalmacht zu verüben, die in den Tod des französischen Botschafters verwickelt waren. Nachdem Queneau gegangen war, kontaktierte Berthet zwei andere Agenten, die er schätzte, Couthon und Desmoulins, er sprach ihnen von einer

Telefonzelle vor dem Wohnblock aus aufs Band. Anfang der achtziger Jahre gab es noch Telefonzellen vor Wohnblocks, aber ihre Tage waren gezählt.

Couthon und Desmoulins erschienen am nächsten Tag. Zuerst Couthon. Er klingelte bereits um zehn Uhr morgens an der Tür. Er sah aus wie ein verbummelter Student, trug eine fadenscheinige Jeans, einen Wildlederblouson, ein kragenloses Hemd, hatte lange, ungewaschene Haare und eine Trotzkisten-Nickelbrille. Couthon hatte einen Rucksack dabei und mehrere Plastiktüten vom Supermarkt, prall gefüllt mit allerlei Fertiggerichten und vergorenem Traubensaft.

»Ich dachte mir, wir müssen sicher einige Zeit hierbleiben«, sagte er statt einer Begrüßung.

»Das war vorausschauend von dir«, sagte Berthet.

»Du leitest also die Operation. Ist sonst noch jemand dabei?«

»Desmoulins.«

»Desmoulins mag ich gerne. Ich habe sie eine Ewigkeit nicht gesehen. Ist sie immer noch so hübsch?«

Desmoulins traf eine Stunde später ein. Ja, sie war wirklich hübsch. Hübscher als Couthon und auch sauberer. Desmoulins sah aus wie eine Doppelgängerin von France Dougnac, eine Schauspielerin, die man heute nicht mehr kennt, so wie man heute auch keine Telefonzellen vor Wohnblöcken mehr kennt.

»Alles okay, Jungs?«

Desmoulins roch so gut wie der Frühling draußen. Unter ihrer Blümchenbluse zeichneten sich ihre Brustwarzen ab, und angesichts ihrer beigen Caprihose, die über ihren gebräunten Knöcheln endete, bekam Berthet Lust, an den Strand zu fahren.

Sie setzten sich an den roten Resopaltisch und machten sich an die Arbeit. Berthet erklärte ihnen, worin ihr Auftrag bestand. Sie gingen die Zielpersonen durch, sechs an der Zahl, und teilten das Geld aus der blaumetallicfarbenen Adidas-Tasche auf.

Sie kamen überein, dass sie die Sozialwohnung nicht bis

zum Ende ihres Einsatzes als Basis nutzen wollten. Wenn sie bei der letzten Zielperson angekommen wären, würden sie umziehen. Die Unité hatte die Wohnung angemietet und es war nicht ausgeschlossen, dass sie nach Abschluss des Auftrags die Liquidierung von Berthet, Couthon und Desmoulins beschließen würde. Das war schon vorgekommen. Die Großreinemacher fallen einer Säuberung zum Opfer. Wenn die Unité also ihre Leute losschickte, sollte man ihnen die Arbeit nicht unnötig erleichtern, und wenn sie dann feststellen sollte, dass die Gelegenheit in diesem Fall keine Diebe und auch keine Henker machte, käme sie womöglich von ihrem Plan ab. Auch das war schon vorgekommen und konnte jederzeit wieder vorkommen.

An diesem Punkt seiner Erinnerungen blitzte bei Berthet kurz ein ebenholzfarbener Gedanke an Kardiatou auf.

In den folgenden Wochen fügten Berthet, Couthon und Desmoulins den Staatsangehörigen der regionalen Macht empfindliche Verluste zu.

Ein Kulturbeauftragter, der in Nogent-sur-Marne in einem Jugendzentrum einen Film über sein Land vorstellte, brach sich auf der Treppe seines Hotels, immerhin ein Drei-Sterne-Hotel, das Genick, nachdem er festgestellt hatte, dass der Fahrstuhl außer Betrieb war. In anderen Zeiten war dieser cinephile Vortragsreisende ein berüchtigter Folterknecht in einem der politischen Gefängnisse der Regionalmacht gewesen. Aber das wiederholte Herumtrampeln auf Hoden oder Einführen von Flaschenscherben in Vaginen hatte bei ihm offenbar auf Dauer nervöse Störungen ausgelöst. Das erklärte, warum er nun als Diplomat eine ruhige Kugel schob.

Ein Paar, das einen Feinkostladen für Spezialitäten aus dem Nahen Osten führte, starb in seinem Schlafzimmer an Rauchvergiftung durch ein Feuer ungeklärter Ursache, bei dem ihr Laden völlig ausbrannte. Sie schliefen direkt darüber. Das Paar verkaufte nicht nur Hummus und Ras el Hanout, sondern ihr Geschäft diente auch als Postadresse für die geheimen Aktivitäten der Regionalmacht auf französischem Territorium.

Ein anderes Paar, das ebenfalls von dort stammte, wohlhabende Touristen, die ein Haus in Domme besaßen, wurde eines Abends von einer polizeibekannten Motorradgang angegriffen. Sie quälte, vergewaltigte und ermordete das Paar und ergriff dann mitsamt ihren Wertsachen und ihrem Schmuck die Flucht. Dem Paar aus Domme konnte man eigentlich nichts vorwerfen, außer der Tatsache, dass es eng mit dem Präsidentendiktator der Regionalmacht befreundet war. Andererseits kann man sich seine Familie zwar nicht aussuchen, seine Freunde aber schon.

Eben dieser Fall hatte Berthet ziemlichen Ärger bereitet. Er hatte so eine Vorahnung und fuhr deshalb, sicher ist sicher, im Morgengrauen noch mal los, um die Arbeit der Motorradgang zu überprüfen. Die schöne Villa mit Blick über das Tal der Dordogne war völlig verwüstet und voller Blutflecken. Gut, dass Berthet auf seinen Instinkt gehört hatte. Sie hatten zwar gewütet wie die Berserker, aber schlampig gearbeitet und es versäumt, die Frau zu liquidieren. Berthet fand sie nackt und gefesselt vor der Kloschüssel vor, dort hockte sie und spuckte Blut.

Als sie Berthet hereinkommen hörte, wandte sie sich um. Sie hatte ein schönes Gesicht, sah aus wie eine arabische Prinzessin, so etwas in der Art war sie auch, aber zugleich war sie eine hochrangige Expertin für Desinformation, genau wie ihr Mann. Ihr Betätigungsfeld waren NGOs, die in den Konflikt involviert waren, bei dem der französische Botschafter sein Leben verloren hatte.

Berthet tötete sie, indem er ihren Kopf gegen den Rand der Kloschüssel schlug.

Er verbrachte den Tag am Ufer der Dordogne bei Souillac, legte sich auf ein Feld und las Paul-Jean Toulet. Abends traf er Couthon und Desmoulins in einem Restaurant in Sarlat, so wie es besprochen war. Berthet blaffte Desmoulins an, die für die Motorradgang verantwortlich war:

»Es ist nicht meine Aufgabe, deine Arbeit zu kontrollieren, Desmoulins«, sagte er, während er ein Glas mittelmäßigen Cahors leerte. Aber ein Cahors ist nun einmal oft mittelmäßig.

»Die Motorradfahrer wurden am späten Vormittag gefunden«, informierte Couthon sie. »Sie hatten sich auf einem Hof verschanzt und ballerten mit Jagdgewehren mit abgesägtem Lauf herum. Das sind echte Irre. Die Beamten haben nicht lange gefackelt. Drei sind tot. Einer liegt im Koma. Du hast ihnen jedenfalls guten Stoff geliefert, Desmoulins, als du sie in diesem Nachtclub in Périgueux angebaggert hast.«

»Damit habe ich nichts zu schaffen. Dieses Teufelszeug haben die in den Laboren der Unité fabriziert. Ich hatte ein bisschen was von meiner letzten Mission aufgehoben, für alle Fälle. Der einzige Überlebende wird sich an nichts erinnern. Aber gib dir keine Mühe, mich zu rehabilitieren, Couthon. Berthet hat Recht. Es wäre meine Aufgabe gewesen, ihre Arbeit zu überprüfen.«

Berthet bedeutete ihr, es sei halb so schlimm. Nachdem er den ganzen Nachmittag Paul-Jean Toulet gelesen hatte, während der Fluss in der Sonne glitzerte, war er milde gestimmt.

Desmoulins war offenbar trotzdem nicht ganz wohl in ihrer Haut. Man konnte sich nie sicher sein. Berthet leitete diese Mission. Er würde einen Bericht verfassen. Wenn er Desmoulins' Fehler in seinem Bericht erwähnte, würde sie dafür teuer bezahlen müssen.

Berthet aß den letzten Happen von seinem Salat mit gefülltem Gänsehals. Aufträge im Périgord waren noch nie sein Fall gewesen. Das war bis heute so. Schon damals, und da war er noch jung, musste er jede noch so kleine Sünde hinterher im Fitnessraum wieder abtrainieren.

»Wir müssen über unser weiteres Vorgehen entscheiden«, sagte er. »Eine Person ist noch übrig. Die anderen sind ja nicht blöd, die werden inzwischen auch gemerkt haben, dass sich die Todesfälle unter ihresgleichen verdächtig häufen. Sie haben Angst, sind wütend, sind gewarnt. Außerdem stellt sich die Frage, wie wir uns der Unité gegenüber verhalten wollen. Ich sage noch mal, was unsere Alternativen sind: Entweder wir verlassen die Basis, die sie uns zugeteilt haben, oder wir vertrauen ihnen. Was meint ihr?«

Couthon mit seiner Trotzkisten-Nickelbrille blickte von seinem Pflaumenbrand aus Souillac auf und sah Berthet an, als sei der nicht ganz bei Trost.

Desmoulins schaltete sich ein und sagte:

»Ich bin, ehrlich gesagt, kein großer Fan von rotem Resopal.«

Als Berthet später seinen Bericht verfasste, war dieser Satz mit ausschlaggebend dafür, dass er beschloss, Desmoulins' Nachlässigkeit in Domme unter den Tisch fallen zu lassen. Desmoulins erfuhr nie davon. Beim Gedanken daran findet Berthet, dass er sich damals doch recht großzügig gezeigt hat, um nicht zu sagen, wahre Größe bewiesen hat. Ab und an hat er solche Anfälle von Selbstzufriedenheit. Das ist ihm durchaus bewusst, aber er denkt sich, dass es unerlässlich ist, sich ein gewisses Maß an Selbstwertgefühl zu bewahren, wenn man gezwungen ist, eine nackte junge Frau, die zuvor gefoltert worden war, zu töten, indem man ihren Kopf gegen eine Kloschüssel voller Blut schlägt, und all das im Namen eines geopolitischen Kräftemessens, das letztendlich doch relativ abstrakt ist.

Berthet, Couthon und Desmoulins entschieden also, sich einen anderen Unterschlupf zu suchen. Die in der blauen Adidas-Tasche enthaltene Summe war so großzügig bemessen, dass sie sich diese kleine Extravaganz zu ihrer eigenen Sicherheit problemlos leisten konnten. Sie fuhren in eine Stadt im Zentrum Frankreichs, eine Unterpräfektur der Auvergne, und mieteten in einer schmalen Straße in Bahnhofsnähe eine altmodisch möblierte Wohnung ohne Resopaltisch in der Küche: Fensterläden aus Holz, eine beige verputzte Fassade, runde und grüne Berge, ein hellgrauer Himmel, sie waren unverkennbar im Zentralmassiv gelandet.

Sie fuhren mit dem Zug nach Paris und nahmen zügig ihren letzten Auftrag in Angriff, die Beseitigung der letzten noch verbliebenen Zielperson. Es handelte sich um einen

Millionär und Waffenhändler, der bei Vésinet in einem Stadtpalais lebte.

In jener Nacht trugen sie Kampfanzüge und Rangers, die sie in einem Militäroutlet in Saint-Ouen erstanden hatten. Sie verschafften sich Zugang zum Grundstück und dann zur Garage. Couthon, ein guter Mechaniker, machte sich daran, den Bentley Mulsanne des Millionärs und Waffenhändlers so zu manipulieren, dass der zu erwartende Unfall nach technischem Versagen aussehen würde, was das Image der englischen Marke etwas ankratzen sollte.

Da tauchte ein Bodyguard des Millionärs und Waffenhändlers mit einer sehr kompakten kleinen Maschinenpistole in der Hand auf, einer Mini-Uzi.

»Ist es dir nicht peinlich, dich bei deinem Feind mit Waffen einzudecken?«, murmelte Desmoulins und packte ihn am Hals, während sie ihm ein belgisches M7-Bajonett in den Rücken stieß. Sie fing ihn auf, bevor er auf den Betonboden knallte.

»Scheiße!«, rief Berthet aus, der Couthons Manipulationen an der Mechanik des Bentley Mulsanne mit einer Taschenlampe beleuchtete. »Du kannst aufhören, Couthon! Den Autounfall nimmt uns eh keiner mehr ab.«

»Und was machen wir nun?«

»Wir bringen den Kerl wie geplant um. Die Unité wird hinter uns saubermachen. Sie wird sich auch darum kümmern, den Medien eine saubere Geschichte zu präsentieren. Dafür haben die ihre Spezialisten«, sagte Berthet.

»Das wird der Unité nicht gefallen«, sagte Couthon.

»Zum Glück haben wir uns eine andere Bleibe gesucht«, sagte Desmoulins, die ihr M7-Bajonett an der Leiche des Leibwächters abwischte.

»Zum Glück sind wir auf alles vorbereitet«, sagte Berthet, und holte drei nicht registrierte SIG-Sauer P220 aus seiner Tasche, auf die er Schalldämpfer montierte, bevor er den beiden anderen ihre Waffe gab.

»Gehen wir, wir sollten nicht trödeln.«

Die drei hatten sich in ihrer möblierten Wohnung in der

Auvergne den Grundriss des Patrizierhauses vorher genau angesehen. Sie wussten also, wo das Schlafzimmer des Millionärs lag, und sie wussten auch, dass der Leibwächter in normalen Zeiten noch einen Kollegen hatte. Allerdings war nicht auszuschließen, dass er inzwischen mehr als nur einen Kollegen hatte, nachdem den in Frankreich lebenden Angehörigen der Regionalmacht aufgefallen sein dürfte, dass die Sterblichkeitsrate in ihren Reihen in letzter Zeit rasant gestiegen war.

Bevor sie weiter in das Haus eindrangen, machte Desmoulins den Sicherungskasten ausfindig und drehte den Strom ab. Die Alarmanlage war bereits ausgeschaltet, und die Telefonkabel waren durchtrennt.

Bei der Erinnerung an diesen Abend und daran, wie einfach sein Job früher einmal war, wird Berthet direkt melancholisch. Dabei beobachtet er weiter die Amateure, die ihn in die Zange nehmen sollen. In den letzten dreißig Jahren musste er sich permanent fortbilden, um in Bezug auf die modernen Technologien auf dem aktuellen Stand zu bleiben. Ein paar arrogante Jungspunde, Neulinge bei der Unité, vermutlich irgendwelche Hacker, die draußen auf dem Terrain aufgeschmissen wären, bildeten regelmäßig Alte wie ihn weiter. Das fand in schmucklosen Vortragsräumen oder Büros von Briefkastenfirmen statt, die meistens extra für diesen Anlass in einem Hochhaus bei La Défense angemietet wurden, oder in einem dieser neuen Geschäftsviertel, die in größeren Provinzstädten unweit der neuen TGV-Bahnhöfe wie Pilze aus dem Boden geschossen waren. Die Zeit, in der es genügte, einen Schraubenschlüssel, eine Nagelfeile und eine kleine Schere im Gepäck zu haben, um in eine Villa einzudringen, war ein für alle mal vorbei. Gut, ein bisschen Know-how hatte man schon auch noch mitbringen müssen.

Nein, seit Mitte der achtziger Jahre, diesem verfluchten Jahrzehnt, musste man wie ein in die Jahre gekommener Angestellter zu diesen Seminaren gehen, in irgendwelchen Konferenzräumen mit Scheiben aus Rauchglas. Man musste in Großraumbüros hinter Computerbildschirmen hocken und erniedrigende Übungen über sich ergehen lassen. Man musste sich von irgendwelchen übelriechenden Bubis überwachen lassen, die einem über die Schulter schauten, während man auf einer Tastatur herumtippte oder versuchte, das geheimnisvolle Innenleben eines Smartphones zu ergründen. Dabei nuckelten sie an ihren Milchshakes, wodurch ihr Mundgeruch um eine Schokoladennote bereichert wurde.

Scheiße aber auch.

Natürlich waren in dem Patrizierhaus nicht nur zwei Bodyguards. Es waren fünf an der Zahl, den, der neben dem Bentley Mulsanne lag, nicht mitgerechnet. Der wäre sicher auch lieber bei einem von schwerem Artilleriefeuer begleiteten Kampf unter strahlend blauem Himmel in den Ruinen einer weißen Stadt gestorben, wie ein echter Mann!

Berthet, Couthon und Desmoulins arbeiteten schnell, präzise und aufeinander abgestimmt. Dazu benötigten sie keine extra Nachtsichtbrille wie diese Weicheier von Sondereinsatzkräften heute. Es genügte, auf jedes noch so kleine Geräusch in der Dunkelheit zu achten, über einen guten Orientierungssinn zu verfügen, und sich den Grundriss besser eingeprägt zu haben, als irgendein von einer anderen Person vorab programmierter Computer das je könnte. Die gute alte Zeit eben.

Das Trio liquidierte die Leibwächter zügig und bravourös. Zwei in der ersten Etage, drei in der zweiten Etage, wo sich auch das Schlafzimmer des Millionärs und Waffenschiebers befand. Nur einem einzigen gelang es, vorher noch eine kurze Salve abzugeben, die in der Boulle-Standuhr stecken blieb. Das verursachte natürlich einen Heidenlärm, aber angesichts des großen Parks rund um die Villa gab es keinen Grund zur Beunruhigung.

Die drei setzten ihre SIG-Sauers nur sparsam, aber dafür umso effizienter ein. Fast geräuschlos fiel hier jemand auf den Teppich, sackte dort jemand auf einem Sessel zusammen, die Unité-Agenten erledigten ihre Aufgabe mit Virtuosität, ja fast Eleganz.

Der Millionär hatte sich aus seinem riesigen Schlafzimmer

in sein riesiges Badezimmer geflüchtet. Bevor sie zu ihm vordringen konnten, mussten sie noch eine Frau beseitigen, vermutlich eine Prostituierte, die starr vor Schreck in einem überdimensionierten Bett mit einem grauenvoll pseudobarocken Baldachin saß.

Was war das doch für eine gesegnete Zeit, in der es noch keine Mobiltelefone gab. Der Gejagte hatte schlicht Angst, wie ein in die Enge getriebenes Tier, und klammerte sich nicht verzweifelt an sein Handy wie an einen letzten Strohhalm, indem er wie wild darauf herumtippte. Nein, er stand einfach nur nackt und fett wie er war am Waschtisch, zitterte und murmelte etwas auf Arabisch. Dann wechselte er ins Französische und bot ihnen, wenig überraschend, Geld an. Berthet erklärte ihm müde, dass er sich das sparen könne, und Couthon schoss.

Danach berieten sie noch darüber, ob sie das im Haus vorhandene Bargeld mitgehen lassen sollten. Couthon war dafür. Er fand, dann sehe es nach einem niederträchtigen Raubmord aus. Berthet und Desmoulins waren dagegen. Berthet sagte, das sei wenig glaubwürdig und im Übrigen wolle die Unité so oder so, dass es nach einer indirekten Racheaktion des französischen Staates aussehe.

»Und was ist mit der Motorradbande von Domme?«, merkte Couthon an. »Die durfte sich doch auch bedienen, oder etwa nicht?«

Das war nicht ganz falsch. Schließlich gab Berthet seine Zustimmung, aber sie hatten nicht mehr besonders viel Zeit. Sie mussten sich also mit einer mittelgroßen Summe Bargeld begnügen, das sie in diversen Schubladen fanden, und den Hartmann-Safe im Büro, der hinter einem Corot versteckt war – vermutlich eine Fälschung, wie die meisten Corots – zu ihrem Bedauern unberührt lassen. Dafür fehlte ihnen die nötige Ausrüstung.

Am nächsten Tag saßen sie im Wohnzimmer ihrer Wohnung zusammen. Sie waren gerade erst zurückgekehrt und zugegebenermaßen ziemlich müde. Sie teilten das Geld gerecht auf, dann hörten sie Radio. Dort war von einem Blutbad in einer Vorortvilla bei Vésinet die Rede, das sicherlich in Zusammenhang mit dem Dauerkonflikt im Nahen Osten stehe. Dann aßen sie mit einem geradezu beängstigend großen Appetit Kutteln mit Lammfüßen und Puylinsen und tranken dazu vier Flaschen Wein, Saint-Pourçain, an dem sie ganz offenbar Gefallen fanden.

Desmoulins rülpste satt und schlug vor:

»Wie wär's, wenn wir jetzt zusammen ins Bett gehen, alle drei? Aber nur unter der Bedingung, dass du vorher duschst, Couthon.«

Berthet, Couthon und Desmoulins vögelten mit großer Begeisterung einen guten Teil des Tages und der folgenden Nacht. Nachdem Berthet zum Höhepunkt gekommen war und Couthon seinen Platz überließ, lauschte er erneut auf das Radio, das immer noch lief. Dort brachten sie diese eklige Achtziger-Jahre-Musik, unterbrochen von Informationen zum Blutbad in Vésinet. Berthet fragte sich, wie die Unité es aufnehmen würde, dass sie nicht an ihrer ursprünglichen Basis geblieben waren und vereint um den roten Resopaltisch warteten, und ob sie das als Beleg für übertriebenes Misstrauen der Hierarchie gegenüber werten würde, oder vielmehr als ein Zeichen dafür, dass es sich bei Berthet, Couthon und Desmoulins um vorausschauende und umsichtige Agenten handelte.

»Mach dir keine Sorgen«, sagte Desmoulins, die offenbar Gedanken lesen konnte und erneut seinen Schwanz in ihrem Mund verschwinden ließ, ihr sommersprossiges Gesicht ging auf und nieder, während Couthon sie unermüdlich von hinten nahm und sich dabei ab und an seine Trotzki-Brille zurück auf die Nase schob, ohne dabei aus dem Rhythmus zu kommen.

Tatsächlich hatte es kein Nachspiel für sie.

Drei Wochen später überreichte Berthet Losey, seiner üblichen Kontaktperson, seinen Bericht. Losey machte keinerlei Anmerkung dazu, dass sie den Unterschlupf gewechselt und sich in Vésinet bedient hatten. Vielleicht wusste er auch nichts davon oder es war ihm schlicht egal. Er wirkte mit

Recht zufrieden, und nach einer kurzen Unterredung im Büro einer Scheinfirma, einer angeblichen Versicherungsagentur in der Rue de Maubeuge, ließ er es sich nicht nehmen, Berthet zu elsässischem Sauerkraut mit Speck und Würsten im *Terminus Nord* im Gare du Nord einzuladen, auch wenn Sauerkraut eigentlich keine Saison hatte.

3

Berthet soll getötet werden.

Das ist eine ziemlich schlechte Idee.

Er glaubt zu wissen, warum er getötet werden soll, und hat deshalb eine Stinkwut. Es ist zugleich so vorhersehbar und so dumm von der Unité.

Schon ein Jammer, denkt Berthet, dass die Unité, genau wie die staatliche Eisenbahn, die Post oder auch das Bildungswesen, mangels ernsthafter Investitionen ihre Leistungen so zurückfahren muss. Denn letztendlich ist die Unité, ob es einem nun gefällt oder nicht, auf ihre zugegebenermaßen etwas spezielle Art auch Teil des öffentlichen Dienstes, nur dass die von ihr angebotenen Dienste eben streng geheim sind.

Berthet, der im Grunde seines Herzens in Wirtschaftsfragen ein Sozialliberaler ist – man schaue sich nur an, welche politischen Ideen ihn umtreiben –, meint, die Unité müsse neben dem Staat noch andere Finanzquellen auftun, sich wohl oder übel ein bisschen was einfallen lassen, um attraktiv für Investoren aus der Privatwirtschaft zu werden. Selbstredend hat Berthet dabei nicht hochriskante Geldanlagen bei Banken im Sinn, die nur ans Spekulieren denken und ein toxisches Finanzprodukt nach dem anderen erfinden, durch die man innerhalb weniger Jahre sechzig Prozent seiner mageren Ersparnisse einbüßt, statt den versprochenen Gewinn zu machen.

Berthet ist einer der langjährigsten und verdientesten Mitarbeiter der Unité. Als solcher glaubt er, sich ein gewisses Urteil darüber erlauben zu können, was bei der Unité schiefläuft. Vor fünf oder sechs Jahren hat er Losey deshalb ein Memo übergeben, verbunden mit der Aufforderung, es an einen Vorgesetzten seiner Wahl weiterzureichen. In diesem Memo legte Berthet dar, dass die Unité, wenn sie wettbewerbsfähig bleiben wolle, unbedingt lernen müsse, finanziell auf eigenen Beinen zu stehen. Das bedeute, anders ausgedrückt, die Mitarbeiter im Außendienst sollten einen gewissen Spielraum bekommen, sich die nötige Kohle selber zu beschaffen, und die Vorgesetzten sollten alle Tricks und Kniffe decken, die das alleinige Ziel hätten, Geld in die Kasse zu spülen. Im Übrigen sei das im kleineren Rahmen schon immer Usus gewesen. Es gehe also nur darum, eine Praxis offiziell anzuerkennen beziehungsweise zu unterstützen, die in einer Grauzone bereits existiere. So eine Grauzone sei die reine Heuchelei. Ein riesiges verstecktes Gebiet innerhalb der Demokratien, die nicht öffentlich eingestehen wollten, dass sie zu gewissen unschönen Dingen gezwungen sind, um so noch größere Übel abzuwenden. Eine Eigenfinanzierung oder öffentlich-private Partnerschaften hätten der Unité helfen können, ihre budgetären Engpässe zu überwinden, statt an qualifiziertem Personal zu sparen oder gar Leistungen an Subunternehmer zu übertragen und damit den gesicherten Ablauf ihrer Operationen zu gefährden.

An qualifiziertem Personal spart man jedenfalls, wie unschwer an den Clowns zu erkennen ist, die Berthet folgen und dabei ein geradezu erschreckendes Selbstvertrauen an den Tag legen. Was glauben sie eigentlich, mit wem sie es zu tun haben? Mit einem Touristen? Mit einem Handlanger? Es ist Berthet ein Rätsel, wer in der Unité sich einen solchen Schnitzer geleistet und derart jämmerliche Kleinkriminelle engagiert haben könnte, Kostendruck hin oder her. Das kann nur jemand gewesen sein, der ihn nicht besonders gut kennt oder ihn unterschätzt. Vermutlich jemand, der meint, ein

Mann über sechzig in diesem Beruf sei quasi ein Toter auf Urlaub.

Einer von den Neuen? Vielleicht haben sie Losey aufs Abstellgleis geschoben. Vielleicht musste er einem jungen Idioten Platz machen, der eine Eliteschule besucht hat und glaubt, man könne Berthet so mir nichts, dir nichts um die Ecke bringen. Einer, der meint, Berthets Heldentaten seien nur Legenden und die Alten von der Unité würden, eben weil sie alt sind, übertreiben und die Beseitigung eines möglicherweise hochverdienten, aber inzwischen abgetakelten Agenten zu einem Riesenproblem stilisieren. Hochverdient auch nur, wenn man die K-Affäre (K wie Kardiatou) ausklammerte. Ja, vermutlich haben sie Losey aufs Abstellgleis geschoben. Oder er ist zu alt oder zu müde, sich den jungen Ehrgeizlingen entgegenzustellen. Oder er ist in die Sache schlichtweg nicht eingeweiht.

Berthet geht im Geiste ein paar Namen durch, stellt Hypothesen auf und sinnt zugleich darüber nach, wie er diese jämmerlichen Gestalten loswerden kann, die ihm nach dem Leben trachten. Es gibt Grenzen, das muss man einfach mal sagen. Außerdem wartet in seinem Bett im Hotel Duas Nações in der Rua Augusta eine Frau auf ihn, die er nur ungern noch länger warten lassen möchte.

Berthet muss feststellen, dass ihm niemand einfällt, der dafür in Frage käme. Er kennt die Neuen einfach zu wenig, weder die Agenten noch die Führungsebene, die Chefs, wie Losey. Er trifft halt immer weniger Leute.

Mit Kardiatou fing es an, klar, aber der Wunsch, sich aus allem zurückzuziehen, verstärkte sich mit den Jahren, ob mit oder ohne Kardiatou. Nicht nur, um der Unité zu entkommen, sondern um der Welt zu entkommen. Um sich selbst zu entkommen. Um dem Alter zu entkommen. Berthet schiebt die Hand in die Tasche seines Leinenanzugs, tastet nach der Originalausgabe vom *Gedichtroman*. Er spürt das Pergamin, mit dem er das Buch eingeschlagen hat. Einen kurzen Moment lang ist Berthet glücklich. Das Alter. Man muss ein gewisses Alter erreicht haben, um sich an einem

Pergaminpapier zu erfreuen, in das ein geliebtes Buch eingeschlagen ist.

Berthet setzt seinen Weg durch die Nacht in Richtung Rossio-Bahnhof fort. Dabei vergisst er nicht die Clowns, die ihm folgen und versuchen, sich unauffällig unter die spärlichen Gäste der Caféterrassen der Baixa zu mischen, aber Perros sagt ihm:

Ich habe es so eingerichtet, dass man mich
in meinen unterirdischen Gängen in Ruhe lässt

Berthet kann sich noch so oft sagen, dass dieses amateurhafte Auftreten ihm zweifelsohne das Leben retten wird, er ist trotzdem fast ein bisschen sauer, dass die Unité zu solch verzweifelten Methoden greift. Was versprechen sie sich davon? Glauben sie im Ernst, diese linkischen Typen könnten ihm irgendetwas anhaben? Glauben sie an einen Zufallstreffer, oder was? Es hat Zeiten gegeben, da wäre es der Unité nicht im Traum eingefallen, auf einen glücklichen Zufall zu setzen, Zeiten, in denen sie sich nicht wie die Nationallotterie aufgeführt hätte.

Losey, der Berthet intelligent fand, las also sein Memo und sprach ihn anschließend darauf an. Er sagte, ohne näher ins Detail zu gehen, die Unité greife bereits auf Partner in der Privatwirtschaft zurück, und diese seien bereit, viel Geld für die von der Unité angebotenen Leistungen zu bezahlen, wie zum Beispiel den Personenschutz eines Emirs oder bedeutender Börsenmakler. Aber die Idee, dass die Agenten sich vor Ort selber ihre Finanziers suchten, nein, da habe man dann doch zu große Sorge, das Ganze könne in organisierte Kriminalität abgleiten.

»Sie wissen, worauf ich anspiele, nicht wahr, Berthet?«

Berthet schaute in eine andere Richtung.

Losey fuhr fort und erläuterte:

»Ihr Memo ist ein nettes Gedankenspiel, es benennt die Probleme, die der Führungsebene auf den Nägeln brennen. Ich kann Ihnen nur eine grobe Einschätzung geben, wie Ihr Memo aufgenommen wurde, zum einen, weil ich nicht zur

Führungsebene gehöre, und zum anderen, weil Geheimnisse nun einmal, das wissen Sie so gut wie ich, unser Geschäft sind.«

Berthet wusste, dass zumindest einer der beiden Punkte gelogen war. Er hatte im Laufe der Jahre mitbekommen, dass Losey einer von den Oberhäuptlingen war, einer der Gründer der Unité. Das änderte jedoch nichts daran, dass Losey wie jeder x-beliebige Agent jederzeit auf die Abschussliste geraten konnte. Auf die Dauer fiel Berthet nur eine einzige Analogie ein, mit der man die Funktionsweise der Unité erklären konnte, und das war der Stalinismus. Mit dem kleinen Unterschied, dass es in der Unité keinen Stalin gab, aber ob nun Stalinismus oder modernes Management, das lief aufs Gleiche hinaus.

Innerhalb des Führungszirkels gab es zwei Strömungen, so hatte Losey es ihm an jenem Tag erklärt. Diese standen für den ewigwährenden Konflikt zwischen den Alten und den Neuen. Die Neuen meinten, man könne nur durch eine Öffnung hin zur Privatwirtschaft wettbewerbsfähig bleiben und letzten Endes auch Geld verdienen, denn die Zeit der Tempelritter sei nun einmal vorbei. Es sprach ihrer Meinung nach nichts dagegen, dass die Unité ihre Mitarbeiter nach Leistung bezahlte und die brillantesten Chefs eine Vergütung erhielten, die diesen Namen verdiente. In der Privatwirtschaft gebe es schließlich auch so etwas wie Aktienoptionen, einen goldenen Fallschirm und einen goldenen Handschlag. Die Neuen sahen nicht ein, wieso sie angesichts der großen Verantwortung, die sie trugen, und der Tatsache, dass sie in einigen Fällen sogar in den Gang der jüngeren Geschichte eingegriffen und mit dem Leben Hunderter oder gar Tausender gespielt hatten, am Ende mit einer Dezernentenpension gemäß Beamtenbesoldungstabelle abgespeist wurden, selbst wenn sie sich durch Nebeneinkünfte ein schönes finanzielles Polster geschaffen hatten.

Die Alten wiederum betonten die Risiken, die mit der Umwandlung der Unité in einen privaten Dienstleister verbunden waren, in eine Art multinationalen Konzern für Geheimagenten, wie es sie in den USA bereits gab. Wer konnte schon wissen, ob nicht, eben wie in den USA auch, am Ende Unternehmen wie Blackwater daraus hervorgingen, Privatarmeen, die aus lauter Söldnern bestanden? Die Alten fanden diese Entwicklung bedenklich. Sie waren der Meinung, die Unité könne unter diesen Umständen sehr schnell das Wohl der Nation aus den Augen verlieren, dem sie eigentlich dienen sollte, und sich zu einem echten Monstrum entwickeln, einer Macht, deren Arbeitsweise so undurchsichtig und komplex wäre, dass niemand mehr in der Lage wäre, sie zu kontrollieren. Sie sahen die Gefahr, dass die Unité am Ende nur noch im eigenen Interesse handeln würde. Das sei ja bereits manchmal der Fall, wenn das also jetzt der Normalfall werden sollte …

Das sei nicht ungefährlich, so ein Staat im Staate, nicht gerade sehr republikanisch, sagte Losey, der noch immer ein großer Sauerkrautliebhaber war und Berthet dieses Mal in der Brasserie Bofinger traf.

»Nation«, »republikanisch«, niemand außer Losey nahm noch solche Worte in den Mund. Er war genauso old school wie Sauerkraut mit Speck und Würsten, wie Bofinger, wie das Licht, das durch das Glasdach fiel und ihnen das angenehme Gefühl vermittelte, sich in einem komfortablen Aquarium zu befinden, in dem man sich mit gleichermaßen fettem wie delikatem Comfort Food den Magen vollschlug, wie eben dem schlichten Sauerkraut auf elsässische Art.

Damit würde man auch, fuhr Losey fort, die Voraussetzung für die Gründung anderer Unités schaffen, und das würde zwangsläufig eine mörderische Konkurrenz nach sich ziehen. »Wir reden hier schließlich nicht über den Verkauf von Bordeauxweinen, Airbus-Jets oder meinetwegen auch Atomkraftwerken an die Chinesen, sondern über nichts Geringeres als den Ausverkauf von Staatsgeheimnissen, nationaler Sicherheit und geopolitischen Interessen.«

Losey verschlang mit zwei Happen eine Wurst aus dem Jura und kippte sein Glas Riesling herunter. Auf einmal sah er unendlich melancholisch aus.

»Die Frage ist nur, hat der Staatsdienst noch irgendeinen Sinn?«, fragte er Berthet. »Droht der Unité nicht indirekt das gleiche Los wie den Nationalstaaten, weil sie nicht in der Lage ist, sich an eine globalisierte Welt anzupassen?«

Losey seufzte und fuhr fort:

»Anders gesagt, ist die Unité in ihrer jetzigen Form nützlicher als der Zoll, der Grenzen überwacht, die es nicht mehr gibt? Möglicherweise gibt es gar keine rein staatlichen Angelegenheiten mehr, Berthet, und das, was man als ›Tiefen Staat‹ bezeichnet, nimmt das zur Kenntnis und handelt entsprechend. Da spielt es dann auch keine Rolle mehr, ob eine multinationale Uranfabrik öffentlich oder privat ist. Wenn das multinationale Unternehmen seine Interessen bedroht sieht oder die Rohstoffe knapp werden, zögert man inzwischen nicht mehr, einen Krieg vom Zaun zu brechen. Das ist zwar im Grunde nichts Neues, aber mit dem Zweiten Irakkrieg ist es ganz offenkundig geworden. Jeder auch nur halbwegs informierte Bürger hatte schnell kapiert, worum es da eigentlich ging, nämlich um die Sicherung der Ölvorkommen, um sonst gar nichts. Von wegen ›Verteidigung der Demokratie‹, verarschen kann ich mich auch alleine! Das möchten die Neuen immer gerne ins Protokoll schreiben. Ich, das dürften Sie inzwischen verstanden haben, Berthet, bin eher auf der Seite der Alten. Ein Alter, der so seine Zweifel hat … Außerdem werde ich auch langsam alt. Ich merke natürlich, dass sich die Unité verändert, ob ich will oder nicht. Ich verschließe nur die Augen davor.«

Dann deutete Losey mit einer merkwürdigen Handbewegung auf einen Punkt irgendwo über seinem Kopf, als wollte er auf höhere Sphären verweisen, oberhalb des Glasdaches der Brasserie. Diese Geste wirkte wie ein Eingeständnis seiner Hilflosigkeit, als würde er damit einräumen, dass ihm all das im Grunde über den Kopf wuchs.

Dann seufzte er auf und schien sich wieder zu fangen.

Nichtsdestotrotz fiel Berthet mit einem Mal auf, dass Losey mit seiner Korpulenz, seinem ziegelroten Teint, seinen glasigen Augen und seinem perfekt sitzenden Maßanzug tatsächlich inzwischen ein alter Mann war in einer Welt, die er zu beherrschen geglaubt hatte und die er nicht mehr verstand, ein alter Mann, der fast ein wenig verloren wirkte. Dabei hatte Losey Berthet seit einer halben Ewigkeit, ohne mit der Wimper zu zucken, damit beauftragt, die furchtbarsten Dinge zu tun, und dabei wirklich nie den Eindruck gemacht, von irgendwelchen Skrupeln geplagt zu werden.

Losey schenkte Berthet und sich Riesling nach. Er trank ein paar Schlucke und fand endlich wieder zu seinem gewohnten Gesichtsausdruck und seinem üblichen Ton zurück. Der kurze Moment der Schwäche war vorüber. Nun verkündete er, und dieses Mal schwang in seiner Stimme fast ein gewisser Stolz mit:

»Ich bin auf der Seite der Alten. Wir müssen bei der Geldbeschaffung kreativer sein, das stimmt, aber dabei dürfen wir nicht vergessen, wofür es die Unité gibt. Was ihr eigentlicher Auftrag ist.«

Dann redete Losey über die Alten, die die Unité zu Beginn der Fünften Republik gegründet hatten, als Berthet noch ein Kind war und in seinem Schülerkittel die Pierre-Larousse-Grundschule in der Rue d'Alésia besuchte. Losey liebte es, Berthet regelmäßig daran zu erinnern, dass er alles über ihn wusste, wirklich alles, inklusive seiner schlechten Aufsatznote in der vierten Klasse. Das Thema: Herbstanfang.

Einige Agenten, Berthet war einer von ihnen, hatten sich als Pioniere in kreativer Eigenfinanzierung versucht. Darauf spielte Losey wohl an, weniger auf den Raub in Vésinet. So hatte Berthet 1987 in einem kleinen Badeort an der Côte d'Albâtre ein Casino überfallen, um für seinen Auftrag, die Destabilisierung eines Präsidentschaftskandidaten, finanziell besser gerüstet zu sein. Berthet fand die ihm zur Verfügung stehenden Mittel zu knapp bemessen. Mit dem Geld hätte er noch nicht mal einen Couthon oder eine Desmoulins anheuern können.

Also nahm er Kontakt zu ein paar Ganoven in Le Havre auf. Er hatte sich einen ziemlich schlauen Plan ausgedacht, alles ausgekundschaftet, wie sich das gehörte, aber diese

Kriminellen aus Le Havre waren echte Idioten. Es gab Tote.

Berthet sieht die Szene wieder vor sich. Sie hatten ungefähr dreihunderttausend Francs an Bargeld eingesackt. Das Casino war eher klein, aber gut besucht. Es war irgendwann zwischen Weihnachten und Silvester. Alles lief wie am Schnürchen. Vor dem Eingang wartete ein gestohlener R25 auf sie. Aber als sie dann mit prall gefüllten Tüten zum Ausgang gehen wollten, musste einer dieser Möchtegerngangster unbedingt noch mit seiner MAT49 angeben. Vielleicht war der Idiot ja frustriert, dass er eine Waffe dabeihatte und sie nicht benutzen konnte. Er feuerte also über den Köpfen der kreidebleichen Spieler eine Salve ab, um ihnen zu zeigen, mit wem sie es zu tun hatten. Die MAT49 ist eine legendäre Waffe, aber der Umgang mit diesem Maschinengewehr erfordert militärisch geschulte Präzision, wenn man nicht einfach nur wild drauflosballern will.

Die Salve des ungeschickten Kerls aus Le Havre kostete einen Croupier und zwei Spieler das Leben, die rund um den Roulettetisch saßen.

Genauer gesagt, einen Spieler und eine Spielerin. Sie war Berthet gleich ins Auge gefallen. Die schöne Blondine mit den blauen Augen war ohne Begleitung da. Sie war sehr distinguiert, um die vierzig und trug einen gewissen Hochmut zur Schau. Er konnte nicht anders und hatte sie während des Überfalls eingehend durch die Schlitze seiner Sturmhaube gemustert.

Berthet, der ewige Romantiker mit einem Hang zur Sentimentalität, vertiefte sich für einen kurzen Moment in die Vorstellung, mit ihr in einer dieser typischen Fachwerkvillen an der Küste zu leben, wie es sie oberhalb von Saint-Valery-en-Caux gab und die sich durch eine ebenso überladene wie charmante Architektur auszeichneten. Berthet würde stundenlang aufs Meer schauen und dabei diese Frau streicheln. An Regentagen würden sie oft miteinander schlafen, vor allem an Regentagen. Der gläserne Erker des Wohnzimmers würde dem Grau in Grau und der spritzenden Gischt draußen vor dem Fenster einen Rahmen geben, während sie beide lang anhaltende Orgasmen erlebten. Danach würde man wieder die nachmittägliche, atemlose Stille hören, nur unterbrochen von dem Prasseln des Regens auf das Glasdach des Erkers.

Berthet war und blieb ein verhinderter Chardonnien. All das hatte er sich ausgemalt, bevor die 9-mm-Kugeln das Gesicht der Blonden zerfetzten und sich auf dem grünen Tuch des Spieltisches Blutspritzer, Körperfetzen und Zähne verteilten, vor allem auf den Einsatzfeldern Rouge, Impair, Manque und den Zahlen Zwei und Vier.

Berthet hatte so oder so vorgehabt, die Ganoven aus Le Havre direkt nach dem Überfall in einer leerstehenden Villa in einem Tal bei Yport zu erschießen. Eigentlich wollten sie dort die Beute untereinander aufteilen, dazu sollte es jedoch nicht kommen. Die ersten beiden tötete Berthet durch Kopfschuss. Für den Mann mit der MAT49 nahm er sich jedoch deutlich mehr Zeit. Er zerschoss ihm beide Knie und Ellbogen und wartete dann ab, bis der Mann vor seinen Augen qualvoll verblutet war. Der begriff nicht, womit er das verdient hatte, da Berthet währenddessen beharrlich schwieg.

Berthet war sich bewusst, dass es unvernünftig war, dort so lange auszuharren. Die Polizei war bereits in der Nähe, das hörte er am Knistern des Funkscanners, der auf dem staubigen Parkett stand. Er war einfach wütend, dass sein Traum von der Fachwerkvilla mit Seeblick und der hochgewachsenen, verliebten Blondine so abrupt beendet worden war. Nur war es eben ungünstig, seiner Wut freien Lauf zu lassen, wenn man gerade auf möglichst verschlungenen Wegen und mit Hilfe mehrfacher Fahrzeugwechsel der Polizei entkommen musste.

Der Unité gefiel dieser Überfall gar nicht, man fand Berthets Initiative sehr riskant, zumal es dabei sechs Tote gegeben hatte, drei im Casino und drei in der Villa im Tal. Man bezweifelte nicht, dass Berthet aus uneigennützigen Motiven gehandelt hatte, man wusste schließlich, wie pflichtbewusst er war, aber so etwas durfte sich keinesfalls wiederholen, nicht wahr? Berthet wusste, dass Losey seinen ganzen Einfluss geltend machen musste, damit Berthet deswegen nur ein paar spitze Bemerkungen zu hören bekam und man ihm nicht auf irgendeinem Parkplatz eine Kugel in den Kopf schoss.

Denn im Grunde mochte Losey Berthet.

4

Berthet soll getötet werden.

Das ist eine ziemlich schlechte Idee.

Selbst wenn Berthet, was sicher damit zu tun hat, dass er über sechzig ist, von immer mehr Erinnerungen eingeholt wird, die ihn ablenken. Das ist das Alter, denkt Berthet erneut. Oder die Wehmut.

Berthet ist ein Nostalgiker. Das weiß er. Dabei gibt es eigentlich nicht viel, dem er nachtrauern kann. Er hat sich sein Leben lang mit nichts anderem als Mord, Folter, Erpressung, Destabilisierung, Manipulation, Vergewaltigung, Verstümmelung, Attentaten und Entführungen beschäftigt. Trotzdem ist Berthet ein Nostalgiker.

Er trauert den fünfziger Jahren nach, der Zeit seiner Kindheit, den sechziger Jahren, der Zeit seiner Jugend, den siebziger Jahren, in denen er als junger Bulle bei der Unité anfing, und den neunziger Jahren und der Begegnung mit Kardiatou, die ihn seit mittlerweile zwanzig Jahren beschäftigt. Den Achtzigern dagegen trauert er nicht nach. Die Achtziger waren definitiv so hässlich wie eine metallicblaue Adidas-Tasche auf einem roten Küchentisch aus Resopal. Das ist nun einmal ein Fakt.

Zugleich ist Selbsterkenntnis in Berthets Beruf mindestens genauso wichtig wie der kompetente Umgang mit sämtlichen auf dem Markt befindlichen Waffen oder allen zur Verfügung stehenden Techniken des Tötens mit bloßen Händen: Männer, Frauen, Kinder, Tiere, Kommunisten, Islamisten, Linke, Neonazis. Sicher hat er jemanden vergessen. Er hat jedenfalls immer wieder erlebt, dass Agenten bei einem Einsatz nicht wegen der Männer, Frauen, Kinder, Tiere, Kommunisten, Islamisten, Linken oder Neonazis, die sie töten sollten, ihr Leben ließen, sondern schlicht weil sie sich selber nicht gut genug kannten. Sie hatten sich im Laufe der Jahre für immer aus den Augen verloren. Bei der Suche nach ihrem wahren Gesicht zogen sie, immer schneller und schneller und mit wachsender Panik, eine Maske nach der anderen ab, konnten es jedoch nicht wiederfinden, womöglich hatte es nie existiert, wer weiß.

Die vielen Unterschlüpfe, die zahlreichen Identitäten, die immer gleichen Hotelzimmer. Die Handlungsreisenden der Unité wählen in den Businesshotels wie die gewöhnlichen Handlungsreisenden, auf die sie dort treffen, das Menü, trinken ihr Viertel Wein, gehen dann auf ihr Zimmer, sehen sich eine Viertelstunde lang auf dem Bezahlsender einen Porno an und schalten den Fernseher wieder aus, nachdem sie mit ihrer traurigen Wichseinlage fertig sind. Im Ausland halten sie sich in den immer gleichen unauffälligen Büros der Botschaften oder Konsulate auf, um jemanden einem verschärften Verhör zu unterziehen. Die Gesichter der Toten verschmelzen in ihrer Erinnerung miteinander. Auf ehemaligen Bauernhöfen im Berry oder Aveyron absolvieren sie in Vierer- oder Fünfergruppen die immer gleichen, regelmäßig stattfindenden Trainingscamps, nur die Ausbilder wechseln. Sie werden von den immer gleichen Träumen und Albträumen verfolgt, den immer gleichen kurzen und herzzerreißenden Erinnerungen eingeholt, an ihr Leben vor der Unité. Sie sehen die Gestalt eines Mädchens auf einem Schulhof vor sich, oder wie sie mit dem Abi in der Tasche frühmorgens nach einer alkoholreichen Kneipentour mit Freunden nach Hause kommen, während die Vögel in den Bäumen angesichts des nahenden rosablauen Morgengrauens wie verrückt zu zwitschern beginnen.

Wer versucht das einfach auszublenden, wer damit nicht klarkommt, macht früher oder später eine Dummheit.

Unter den Agenten der Unité machen diese Dummheiten als Schauergeschichten die Runde. Wenn sie sich bei einem Einsatz treffen, heißt es dann: »Schon gehört, dass X sich die Kugel gegeben hat?« »Ja, in einem Hotel in Brünn, obwohl er seine Operation erfolgreich beendet hatte.« »Schon gehört, dass Y gestorben ist, als sie versucht hat, ganz allein, ohne jede Deckung, die Villa dieses mutmaßlichen Finanziers von Al Qaida im Maghreb an der Côte d'Azur zu stürmen, in der es vor Bodyguards nur so wimmelte? Auf dem Weg zum Büro des Typen hat sie die Hälfte der Kerle abgeknallt, und als sie dann die zweite Welle von Angreifern auf sich zukommen sah, hat sie drei Defensivgranaten entsichert, den Typen als Schutzschild benutzt und einfach drauflosgeballert. Das wäre wirklich nicht nötig gewesen. Es war scheinbar ein wahnsinniger Aufwand, den Angriff als Attentat einer umstürzlerischen Islamistengruppe darzustellen. Die Tatortreiniger der Unité waren stinksauer. Niemand weiß, warum Y das eigentlich gemacht hat.«

Dann zuckt man mit den Schultern, senkt den Blick, wechselt das Thema.

Ein Agent bei der Unité ist eine Art Geist, der für Geister arbeitet, das hat Buchhalter Queneau schon ganz richtig gesehen. Nur, was die Toilettenfrage betraf, lag er dann doch falsch. Aber ansonsten hatte Queneau schon verstanden, was Sache war. Die Agenten der Unité existieren nicht wirklich. Berthet hat zum Beispiel manchmal Mühe, sich an seinen echten Namen zu erinnern. Das Fehlen jeglicher sozialer Bindungen kann schon ziemlich beängstigend sein. Es löst ein Unbehagen aus, eine latente Übelkeit, nicht zu verwechseln mit Schuldgefühlen. Berthet fühlt sich nicht schuldig. Er hat sich mit Kardiatou von seiner Schuld freigekauft, davon ist er zutiefst überzeugt. Genauso wenig sollte man dieses Unbehagen mit der Angst verwechseln, in ständiger Gefahr zu leben. Nein, es ist etwas anderes, ein schleichender Auflösungsprozess, der damit zu tun hat, dass man regelmäßig mit dem Geheimen zu tun hat.

Ein Geisterleben eben.

Noch eine Erinnerung. Berthet lässt sie zu. Es muss an diesem Abend liegen. Lissabon ist sein roter Faden.

Eine Erinnerung an ein Geisterleben. Man könnte meinen, so ein Geisterleben betrifft nur Männer, die im Geheimen agieren. Aber das ist ein Irrtum. 1992, kurz nachdem er bei der Unité seinen persönlichen Jalta-Vertrag wegen Kardiatou unterzeichnet hatte, bekam er den Auftrag zur Exekution eines Durchschnittstypen.

Mit Durchschnittstyp meint man bei der Unité einen ganz normalen Bürger, der exekutiert werden soll. Die Unité nennt keinen Grund oder kein Motiv dafür, sondern erteilt nur auf dem üblichen Weg einen Auftrag: Durch einen postlagernden Brief in der Postfiliale der Rue Marie-Rose, oder ein Treffen in einer Bar. Keine Begründung. Die Unité hat ihre Gründe. Außerdem wird man schließlich gut dafür bezahlt, und hat dementsprechend keine Fragen zu stellen. Berthet gefiel das nicht. Er sprach Losey auf diese Exekutionsaufträge von Durchschnittstypen an. Losey wirkte etwas verlegen. »Das gefällt mir genauso wenig wie Ihnen.« Berthet wartete auf ein »Aber«, es kam jedoch kein »Aber«. Stattdessen kam Losey mit irgendwelchen fadenscheinigen Ausreden. Berthet hatte schon immer den Verdacht, dass die Exekution von Durchschnittstypen für die Unité ein Mittel war, sich der Loyalität ihrer Agenten zu versichern.

So kam es dann, dass man einen Anwalt in Arpajon mit einem Butterdraht erwürgte, nachdem man sich auf dem Rücksitz seiner Luxuslimousine versteckt hatte, oder einer Verkäuferin, die im 14. Arrondissement aus einem Klamottenladen kam, eine Kugel in den Kopf schoss. Zur eigenen Beruhigung sagte man sich, dass der Anwalt aus Arpajon sicher früher dem Gladio-Netzwerk angehört hatte, und zu viel über die antikommunistischen Machenschaften während des Kalten Krieges wusste, und die Verkäuferin von den Buttes-Chaumont vermutlich früher mit einer linksextremen Terroristengruppe sympathisiert hatte, aber man wusste es nicht. Es gab sogar berechtigte Zweifel daran.

1992 also war Berthet mit dem sechsten Durchschnittstypen seiner Laufbahn bei der Unité konfrontiert, ein Allgemeinmediziner in einem Vorort von Rouen. Berthet widersetzte sich. Damit ging er ein Risiko ein. Schon einige Monate zuvor, als Berthet Kardiatou kennengelernt hatte, hatte nicht viel gefehlt zum vorzeitigen und endgültigen Karriereaus.

Berthet brachte die Zielperson nicht um, jedenfalls nicht gleich. Er entführte den Arzt eines Abends, als er aus seiner Praxis kam. Er verpasste ihm einen Schlag auf den Nacken, verfrachtete ihn in den Kofferraum seines Wagens, und fuhr mit ihm zu einer Wohnung in einem Grande-Mare-Apartmenthaus. Der Allgemeinarzt hieß Patrick Lefèvre, ein Durchschnittsname, und war vierzig Jahre alt, ungefähr in Berthets Alter. Im Gegensatz zu ihm führte er jedoch eine geradezu erschreckend normale Existenz. Er hatte eine hübsche Frau, die er offenbar nicht betrog, zwei Kinder, einen Hund, ein schönes Haus in Mont-Saint-Aignan. Keine Spielschulden, kein politisches Engagement. Ein totaler Durchschnittstyp. Man musste ihn aus dem Telefonbuch ausgewählt haben, anders konnte es gar nicht sein.

Berthet brachte ihn also in seine fast leere Grande-Mare-Wohnung, um ihn auszuhorchen. Denn sonst, so dachte er, würde er sich schwertun ihn zu töten, oder es würde ihn später verfolgen, und wenn Berthet eins nicht wollte, dann waren es Schuldgefühle, bloß keine Schuldgefühle. Schuldgefühle sind für jeden Agenten ein schleichendes Gift.

Also verband er dem Arzt die Augen und fesselte ihn an einen Stuhl. Dann setzte er sich ihm gegenüber. Berthet wartete darauf, dass er wieder zu Bewusstsein kam, und las dabei *La vie dans les plis*, das gerade als Gedichtband bei Gallimard erschienen war. Es war Berthets Henri-Michaux-Phase.

Ich spucke auf mein Leben. Ich sage mich davon los. Wer wäre nicht besser als sein Leben?

»Warum? Warum sagen Sie das?«, fragte Patrick Lefèvre, der gerade wieder zu sich kam.

Berthet war gar nicht aufgefallen, dass er laut gelesen hatte, aber noch mehr brachte ihn aus der Fassung, als der Durchschnittstyp ihn mit schwerer Zunge fragte:

»Das ist doch Michaux, oder? *La vie dans les plis*.«

Verdammter Mist. Sollte er etwa einen Michaux-Leser umbringen? Diese ganze Geschichte wurde immer haariger. Man konnte doch keinen Michaux-Leser umbringen. Berthet starrte mit offenem Mund Patrick Lefèvre an, der ihn nicht sehen konnte.

»Warum?«, fragte sein Gegenüber.

In dem Moment fragte Berthet sich, ob es nicht besser gewesen wäre, er hätte gleich seine SIG-Sauer P220 aus ihrem Holster genommen, den Schalldämpfer draufgeschraubt und Lefèvre erschossen. Dann wäre die Sache erledigt gewesen. Jetzt wurde es immer schwieriger. Ein Michaux-Leser, immerhin. Hatten die bei der Unité eigentlich eine entfernte Ahnung davon, wie wenige Michaux-Leser es in Frankreich gab?

»Warum?«, fragte der Mann ihn erneut, aber dieses Mal mit Panik in der Stimme.

Berthet klappte die neue Ausgabe von *La vie dans les plis* zu, die noch nach Druckerschwärze roch, und verstaute sie in einer Innentasche seines Anzugs.

»Wenn Sie schreien, Monsieur Lefèvre, muss ich Sie knebeln.«

»Ist das eine Entführung? Ich habe nicht besonders viel Geld bei mir, aber das können Sie haben.«

»Nein, das ist keine Entführung.«

»Was ist es dann? Warum bin ich hier?«

Was konnte Berthet darauf ernsthaft antworten? Sie sind ein Durchschnittstyp, Sie wurden vermutlich nach dem Zufallsprinzip von einer im Geheimen agierenden Organisation ausgesucht, damit ich dieser meine Loyalität beweise, indem ich Sie töte, ohne weitere Fragen zu stellen. Berthet setzte alles auf eine Karte.

»Wissen Sie wirklich nicht, warum? Denken Sie noch mal scharf nach.«

Der Mann wand sich auf seinem Stuhl, legte seine Stirn in unendlich viele Falten, ein deutliches Zeichen dafür, dass er intensiv nachdachte. Berthet betete, Lefèvre möge gestehen, dass er während seines Militärdienstes als Informant für den KGB gearbeitet hatte, oder irgendetwas in der Art. Aber nein, er sagte nichts dergleichen.

»Geht es um Milena?«, fragte Patrick Lefèvre nach zwei Stunden. »Ich habe mir gedacht, dass ich eines Tages dafür würde zahlen müssen, auch wenn ich keine Ahnung habe, was Sie damit zu tun haben. So oder so konnte ich so nicht weiterleben, das ist das reinste Geisterleben.«

Bei dem Ausdruck war Berthet zusammengezuckt. Er war überrascht und beruhigt zugleich. Überrascht, dass der Arzt den Ausdruck verwendete, der Berthet schon so lange verfolgte, wenn er nach einer passenden Beschreibung für sein eigenes Leben suchte, beruhigt, weil es in Lefèvres Leben offenbar doch ein Geheimnis gab. Glück gehabt, damit war die Sache weniger schlimm.

»Milena?«

»Ja, Milena.«

Dann erzählte der Arzt ihm sein Geheimnis, die Geschichte eines Geisterlebens. Doch diese Geschichte stand in keinerlei Zusammenhang mit dem geheimen Leben unserer Gesellschaft der Waren und des Spektakels und der irren Gewalt, die sie erzeugt.

Während seines Medizinstudiums hatte Patrick Lefèvre eine Tschechin kennengelernt, die zum Studium nach Rouen gekommen war. Sie hatten eine Liaison und Milena bekam ein Kind von ihm. Aber Patrick Lefèvre wusste nichts davon, jedenfalls nicht gleich. Milena verschwand von einem Tag auf den anderen, kam nicht mehr zur Uni. Er setzte sein Studium fort und heiratete eine junge Frau aus dem Großbürgertum Rouens. Er heiratete nicht nur in eine reiche Familie ein, sondern konnte darüber hinaus die sehr begüterten Patienten seines Schwiegervaters übernehmen.

Zu der Zeit erreichte ihn ein Brief von Milena, indem sie ihm ihre Lage schilderte. Sie schrieb, sie wolle ihn nicht belästigen, aber ihr sei klargeworden, dass sie ihn immer noch liebe. Sie habe eine fünfjährige Tochter und arbeite in einer Ambulanz in Montigny-lès-Metz. Wie wäre es, so ihr Vorschlag, wenn sie sich einmal im Jahr auf halbem Weg in der Nähe von Reims treffen würden? Oder zumindest ein einziges Mal. Bei dieser Aussicht wurde Patrick Lefèvre klar, dass er Milena immer noch liebte, und nie eine andere Frau geliebt hatte. Während ihm unter seiner Augenbinde die Tränen übers Gesicht liefen, erzählte er von seinen jährlichen Rendezvous, die er sehnsüchtig erwartete, und die immer am dreizehnten April stattfanden. Das war zugleich der Geburtstag ihrer gemeinsamen Tochter, die sie nie zu ihren Treffen mitbrachte. Er bekam nur einmal im Jahr ein Foto von ihr. Das versteckte er bei seiner Rückkehr in seiner Bibliothek. Wer weiß, vielleicht hatte er auch eins in einem Gedichtband versteckt, zwischen den Seiten von *La vie dans les plis*.

Zwei Tage lang machten sie Spaziergänge durch die Champagne, kehrten in dem immer gleichen charmanten Landgasthof in Warmeriville ein, wo sie miteinander schliefen und Drappier-Champagner tranken. Dann trennten sie sich wieder, bis zum nächsten Jahr. Das ging fast vierzehn Jahre so, und in diesen vierzehn Jahren behandelte Patrick seine Patienten, war ein guter Ehemann und Vater, und wusste zugleich, dass er im Grunde nur ein Geist war. Es war, als wenn das einzig wahre Leben, das er lebte, sich auf diese zwei Tage im Jahr beschränkte, die er mit Milena verbrachte. Als Grund für seine Abwesenheit erfand Patrick Lefèvre irgendwelche Kongresse der Pharmaindustrie, oder behauptete, einen alten Freund aus der Armee zu treffen. Seiner Frau fiel in all den Jahren nicht auf, dass das Datum jedes Jahr das gleiche war. Aber ihr fiel sowieso nicht besonders viel auf. Sie interessierte sich nicht im Geringsten für seine alten Freunde vom Militär oder die Galadiners der Pharmaindustrie. Patrick war der perfekte Ehemann, so langweilig, dass man sich keine Sorgen machen musste, abgesehen davon, dass das eine wesentliche Voraussetzung war, um in den bürgerlichen Kreisen von Rouen eine gute Figur zu machen.

Vierzehnmal nahm er das Auto, vierzehnmal fuhr er auf der Autobahn Richtung Osten, vierzehnmal brachte er ein Geschenk mit, ein Buch oder ein Schmuckstück. Vierzehnmal fragte er sich, ob Milena auch da sein würde, weil sie sich darauf geeinigt hatten, das restliche Jahr keinerlei Kontakt zu haben. Es gab damals noch kein Internet und kein Handy, aber das war eben Teil des Spiels. Diese Treue war größer als jede nur denkbare Form von Treue.

»Warum verlassen Sie Ihre Frau nicht?«, fragte Berthet.

»Haben Sie mich deshalb entführt?«

»Nein, aber ich würde es gerne wissen.«

Patrick Lefèvre verließ seine Frau nicht, weil er ein Feigling war, weil sein Leben in geregelten Bahnen verlief, als Milena wieder auftauchte, weil er in Rouen seine Familie und seine Freunde hatte. Und Milena? Sie lebte allein, mit ihrer Tochter. Mit ihrer gemeinsamen Tochter. Das sagte sie zumindest, und er hatte keinen Grund, daran zu zweifeln. Berthet war versucht ihm zu sagen, er sei nicht feige. Zumindest nicht feiger als er, der seit jungen Jahren bereit war, für die Unité die schlimmsten Dinge zu tun. Und dass auch er ein Geisterleben führe und durch die Unité völlig vergessen habe, wie sich das richtige Leben eigentlich anfühlt, dass er noch nicht mal eine Milena habe, für einen Tag im Jahr, und die einzige Person, die er liebe, Kardiatou, nichts von seiner Existenz wisse.

»Ich weiß nicht so genau, was Sie von mir wollen, aber eigentlich ist es nur folgerichtig, oder? Man kann auf Dauer kein Geisterleben führen, nicht?«

Hör auf damit, dachte Berthet, und stellte überrascht fest, dass er einen Kloß im Hals hatte. Die von der Unité waren echte Arschlöcher. Sie hatten natürlich keine Ahnung von dieser Geschichte. Sie hatten ihn nur ausgewählt, weil er ein Durchschnittstyp war, und sie testen wollten, ob Berthet auch wirklich eine Tötungsmaschine war. Das war nun also das Ergebnis. Was sollte er jetzt bitte schön tun? Michaux, Milena, das Geisterleben. *La vie dans les plis* – das Leben in den Falten. Scheiße, verdammt noch mal.

Berthet schaltete erneut sein Gehirn ein, um nicht verrückt zu werden. Er zückte seine SIG-Sauer P220, schraubte den Schalldämpfer drauf und schoss Patrick Lefèvre eine Kugel in die Stirn.

Dann säuberte er die Wohnung.

Dann wartete er die Dunkelheit ab und las dabei Michaux, neben dem in sich zusammengesunkenen Körper von Patrick Lefèvre.

Dann wickelte er die Leiche in Müllsäcke ein, schleppte sie die Treppe herunter, legte sie in den Kofferraum seines Wagens und begrub sie im Wald bei Roumare.

Erst auf der Rückfahrt von Paris begann er über das Geschehene nachzudenken.

Da dachte er an Milena.

Milena, die im kommenden Jahr allein in dem Landgasthof von Warmeriville warten würde.

Und als »Alice« von Eddy Mitchell auf Radio Nostalgie lief, der einzigen Frequenz, die diese Schrottkarre empfangen konnte, fing Berthet das erste Mal in seiner langen Laufbahn an zu heulen, er heulte Rotz und Wasser. Berthet weiß in dieser Nacht von Lissabon, dass er es nur einer Person verdankt, dass er nicht durchgedreht und damit unvorsichtig geworden und gestorben ist, getötet wegen dieses Geisterlebens, und das ist Kardiatou.

5

Berthet soll getötet werden.

Das ist eine ziemlich schlechte Idee.

Die Erinnerung an Patrick Lefèvre und Milena versetzt ihn in eine zugleich melancholische und hasserfüllte Stimmung. Er würde jetzt auch gerne jemanden töten. Es sollte nicht mehr lange dauern.

Berthet setzt sich im nächtlichen Lissabon auf eine Caféterrasse an der Ecke der Rua Santa Justa mit dem von Eiffel konstruierten Aufzug. Niedrige Stühle, beige Sonnenschirme, die Dunkelheit wird hier und da vom Licht der Laternen durchbrochen, die von Schwärmen von Mücken umgeben sind. Man hört Touristenidiome, vor allem Asiaten und Europäer, darunter viele Franzosen, dafür kaum Amerikaner, der Euro ist inzwischen zu teuer. Berthet bestellt ein Bier. Es ist kühl. Von den Seitenstraßen der Beixa dringt das Quietschen der letzten Straßenbahnen herüber, und er träumt davon, für immer in Lissabon zu bleiben. Seine drei Verfolger, Kapverdier oder Angolaner, wirken auf einmal ratlos. Sie stehen vor der Caféterrasse, tun so, als würden sie sich unterhalten und glotzen dabei die ganze Zeit verstohlen zu Berthet herüber. Es sind immer noch viele Passanten in der Fußgängerzone der Baixa unterwegs.

Berthet hat nun, seit er das Hotel Duas Nações verlassen hat, zum ersten Mal die Gelegenheit sie sich genauer anzuschauen. Er achtet darauf, dass ihre Blicke sich nicht kreuzen. Sie sollen nicht wissen, dass er sie bemerkt hat, und zwar bereits auf der Rua Augusta, als er sich auf den Weg zu seiner Verabredung machte, die er um 0.30 Uhr am Rossio-Bahnhof hat, vor einem Kiosk, der die ganze Nacht geöffnet hat.

Berthet schaut auf seine Uhr. Es ist noch früh, er hat es nicht eilig. Außerdem kann seine Kontaktperson warten. Aber wer weiß, womöglich hat sie selber diese drei Dilettanten beauftragt. Sie machen wirklich nicht viel her. Kaum Zähne im Mund. Abgemagert. Dreckige T-Shirts. Zwei tragen Bermudashorts, einer eine Jeans, die ihm von seinen knochigen Hüften rutscht. Gerötete Augen.

Berthet trägt eine Brille mit Fensterglas, die ihm das Aussehen eines leicht zerstreuten, alten Professors verleiht. Tatsächlich hat er immer noch die gleichen Adleraugen wie mit zwanzig, als man ihn bei der Armee als Eliteschützen auserkor. Er erkennt sogar auf die Entfernung hin, wie blutig ihr Zahnfleisch ist. Zahnfleischentzündung, typisch für Cracksüchtige. Die Unité will ihn wohl zum Narren halten. Die drei Komiker wissen nicht, was sie tun sollen. Sie sind offensichtlich nicht bewaffnet, zumindest haben sie keine Knarren dabei, sonst hätten sie längst geschossen, entweder als Berthet das Hotel verließ, oder als er die Rua Augusta hochging, oder eben jetzt, während er auf dieser Caféterrasse sitzt. Verrückt genug wären sie, so wie sie aussehen. Kleine Junkies, die man am Bahnhof Santa Appolonia oder sogar am Rossio-Bahnhof angeworben hat. Messer haben sie vermutlich schon dabei.

Berthet könnte außerdem schwören, dass einer von ihnen ein Foto von ihm auf seinem Handy hat, einer von den Bermudashorts-Trägern. Dauernd umklammert er mit seinen dünnen Fingern das brandneue iPhone, und immer wieder schaut er abwechselnd auf das Display, und dann wieder zu Berthet herüber, der sein Bier trinkt. Um seine angebliche Ahnungslosigkeit noch deutlicher zu zeigen, holt er nun auch noch seine Originalausgabe von Perros, *Gedichtroman*, heraus. Pergamin, Velinpapier. Berthet schlägt den Band an einer beliebigen Stelle auf und liest:

Das Leben und der Tod gehen zusammen
Arm in Arm
Jungfrauen und unbefleckte Jünglinge nehmt euch in Acht
wenn das Geschlecht euch ein wenig zu jucken beginnt

Dieses iPhone ist eindeutig zu teuer für sie, denkt Berthet. Das gibt es vermutlich als Prämie obendrauf. Wie viel sie wohl bekommen haben? Woher wussten sie eigentlich, dass er im Duas Nações abgestiegen ist? Berthet hat das niemandem erzählt, außer seiner Kontaktperson. Er trinkt sein Sagres in kleinen Schlucken.

Andererseits ist es in der Unité ein offenes Geheimnis, dass er Kardiatou überallhin folgt, und zwar schon seit sehr langer Zeit, und Kardiatou ist seit drei Tagen aus beruflichen Gründen in Lissabon. Wenn man Berthet finden will, muss man nur Kardiatou suchen, und umgekehrt.

Auch das gilt es mit zu bedenken. Zu Kardiatous Sicherheit und zu seiner eigenen.

Berthet liebt Lissabon.

wenn das Geschlecht euch ein wenig zu jucken beginnt

Lissabon ist eine Stadt ganz nach Berthets Geschmack, die Hauptstadt einer Nation, die sich am Rande des Weltgeschehens bewegt und etwas Verträumtes hat. Hier ist der Himmel ständig in Bewegung, und der Hang zur Gewalt ist deutlich geringer ausgeprägt als anderswo in der westlichen Welt. »Eine portugiesische Revolution tötet nicht«, so lautet eine alte Redensart. Das wird nicht so bleiben, früher oder später kommt immer Gewalt ins Spiel, aber Berthet sagt sich, dass bis dahin noch gut und gerne zehn bis zwanzig Jahre vergehen können. Wenn es ihm gelänge, einen Ersatz für Kardiatou zu finden, dann wüsste er schon, wo er sich zur Ruhe setzen würde, wo sich diese Verspannung lösen könnte, die sich an einem ganz bestimmten Punkt zwischen seinen Schultern konzentriert, eine Problemzone, die nur Knastbrüder und Geheimagenten teilen.

Wer weiß, vielleicht würde dann auch endlich dieses Gewicht von ihm abfallen, das auf seinen Solarplexus drückt. Er weiß, dass die Gründe dafür rein persönlicher Natur sind. Sie sind auf die Reue zurückzuführen, kein anderes Leben gelebt zu haben, die Reue über verpasste Chancen. Dieses Gewicht lastet seit einer Ewigkeit auf seinem Solarplexus, es geht nicht mehr weg, oder nur mit Hilfe von viel Alkohol oder viel Benzodiazepin oder viel Sex oder eines Sonnenuntergangs über dem Mar da Palha, bei dem die Welt um ihn herum zu geschmolzenem Gold wird.

Aber Berthet lehnt jede Art von Sucht ab, soweit ihm das möglich ist. Er lässt nur Süchte zu, die er unter Kontrolle hat, wie zum Beispiel sein Verlangen nach Sex oder nach Poesie.

Das erinnert Berthet an die Frau in seinem Bett.

Amina.

Amina Bâ, eine Tukolorin mit unglaublich viel Sexappeal. Sie gehört nicht zur Volksgruppe der Serer, wie Kardiatou, aber sie hat den gleichen Duft wie Kardiatou, und sie ist auch im gleichen Alter wie sie. Berthet hat Amina gesagt, wie schon am ersten und zweiten Abend seit ihrer Ankunft in Lissabon, dass er noch eine Runde drehen wolle. Amina stellt keine Fragen. Amina freut sich schlicht, hier zu sein, in Begleitung eines älteren Mannes, der höflich ist, ein guter Liebhaber, und dessen einziger Spleen darin besteht, immer um Mitternacht einen Spaziergang zu machen, um sich französische Zeitungen zu kaufen. Amina spart sich die Bemerkung, dass er die ebenso gut auf seinem Computer lesen könne, oder auf einem ihrer beiden Smartphones. Kann sein, dass sie es denkt, kann aber auch sein, dass sie es nicht denkt. Amina nimmt die Dinge, wie sie kommen. Sie könnte die ideale Frau sein, nur gibt es nun einmal keine ideale Frau.

Berthet denkt an seine erste Begegnung mit Amina zurück. Das war vor drei Monaten, im Frühsommer. Sie war ihm gleich aufgefallen. Sobald ihm klar war, dass sie ihn anzog, begann er sie genau unter die Lupe zu nehmen. Berthet träumt davon, eines Tages mal wieder eine Liebesbeziehung mit einer gewissen Unbefangenheit zu beginnen, aber Misstrauen ist eine Berufskrankheit bei ihm. Hat er diese Unbefangenheit durch seine Arbeit für die Unité nicht sowieso für immer eingebüßt?

Berthets Angewohnheit, Männer und Frauen seiner Zeit als wissenschaftliche Objekte zu betrachten und ihre sexuellen Manien, ihren Grad an Einsamkeit, ihre Geselligkeit, ihren Konsum von Drogen, Alkohol und Psychopharmaka zu ergründen, kommt natürlich von der minutiösen und empirischen Feldforschung, die er seit mehreren Jahrzehnten beruflich betreibt. Dabei hat Berthet sämtliche sozialen Milieus kennengelernt, eine Seltenheit in einer immer mehr auf Abgrenzung bedachten Welt.

Die theoretische Unterfütterung seiner Erkenntnisse liefern die dicken Berichte der Unité. Sie sind immer gebunden, so als handele es sich um Dissertationen, und haben einen roten Einband, auf dem nicht viel steht, weder ein Autorenname, noch ein Jahr, noch eine Organisation. Diese Berichte über den Zustand Frankreichs und Europas und ihrer

Bewohner werden von den Agenten oft und gerne durchforstet. Manchmal gibt es auch einen kurzen Abriss zu einem Thema, zum Beispiel zu einer Region oder einer politischen oder religiösen Strömung. Die Unité hat gute Kontakte zu sämtlichen staatlichen Forschungsinstituten von Bedeutung, zu vielen Ministerien, großen Unternehmen, kurzum, zu allen möglichen Institutionen, in denen man sich Gedanken macht, analysiert, Konzepte erarbeitet, oder auch Entscheidungen trifft.

Die Unité versorgt ihre Mitarbeiter jedes Jahr mit einem neuen Bericht, entweder per Post oder während eines ihrer Trainingscamps auf ehemaligen Bauernhöfen oder bei einer ihrer ermüdenden Schulungen zu neuen Kommunikationstechnologien. Auf dem Umschlag steht auch kein Titel. Die Agenten sind nicht verpflichtet, die Berichte zu lesen. Sie müssen keinen Test darüber schreiben. Dennoch empfiehlt es sich, sie zu lesen. Ein Außenstehender hätte nach einer genauen Lektüre so profunde Kenntnisse in Wirtschaft, Soziologie, Politik, Stadtplanung, Durchschnittslohn, Vermögensverteilung, Arbeitslosenquote und ökonomischen, ökologischen und geopolitischen Perspektiven, dass er spielend an jeder Talkshow teilnehmen könnte. Mehr noch, er könnte dort sogar glänzen, auch wenn das zugegebenermaßen nicht sehr schwierig ist, angesichts der Mumien, die da in der Regel herumsitzen und ständig das Wort an sich reißen, um ihre einfältigen und inkompetenten Beiträge von sich zu geben, oder ihren mehr oder minder soften Postfaschismus, der immer mehr in Mode kommt, seit in den Warengesellschaften nicht mehr alles rund läuft.

Berthet saugt viel Honig aus diesen Berichten. Er bewahrt sie in einem seiner Unterschlüpfe auf, auf einem Regal im Keller. Obschon es keine Spitzenjahrgänge gibt, hat Berthet sie nach Jahrgängen geordnet. Irgendwann hat er Losey diese kleine Marotte mal anvertraut, und der verriet ihm im Gegenzug, dass er es genauso mache. Ausnahmsweise aßen Losey und er mal kein Sauerkraut, sondern Sashimi im Restaurant des Nikko-Hotels.

»Mein Cholesterinwert«, sagte Losey. »Sie sollten aufpassen, Berthet, Sie sind auch nicht mehr der Jüngste. Ich gebe Ihnen den Namen von einem befreundeten Arzt, der kann Sie mal durchchecken.«

Berthet fragte sich, ob er mit einem ›befreundeten Arzt‹ einen persönlichen Freund oder einen Freund von der Unité meinte. Vermutlich beides in einem. Dann fuhr Losey fort, während er ein Stück Thunfisch-Tataki in die Wasabisauce tunkte:

»Ja, mir geht es genau wie Ihnen mit diesen Berichten. Sie geben einen großartigen Gesamtüberblick, einen Zusammenschnitt sämtlicher Erkenntnisse nach dem neuesten Stand der Forschung. Was die anderen als großes Geheimnis bezeichnen, ist im Grunde nur eine Frage des richtigen Schnitts, wie im Film. In dieser Welt liegt nichts im Verborgenen, das ist ein romantisches Trugbild. Diesem Irrtum sitzen alle Verschwörungstheoretiker auf. Alles liegt offen zutage, man weiß alles, hat alles analysiert, aber auf eine anarchische Art, separat, ohne es einzuordnen. Die wirklich wichtigen Dinge gehen im permanenten Informationsfluss unter. Man braucht eine Organisation wie die unsere, um all das zusammenzufügen und zu zeigen, wie es auf der Welt aussieht. Jeder Zusammenschnitt hat eine metaphysische Ebene, Berthet, und allein in der Metaphysik findet man die eigentliche Wahrheit und den eigentlichen Sinn. Ach, schenken Sie mir doch bitte noch ein Glas von dem Dagueneau-Pouilly ein, wir wollen schließlich nicht verdursten.«

Wenn Berthet, was in letzter Zeit zunehmend der Fall ist, den Eindruck hat, dass die Welt mehrheitlich von Irren bevölkert ist, von professionellen Sadisten, von völlig verblödeten Konsumenten, von Machthungrigen, von Menschen, deren Geldgier keinerlei Grenzen kennt, oder die so fanatisch sind, dass sie bereit sind, dafür zu sterben, dann sucht er den Fehler zunächst einmal bei sich: Es muss mit seiner Müdigkeit zu tun haben, seinem Alter, seinen immer größeren Schwierigkeiten, sich an den neuen Charakter der Aufträge zu gewöhnen, mit seinem reaktionären Pessimismus.

Um sich also davon zu überzeugen, dass er selbst nicht auch auf dem Weg ist, verrückt zu werden, oder einfach nur ein alter Idiot, steigt er ab und zu in den Keller dieses Unterschlupfs hinab, wo fein säuberlich aufgereiht die Jahresberichte der Unité über den Zustand der Welt stehen. Bei ihrem Anblick wird Berthet klar, wie lange er schon im Geschäft ist, denn inzwischen stehen dort über dreißig Ausgaben, deren Rhodoidfolien von unterschiedlich dicken Staubschichten bedeckt sind. Berthet blättert ein oder zwei durch, auf der Suche nach Angaben, die ihm bei seinem nächsten Auftrag nützlich sein könnten. Dann liest er sich mehr und mehr fest, nimmt sich einen Bericht nach dem anderen vor, durch ein Detail kommt er auf ein anderes, eine überraschende Angabe bringt ihn dazu, diese in einer vorhergehenden Ausgabe zu überprüfen.

Am Ende sitzt er dann auf dem Kellerboden, um sich herum lauter Jahresberichte. Sein Anzug hat ein paar schmierigstaubige Flecken abbekommen, und Berthet, inzwischen etwas benommen von der ganzen Leserei, hat längst vergessen, wonach er ursprünglich gesucht hat, und kommt dabei jedes Mal zu dem gleichen Schluss: Seit dreißig Jahren, also seit den achtziger Jahren (so ein Zufall aber auch), läuft die Welt offenbar geradewegs in ihr Verderben hinein.

Das lässt die Rolle der Unité in einem ganz neuen Licht erscheinen. Sie ist damit beschäftigt, die Apokalypse in geordnete Bahnen zu lenken, oder kümmert sich zumindest darum, dass die Aspekte, die jedem sofort ins Auge springen müssten, nicht allzu sichtbar werden. Die Unité hat innerhalb eines guten Vierteljahrhunderts eine erstaunliche Wandlung durchgemacht: Während ihre Rolle früher darin bestand, eine geheime Ordnung aufrechtzuerhalten, geht es jetzt nur noch darum, mehr oder minder geschickt eine Tatsache zu verbergen, die all ihren Bemühungen zum Trotz immer offenkundiger zutage tritt, nämlich: Es gibt keine Ordnung mehr, es wird nicht mehr besonders viel kontrolliert, von wem auch immer, und es ist Aufgabe der Unité und vergleichbarer Organisationen im Ausland, zu verhindern, dass zu viel über diesen Zustand durchsickert, was ein noch größeres Chaos bewirken und das unabwendbare Ende noch mehr beschleunigen würde.

Das bedeutete, wenn Berthet seine letzten Lebensjahre in Lissabon verbringen könnte, einen Lebensabend, der vermutlich mit dem Ende der Welt, wie wir sie kennen, zusammenfallen würde, wäre das nicht das Schlechteste. Aber noch ist es nicht so weit.

Berthet denkt wieder an Amina.

Natürlich hat er gehofft, in diesem besonderen Duft Kardiatou wiederzufinden, in dieser rosigweichen Vulva, die im Übrigen rasiert war, was Berthet etwas irritierte. Berthet gehört einer Generation an, die sich noch für weibliche Schambehaarung begeistern kann.

Das erste Mal sah er Amina in einer Buchhandlung. Das traf auf alle Frauen in Berthets Leben zu. Vor und nach Kardiatou. Buchhandlungen. Buchhandlungen am Nachmittag. Frauen ohne Begleitung kann man nur in einer fast leeren Buchhandlung ansprechen. Buchhandlung oder Museum. Bei Museen ist Berthet allerdings inzwischen auf der Hut, seit er *Dressed to kill* von Brian de Palma gesehen hat. Aber zu Frauen, die sich in Buchhandlungen umschauen, hat er erst einmal grundsätzlich Vertrauen, wenn man denn überhaupt irgendjemandem Vertrauen schenken kann.

Die Librairie Charybde in der Rue de Charenton ist nur ein paar Dutzend Meter von Berthets Hauptunterschlupf in Paris entfernt, einer Wohnung in der Avenue Daumesnil, mit Blick auf das Viaduc des Arts. Als Berthet mehr oder weniger zufällig die Buchhandlung betrat, merkte er schnell, dass man hier auf Fiktion in all ihren Spielarten spezialisiert war, sämtliche Genres waren vertreten, Belletristik, Krimi, Science-Fiction. Möglicherweise hatten sie für Berthet auch ein paar Bände mit Gedichten oder Essays in petto, aber das waren wohl alles signierte Exemplare, die Autoren nach einer Lesung dagelassen hatten. Berthet war ein wenig enttäuscht, denn er tat sich zunehmend schwer, etwas anderes als Gedichte zu lesen.

Oder die Jahresberichte der Unité.

Doch die Atmosphäre dort gefiel ihm. Die Buchhandlung war nicht besonders groß, aber sehr hell, roch nach neuen Büchern und Harz von den unbehandelten Holzregalen, und nach dem Tee mit Vanillearoma, den sich die Buchhändlerin vermutlich gerade in der Teeküche aufgoss. Mit Vanille hingegen …

»Möchten Sie eine Tasse?«, fragte die Buchhändlerin, als wenn sie Berthets Gedanken gelesen hätte, wenn auch leider falsch.

»Nein, vielen Dank.«

Mit Vanille hatte er ein echtes Problem. Er konnte der jungen Buchhändlerin jedoch schlecht erklären, dass verbrannte Leichen einen Vanilleduft verströmen, wenn die Knochen zu Asche verbrannt sind. Kurzum, das war ein Geruch, den Berthet nicht besonders schätzte, weil er ihn einfach zu oft hatte einatmen müssen.

Oberhalb des Schaufensters entdeckte er jetzt die Plakate der Autoren, die zu einer Signierstunde hier gewesen waren. Zu dem Zeitpunkt hatte er bereits den Plan, einen Schriftsteller zu finden, der seine Geschichte aufschreiben sollte, damit er, Berthet, nicht weiter als Geist durch die Gegend laufen müsste.

Darüber hinaus könnte ihm ein solches Manuskript, ob veröffentlicht oder nicht, als eine Art Lebensversicherung gegenüber der Unité dienen.

Er hatte schon so einige Namen im Kopf. Er bevorzugte dafür einen Krimiautor. Nicht, weil sich ihre Welten in irgendeiner Form geähnelt hätten. Die Krimiautoren, selbst die guten, hatten nicht den blassesten Schimmer, wie sich das Leben eines Agenten der Unité gestaltete oder was die Unité überhaupt war. Die besten unter ihnen hatten vielleicht eine Ahnung, aber über- oder unterschätzten sie. Um es mit Losey zu sagen, sie scheiterten am Schnitt.

Nein, wenn Berthet an diesem Abend auf der Terrasse eines Lissaboner Cafés unter den beunruhigten, ungeduldigen und hilflosen Blicken der drei schwarzen Junkies darüber nachdachte, dass er einen Krimiautor als Verfasser seiner Memoiren finden müsse, dann deshalb, weil er festgestellt hatte, dass die meisten von ihnen sich eine im Roman von heute etwas in Vergessenheit geratene Fähigkeit bewahrt hatten: Sie konnten Geschichten erzählen.

Ja, Berthet musste einen Ghostwriter finden. Es sollte kein allzu bekannter Autor sein, der keine Geldprobleme kennt. Einerseits, weil das ohnehin nicht unbedingt die besten sind, und andererseits, weil erfolgsverwöhnte Autoren sich leicht an ihrem Erfolg berauschen. Sie werden dann zu echten Großmäulern, geben zu allem und jedem ihren Senf dazu. Sie könnten sicher nicht der Versuchung widerstehen, etwas auszuplaudern und sich wichtig zu machen, und dann müsste Berthet sich unweigerlich wieder von seiner gewalttätigen, grausamen Seite zeigen oder sogar einen Mord begehen. Nein, Berthet schwebte eher jemand vor, der gut war, aber nur mit Mühe über die Runden kam, einen, der gar keine andere Wahl hätte, als das Spiel mitzuspielen.

Als Berthet so in der Librairie Charybde stand, betrachtete er also weiter die Plakate mit den Autoren. Wer weiß, vielleicht würde er hier jemanden finden. Schließlich blieb sein Blick an einem gewissen Martin Joubert hängen. Dem Foto nach zu urteilen war er zehn bis zwölf Jahre jünger als Berthet, wog aber locker zehn bis zwölf Kilo mehr als er. Berthet blätterte die Romane und Novellen von Martin Joubert durch, die dort standen. Nicht schlecht. Vor allem gefiel ihm aber, dass er auch Gedichte veröffentlicht hatte.

Darin sah Berthet ein Zeichen. Der konnte nicht nur brutale Geschichten erzählen, sondern verstand sich auch auf fein gewirkte Poesie. Das hieß, er hatte verstanden, dass es zwischen Tod und Poesie eine geheime Verbindung gab. Berthet wusste das schon lange, mit dem Unterschied, dass er keine brutalen Geschichten erzählte, es gar nicht konnte, sondern sie erlebt hatte, und nach wie vor erlebte. Mit den Gedichten verhielt es sich genauso, er schrieb keine, seine wenigen, kläglichen Versuche hatten ihn davon abgebracht, aber er las täglich welche.

So stand Berthet also eine geraume Weile vor den Tischen und Regalen und dachte über all das nach, und noch über andere Dinge, die ihm auf der Seele brannten und ihm permanent durch den Kopf gingen, die uns aber im Moment nicht interessieren. Diesen Joubert sollte er im Kopf behalten, bei Gelegenheit ein paar Erkundigungen über ihn einholen. Denn irgendetwas an Joubert machte Berthet leicht stutzig. Er hatte das Gefühl, der Name passte nicht zum Gesicht. Der Name sagte ihm nichts, das Gesicht aber schon. Es war lange her, und das Gesicht hatte sich in der Zeit sicher verändert, aber Berthet ärgerte sich darüber, dass er sich keinen Reim darauf machen konnte.

So ist das, wenn man die sechzig erreicht hat. Das Gehirn arbeitet langsamer, gerät ins Stottern.

Und in dem Moment hatte Amina die Buchhandlung betreten.

Daraufhin schob Berthet sogleich Martin Jouberts Gesicht, das nicht unbedingt zu diesem Namen passte, in die hinterletzte Ecke seines Gehirns.

Amina Bâ.

Amina war hochgewachsen und sehnig, feingliedrig und muskulös zugleich. Vermutlich stammte sie aus Mali oder dem Senegal, wie Kardiatou, dachte Berthet. Sie trug ein kurzes rotes Kleid, Schmuck, der bei jeder Bewegung klimperte, und hatte ihre geglätteten Haare zu einem ordentlichen Knoten gebunden. In ihren Augen lag eine große Traurigkeit. Diese Art von Traurigkeit, die niemandem auffällt, außer Profikillern, Verliebten und Menschen, die genauso traurig sind. Berthet war ein Killer, er war nicht verliebt, aber schon bezaubert, und auch wenn er es sich nicht eingestehen wollte, er war genauso traurig wie Amina. Drei gute Gründe dafür, dass er die Traurigkeit hinter ihrer Schönheit sah.

Darum gab es auf Anhieb eine unsichtbare Verbindung zwischen ihnen. Das vereinfachte die Dinge zwischen dem jünger wirkenden Mittsechziger und der Frau um die dreißig, die strahlend schön war und leicht verzweifelt wirkte.

Amina machte auch nicht den Eindruck, als sei sie Stammkundin in dieser Buchhandlung. Sie lief ziellos von einem Regal zum nächsten, und Berthet war, wie schon bei Kardiatou, überrascht, mit welch unendlicher Grazie sie sich auf so engem Raum bewegte.

Berthet begann Mutmaßungen über Amina anzustellen. Sie war eine Frau ihrer Zeit. Sie lebte allein. Sie war überqualifiziert und unterbezahlt. Sie arbeitete in einer Bank, nicht am Schalter sondern eine Stufe darüber, in der Kundenbetreuung. Es war kein großes Kunststück, das zu erahnen. Er sah einfach, wie traurig sie war. Und aus irgendwelchen Gründen fühlte er sich instinktiv zu traurigen Frauen hingezogen.

Seine Vermutungen sollten sich wenig später bestätigen, als sie, nachdem sie die Buchhandlung verlassen hatten, vorm Getränkepavillon des Jardin de Reuilly zusammen etwas tranken. Selbstverständlich überprüfte Berthet das abends von seiner Wohnung in der Avenue Daumesnil aus dann noch einmal mittels der Software der Unité. Berthet hätte dieses Verhalten schäbig und unfair finden und der Meinung sein können, dass eine eventuelle Beziehung mit Amina dadurch zwangsläufig vorbelastet sein würde, aber Berthet machte sich selbst keine Vorwürfe, er hatte keine andere Wahl. Es war eine eherne Grundregel, dass man, gerade wenn man sich von einer Person angezogen fühlte, auf der Hut sein musste. So wie es eine eherne Grundregel war, dass man ein Kondom benutzte, wenn man das erste Mal mit einer Unbekannten ins Bett ging. Allerdings musste Berthet sich, während sein Computer arbeitete und nach und nach die gewünschten Informationen ausspuckte, selber eingestehen, dass er im Laufe seines Liebeslebens sehr viel konsequenter darin gewesen war, seine Eroberungen mittels seiner Computersoftware durchchecken zu lassen, als darin, Kondome zu benutzen.

Er trinkt sein Sagres aus.

Er hat seine Perros-Lektüre unterbrochen, aber starrt weiterhin auf den aufgeschlagenen Gedichtband. Er behält die Killer nur noch sehr flüchtig im Auge. Das ist unvorsichtig. Das weiß er.

Aber jetzt sieht er sich gerade mit Amina im Jardin de Reuilly sitzen. Berthet hat eine Schwäche für öffentliche Grünanlagen, die großen städtischen Parks, diese freien Flächen inmitten der Stadt. Das Kindergeschrei, die zwischen hohen Bäumen durchscheinenden hellen Gebäude, die sich gegen den blauen Himmel abzeichnen, der Verkehrslärm, der nur gedämpft bis zu einem vordringt, aber von dem man weiß, dass er da ist, und durch den die Ruhe des Ortes und des Augenblicks nur umso mehr hervorgehoben werden.

Berthet und Amina zeigten sich an einem flaschengrünen Tisch zwischen zwei Limonaden gegenseitig ihre Einkäufe. Berthet hatte sich auf einen Gedichtband von Martin Joubert beschränkt, *Die Beschreibungen überspringen,* um mal zu sehen, was der Typ eigentlich so auf dem Kasten hatte. Bei einem Krimi kann man tricksen, bei Gedichten nicht.

Amina hatte sich, wie sie es nannte, *Urlaubslektüre* besorgt. Einen Schuber mit den Krimis von Ed McBain, und einen zweiten mit den Bänden *Die drei Musketiere, Zwanzig Jahre danach* und *Der Vicomte von Bragelonne.* Amina hatte nicht vor, den Rest ihrer Familie in Mali zu besuchen, oder, etwas näher dran, in der Banlieue von Lyon. Sie zog es vor, ihren Urlaub allein mit einer befreundeten Kollegin zu verbringen. Sie sei eine ideale Freundin, so Amina, unternehme ausgedehnte Radtouren im Morbihan, während Amina auf einem Liegestuhl im Garten des kleinen Hauses, das die beiden Frauen in Crac'h gemietet hatten, in Ruhe lesen könne.

Ja, im Laufe dieses Gesprächs gab Amina ziemlich viel von sich preis. Berthet sah einfach sehr vertrauenerweckend aus, schon ein Hohn, wenn man bedenkt, wie geübt er darin war, jemanden mit bloßen Händen zu erwürgen.

Berthets Physiognomie passt zu dem Mann, als der er sich Amina gegenüber ausgegeben hat. Er sieht aus wie ein Professor, leicht exzentrisch, eine Spur dandyhaft, kurz vor der Pensionierung, er hat etwas Angelsächsisches an sich. Aschblonde, zerzauste Haare, die mal wieder einen Schnitt gebrauchen könnten, eine Hornbrille mit Fensterglas, die seinen blauen Augen etwas Träumerisches verleiht. Er trägt weite, weich fallende, gut geschnittene Sommeranzüge, beige Weston-Mokassins und hat eine einschmeichelnde Stimme.

Berthet selbst ist immer wieder verblüfft über den Klang seiner eigenen Stimme. Zumal er relativ wenig spricht. Amina erzählte ihm bei einer Zitronenlimonade von ihrem Alltag. Zwar arbeitete sie nicht in einer Bank, aber, Berthet lag mit seiner Einschätzung nur knapp daneben, in einer Postfiliale an der Gare de Lyon, und war dort für die Betreuung der Privatkonten der Postbank zuständig. Ihre Aufgabe war es, Kreditanfragen zu überprüfen, und Kunden nachdrücklich daran zu erinnern, ihr Konto auszugleichen.

Eine ganz schön einsame Generation, das musste man sagen.

Sie war fünfunddreißig, hatte einen Job und war Single. Sie war schwarz, na gut, aber die Zeiten von *Rat mal, wer zum Essen kommt* von Stanley Kramer waren doch lange vorbei, oder nicht? Berthet begleitete Amina bis zu ihrer Wohnung in der Rue Beccaria. Es war warm, ein unglaublich schöner, endlos scheinender Sommerabend. Amina hatte einen kleinen Schweißfleck zwischen ihren Brüsten. Berthet versuchte, woanders hinzuschauen. Während Amina also ihren Türcode eingab, sagte er:

»Wir könnten mal zusammen Mittag essen, wenn Sie mögen, Amina. Irgendwann in den nächsten Tagen. Ich habe viel Zeit, wissen Sie, ich gebe ja nur noch ein paar Stunden pro Woche Seminare. Bevor Sie in den Urlaub fahren.«

»Sie sind sehr nett, Alain, das mache ich gerne.«

Berthet zuckte nicht zusammen, als er diesen Vornamen hörte, der nicht sein echter war. Ein Vorname für ein Geisterleben, geführt von einem Geist. Sie machten eine Zeit und einen Ort in der folgenden Woche ab. Berthet war sich sicher, dass sie an diesem Abend nichts vorhatte, und am nächsten sicher auch nicht, aber er wartete trotzdem geduldig, bis sie mit nachdenklicher Miene den Kalender in ihrem Smartphone konsultiert hatte.

Berthet kommt wieder in die Gegenwart zurück. Er konzentriert sich erneut auf das Killerkommando aus den drei Fixern. Einer von ihnen, der mit dem iPhone, kratzt sich heftig am Arm. Scheinbar haben sie bisher nur die Hälfte der Summe bekommen. Sie sind schon auf Entzug. Das wird ein Kinderspiel. Aber dennoch.

Einen Moment lang denkt Berthet, er könnte sie gewähren lassen. Wenn da nicht Kardiatou wäre, würde er sie gewähren lassen.

In Lissabon. Sterben in Lissabon.

Berthet könnte diesen drei zugedröhnten Schwarzen die Sache natürlich erleichtern, indem er nicht zu seiner Verabredung am Rossio-Bahnhof ginge, sondern stattdessen ins Bairro Alto, und von da aus zum Jardim do Príncipe Real, wo die schwulen Nachtschwärmer sich amüsierten. Im Bairro Alto würde er dann ein letztes Mal an jener Wohnung vorbeigehen, die er vor einigen Jahren auf den Namen Alain Derville gekauft hatte, bezahlt von einem Bankkonto unter dem gleichen Namen. Alain Derville, unter dem Namen kennt auch Amina ihn. Aber natürlich hat er ihr gegenüber diese Wohnung nicht erwähnt. Das war einer dieser Unterschlüpfe Berthets, die bis zum Beweis des Gegenteils niemand kannte, noch nicht einmal die Unité.

Drei Zimmer in der obersten Etage eines alten Gebäudes mit Dachterrasse. Nur wenige Schritte vom Miradouro de São Pedro de Alcántara entfernt. Von dort hat man den schönsten Blick über Lissabon, den man sich nur vorstellen kann. Ein kleines Stück vom Tejo, der zwischen Dächern und Hügeln, je nach Uhrzeit und Windverhältnissen, die Farbe wechselt.

Im Jardim do Príncipe Real müsste er die drei Nieten einfach nur ihren Job machen lassen.

Ein Geistertod nach einem Geisterleben.

Berthet stellt sich vor, wie die Bullen Lissabons sich über seine Leiche beugen, die zwischen Oleanderbüschen liegt. Das Blaulicht, der Krankenwagen, die ganzen Schwulen, die kontrolliert werden, das übliche Tamtam eben, das man bei einem Gewaltdelikt veranstaltet. Wenn die Junkies schlau sind, oder man ihnen einen Tipp gegeben hat, nehmen sie das Geld, das Handy, die Originalausgabe von Perros und seinen Ausweis an sich, dann lassen sie nichts bei der Leiche zurück. Vor allem nicht den Ausweis. Ohne Ausweis wird Berthets Identifizierung viel länger dauern. Sollte das Fixertrio den Ausweis vergessen – bei diesen kaputten Typen musste man mit allem rechnen –, dann würden die Bullen durch den Ausweis auf den Namen Derville früher oder später bei der Pinto & Sotto Mayor-Bank landen, und dem Konto, von dem er die Wohnung im Bairro Alto bezahlt hatte, eine Wohnung, in der viele Antiquitäten und Lyrikbände auf Französisch und Portugiesisch herumstehen. Aber viel weiter werden sie nicht kommen, da in Frankreich kein Alain Derville existiert, der ein Konto und eine Wohnung in Portugal besitzt, kein Alain Derville, der Professor an der Uni ist, und Mediävistik an der Sorbonne lehrt.

Ein Geisterleben, ein Geistertod.

Amina, die sich früher oder später sicher an die Polizei wenden würde, oder auch umgekehrt, würde etwas von einem Mann erzählen, den sie in einer Buchhandlung in Paris kennengelernt hatte. Ob sie wohl weinen würde? Sie könnten ihn ruhig durch alle ihre Computer jagen, sämtliche Polizeiregister der Welt durchforsten, man würde nichts über diesen Derville finden, nichts über Berthet. Und selbst wenn ein etwas hartnäckiger Bulle, egal ob Portugiese oder Franzose, nicht so schnell locker ließe, würde die Unité diesen Übereifer schnell bremsen, und zwar nachhaltig.

Ein Geisterleben, ein Geistertod.

6

Berthet soll getötet werden.

Eine ziemlich schlechte Idee.

Berthet will jetzt nicht mehr sterben. Er wird sich doch nicht als lebensmüdes Opferlamm im Jardim do Príncipe Real zur Verfügung stellen. Fünf Minuten Todestrieb à la Pasolini genügen.

Im Übrigen sieht er gerade in diesem Moment mit einer wahrhaft erotischen Präzision den Körper Aminas vor sich, der ihn im Hotel Duas Nações erwartet. Und während er sein Sagres bezahlt, sieht er auch den Körper Kardiatous vor sich, im September 1992, diesen Körper einer Vierzehnjährigen, unter dem an diesem Tag ausnahmsweise strahlend blauen Himmel von Roubaix

Nun, zwanzig Jahre später, braucht Kardiatou ihn immer noch, auch wenn sie das nicht weiß, auch wenn sie es nie gewusst hat. Wenn jemand Berthet nach dem Leben trachtet, heißt das, Kardiatou ist möglicherweise in Gefahr. Seine einzige Mission, die einzige echte Mission, die er sich selbst gegeben hat, ist noch nicht beendet. Kardiatou ist auf längere Sicht gesehen ein guter Grund, noch ein Weilchen am Leben zu bleiben.

Kurzfristig gesehen hat Berthet überdies Lust zu vögeln. Die Vorstellung, langsam für immer das Bewusstsein zu verlieren und dabei bereuen zu müssen, nicht vorher ein letztes Mal mit Amina geschlafen zu haben, gefällt ihm gar nicht. In dem Moment hat Berthet förmlich den Geschmack ihrer Brüste mit den rosafarbenen, runden Brustwarzen im Mund, die ihn an Bonbons aus seiner Kindheit erinnern, und bekommt augenblicklich einen Ständer. Genau wie beim Gedanken an ihr rasiertes Geschlecht, das ihn mittlerweile nicht mehr irritiert.

Im Gegenteil.

Also sollte er jetzt lieber nicht über die Klinge springen.

Bei seiner ersten Verabredung mit Amina war er mit ihr im Casimir essen, einem Bistro in der Rue Belzunce in der Nähe der Gare du Nord. Dort herrschte eine geradezu übernatürliche Ruhe. In der Straße, die an der Rückseite der Kirche Saint-Vincent-de-Paul verläuft, fühlte man sich wie in der tiefsten Provinz. Nicht weit entfernt ist eine Grundschule. Unterhalb, zwischen den Bäumen, liegt der halbkreisförmige Place Franz-Liszt.

Es war einer dieser betörenden Juniabende, an denen es gar nicht dunkel zu werden scheint. Sie saßen den ganzen Abend auf der Terrasse. Sie tranken ein bisschen zu viel, vor allem Amina, die in dem moussierenden Mauzac von der Domaine Plageoles ungeahnte, goldfarbene, beglückende Tiefen entdeckte.

Dann war Berthet auf Aminas verrückte Idee eingegangen, um Mitternacht noch ans Meer zu fahren. Er holte seinen derzeitigen Wagen, einen BMW der 1er-Reihe, den er in der Rue Bossuet geparkt hatte, und zwei Stunden später waren sie in der großen Suite Nr. 5 des Hôtel du Golfe in Étretat, unterwegs hatten sie ein von France Musique übertragenes Konzert von Loussier gehört.

Berthet musste unwillkürlich lächeln, als er ein Hinweisschild auf den Badeort sah, in dem er 1987 das Casino überfallen hatte. Da hatte Losey aufgepasst, dass er nicht vorzeitig alles verspielte.

Wie jedes Mal hatte er sich beim Sex natürlich vorgestellt, es sei Kardiatou, die vierzehnjährige Kardiatou, die mit einem Mal so in die Höhe geschossen war, im Roubaix des Jahres 1992. Amina war aufmerksam, fordernd, aber legte keinen besonderen Wert auf das Vorspiel, auch wenn Berthet darauf beharrte, ihre malvenfarbenen Brustwarzen und ihre Scheide zu lecken.

Amina aber wollte vor allem eins, einen Schwanz in sich spüren, einen Schwanz, der gleich zur Sache kam.

Später erzählte sie Berthet, dass sie damals, in dem Vorort in Lyon, nur knapp einer Beschneidung entgangen war. Eine Sozialarbeiterin schritt gerade noch rechtzeitig ein. Trotzdem wurde sie von einer Art Schuldgefühl verfolgt. Diese intakte Klitoris war mehr oder weniger ein Verrat an ihrer Kultur. Sie wusste, dass das absurd war, dass sie das Opfer in dieser Geschichte war, aber es war ihr unangenehm, auf diese Art zum Orgasmus zu kommen. Berthet, der seit Kardiatou eigentlich nur noch mit schwarzen Frauen schlief, hatte diese Geschichte schon öfter zu hören bekommen. Aber er war geduldig und beharrlich und er liebte das weibliche Geschlecht nun einmal so, wie man sein Vaterland liebt, oder einen Strand, an dem man regelmäßig seine Ferien verbringt.

Mit viel Geduld gelang es ihm, Amina dazu zu bringen, auf diese Art einen echten Orgasmus zu erleben. Es war, als wenn sich bei ihr eine Blockade gelöst hätte. Zumindest hofft er das, denn er weiß, dass die weibliche Lust ein größeres Mysterium ist als sämtliche Archive sämtlicher Unités sämtlicher Länder dieser Welt.

Noch am Abend zuvor, im Hotelzimmer, hatte Berthet mit seiner Zunge die Untiefen von Aminas Scheide erforscht, und sie war, sich zusammenkrampfend und begleitet von einem kehligen Lachen, zum Höhepunkt gekommen. Berthet liebte es, sich in einer Muschi zu verirren. Immer wenn er das tat, musste er an die Worte eines Dichters denken, den er gerne las, Mandiargues, denen zufolge die verschlossene Auster und die aufblühende Rose die beiden Pole einer Frau bildeten.

Am nächsten Morgen in Étretat fanden Amina und Berthet trotz eines leichten Katers immer noch Gefallen aneinander und liebten sich erneut. Berthet ging als Erster ins Badezimmer und stieß einen erleichterten Seufzer aus, als er sah, dass man im Hôtel du Golfe, wie sich das für ein Luxushotel gehörte, auch an ein Rasierset gedacht hatte. Berthet hat sich für seine sechzig zwar gut gehalten, aber wenn er schlecht rasiert ist, sieht er schnell zehn Jahre älter aus. Dann, nach dem obligatorischen Spaziergang auf den Felsen, fuhren sie nach Paris zurück. Auf der Rückfahrt legte Berthet in einer sentimentalen Anwandlung durch den Sex und den Duft, der von Aminas Haut ausging – eine Mischung aus normannischer Sonne, Salz und Meer – einen Sampler von Jean Ferrat auf. Amina kannte das Duo von Ferrat und Christine Sèvres in *Der Morgen* noch nicht und wollte das Stück gleich mehrmals hören. Der Text war ziemlich dämlich und zum Heulen schön, so etwas gibt es. »Ich übergebe die sich selbst überlassene Welt den Poeten.« Das hätte Berthet ja gerne getan, aber er wurde dafür bezahlt, die Welt, wenn sie denn sich selbst überlassen war, nicht den Poeten zu übergeben, sondern vielmehr all jenen, die sie vernichten würden, zu denen er im Übrigen auch gehörte.

In der Zeit danach sahen Berthet und Amina sich jeden Abend, manchmal bei ihr, manchmal bei ihm, aber nicht in seinem Hauptunterschlupf in der Avenue Daumesnil, sondern in einer unpersönlichen Wohnung in einem Hochhaus im 15. Arrondissement, im Front-de-Seine-Viertel. Amina konnte ihr Erstaunen über die so karg eingerichtete Wohnung nicht ganz verhehlen. Berthet behauptete daraufhin, wie so ein richtiges Arschloch und mit Leidensmiene, frisch verwitwet zu sein, weshalb er alles, was mit alten Erinnerungen verbunden gewesen sei, aus seiner Wohnung verbannt habe.

»Ich verbringe möglichst viel Zeit in meinem Büro an der Uni.«

Daraufhin zeigte sich Amina noch zärtlicher ihm gegenüber. Sie schlug sogar vor, ihren kurz bevorstehenden Urlaub in Crac'h mit ihrer Freundin abzusagen. Das lehnte er ab, und erfand kurzerhand noch eine Tochter im Berry und Enkelkinder.

»Ach ja, die Familie ...«, sagte Amina sinnierend. Berthet konnte nicht heraushören, ob daraus Neid, Bedauern oder Wut sprach. Vermutlich von jedem etwas.

Tatsächlich würde Berthet den Sommer zum Teil in einem Trainingszentrum der Unité verbringen, um in Form zu bleiben. Man hatte ihn sogar gebeten, jungen Rekruten von seiner Beteiligung am Mordanschlag auf Pierre Goldman zu berichten. Dabei war er darauf nicht besonders stolz, das war eine Ewigkeit her, damals dachte er, er täte das Richtige.

Aber zwei Tage vor Aminas Abreise in die Bretagne überprüfte er Kardiatous elektronischen Kalender, das Passwort hatte er vor einer halben Ewigkeit »geknackt« und er konsultierte ihn so oft wie möglich.

Da war ihm diese Dienstreise nach Lissabon ins Auge gesprungen. Er schlug Amina also einen romantischen Kurzurlaub in Lissabon vor. Er war überrascht, wie dankbar sie ihn daraufhin ansah. Man hätte meinen können, dass ihr noch nie ein Mann etwas Derartiges vorgeschlagen hatte. Vielleicht war dem ja wirklich so, wer weiß.

Und eben aus diesem Grund geht Berthet jetzt die Rua Augusta weiter hoch in Richtung Rossio-Platz und ist dabei hin- und hergerissen zwischen dem Wunsch zu töten und dem nach Sex.

Gut, aber bis es soweit ist, bleiben ihm die drei Schwarzen auf den Fersen, und rücken ihm immer mehr auf die Pelle.

Berthet verlangsamt erneut seinen Schritt.

Einer der drei Schwarzen kommt bis auf seine Höhe heran, schaut ihn an, und dieses Mal kreuzt sich sein Blick mit dem des leicht halluzinierenden Killers in spe.

Sie erreichen den Rossio-Platz.

Die Caféterrassen auf dem großen Platz sind fast leer, die Kellner stehen untätig herum und wirken ratlos, die Schaufenster sind nur spärlich erleuchtet.

Die Krise.

Selbst die Fassade des Teatro Nacional ist weniger hell erleuchtet als normalerweise. Und im berühmten alten Luxushotel von Lissabon, dem Métropole, ist gerade mal jedes dritte Fenster erleuchtet. Die Statue von Dom Pedro IV. ist nur schemenhaft zu erkennen. Die Könige haben keine Macht mehr über die Welt, und selbst die Erinnerung an sie ist inzwischen verblasst. Die Geschichte verschwindet, die alten Nationen beschränken sich aufs Verwalten, ihre einzige Aufgabe besteht darin, Handelsschranken für den globalen Handel abzubauen.

Dennoch herrscht das übliche Gedränge, man steht dicht an dicht im postdemokratischen Halbdunkel der Rezession, mit der das neue Europa zu kämpfen hat. Berthet, ein Kind der fünfziger Jahre, der noch die letzten Lebensmittelmarken miterlebt hat, hätte nie gedacht, dass all das so schnell wiederkommen würde. Zurück in die Zukunft.

Der einzige Unterschied ist, dass man nicht mehr konsumiert. Es ist ein Kommen und Gehen, man rempelt sich an, achtet nicht auf die anderen, hat kein bestimmtes Ziel, eine einzige Brown'sche Molekularbewegung.

Man hört nur selten junge Frauen lachen, findet Berthet.

Er lebt auf einem Kontinent, auf dem das Lachen junger Frauen im Aussterben begriffen ist.

Berthet fühlt sich an die Zombies aus einem Film von Romero erinnert, so ein Streifen aus den Siebzigern. Die Zombies verhielten sich genauso wie vorher, und wollten in einen Supermarkt rein. So weit ist man nun also.

Menschen schlafen auf dem Boden. Es sind keine Bullen zu sehen, nur ein Streifenwagen, der sich nicht von der Stelle zu bewegen scheint und mit langsam blinkendem Blaulicht in relativ großer Entfernung Richtung Praça da Figueira fährt, und den Übergang zum Rossio-Platz überwacht.

Die drei Schwarzen werden jeden Moment angreifen.

Berthet spürt das körperlich.

Er an ihrer Stelle würde es genauso machen.

Derjenige, der ihn eingeholt hat und jetzt rechts neben ihm auf gleicher Höhe läuft, sendet deutliche Signale in dieser Richtung aus.

Und nun taucht auch noch links von ihm einer auf.

Berthet weiß es schon vorher.

Man könnte meinen, er hätte einen Apparat, mit dem er in die nahe Zukunft schauen konnte, einen Apparat, mit dessen Hilfe er die kommende Minute unter allen nur er-

denklichen Blickwinkeln betrachten kann, jene für den Angriff festgesetzte Minute.

Apollinaire. Er sollte nicht vergessen, Apollinaire wieder zu
lesen. Es gibt nicht nur Perros im Leben, oder Mandiargues.

Das spürt Berthet also.

Die drei Schwarzen nähern sich ihm jetzt, und der dritte
kommt von hinten. Berthet riecht ihren durchdringenden
Schweißgeruch.

Die beiden ersten werden ihn einen Moment lang in die
Zange nehmen, dann wird der dritte ihm das Messer in den
Rücken rammen, und dann werden sie in verschiedene
Richtungen wegrennen.

Das Plätschern der Springbrunnen und das Geklampfe
der schmuddeligen Gitarrenspieler in der Nähe eben dieser
Brunnen wird Berthets eventuelle Schreie übertönen.

Dazu kommt das Stimmengewirr von den kleinen Pastéis-
de-Nata-Verkäufern, den kleinen Dealern, den kleinen Verkäufern von lustig blinkendem Schnickschnack für Kinder,
den kleinen Verkäufern von Nelken für jene, die den ver-
gessenen Revolutionen nachtrauern, von den Schuhput-
zern, die mit ihrer Kiste auf der Schulter durch die Gegend
laufen, und von den Touristen, die über ihre Reiseführer
und Stadtpläne gebeugt sind. Sie sind trotz der schummri-
gen Beleuchtung des Platzes, in dem allgemeinen Gewühl,
auf der Suche nach authentisch wirkenden Bettlern und
nach original Lissabonern. Die schnappen tatsächlich hier
und da ein bisschen frische Luft, das ist der einzige Luxus,
der ihnen noch geblieben ist. Außerdem scheint der Mond
heute nicht, und das bunte Völkchen hier wird nichts sehen, oder nichts sehen wollen. Das Leben ist so schon kompliziert genug.

Sogar das Überleben.

Die zwei, drei Überwachungskameras, die Berthet entdeckt hat, funktionieren ganz offenbar nicht, das kann man
sehen, wenn man sich mit dieser Sorte Geräte auskennt, und
Berthet kennt sich mit dieser Sorte Geräte aus, das ist
schließlich sein Beruf.

Die drei Schwarzen werden angreifen.

Die drei Schwarzen greifen an.

Die drei Schwarzen werden sterben.

Zuerst einmal bleibt Berthet entgegen jeder Erwartung einfach auf der Stelle stehen. Die beiden vorderen, die ihn gerade in die Zange nehmen wollten, stehen auf einmal Schulter an Schulter und verstehen nicht, was los ist.

Berthet, der Geist.

Er dreht sich um und steht nun demjenigen gegenüber, der die ganze Zeit hinter ihm lief. Der ist überrascht. Es ist der mit dem iPhone, jetzt hält er ein Klappmesser in der Hand.

Berthet sticht ihm mit einer Gabel, die er in der rechten Hand hält, die Augen aus. Er spürt, wie die Augäpfel des vermutlich von den Kapverden stammenden Mannes nachgeben und schlaff zerplatzen. Die Glaskörperflüssigkeit klebt jetzt an Berthets Daumen und Zeigefinger.

Glaskörperflüssigkeit ist ein schönes Wort. Ein schöner Name für eine letztendlich doch ziemlich schleimige und blutige Flüssigkeit.

Das Klappmesser fällt zu Boden.

Der Schwarze fällt ebenfalls zu Boden, hat den Mund mit den Zahnstümpfen aufgerissen um zu schreien, aber so weit kommt es nicht, weil Berthet ihm im selben Moment mit dem Knie den Kiefer zertrümmert.

Zwei Sekunden.

Berthet dreht sich erneut um.

Er geht auf die beiden anderen zu.

Sie versuchen ihre Messer rauszuholen, aber Berthet hält den einen am Arm fest, während er dem anderen das Genick bricht. Man könnte meinen, dass sich da im Halbdunkel drei Freunde umschlungen halten, um ihre männliche Brüderlichkeit zu markieren, nachdem ihre Lieblingsmannschaft ein Tor geschossen hat.

Vier Sekunden.

Berthet bricht dem letzten das Genick, er packt ihn am

Nacken, als wollte er ein bisschen mit ihm rangeln, unter Freunden. Im Übrigen lächelt er dabei. Sollte jemand allzu neugierig herüberblicken, wird er denken, dass es sich hier nur um einen harmlosen Spaß handelt.

Es kracht.

Sechs Sekunden.

Drei Tote.

»Guter Schnitt«, murmelt Berthet.

Die Menschenmenge auf dem Rossio sieht nichts oder versteht nicht, was da los ist, oder will es nicht verstehen, jedenfalls nicht gleich.

Berthet fängt zwar in einem Sekundenbruchteil den Blick eines kleinen Jungen auf, aber nun gut, er geht davon aus, dass der Kleine in einem Alter ist, in dem man noch nicht entscheiden kann, was Realität ist, und was ein Film oder ein Spiel, und schon wendet der Junge sich wieder dieser Art leuchtender Spinne an einem Faden zu, die einem Jojo ähnelt, und die seine Eltern gerade bei einem der kleinen fliegenden Händler für ihn kaufen.

Elementare Psychologie der Massen von heute.

Vor allem am Ende der Ferien, wenn die Masse spürt, dass ihre Situation mit Beginn des neuen Schuljahrs noch schlechter sein wird als im Jahr zuvor. Die Masse zieht es immer vor, es zu ignorieren, wenn Gewalt über ihren Alltag hereinbricht, es sei denn, sie ist so allumfassend wie bei einem Attentat. Dann kann sie sich ihr nicht entziehen. Aber wenn jemand in einem öffentlichen Verkehrsmittel angegriffen wird, es an einer Straßenecke zu einer Rauferei kommt, sieht die Masse das nicht. Dann aktiviert sie ihre Abwehrmechanismen. Das wird ihr dadurch erleichtert, dass sie heute über ungefähr dreihundert Fernsehkanäle verfügt, und die Realität eben nur der dreihundertunderste ist, und dann noch nicht mal unbedingt der spannendste von allen, sondern in etwa so öde wie ein ostdeutscher Dokumentarfilm über die Schwerindustrie.

Also muss die Masse einfach nur weiterzappen.

Berthet hat Kurse darüber gemacht, aber das ist lange her.

Damals waren die von den Ausbildern der Unité abgehalte-
nen Kurse noch interessant, nicht wie heute, wo in ge-
sichtslosen Büroräumen irgendwelche Nerds auf Computern herumtippen. Na, was hätten unsere Nerds denn wohl
gemacht, wenn sie es mitten auf einer Straße in Lissabon
mit drei zugedröhnten Kanaken zu tun bekommen hätten,
die sie kaltmachen wollen? Hätten sie auf ihrem Handy erst
einmal eine Ortung per Satellit verlangt, und von der nächsten Luftwaffenbasis den Einsatz einer Drohne gefordert,
oder was? Hahaha.

Ohne ihren technischen Firlefanz sind die gar nichts.
Berthet hätte zu gerne gesehen, wie sie mit ihren kleinen,
bleichen Fäusten versucht hätten zu verhindern, dass die
Klingen der Klappmesser in ihre rachitischen Körper eindringen. In dem Moment wird ihm klar, dass er sie im Grunde viel mehr verachtet als diese drei Schwarzen, die er gerade getötet hat. Die saßen jedenfalls nicht hinter einem
Bildschirm, der die Welt von ihnen fernhielt, und versuchten dabei den falschen Eindruck zu vermitteln, dass sie
durch diesen Bildschirm der Welt besonders nahe wären.
Nein, diese drei Schwarzen versuchten nur, in dieser unglaublichen Gewalt der realen Welt irgendwie zu überleben, einer Welt, die sich ganz offensichtlich in ihrer Endphase befand. Aufgrund des allgemein herrschenden geopolitischen Chaos waren sie, drogenabhängig und verarmt
wie sie waren, auch noch von Menschen, die sehr viel zy-
nischer waren als sie, dafür eingespannt worden, Berthet zu
töten.

Berthet spricht lautlos ein kurzes Gebet für ihr Seelen-
heil und für sein eigenes. Er entfernt sich in aller Ruhe von
den Leichen, und taucht in die Menge und die ihr eigene
Ignoranz ein, um zu verschwinden.

Er geht Richtung Rossio-Bahnhof auf der anderen Seite
des Platzes. Er erreicht den Bahnhof über die Praça dos Restauradores und überblickt nun die vor ihm liegende Avenida da Liberdade, ein berührender Anblick bei Nacht, wie alle
großen europäischen Prachtstraßen, die an beiden Seiten

von Bäumen gesäumt werden, und deren aus unterschiedlichen Epochen stammende, alte Gebäude im aufblinkenden Scheinwerferlicht der vorbeifahrenden Autos kurz aufleuchten. Ein Anlass für Berthet, über das Schicksal nachzusinnen, über all diese ungelebten Leben, über die unendlich vielen Möglichkeiten und all das.

Berthet ist in dieser Nacht, so scheint es, ein wenig von Heraklit inspiriert.

Man badet nie zweimal im selben Fluss, man sieht nie zweimal dieselbe Praça dos Restauradores, dieselbe Avenida da Liberdade mit ihrem leichten und langen Anstieg zu den höher gelegenen Vierteln. Man sieht nie zweimal dieselbe neomanuelitische Fassade des Rossio-Bahnhofs, der auf seinen Schultern die darüberliegenden Gassen des dort beginnenden Bairro Alto zu tragen scheint. Auch dort laufen noch viele Menschen ohne besonderes Ziel umher, am Ende eines Kontinents, der am Ende ist.

Portugal, die Zehnerjahre.

Da kann man wirklich präsokratisch werden. Tatsächlich kommt Berthet heute zum dritten Mal zum Rossio-Bahnhof, um seinen Kontaktmann zu sehen, und es ist nicht mehr derselbe Rossio-Bahnhof. Genau wie der Fluss nicht mehr derselbe ist. Gestern noch hatte er etwas Verheißungsvolles, Beruhigendes an sich. Er wusste, der Kontaktmann würde ihm Informationen zu Kardiatou geben, ihm Details zu ihrem Tagesablauf nennen. Berthet ist klar, dass seine Fragen auf andere leicht närrisch wirken müssen. Er möchte nicht nur genau wissen, wie das Zimmer im Sheraton-Hotel aussieht, in dem Kardiatou schläft, und das im Übrigen ganz in der Nähe liegt, an der Avenida da Liberdade, sondern er möchte darüber hinaus auch noch wissen, was sie gegessen hat, ob sie gut geschlafen hat, ob sie auch nicht zu viel Lexomil nimmt, was ihr manchmal passiert, und ob sie immer noch diese gebundene Ausgabe der *Illuminationen* von Rimbaud auf dem Nachttisch liegen hat (ein Geschenk von Berthet, was sie nicht weiß), und ob sie bei den offiziellen Dîners oder den Begegnungen mit ihren Kollegen eine gute

Figur macht, ob Kardiatou gelacht hat, ob sie geduscht oder gebadet hat, ob sie ihre Mutter angerufen hat, und ob sie das, wie so oft, traurig gemacht hat.

Aber dieser dritte und letzte Abend verändert den Rossio-Bahnhof. Ihm haftet nichts Tröstliches mehr an, er ist eine Falle. Kardiatou beendet ihre Geschäftsreise am nächsten Tag, und der Kontaktmann, einer der beiden Bodyguards, die sie begleiten, der nebenher gelegentlich als Informant für die Unité arbeitet, hat das Trio Africain möglicherweise beauftragt.

Berthet betritt den Bahnhof. Leuchtend weiße Bögen, die im Dunkeln nur schemenhaft schimmern. Man hört die Schritte der letzten Reisenden widerhallen, ein beruhigendes Geräusch in den verwaisten Gängen, und man hört sie in dieser zwitschernden Sprache sprechen, die Berthet schon immer so gerne gehört hat, Portugiesisch.

Er geht auf den Zeitungskiosk zu. Er weiß, dass die ersten Momente entscheidend sind. Er muss sich den Kontaktmann ganz genau ansehen, ob er beunruhigt wirkt, überrascht, kurzum, ob er unter seiner üblichen raubtierhaften Ruhe eines durchtrainierten Bodyguards, der nebenbei im Dienst der Unité steht, etwas verrät. Und angenommen, er verrät etwas, dann muss man wissen, dass es sicher nicht mehr als ein paar Sekunden dauert, bis er sich wieder voll im Griff hat.

Berthet sieht ihn zuerst.

Ein Vorteil für ihn.

Und Berthet versteht.

Er war es, natürlich war er es.

Diese kaum merkliche angespannte Art sich umzublicken, und wie er mit der Hand seine Krawatte glattstreicht, was er an den beiden vorhergehenden Abenden nicht getan hat.

Berthet nähert sich ihm.

Er versucht, sich nicht übertrieben locker zu geben.

»Hallo, Simon …«

»Berthet, ich dachte schon, du kommst nicht mehr.« Jaja,

das hast du gedacht, denkt Berthet. Dreckiger Hurensohn.

Er hat Simon Polaris, dem Bodyguard von Kardiatou Diop, Staatssekretärin für europäischen Kulturaustausch im Europaministerium, den kurzen Moment der Enttäuschung angesehen.

Aber Simon Polaris hat sich schon wieder gefangen.

Er ist eben ein echter Profi, und paradoxerweise beruhigt Berthet das. Kardiatou wird also gut beschützt. Eine schwarze Staatssekretärin ist in der heutigen Zeit schließlich keine Selbstverständlichkeit. Selbst wenn das alle behaupten.

Wenn Berthet Kardiatou googelt, wie jeden Tag, stößt er immer auf ziemlich ekelerregende Dinge, auf »entlarvenden alternativen Informationsseiten«, die im Grunde nur Sammelbecken für Rassisten sind, die behaupten, allein dort »frei sprechen« zu können, und die man schlecht juristisch verfolgen kann, weil die Server meist im Ausland sind. Und Kardiatou, jung, schön, intelligent und aus der Banlieue, ist der topaktuelle Albtraum eines jeden verarmten weißen Kleinbürgers, der den Patriotischen Block von Dorgelles wählt, eines jeden Neoreaktionärs, der dank der Wirtschaftskrise, die alle halb irre macht, die Medien hinter sich weiß.

Und seit der weiße Kleinbürger, der dem Poujadismus anhängende Rentner, der sich als Giftschleuder betätigende negrophobe Pfaffe und der fundamentalistische Imam angesichts der atheistischen Muslima Kardiatou Diop mit ihrem ungeheuren Sexappeal schier durchdrehen, kurzum, seitdem all diese Kakerlaken mit Rechtschreibschwäche auch nur gelernt haben, eine Tastatur zu bedienen, und sich zugleich autorisiert fühlen, aus der Anonymität heraus lauter Gemeinheiten von sich zu geben, die den Klu-Klux-Klan wie eine Gruppe braver Christdemokraten aussehen lässt, ist Berthet doppelt aufmerksam. Schon verrückt, was Berthet damit für eine Arbeit hat, weil er, wenn es um Kardiatou geht, nichts auf die leichte Schulter nimmt.

Wenn Simon Polaris jedoch von der Unité damit beauftragt worden sein sollte, im Anschluss auch noch Kardiatou zu eliminieren, dann wäre seine Kompetenz wiederum ziemlich beängstigend.

Berthet muss also um jeden Preis erfahren, was genau los ist, und ob die Unité, oder ein Teil der Unité, es an diesem Abend nur auf ihn abgesehen hat, oder ob seine geplante Eliminierung nur der erste Schritt zu einer wie auch immer gearteten Geheimaktion gegen Kardiatou ist, der sie ohne ihren Schutzengel, nämlich ihn, Berthet, völlig hilflos ausgeliefert wäre.

Simon Polaris ist gut 1,85 m groß, er trägt einen anthrazitfarbenen Anzug, der ihm sehr gut steht, und er ist im gleichen Alter wie die Staatssekretärin, für deren Sicherheit er verantwortlich ist, etwa fünfunddreißig Jahre.

Er ist ein unverschämt gutaussehender Typ. Berthet hat manchmal Angst, Kardiatou könnte mit ihm schlafen. Er glaubt das eigentlich nicht wirklich. Sie bevorzugt Intellektuelle, die sie unglücklich machen, manchmal hohe Beamte, die sie früher oder später verlässt, weil die sich früher oder später, wenn auch auf sehr höfliche Art, ihren Klassendünkel anmerken lassen. Berthet hat das bei einigen Führungskräften der oberen Ebene der Unité ebenfalls bemerkt, sogar bei Losey, der doch immer so aufmerksam und gentlemanlike ist.

Bei jeder neuen Liaison Kardiatous ist Berthet erleichtert, dass er die Wahl ihrer Liebhaber bisher nie missbilligen musste. Er findet natürlich, dass es langsam an der Zeit wäre, dass sie ein Kind bekommt. Er hat nur Sorge, dass sie aus einer vorübergehenden Geschmacksverirrung heraus oder weil sie die Suche leid ist, am Ende noch mit einem Typen wie Simon Polaris ein Kind macht.

So eine Art Stéphanie-von-Monaco-Syndrom. Eine Horrorvorstellung. Das würde bedeuten, dass Berthet, der nun seit fünfundzwanzig Jahren für sie im Einsatz ist, am Ende noch seinen einzigen Daseinsgrund verachten würde. Nun muss er, wenn er ehrlich ist, sich eingestehen, dass er selber einen Klassendünkel hat.

»Ich habe gedacht, du kommst nicht mehr, Berthet«, wiederholt Simon Polaris.

»Hier bin ich aber doch.«

Sie geben sich die Hand. Sie entfernen sich ein paar Schritte vom Kiosk. Berthet bleibt noch die Zeit, sich ein paar Zeitungaufmacher einzuprägen. *Avante!*, die kommunistische Tageszeitung, klagt die Diktatur der Troika an, die von Portugal einen erneuten Austeritätsplan verlangt, während *Diário de Notícias* erklärt, diese Opfer seien nötig, wenn das Land sich modernisieren und im Euro bleiben wolle.

Berthet hat diese Zeitungen schon früher am Tag gelesen, am Strand von Cascais. Währenddessen lag Amina in der Sonne, strahlend schön, und zog alle Blicke auf sich, die der Männer ebenso wie die der Frauen, die fasziniert waren von ihrem perfekt geformten Körper, der sich ihnen in seiner ganzen Pracht darbot. Ja, wenn Amina in ihrem rosafarbenen Bikini aus dem Wasser kam und sich die Haare nach hinten strich, sah sie einfach göttlich aus. Selbst ihre etwas zu kräftigen Schenkel erregten Berthet dermaßen, dass er seinen Ständer mit den mitgebrachten Zeitungen bedecken musste. Er hatte sie vor allem wegen der Kulturseiten gekauft. Dort bildete die Reise der Europaminister zur Fundação Calouste Gulbenkian zu einem Kolloquium über das junge europäische Kino, nur eine Randnotiz. Auf einem Foto der Agentur waren die beteiligten Minister und Staatssekretäre zu sehen, die sich aus diesem Anlass im japanischen Garten des Zentrums versammelt hatten. Das Foto war unscharf. Kardiatou war die Größte und die einzige Schwarze.

Berthet ruft sich zur Ordnung, nicht länger abzuschweifen.

Er ist jetzt wieder ganz im Hier und Jetzt.

Simon Polaris ist ein anderes Kaliber als diese drei afrikanischen Junkies. Er kann es sich nicht erlauben, auch nur einen Moment abgelenkt zu sein, und erst recht keinen Ausflug in die Vergangenheit unternehmen, um über die ausgetretenen Pfade seiner Erinnerung zu laufen. Berthet ahnt, dass Simon Polaris unter seinem Anzug seine Dienstwaffe verborgen hat. Berthet dagegen hat nur die Originalausgabe von *Gedichtroman* von Perros, immerhin wiegt sie nicht viel.

»Ich habe mich noch gar nicht bei dir bedankt, Simon, für diese Treffen.«

»Ach was, Berthet, das bin ich dir doch schuldig.«

»Und, ist Kardiatous Tag gut verlaufen?«

»Absolut problemlos. Frau Staatssekretärin ist in Höchstform. Sie hat sich heute nur ein wenig gelangweilt. Das Kolloquium über die Förderung des jungen europäischen Kinos hat sie nicht wirklich in seinen Bann geschlagen. Aber es wird dich freuen zu hören, dass sie beim Abschlusscocktail und dem offiziellen Diner die ziemlich unverhohlenen Annäherungsversuche des Chefs der portugiesischen Cinemathek heroisch zurückgewiesen hat, und jetzt in ihrem Zimmer sitzt, brav ihre Akten durchackert, und dazu ein Mineralwasser trinkt, unter der Bewachung meines Kollegen.«

»Warum sollte mich das freuen, Simon?«

»Na, ich habe gedacht, du ziehst es vor, dass Frau Staatssekretärin alleine ist statt in den Armen eines Schönlings, und mag er auch ein Kinoliebhaber sein.«

Berthet würde gerne aggressiv werden, und Simon Polaris sagen, dass er keine Ahnung hat von der Geschichte, die ihn mit Kardiatou verbindet.

Aber genau darauf legt der es ja an.

Er will Berthet verunsichern, nachdem er nicht damit gerechnet hatte, ihn hier zu treffen, weil er überzeugt war, dass es den drei Junkies gelungen war, ihn um die Ecke zu bringen. Vielleicht ist Polaris ja doch nicht der Vollprofi, für den er ihn gehalten hat. Denn tatsächlich ist er über den Charakter der Beziehung zwischen Berthet und Kardiatou informiert, wenn auch vielleicht nicht in allen Einzelheiten. Alle bei der Unité kennen die seltsame Geschichte von Berthet und Kardiatou Diop, die Geschichte eines Eliteagenten und einer Jugendlichen aus der Banlieue, die zur Staatssekretärin wurde. Zumindest in groben Zügen. Nur der alte Losey kennt mal wieder alle Details.

So eine Geschichte. Und Berthet ist immer noch am Leben. Obwohl…, denkt Berthet. Das könnte sich jeden Moment ändern.

»Trinken wir was?«, schlägt Polaris vor.

Man könnte meinen, er hatte es eilig, die Sache zu Ende zu bringen.

»Ja, warum eigentlich nicht?«, sagt Berthet.

7

Berthet soll getötet werden.

Das ist keine sehr gute Idee.

Denn Berthet hat die Kette jener, die ihn loswerden wollen, bereits um ein Glied gekürzt.

Den Sirenen der Polizei- und Krankenwagen nach zu urteilen, haben die Leichen der drei Schwarzen in der Nähe des Springbrunnens auf dem Rossio schließlich doch die Aufmerksamkeit eines Schaulustigen erweckt, der noch einen Rest Anstand oder Mitgefühl in sich hatte, und so ist nun Simon Polaris, der Schönling in seinem perfekt sitzenden Anzug, mit seiner Krawatte, die er permanent glattstreicht, und seiner Dienstwaffe, vermutlich einer Glock, der Nächste, den er zum Reden bringen und eliminieren muss.

»Na, was ist denn da am Rossio los?«, fragt Simon Polaris, die Scheinheiligkeit in Person.

Berthet beschließt es ihm gleichzutun, und beantwortet die Frage mit einer Gegenfrage:

»Wollen wir den Drink im Sheraton nehmen?«

Er weiß natürlich genau, dass Simon Polaris, wenn er ihn töten will, das nicht in dem Hotel tun kann, in dem er seit drei Tagen Staatssekretärin Kardiatou Diop bewacht.

»Ehrlich gesagt finde ich solche Hotelbars wie im Sheraton eher öde«, sagt Polaris, »die sind immer so unpersönlich. Wir können uns doch eine urige Ecke suchen. Außerdem könnte sich das rumsprechen, wenn mein Kollege dich da sieht. Ich vermute mal, die Unité wäre nicht so begeistert, wenn sie das erfährt. Aber du kennst dich doch ganz gut in Lissabon aus, oder?«

Berthet denkt, dass Simon Polaris ihn wirklich für einen Idioten hält.

Aber wirklich.

Mit einer »urigen Ecke« meint Simon Polaris einen Ort, an dem er ihn in eine Sackgasse drängen und ihm eine Kugel in den Kopf jagen kann, um anschließend zurück ins Sheraton zu gehen und am nächsten Morgen unbehelligt mit Kardiatou die Kontrolle am Flughafen zu passieren.

Dumm nur, dass Polaris nichts von der Wohnung auf den Namen Alain Derville im Bairro Alto weiß.

Allerdings ärgert es Berthet schon ein wenig, dass diese Geschichte ihm irgendwie Lissabon verdirbt, seine Zufluchtsstadt. Hier wollte er mit Blick auf den Tejo das mögliche Ende der Welt erwarten, Spaziergänge über den Cemitério dos Prazeres, den ›Friedhof der Freuden‹ machen, so wie mit Amina am Tag ihrer Ankunft. Zwischen den Mausoleen hindurch hat man einen einmaligen Blick auf den Ponte de 25 Abril. Hier kann er zwischen zwei Aufträgen ganze Nachmittage lesend auf einer Bank in der Nähe der Estufa Fria verbringen, wenn die Hitze mal wieder so extrem ist, dass nur noch Losverkäufer und Hunde draußen zu sehen sind, die in eine Art Erschöpfungsstarre gefallen sind und nicht mal mehr zusammenzucken, wenn die Affen und die Vögel aus dem fernen Brasilien schreien.

Wer weiß, wann Berthet da wieder hinkommt. Falls er da überhaupt je wieder hinkommt.

Berthet hatte immer das Gefühl, dass es ihm am ehesten in Lissabon, an einem Nachmittag wie diesem, gelingen könnte, die Geister jener Menschen wiederzutreffen, die er einst geliebt oder gekannt hat, und denen er nicht vermocht hat zu sagen, dass er sie liebt, es nicht wollte oder konnte.

Als er Amina sagte, wie sehr er Lissabon liebt, kam sie auf die Filme von Alain Tanner zu sprechen. Sie wunderte sich, dass ein Gelehrter wie er, Professor für die Geschichte des Mittelalters, weder das *Lissaboner Requiem* noch *In der weißen Stadt* kannte.

Berthet zog sich aus der Affäre, indem er sagte, dass er, eben weil sein Spezialgebiet das *Spiel des Heiligen Nicolaus* sei, ein Mysterienspiel in franco-picardischer Sprache aus dem 13. Jahrhundert, keine Ahnung von Filmen habe.

»Wir Uniprofessoren blicken nur selten über den Tellerrand unseres Fachgebiets hinaus.«

Amina sagte daraufhin mit einem Lächeln, während ihr nackter schwarzer Körper einen schönen Kontrast zu den weißen Laken und den Azulejos des Hotelzimmers bildete, dass sie ihm die beiden fraglichen DVDs von Alain Tanner nach ihrer Rückkehr nach Paris gerne schenken würde.

Einen Moment lang war Berthet unglaublich gerührt über diese simple, nette Geste.

Einen Moment lang dachte er: Warum eigentlich nicht Amina? Man muss auch mal mit etwas abschließen können. Ich habe genug Geld und genügend Rückzugsorte zur Auswahl, an die ich mit ihr verschwinden könnte, ganz weit weg.

Ja, aber das würde voraussetzen, dass Amina das auch wollte, und dass es keine Kardiatou gäbe.

Um seine Rührung zu verbergen, die ihn selbst überraschte, wandte er sich wieder Aminas Körper zu und nahm sie, auf einmal von einem Gefühl tiefer Zuneigung ergriffen, während durch das geöffnete Fenster über den Dächern der Baixa, in diesem blaugoldenen Augusthimmel, der Klang der Sirene einer Fähre drang, die am Terreiro do Paço entlangfuhr, und ihrem Liebesakt die zusätzliche melancholische Note einer Hafenstadt am Ende der Saison verlieh, und zugleich das intensive Bewusstsein der Unwiederbringlichkeit dieses Moments.

Vorerst muss Berthet allerdings das Problem mit Simon Polaris lösen.

»Ich kenne eine Bar im Bairro Alto, wenn du magst, O Fragil, da sind lauter hübsche, hippe Mädchen, aber auch einige Schwule.«

»Von mir aus gerne, Berthet, es darf nur nicht zu spät werden. Der Rückflug unserer bewundernswerten Frau Staatssekretärin nach Paris geht um 7.45 Uhr. Du weißt ja, wie diese Regierung drauf ist. Die Minister fliegen Linie, Business Class, aber eben Linie.«

»Keine Sorge, Simon.«

Berthet und Simon laufen durch die oberste Etage des Rossio-Bahnhofs ins Bairro Alto. In Lissabon wechselt man die Viertel, in dem man die Etage wechselt, über Fahrstühle und Treppen. Man hat das Gefühl, zugleich in einer Stadt und in einem Haus zu sein.

Berthet denkt darüber nach, wie er Simon Polaris am besten unschädlich machen könnte.

Simon Polaris denkt darüber nach, wie er Berthet am besten unschädlich machen könnte.

Berthet weiß, dass er darüber nachdenkt.

Polaris ist sicher im Begriff zu wissen, dass Berthet auch darüber nachdenkt, dass er verstanden hat.

Unmerklich lotst Berthet ihn im abschüssigen Labyrinth des Bairro Alto ganz allmählich in die Nähe seiner Wohnung. Dabei vermeidet er Straßen, die zu menschenleer sind, weil er weiß, dass Simon Polaris die erstbeste Gelegenheit beim Schopf packen wird.

Das ist schwierig, aber Berthet kennt das Viertel, das immer mehr von der linken Schickeria vereinnahmt wird, und in dem in den letzten zwanzig Jahren alle Elendsbehausungen und alle Nutten verschwunden sind, Opfer der Einheitswährung und der Gentrifizierung. Berthet erinnert sich noch gut daran, wie er im Jahr der Weltausstellung 1998 in Lissabon im Hinterhof eines Bistros in der Rua da Atalaia mit Escudos bezahlt hat, nachdem er sich einen hatte blasen lassen.

Von einer Angolanerin, klar.

In dem Jahr sollte Berthet einen bosnischen Mafioso töten, der den Pavillon seines noch jungen Landes dazu benutzte, Waffen an ein islamistisches Netzwerk aus der Region Marseille zu verkaufen. Da die gesamte Intelligenzia von Paris für die Bosnier schwärmte und der Mafioso den Rang eines Unesco-Botschafters bekleidete, konnte man offiziell nichts gegen ihn ausrichten, oder es hätte Jahre in Anspruch genommen, und die Schläferzellen in Marseille hätten sich so lange in aller Ruhe ausrüsten können wie kleine Armeen. Der französischen Spionageabwehr war das ein zu heißes Eisen, das überließ sie lieber anderen, wer wollte, konnte zugreifen.

Ein Fall für die Unité, klar. Losey sagte, während sie mal wieder in einer pseudoelsässischen Taverne bei der Place d'Italie vor einem Teller Sauerkraut mit Speck und Würsten saßen, das allerdings nicht besonders gut war:

»Portugal ist gut, Berthet, Sie werden sehen. Und Lissabon erst. Ach, mein gutes, altes Lissabon. Sie als Lyrikliebhaber kennen doch sicher Pessoa, oder?«

Im ersten Moment kam Berthet dieser Auftrag gar nicht gelegen. Er wollte sich ausruhen, und er wollte in Paris bleiben, um sich um Kardiatou zu kümmern. 1998 jobbte Kardiatou in einer McDonald's-Filiale am Boulevard Saint-Michel, und einer ihrer Brüder, der mit der Drogenfahndung von Roubaix im Clinch lag, hatte sich bei seiner Schwester eingenistet, in ihrer Dachkammer in der Rue Muller.

Das Brüderchen, Boubacar, schloss auf Anhieb Freundschaft mit den Dealern von Barbès und der Butte und ging seiner Schwester auf die Nerven, indem er sie ständig um Kohle anbettelte oder seine neuen Kumpels in ihre Bude schleppte. Als Berthet sah, dass Kardiatou ein Veilchen im Gesicht hatte, hätte er den Bruder fast massakriert, aber das war letzten Endes vielleicht doch keine so gute Idee. Er musste eine andere Lösung finden.

Und ausgerechnet in der Situation bat Losey ihn darum, nach Lissabon zu fahren, um einen Bosniaken, wie man damals im Dienst sagte, zu eliminieren, und zwar »auf möglichst spektakuläre und erniedrigende Weise«.

»Das passt mir gerade nicht so gut«, sagte Berthet schlecht gelaunt, »das passt mir wirklich überhaupt nicht gut, und dieses Sauerkraut taugt nichts.«

»Ihre Meinung dazu interessiert mich, ehrlich gesagt, herzlich wenig, das ist ein Befehl. Außerdem werden Sie dafür sehr gut bezahlt. Sie bekommen mehr als den normalen Satz. Ich habe Sie in letzter Zeit ziemlich viel in Anspruch genommen, ich weiß. Aber wir haben nun einmal einen Personalengpass. Sie sind der Einzige, der das machen kann. Und darf ich Sie bei der Gelegenheit vielleicht daran erinnern, dass ich die ganze Zeit schützend meine Hand über Sie gehalten habe, und es nach wie vor tue, mit Ihrer Kardiatou? Was das Sauerkraut angeht, muss ich Ihnen Recht geben. Diese Brasserie hat mich zum letzten Mal gesehen.«

»Wo wir gerade darüber sprechen …«

»Über was, übers Sauerkraut?«

»Nein, über Kardiatou.«

»Was ist mit Kardiatou?«

»Ich mache mir Sorgen.«

»Schießen Sie los, Berthet.«

Berthet erzählte. Losey hörte zu, während er sich mit einem Zahnstocher die Zähne reinigte.

»Das bringe ich in Ordnung. Warum haben Sie das nicht früher gesagt? Ich lasse das Brüderchen verhaften, der Kommissar vom 18. Arrondissement ist der Kumpel von einem Kumpel von einem Kumpel von mir. Wir schicken diesen Boubacar in Nullkommanichts nach Roubaix zurück.«

»Da wird Kardiatou sicher traurig sein …«

»Ganz ehrlich, Berthet, Sie gehen mir ein bisschen auf die Nerven. Warum soll sie traurig sein, wenn sie keine Junkies mehr in ihrer Bude hat, die sie vom Lernen abhalten, sie wie ein besseres Dienstmädchen behandeln und gelegentlich auch noch schlagen?«

Berthet musste einräumen, dass Losey Recht hatte. Also fuhr er wie geplant nach Portugal und bereitete vor Ort seinen kleinen Auftrag vor. Die Weltausstellung, fand er, war der letzte Tinnef, aber die Stadt schlug ihn in ihren Bann.

Der Auftrag war nicht schwer auszuführen.

Der bosnische Mafioso ging mit seinen beiden Handlangern jeden Abend in den Cais-do-Sodré-Puff. Zum Auftakt holten sich diese Schwachmaten in den Kabinen der Peepshow erst mal einen runter.

Bei jenem libidinösen Besuch, der ihr letzter sein sollte, erlebten sie eine böse Überraschung: An Stelle des lesbischen Paars, das normalerweise auf der Drehbühne zu sehen war, erschien Berthet mit einer Škorpion-Maschinenpistole. Er hätte sich natürlich auch mit einer guten alten SIG-Sauer P220 mit Schalldämpfer begnügen können, seiner Lieblingswaffe, aber Losey wollte es ja nun einmal spektakulär und erniedrigend. Wenn Losey es spektakulär und erniedrigend genug fände, würde er ihm am Ende sogar eine ordentliche Prämie bezahlen.

Eine Škorpion, die das Spiegelglas der Peepshowkabinen zertrümmert, gefesselte Nutten hinter den Kulissen, und drei von 9-mm-Kugeln durchsiebte Kadaver von bosnischen Diplomaten, darunter derjenige, der den Pavillon seines Landes auf der Weltausstellung für seine kleinen Nebengeschäfte missbrauchte und der bereits den Schwanz aus der Hose hängen hatte, fand Losey dann tatsächlich spektakulär genug. Allerdings hatte man im Anschluss alle Hände voll zu tun, die Affäre zu vertuschen, denn die Bösen der Stunde, das war bekannt, waren die Serben, gegen die man im Übrigen demnächst Bombenangriffe fliegen wollte.

Berthet erstattete von einer Telefonkabine im Alfama-Viertel aus einem Verantwortlichen der Unité kodiert Bericht. Der äußerte sich nicht weiter dazu, sondern sagte nur: »Ihr Freund, der Sauerkrautliebhaber, hat das Problem mit der Rue Muller geregelt.« Berthet war erleichtert und begann seinen Aufenthalt in Lissabon zu genießen.

Er war letztendlich sogar vierzehn Tage geblieben. Nach dem, was Amina ihm über den Film *In der weißen Stadt* erzählt hat, litt er damals unter dem gleichen Syndrom wie der von Bruno Ganz verkörperte Seemann. Er irrte ziellos durch Lissabon, das den perfekten Rahmen für sein Geisterleben abgab. So kam es, dass er sich entschloss – für einen Appel und ein Ei, nebenbei gesagt –, diese Wohnung auf den Namen Alain Derville in der Nähe vom Miradouro de São Pedro de Alcântara zu kaufen.

Eben jene Wohnung, in die Berthet jetzt Simon Polaris zu treiben versucht. Gleich hat er es geschafft, er muss nur noch diese beiden Mädchen in Hotpants durchlassen, die überdimensionale Joints rauchen.

So, endlich sind sie vorbeigegangen, was bleibt, ist der durchdringende Geruch nach Shit mit hoch dosiertem THC, gemischt mit »Euphoria« von Calvin Klein, einem Duft für Frauen, der zu Berthets Favoriten gehört. Derselbe Duft, den die hübsche Desmoulins benutzte, die France Dougnac so ähnlich sah. Dabei fällt ihm auf, dass er sie eine halbe Ewigkeit nicht mehr gesehen hat. Er sollte mal herausfinden, wie es ihr geht, ob sie noch im Geschäft ist und ob sie immer noch aussieht wie France Dougnac.

»Und wo ist nun dein Bistro, Berthet?«

Berthet dreht sich um.

Polaris ahnt etwas.

Er beugt sich leicht vor.

In die Tasche seines Jacketts ist ein Stück Blei eingenäht, wenn er sich leicht vorbeugt, wird sein Holster freigelegt.

Schon witzig, denkt Berthet, dass dieser uralte Trick bei so Jungspunden wie Polaris immer noch in Mode ist.

Berthet ist schneller. Er hat sich bereits auf Polaris gestürzt. Unten auf dem Mar da Palha hört man im Dunkeln eine Schiffssirene heulen, sehen kann man das Schiff von hier oben nicht. Mit einer Hand blockt Berthet die seines Gegenübers ab, mit der er gerade seine Waffe ziehen wollte, mit der anderen drückt er auf seinen Hals, und Polaris verliert das Bewusstsein.

Es ist fünf vor zwölf.

Eine Gruppe Nachtschwärmer, gefolgt von mehreren Autos, taucht an einer Biegung der Straße auf. Dreckiges, schallendes Gelächter, Quietschen heißgelaufener Reifen auf Kopfsteinpflaster.

Berthet stützt Polaris, wie man einen Betrunkenen stützt. Die Nachtschwärmer lachen und rufen ein paar beleidigende Bemerkungen herüber, Berthets Portugiesisch reicht aus, um sie zu verstehen, es geht um Trunksucht und um Homosexualität.

Als sie dann vor seiner Wohnung angelangt sind, fällt Berthet auf, dass er dummerweise die Schlüssel nicht dabei hat.

Er flucht.

Die Eingangstür ist offen, gut.

Fünf Etagen ohne Aufzug, gut.

Tomette-Fliesen, mit Kalk geweißte Wände, gut.

Berthet lässt Polaris vor der Wohnungstür fallen. Er weigert sich, sich einzugestehen, dass er außer Puste ist.

Simon Polaris stöhnt.

Genervt tritt Berthet ihm mit seinem Weston-Mokassin gegen die Schläfe. Er ramponiert sein eigenes Schloss mit einem Mont-Blanc-Füller, den er dabei für immer ruiniert. Um sich abzureagieren, versetzt er Polaris erneut einen Fußtritt in die Visage. Erneut stöhnt Polaris.

Er tritt ihn nicht zu stark, denn Polaris muss noch auspacken.

Endlich gibt die Tür nach.

Berthet schleift Polaris in die Wohnung.

Er schließt die Tür.

Er erleichtert ihn um seine Waffe, natürlich eine Glock, und steckt sie sich in den Gürtel.

Er dreht Wasser und Strom auf, geht in die Küche und trinkt aus einem staubigen Glas lauwarmes Wasser aus dem Hahn.

Berthet schaut auf die Uhr. Er denkt, Mist, Amina macht sich bestimmt Sorgen. Er überlegt, ob er sie anrufen soll und ihr erzählen, er hätte zufällig ein paar Freunde getroffen, oder irgendetwas in der Art. Er holt sein Smartphone raus. Er zögert. Dann lässt er es. Amina hat seine Nummer. Wenn sie aufgewacht wäre und beunruhigt wäre, dann hätte sie ihn angerufen.

Das möchte er zumindest glauben.

Erst einmal muss er Simon Polaris zum Reden bringen.

Er geht in den hinteren Teil der Wohnung, durch den Flur. Links gehen zwei große Zimmer ab, die er seit 1998 bei jedem seiner Aufenthalte in Lissabon peu à peu eingerichtet hat, mit Stücken, die er auf dem Feira-da-Ladra-Flohmarkt gefunden hat, oder auch bei Trödlern oder in Antiquitätenläden im Bairro Alto.

Ohne dass Berthet das beabsichtigt hätte, sieht seine Wohnung nun aus wie die eines portugiesischen Kleinbürgers, der zu Zeiten des letzten Königs um 1910 gelebt hat. Man kann sagen, das Ensemble wirkt streng und dunkel. Die Anrichten, Konsolentische, Tische und Stühle schwanken zwischen neogotisch und neomanuelistisch und trotz ihrer reichen Verzierungen haben sie etwas Gravitätisches. Im Schlafzimmer steht ein Himmelbett, und Berthet hat den alten Fries aus Azulejos-Kacheln, der sich um die ganze Wand zieht, eigenhändig ersetzt durch einen neuen in frischeren Farben, aber ebenfalls aus alten Kacheln. Die Kacheln hat er sich Stück für Stück zusammengesucht. Jedes Mal, wenn er bei einem Trödler einen Stapel fand, wurde er mal kurz zum Fliesenleger.

Für die Wände im Flur hat Berthet als netten Blickfang, wenn man das so sagen kann, ein paar Darstellungen von Schiffsunglücken, die ihm mehr zusagten als ländliche Szenen und geografische Karten. Es sind auch sehr schöne Seekarten vertreten. Ja, Berthet sammelt mit kindlicher Begeisterung Karten und Drucke, was ihn jedoch nicht daran hindern wird, in den folgenden Minuten einen Mann zu Tode zu quälen.

Nur in dem Raum, der ihm als Wohnzimmer dient, gibt es zwei Elemente, die eine persönliche Note hereinbringen, und die darauf hindeuten, welchen Traum er eigentlich verfolgt:

Das sind die beiden Clubledersessel und die Bücherregale mit den vielen bunten Buchrücken, eine Bibliothek, die fast ausschließlich aus Gedichtbänden besteht. Wenn man die

Zeit hätte, sich in sämtlichen Unterschlüpfen umzuschauen, die Berthet als sicher erachtet, als persönliche Refugien gewissermaßen, etwa ein Dutzend an der Zahl, würde man feststellen, dass überall die gleichen Bücher wie in der Avenue Daumesnil stehen.

Er kauft die Gedichtbände, die er mag, nämlich immer gleich mehrfach, in verschiedenen Buchhandlungen. Mit der Poesie hält Berthet es genauso wie mit Waffen oder gefährlichen Substanzen, er wechselt möglichst oft den Anbieter, um nicht von einer einzigen Quelle abzuhängen.

Er ist nicht besonders paranoid, aber er kennt eben auch die Unité, weiß, wie sie tickt, und kennt ihre neuen Methoden, er weiß, dass sie bedingungslos auf elektronische Überwachung und Datenabgleich schwört. Berthet kann sich lebhaft vorstellen, wie so ein Nerd im Büro seines Vorgesetzten auftaucht und sagt: »Mir ist da bei einem unserer Agenten eine komische Sache aufgefallen. Der hat zwölf Exemplare von *Rezitativ* von Jacques Réda bei Gibert gekauft. Verbirgt sich dahinter vielleicht eine Art Code? Oder wird er einfach nur geisteskrank? Das ist total verrückt, ich habe mich erkundigt, dabei handelt es sich um moderne Poesie, Monsieur! Und er kauft zwölf Ausgaben. Der spinnt doch, oder nicht?«

Wenn in dem Moment zufällig Losey oder ein anderer von den Alten vorbeikäme, könnten sie es ihm erklären. Sie würden ihm nicht erklären, dass Poesie zu einer quasi illegalen und verdächtigen Ware geworden ist, weil es darin um Geheimnis, Tod und Flucht geht, also lauter Dinge, die eigentlich jedes Mitglied der Unité verstehen sollte, aber nicht mehr versteht. Nein, das würden sie ihm nicht erklären, weil das dem Nerd und seinen Chefs, die keine fünfundvierzig sind und einer Generation angehören, die nicht allzu viel Allgemeinbildung benötigte, um auf einer Elite-Uni angenommen zu werden, schlichtweg zu hoch wäre.

Losey und die anderen Alten würden ihm sagen, dass Bücher Berthet einfach wichtig wären und er, wenn er sich in einem seiner diversen Verstecke aufhielt, eben lieber Gedichte lesen und Perros oder Réda durchblättern würde, als mit den Apps auf seinem Smartphone zu spielen oder irgendwelche Drogen einzuwerfen, dass die Poesie eben seine Droge wäre.

Aber selbst das, so vermutet Berthet, selbst das könnte man in der derzeitigen Situation noch gegen ihn verwenden.

Im hinteren Teil seiner Wohnung gibt es eine Abstellkammer mit einer gepanzerten Tür, die man nur mit einem Code öffnen kann. Wenn während seiner langen Abwesenheit ein paar Einbrecher kämen, seinen alten Fernseher mitnehmen und ein paar von seinen Fayencen aus Caldas oder Alcobaça zerbrechen würden, wäre das ärgerlich, aber nun gut. Wenn sie jedoch fänden, was sich in dem Verschlag verbirgt, wäre das mehr als ärgerlich.

Er drückt die Tasten, er weiß den Code auf Anhieb. Er hat ungefähr fünfzig verschiedene Codes im Kopf, die er nirgendwo notiert hat. Sollte er also mal Alzheimer kriegen oder einen Schlaganfall haben, dürfte Berthet das ziemlich schnell merken.

In seiner Kammer lagern sorgfältig verpackt:

Große Plastikplanen.

Ein orangeroter ABC-Schutzanzug.

Zwei zerlegte SIG-Sauer P220.

Chirurgische Instrumente.

Spritzen.

Pharmazeutische und chemische Produkte abgepackt in Fläschchen ohne Etikett.

Reinigungsmittel und Putzlappen.

Berthet zieht den orangeroten Anzug an, und dann, bevor er den Mundschutz und die Handschuhe überzieht, wählt er die chirurgischen Instrumente aus, die er benötigt, ein paar Spritzen, und einen starken Fleckentferner.

Er nimmt ebenfalls ein Seil und Lappen mit.

Dann beugt er sich über Polaris, der immer noch stöhnend im Flur liegt.

Berthet macht schnell, er hat es eilig. Er entkleidet Polaris vollständig und legt seine Klamotten auf einen Haufen.

Als er jung war, hatte er auch mal so einen Körper, denkt er wehmütig.

Dann schiebt er die Möbel in seinem Wohnzimmer beiseite. Er breitet eine große Plastikplane aus. Er legt den nackten Polaris auf die Plane. Er ärgert sich darüber, dass er den dummen Reflex nicht unterdrücken kann, einen Blick auf Polaris' Schwanz zu werfen, um festzustellen, dass er deutlich kleiner ist als seiner. Was das angeht, hat er sich seit seiner Grundschulzeit an der Pierre-Larousse-d'Alésia-Schule nicht großartig verändert. Das wiederum beruhigt ihn.

Außerdem ist es nicht das Schlechteste, Erinnerungen an die Kindheit wachzurufen, an kleine Jungs in Schulkitteln und mit Segelohren, lauter kleine Käuze, die Ende der fünfziger Jahre nicht so richtig wussten wohin mit sich, wenn man sich anschickt, einen Mann zu foltern.

Simon Polaris kommt wieder zu sich. Seine Arme und Beine sind sorgfältig an schwere portugiesische Möbel angekettet, die wiederum an der Wand befestigt sind.

In seinem orangeroten Anzug nimmt Berthet sich Polaris' Armbeuge vor, sucht eine Vene, findet sie, und injiziert ihm eine hauseigene Mischung der Unité.

»Was soll das, Berthet? Das ist zwecklos. Du weißt so gut wie ich, dass wir beide darauf trainiert sind, nicht auf die von unseren Diensten entwickelten Substanzen anzusprechen.«

»Wir werden sehen, Simon, wir werden sehen.«

»Idiot! Kinderficker! Alle bei der Unité wissen, dass das mit deiner Kardiatou eine unterdrückte Pädophilie ist. Da fällt mir ein, ich wollte es dir eigentlich nicht sagen, aber vor einem Monat war sie so dermaßen auf Entzug, dass ich sie gevögelt habe, die Staatssekretärin … Die ist gut im Bett, die kann nicht genug kriegen. Sie hat auch den perfekten Mund, um einem einen zu blasen. Aber du kennst dich ja aus mit Schwarzen. Wie man allgemein hört, stehst du doch auf Negermuschis, richtig? Es heißt ja, wenn man das einmal probiert hat, dann kann man nicht mehr darauf verzichten, das ist genau wie mit den deutschen Autos. Darum bist du doch auch mit der anderen Negerin nach Lissabon gekommen, oder?«

»Ach komm, Simon, glaubst du wirklich, dieses Spielchen funktioniert mit mir? Glaubst du wirklich, ich hätte nicht die gleiche Ausbildung wie du und wüsste nicht, dass du nur hoffst, mich so wütend zu machen, dass ich dich auf der Stelle töte, so dass dir weitere Leiden erspart bleiben und du nicht rumheulen musst wie eine Schwuchtel? Da du jetzt eine Menge falscher und beleidigender Dinge gesagt hast, werde ich dir zeigen, dass ich dich sehr gut bestrafen kann, ohne dich zu töten.«

Berthet geht einmal um Polaris herum und beugt sich zu ihm herunter. Polaris versucht den Kopf zu heben, aber da seine Gliedmaßen in alle Richtungen auseinandergezogen sind, hat er keinen großen Bewegungsspielraum. Berthet schneidet mit dem Skalpell Polaris' rechtes Ohr ab, und als er zu schreien ansetzt, steckt er es ihm in den Mund und stopft ein Tuch hinterher. Er hat zwar nicht die Tanner-Filme gesehen, aber dafür die ersten von Tarantino.

»Pass auf, verschluck es nicht«, sagt Berthet, während er auf der klaffenden Wunde an seinem Kopf großzügig neunzigprozentigen Alkohol verteilt.

Berthet denkt, während Polaris zuckt, dass der letztendlich nicht ganz Unrecht hat. Er ist sicher kein Pädophiler, er hat Kardiatou nie angefasst, aber … vielleicht in einem Nabokov'schen Sinne? Es gibt nur eine Sache, die ihn an Polaris' verzweifelter und gezielter Provokation wirklich beunruhigt, das ist die Tatsache, dass er Amina erwähnt hat.

Eigentlich sollte Polaris nichts von ihrer Existenz wissen. Er sollte nur wissen, dass Berthet zeitgleich mit Kardiatou in Lissabon ist, und sie sich immer um Mitternacht in der Nähe dieses Kiosks am Rossio-Bahnhof treffen. Andererseits, wenn Polaris den Auftrag hatte, Berthet auf die eine oder andere Art um die Ecke zu bringen, war es nicht besonders schwer herauszufinden, wann und mit wem er von Roissy abgeflogen war.

Berthet richtet sich auf. In einer Anrichte hat er eine Flasche Aguardente, er trinkt drei Schlucke, die ihm im Hals brennen.

Er widmet sich erneut Polaris.

»Auf jede Frage eine Antwort, sonst kommt das Skalpell.«

Er zieht das Tuch und das Ohr aus Polaris' Mund, der hustet. Sein glasiger Blick zeigt, dass das Mittel zu wirken beginnt.

»Hast du diese drei Junkies auf mich angesetzt?«

»Ja. Verdammt, ich habe Schmerzen.«

»Es könnte schlimmer sein, sei froh, dass ich dir was gespritzt habe. Wie hast du das gemacht? Du hast ja echt die letzten Idioten engagiert.«

»Ich weiß. Ich hatte nur begrenzte Mittel zur Verfügung. Ein Typ von der Unité hat mir den Namen eines Kleinganoven von hier genannt. Mein Budget betrug fünftausend Euro. Das ärgert dich, was, Berthet, fünftausend Euro?«

Berthet hätte nicht übel Lust, ihm seine hübsche Visage mit dem Skalpell zu zerschneiden, aber damit würde er zugeben, dass er Recht hat.

»Das ärgert mich nicht, weil du versagt hast, du Trottel. Fünftausend waren eben nicht genug. Versuch nicht, deine Inkompetenz mit dem beschränkten Budget zu entschuldigen. Wer bei der Unité hat dich damit beauftragt, diese Operation durchzuführen?«

»Keine Ahnung. Ich bekam einen Anruf, und postlagernd Instruktionen. Du kennst ja so gut wie ich das übliche Verfahren in diesen Fällen.«

»Hat man es auf Kardiatou abgesehen? Hat die Unité den Auftrag bekommen, sie ebenfalls zu eliminieren?«

»Das weiß ich nicht. Ich habe nur Anweisungen für dich bekommen. Die Unité will dich seit einem Monat loswerden.«

»Losey?«

»Kenne ich nicht.«

»Verarsch mich nicht. Alle kennen Losey. Warum hast du

den Auftrag angenommen, dich um meine Beseitigung zu kümmern?«

»Du bist zwar ein Pädo, aber auch eine lebende Legende, Berthet. Wer es schafft, dich unauffällig um die Ecke zu bringen, erhält eine Expressbeförderung. Ich habe es satt, in zwei Diensten zu stehen, als Bulle im Personenschutz für hochgestellte Persönlichkeiten zu arbeiten und als Informant für die Unité, als einfacher Berichterstatter. Ich möchte Vollzeitagent werden.«

»Du möchtest also ein Vollzeitgespenst werden.«

»Was redest du da?«

Berthet zuckt in seinem orangeroten ABC-Anzug die Schultern.

»Vergiss es … Was meinst du, will man mich um die Ecke bringen, damit Kardiatou ihren Schutzengel los ist?«

»Wie gesagt, Berthet, ich habe keine Ahnung. Nein, das glaube ich eigentlich nicht. Aber ich weiß es nicht. Dein Schützling genießt doch hohes Ansehen. Der Präsident ist zufrieden mit ihr, der Ministerpräsident ist zufrieden mit ihr. Ab und zu bekommt sie sich mit dem Kulturminister in die Haare, weil ihre Zuständigkeitsbereiche sich überschneiden, aber das war's auch schon.«

»Du erzählst mir was von Politik. Ich meine aber die Unité.«

»Ich bin noch kein vollwertiges Mitglied der Unité, des ›Tiefen Staates‹. Ich kann dir nur sagen, was ich sehe, was ich höre, was ich mir zusammenreime. Warum tut mir mein Ohr eigentlich nicht weh?«

»Dafür kannst du dich bei den Chemikern der Unité bedanken.«

Der Tiefe Staat.

Berthet hat diesen Ausdruck schon eine ganze Weile nicht mehr gehört, höchstens aus dem Mund von Losey, der damit zugleich die Unité meinte und die, denen sie diente. Oder umgekehrt. Es sei denn, das war überhaupt nicht mehr zu trennen.

Der ›Tiefe Staat‹ ist von einem möglichen Wechsel der Regierung unberührt und, so meint Losey, sieht in der Unité eine schon leicht veraltete Organisation, die er zum Erreichen seiner Ziele nutzen kann.

Polaris lallt immer mehr und bei den nächsten zwei, drei Fragen schweift er ab. Er stiehlt Berthet, der an Amina denkt, kostbare Zeit.

Berthet fragt sich, ob er seine Mischung vielleicht überdosiert hat.

Also, so denkt er, muss er Simon mal wieder seinen Schmerz zurück ins Gedächtnis rufen, und schneidet ihm, ziemlich weit oben, seine beiden Nasenflügel ab sowie ein Augenlid, das linke. Er steckt ihm erneut den Lappen in den Mund. Polaris muss sich auf der Stelle übergeben. Berthet ist froh, dass er seinen Schutzanzug trägt. Er zieht den Lappen wieder raus. Als Polaris sich fertig übergeben hat, will er schreien, da steckt Berthet den Lappen wieder rein.

Sein Körper beginnt zu zucken.

Berthet drückt mit einer Hand auf Polaris Brust, und während Polaris' Blick irre ist, ist Berthets nur leer.

Polaris schwitzt und blutet stark.

Berthet zeigt ihm die Spritze. Polaris nickt zustimmend. Berthet injiziert ihm etwas. Er weiß, der Schmerz bleibt stark, aber sinkt fast augenblicklich auf ein erträgliches Maß. *Sei weise, oh mein Schmerz, und gib Ruhe.* Der Gedichtband steht sicher irgendwo auf einem der vielen Bücherregale der Wohnung.

Sein Blick bleibt erneut an Polaris hängen.

»Erzählst du mir jetzt mal ein paar interessantere Dinge?«

Polaris nickt. Sein Blick ist nicht mehr irre. Nur gebrochen.

Berthet zieht den Lappen raus. Polaris hustet. Er sagt mit veränderter Stimme, da seine Stimmbänder von der Magensäure verätzt sind:

»Deine Kardiatou, heißt es, soll bei den Kommunalwahlen antreten, damit sie auch lokal verankert ist, wie sie es nennen. Aber das ist noch nicht offiziell.«

»Wo denn?«

»Weiß ich nicht mehr. Es ist jedenfalls keine einfache Aufgabe, das sagt sie andauernd zu ihren Beratern.«

Berthet versetzt Polaris eine freundschaftliche Kopfnuss, da, wo mal sein Ohr war. Der stöhnt auf.

»Scheiße, du tust mir weh!«

»Na komm schon!«

»Ich glaube, deine Negerin soll in einer Stadt antreten, die an den Patriotischen Block fallen könnte. Sie träumen von einem Duell zwischen Kardiatou Diop und Agnès Dorgelles in Brévin-les-Monts.«

Schlagartig versteht Berthet.

Und was er da versteht, gefällt ihm gar nicht, so ganz und gar nicht. Er hofft, er irrt sich.

Doch die Tatsache, dass man ihn wenige Monate vor einem solchen Szenario – die schwarze Staatssekretärin gegen den neuen Star der extremen Rechten – töten will, bestärkt Berthet letztendlich in dem Gefühl, dass an der Sache was faul ist.

Aber so richtig faul.

8

Berthet soll getötet werden.

Das ist keine sehr gute Idee.

Denn jetzt weiß Berthet Bescheid und hat nicht mehr den geringsten Zweifel.

Es ist die Unité.

Sie will nicht, dass Berthet ihr ins Gehege kommt, weil sie ihre eigenen Pläne mit Kardiatou hat, und weil Berthet, wenn es um Kardiatou geht, immer zur Stelle ist. Und die Pläne, die sie mit ihr haben, gefallen ihm nun einmal nicht. Sie schicken sie ohne Absicherung in ein hochriskantes politisches Duell und hoffen möglicherweise, dass sie es verliert. Oder schlimmer noch.

Berthet wirft einen Blick auf Polaris. Er muss es zu Ende bringen.

Berthet hebt Polaris' Kopf fast vorsichtig an und schiebt ihm eine Plastiktüte über den Kopf.

Er stirbt schnell.

Anschließend lässt Berthet ihn ausbluten und schneidet ihn in Stücke, dafür holt er sich eine Metallsäge und Plastikeimer aus der Kammer, und ein Fleischmesser aus der Küche.

Eine stumpfsinnige Arbeit, aber Berthet ist geschickt.

Nach Abschluss der Pierre-Larousse-Schule hat er Schlachter gelernt, bis er alt genug war, seinen Militärdienst zu leisten, um gleich darauf die Aufnahmeprüfung bei der Polizei zu machen.

Die Metzgerei war in der Nähe der Gare Saint-Lazare. Der Chef mochte ihn gerne. Hätte er sich damals mit einem Hackebeil versehentlich zwei Finger abgehackt, dann wäre er nicht zur Armee gekommen, man hätte ihn für untauglich erklärt. Dann hätten die dort eingeschleusten Anwerbeoffiziere ihn nicht rekrutieren können, und dann wäre er weder bei der Polizei noch bei der Unité gelandet. Wie sein Leben dann wohl verlaufen wäre?

Es ist müßig darüber nachzudenken, das weiß Berthet, aber je älter er wird, desto mehr beschäftigt ihn das. Außerdem ist es eine gute Ablenkung, wenn man gerade ein Schienbein durchsägt oder einen Eimer mit menschlichem Blut in der Dusche ausleert.

Er braucht ein halbes Dutzend Müllsäcke à 45 Liter, um Simon Polaris zu vergessen. Und noch ein weiteres halbes Dutzend, um seine Klamotten zu entsorgen, den ABC-Schutzanzug, die Handschuhe, das Werkzeug, die Reinigungsmittel, die er benutzt hat, um die diversen Spuren und den Verwesungsgestank zu beseitigen. Sollte die Spurensicherung in der Lissaboner Wohnung von Alain Derville auftauchen, dann könnte das für Berthet übel enden, aber es gibt überhaupt keinen Grund, warum die Polizei hierherkommen sollte, um das Verschwinden eines französischen Sicherheitsbeamten aufzuklären.

Berthet wird nicht darum herumkommen, ein Auto zu klauen.

Es wäre zu zeitaufwendig, den Leihwagen zu holen, der in der Garage des Hotel Duas Nações steht.

Berthet reiht die Mülltüten ordentlich im Flur auf. Er gönnt sich eine schnelle Dusche, das Wasser ist kalt und vom Rost rot gefärbt. Er zieht erneut seinen Leinenanzug an. Perros in der rechten Anzugtasche wird ergänzt durch Polaris' Glock in der linken Anzugtasche.

Er geht runter auf die Straße.

Drei Uhr morgens.

Er muss fünfhundert Meter laufen, bis er das passende Auto findet. In der Nähe der Pastelaria Sá Carneiro, wo Berthet mehrmals köstliche Pastéis de nata gegessen hat, steht ein alter Lieferwagen mit zwei Strafzetteln dran, der eine ist drei Tage alt.

Sehr gut.

Berthet hat keinerlei Mühe, die Tür des Isuzu-Lieferwagens, der nach Gips riecht, zu öffnen und einzusteigen. Er fingert am Anlasser herum, wirft einen prüfenden Blick auf die Benzinanzeige und startet den Motor.

Er fährt zurück zu seiner Wohnung, also zur Wohnung von Alain Derville. Er muss mit den Mülltüten sechs Mal die Treppe laufen. Kein Fahrstuhl. Über sechzig Stufen. So eine Scheiße aber auch.

Er schließt die Tür der Kammer. Er gibt erneut den Code ein. Er schließt die Wohnungstür hinter sich. Er sollte die Verwaltung anrufen und ihnen sagen, dass das Schloss beschädigt ist, weil jemand versucht hat, es aufzubrechen, dass sie es bitte austauschen und ihm einen Satz Schlüssel und die Rechnung in die Avenue Daumesnil schicken sollen.

Er fährt gemächlich durchs Bairro Alto und verteilt wahllos die Müllsäcke mit den Abfällen, wirft sie auf wilde Müllkippen, auf Rollcontainer. Gesegnet sei Lissabon, das noch ein bisschen zur Welt davor gehört, und wo es noch keine Mülltrennung gibt.

Für die Säcke mit den sterblichen Überresten von Simon

Polaris fährt Berthet aus Lissabon heraus, die Küstenstraße Richtung Sintra, und hält bei der Boca do Inferno, dem Höllenschlund. Eine grandiose Kulisse, selbst bei tiefster Nacht, die tosende Brandung des Ozeans überdeckt alle anderen Geräusche. Schon ein bisschen hochtrabend. Ein Szenario, das aus einem Victor-Hugo-Gedicht stammen könnte. Berthet ist kein sehr großer Victor-Hugo-Fan.

Dennoch, so denkt Berthet, ist das eigentlich die ideale Stelle, an der alle Agenten der Unité, ihre Chefs, und die Chefs ihrer Chefs, enden sollten. Ein sehr hoher, von der Brandung ausgespülter Felsen und ein immer tobendes Meer, das sich ins Innere ergießt. Man hat permanent das Gefühl, dass die Erde bebt. Das Tartaros für die Titanen des Bösen.

»Nur weil ich gerade einen Mann zerteilt habe, ist das kein Grund, schwülstig zu werden«, murmelt Berthet vor sich hin.

Er wirft einen Sack nach dem anderen in die Tiefe.

Als ein Auto vorbeikommt, hält er inne. Er stellt sich vor den Sack und tut so, als würde er, von einem dringenden Bedürfnis überwältigt, pinkeln.

Anschließend fährt er nach Lissabon zurück.

Jetzt kann er sich ganz seinen eigentlichen Sorgen widmen.

Der Anspielung auf Amina. Und auch der Tatsache, dass Polaris ihm letztendlich keinen wirklich erbitterten Widerstand geleistet hat, als hätte er gewusst, dass Berthet ihn nicht lange überleben würde. Jetzt bereut Berthet, nicht eine oder sogar beide SIG-Sauer P220 aus seiner Kammer mitgenommen zu haben.

Die Glock von Polaris, zumal mit nur einem Magazin, ist ein bisschen wenig, um die Zeit bis zum Abtauchen in den Untergrund zu überbrücken.

Und Amina.

Scheiße.

Amina im Jardin de Reuilly, Amina, die sich über die Bücher in der Librairie Charybde beugt, Amina, die Berthets Hände unter ihr Kostüm führt, die seine alten Hände eines

Killers in ihre schwarzen Hände nimmt und sie zu ihrem rosigen, epilierten Geschlecht führt.

Scheiße.

Berthet lässt den Isuzu beim Amoreiras Shopping Center stehen, mit seinen Hochhäusern, die aussehen wie Raumschiffe. Das ist die Art von Ort, an der die Nerds von der Unité gerne den Chef raushängen lassen. Vermutlich ist da eine Überwachungskamera neben der anderen, aber hier findet Berthet noch am ehesten ein Taxi, das ihn zurück ins Zentrum bringen kann. Tatsächlich wartet er keine zwei Minuten. Es ist eines der letzten schwarzen Taxis mit anisgrünem Dach, alle anderen wurden nach und nach durch beigefarbene Wagen ersetzt, die so langweilig aussehen wie überall sonst auch.

Als er auf der Rückbank sitzt, zögert er. Wenn er Recht hat, ist es zu spät für Amina, und wenn er Unrecht hat, wird Amina denken, dass sie erneut sitzengelassen wurde, von noch so einem Arschloch. In beiden Fällen täte Berthet besser daran, dem Taxifahrer zu sagen, er solle ihn zu einem Autoverleih bringen. Er bittet den Fahrer einen Moment zu warten, und blickt auf sein Smartphone. Kein Anruf von Amina. Dann ruft er einen Stadtplan von Lissabon auf. Es gibt einen Autoverleih in Sétubal, der vierundzwanzig Stunden geöffnet hat.

Ein Auto leihen, und möglichst weit weg fahren.

Aber Amina.

Berthet möchte wissen, was mit ihr ist. Das ist selbstmörderisch. Er wird es so oder so bald wissen. Er fragt sich, ob er nicht all seine Liebe für Kardiatou auf Amina überträgt, all die Ängste, die er um sie hat, alle Hoffnungen, alle Kämpfe, die er seit 1992 für sie ausgefochten hat, und ob er nicht gerade dabei ist, auf völlig irrationale Weise das Schicksal zweier Frauen miteinander zu verknüpfen.

Erst da versteht er, dass er sehr viel mehr an Amina hängt, als er gedacht hätte.

Amina.

Amina in Étretat. Amina in Cascais. Amina, die ihre Brustwarzen Berthets Mund entgegenstreckt. Amina, die über die Filme von Alain Tanner spricht. Amina, die mit einem Lachen konstatiert, dass auch die dritte Flasche Mauzac leer ist.

Amina.

Scheiße, also auf in den Tod!

»Praça do Comércio, se faz favor!«

Er lächelt den Chauffeur an, dabei ist er müde, völlig am Ende, und verliebt, er weiß nur nicht mehr in wen.

Berthet fängt den Blick des Taxifahrers im Rückspiegel auf.

Er weiß, was der Taxifahrer da sieht. Einen reifen Herrn in einem gut geschnittenen, aber zerknitterten Anzug, mit einer Intellektuellenbrille, der von einer feuchtfröhlichen Party mit anderen Intellektuellen in einer der schicken Wohnungen von Amoreiras kommt. Und nicht einen Mann, der an einem Abend vier Menschen getötet und den letzten in Stücke geschnitten hat, nachdem er ihn gefoltert hat.

Er weiß, dass der Taxifahrer ihn sich fotografisch einprägen und später einer der wichtigsten Zeugen sein wird. Vor allem weil Berthet, aus Schwäche, aus Müdigkeit, sich dazu hinreißen lässt, mit ihm eine Unterhaltung über die Krise zu beginnen, über die Armut, unter der das Land zu leiden hat, über die jungen Menschen, die ins Ausland gehen. Die Portugiesen verstehen es nicht, sie haben doch alles so gemacht, wie Brüssel es wollte, nicht wie diese Nichtsnutze von Griechen, und trotzdem passiert ihnen das Gleiche wie denen. Man wird im Krankenhaus nicht mehr behandelt, die Kinder werden vor Hunger in der Schule ohnmächtig, man bräuchte einen neuen 25. April oder einen neuen Salazar, er weiß es auch nicht so genau, der Taxifahrer, aber er macht Berthet Komplimente für sein Portugiesisch, hält ihn für einen Engländer.

Als der Taxifahrer ihn an der Praça do Comércio absetzt, die immer so aussieht wie ein Gemälde von Chirico, konstatiert Berthet, dass es fast halb fünf Uhr morgens ist, und der Tag Anstalten macht, vom anderen Ufer des Tejo aus herüberzukommen.

Berthet wendet dem Terreiro do Paço, dem Ponte 25 de

Abril und dem Cristo Rei den Rücken zu, der ihm jetzt verzeihen könnte, wenn es ihn denn gäbe.

Berthet betritt die Baixa durch die Rua Augusta, geht unter einem monumentalen Torbogen hindurch. Lissabon, theatralisch und lauschig zugleich. Erneut muss Berthet an das denken, was ihn schon am frühen Abend beschäftigt hat. In Lissabon sterben. Natürlich.

Aber Kardiatou.

Aber Amina.

Berthet versucht sich einzureden, dass alles in Ordnung ist. Während der Morgen dämmert, herrscht Ruhe auf den Straßen. Wenn Amina irgendetwas zugestoßen wäre, dann würden hier jetzt schon Polizisten zu sehen sein.

Man würde Sirenen hören und so weiter.

Jetzt ist Berthet nur noch hundert Meter vom Hotel entfernt.

Er erkennt im Morgengrauen die Leuchtreklame vom Hotel Duas Nações. Seine Schritte hallen auf dem schwarz-weißen Mosaik des Gehsteigs wider.

Eine erste Straßenbahn fährt an ihm vorbei. Berthet mag dieses Geräusch, die Funken. Mit der Linie ist er am zweiten Tag mit Amina unterwegs gewesen, um ihr die wichtigsten Sehenswürdigkeiten der Stadt zu zeigen, vom Castelo de São Jorge bis hin zum Cemetério dos Prazeres, dem Friedhof der Freuden.

Aber in diesem Moment wird Berthet klar, dass er Lissabon nie wiedersehen wird.

Niemals.

Aus einem ganz einfachen Grund.

Berthet hat nämlich gerade den ersten Scharfschützen gesehen, der im dritten Stock eines geschlossenen Geschäfts Position bezogen hat, von denen es so viele gibt in Lissabon in den Gebäuden aus dem 18. Jahrhundert der Baixa, schmucklos wie aus dem Traum eines Utopisten.

Ein Stoffgeschäft.

Völlig überflüssige Details, die Berthet dennoch registriert.

Scheinbar ist das Polizeiaufgebot noch nicht komplett,

sonst hätte Berthet den Mann nicht bemerkt, der überrascht wirkt, als er ihn auftauchen sieht.

Das Baixa-Viertel ist ein Traum für Bullen. Rechtwinklig angelegte Straßen, identisch aussehende Gebäude, ein atlantisches Schachbrett.

Berthet hört hinter sich einen Straßenreinigungswagen, ein Geräusch, das zum frühen Morgen im Süden gehört. Er hat das immer geliebt. Aber er würde seine Originalausgabe von Perros im Tausch gegen ein zweites Magazin für die Glock von Simon Polaris dafür verwetten, dass dieser Wagen nicht von einem Mitarbeiter der Stadtreinigung gefahren wird.

Berthet dreht sich nicht um. Er hat nur seine Hand am Griff der Glock.

So betritt er die Eingangshalle des Duas Nações.

An der Rezeption steht jemand anderes als an den beiden Tagen zuvor. Man könnte ihn natürlich für den Nachtportier halten. Könnte man. Wenn Amina und Berthet nicht am ersten Abend sehr spät von einem Essen in der Alfama zurückgekommen wären, und an der Rezeption eine hübsche, junge Frau gesehen hätten, die mit einem Stift in der Hand ein Jurahandbuch las.

Berthet sollte verschwinden.

Aber er will wissen, was mit Amina ist.

Das ist unprofessionell.

Das ist Berthet scheißegal. Es ist ein Fehler, dass es ihm scheißegal ist.

An der Seite tauchen schattenhafte Gestalten auf, und der falsche Nachtportier hat jetzt eine Waffe in der Hand.

Zugleich wirkt es so, als hätten sie ihre Mausefalle sehr eilig aufgestellt, als wären sie noch gar nicht fertig damit.

Berthet hat eine kleine Chance.

Er eröffnet mit der Glock von Polaris das Feuer auf den falschen Portier. Der bekommt die Kugel mitten in die Stirn, wird nach hinten geschleudert, krampft seinen Finger um den Abzug, und zwei Kugeln aus seiner Beretta zertrümmern einen Kronleuchter.

Berthet wirft sich auf den Boden, im selben Moment geht ein hübscher Kristallregen auf ihn nieder.

Berthet dreht sich auf den Rücken.

Er eröffnet mit vier Schüssen das Feuer auf die anderen beiden Bullen in Zivil, die in der Eingangshalle auf ihn gewartet haben. Eine Hülse der Glock fällt auf seine Wange und verbrennt ihn. Wenn einmal der Wurm drin ist…

Man hört von überall Sirenengeheul, Alarm, Schreie.

Er sollte das Chaos nutzen, mit der geplanten Verhaftung in aller Ruhe wird es jedenfalls nichts für die Bullen.

Hotelgäste kommen aus ihren Zimmern gelaufen, weinen, sind in Panik. Südländer.

Berthet, der gegen den Strom die Treppe hochgeht, sieht zwischen den verschlafenen Gesichtern einen anderen Bullen mit erhobener Waffe in der Hand, der nicht weiß, was er mit all den Frauen machen soll, die nach Schlaf riechen, und den Kerlen in Unterhose, kurzum, mit all diesen Menschen, die auf chaotische Art und Weise den Flur versperren.

Berthet weiß, was zu tun ist.

Der Bulle bekommt eine 9-mm-Kugel direkt in den Mund.

Berthets Wange tut weh.

Er betritt Zimmer Nr. 19, das Zimmer, das er mit Amina bewohnt hat.

Da ist sie, sie liegt mit durchschnittener Kehle auf dem Bett.

Schwarz, rot, weiß.

Und bläulichrosa vom Morgen, der jetzt durchs Fenster kommt.

Berthet überlegt blitzschnell. Er ignoriert die Tränen, die ihm in die Augen steigen und übers Gesicht laufen. Er reißt sich nur seine Brille mit Fensterglas von den Augen.

Offenbar hat man Aminas Leiche gerade erst gefunden. Ein anonymer Anruf bei der Rezeption. Der sieht nach. Der ruft die Bullen. Die Bullen bereiten alles für den Fall vor, dass der Hauptverdächtige, Alain Derville, so blöd sein sollte zurückzukommen. Gleichzeitig werden sie einen europäischen

Fahndungsaufruf herausgegeben haben, sämtliche Grenzen, Bahnhöfe und Flughäfen dicht gemacht haben.

Berthet streicht Amina über die Wange, sie fühlt sich noch warm an. Er findet den Umschlag mit den fünfzehntausend Euro vor, den er neben diversen Papieren, Zeitungen und einem Computer offen auf dem Tisch hat liegen lassen. Berthet weiß, dass angesichts der wenigen Edgar-Allan-Poe-Leser unter Hotelangestellten nicht damit zu rechnen ist, dass jemand die Theorie des *Entwendeten Briefes* kennt. Die Papiere lässt Berthet jedoch alle liegen, sie haben keinen Nutzen mehr für ihn. Da Derville als Pseudonym verbrannt ist, bedeutet das, dass er nicht nur von der Wohnung in Lissabon Abschied nehmen muss, sondern auch von der in der Avenue Daumesnil. Berthet wird sich später um seinen Immobilienbesitz kümmern müssen. Er verlässt das Zimmer, steigt die Treppe hoch. Wenn er auf Gäste trifft, gibt er sich als Bulle aus, brüllt mit gezückter Waffe Anweisungen, sich in der Eingangshalle zu versammeln. Um alle vollends verrückt zu machen, löst er nun auch noch den Feueralarm aus.

Dann steigt er durch ein Dachfenster auf das Dach des Duas Nações. Im Kopf hat er den sehr einfachen Plan des Baixa-Viertels, das aus lauter Häuserblöcken mit flachen Dächern besteht, die alle in etwa gleich hoch sind.

Er kriecht über Tauben- und Möwenkacke bis zur anderen Seite des Häuserblocks. So gelangt er auf das Dach eines anderen Hotels, des Santa Justas, das er ebenfalls kennt, weil er dort vor einigen Jahren mal übernachtet hat. Er entdeckt eine Luke, eine gute alte Luke, die man von außen leichter öffnen kann als so ein verfluchtes Schwingfenster.

Unten auf der Straße herrscht ein Höllenlärm. Er kommt von den Polizei- und Krankenwagen, die aus allen Richtungen angefahren kommen, und vom Heli, der gerade im Parque Eduardo VII. landet.

Jetzt ist Eile angesagt, Berthet. Trauern kannst du später. In zehn Sekunden ist der Helikopter über dem Häuserblock. Berthet weiß, dass die Unité, selbst wenn die portugiesische

Polizei ihn lebend verhaftet, ihn noch am selben Abend oder spätestens an einem der nächsten Tage in seiner Zelle auf die eine oder andere Art um die Ecke bringen wird, und zwar so, dass es nach Selbstmord aussieht.

Berthet legt schützend seine Hand vors Gesicht und zielt auf den Verschluss der Luke. Der Schuss ist in dem allgemeinen Lärm, der immer noch größer zu werden scheint, nicht zu hören. Inzwischen sind noch Lautsprecher dazugekommen, mit denen die Menge von Schaulustigen aufgefordert wird, sich zu zerstreuen.

Berthet landet auf einem Linoleumboden. Er ist auf der Etage mit den Personalzimmern. Er öffnet die erstbeste Tür. In der Bude stinkt es wie in einem Raubtierkäfig. An der Wand hängen Titelblätter von *A Bola*.

Ein Zimmer, das stinkt, mit Postern von Fußballspielern an der Wand. Auch wenn es Berthet leidtut, solche Genderklischees anzuwenden: Hier handelt es sich eindeutig um das Zimmer eines Typen. Berthet öffnet einen Wandschrank. Er hat Pech, der Kerl ist maximal 1,65 m groß.

Berthet versucht sein Glück in einem anderen Zimmer. Dort herrscht ein ziemliches Chaos, aber es riecht gut. Eine Frau. Das Schlafzimmer einer Frau kann einem Mann auf der Flucht auch von Nutzen sein. Unter den Kosmetikartikeln fällt Berthet sehr schnell ein Haarfärbemittel für schwarze Haare auf, was sicher dazu dient, die ersten grauen Haare der auf ihr Äußeres bedachten Bewohnerin zu kaschieren. Und ein Rasierer, um störende Haare zu entfernen.

Berthet legt die Glock ab, betrachtet sich im winzigen Badezimmerspiegel. Die Verbrennung, die er sich durch die Patronenhülse zugezogen hat, sieht übel aus. Sie ähnelt einem violett verfärbten Furunkel, an dem man ungeschickt herumgedrückt hat. Der Anblick setzt Berthet, diesem Narzissten, noch mehr zu als die Tatsache, dass ihm die gesamte Polizei von Lissabon auf den Fersen ist, und noch mehr als die Erkenntnis, dass die Unité ihn zum Abschuss freigegeben hat. Berthet zieht seine Jacke aus, die nach Schweiß und diversen Exkrementen stinkt, und auch sein Hemd von Charvet, das kaum besser riecht.

Er wäscht sich das Gesicht, trocknet es mit einem Handtuch ab, das nach Monoi-Körperöl duftet. Ein kurzer Moment der Ruhe. Berthet stutzt sich die Haare, trennt sich von seiner schütteren Intellektuellenmähne zugunsten eines Bürstenschnitts, der deutlich macht, wie stark er im Dienste der Unité ergraut ist.

Er trägt das schwarze Haarfärbemittel auf. Zwanzig Minuten Einwirkzeit. Das wird wohl nichts. Berthet löscht sämtliche Informationen von seinem Smartphone, entfernt den Akku, und zertritt das Scheißding, das ihn schneller ans Messer liefern würde als jede cracksüchtige Prostituierte.

Mit nacktem Oberkörper verlässt er das Zimmer, mit seiner Glock, und dem Umschlag mit den fünfzehntausend Euro in der Gesäßtasche.

Ein drittes Zimmer. Da liegen Kellnerklamotten herum, die ihm halbwegs passen. Weißes Hemd, schwarze Fliege, schwarzes Jackett. Berthet behält seine Westons an. Es gibt zwar auch ein Paar schwarze Schuhe, aber in Größe vierzig, da wird er sich kaum reinquetschen können. Sterben mit schmerzenden Füßen, nein danke. Schlimm genug, dass sein Gesicht durch diese Verbrennung entstellt ist, außerdem kratzt der Synthetikstoff auf der Haut…

Berthet wirft einen Blick in den Spiegel. Wenn er im allgemeinen Durcheinander untertauchen kann, mag es so gehen. Er verteilt die Kohle und die Knarre in den Innentaschen des Jacketts, dann macht er sich durchs menschenleere Treppenhaus des Hotels Santa Justa auf den Weg nach unten.

Offenbar sind sie alle draußen, oder in der Eingangshalle, die direkt auf den Elevador de Santa Justa herausgeht. Berthet hastet durch die Küche und landet auf einem Hof, der auf die Rua da Prata führt.

Am Ausgang steht ein Bulle in Uniform. Er dreht sich um. Er fragt Berthet, was er da zu suchen habe, er sagt, der ganze Bereich sei abgesperrt, er sagt, er müsse ihn um seinen

Ausweis bitten. Berthet tut so, als wolle er der Aufforderung nachkommen, er geht auf ihn zu. Der Bulle hat einen Schnurrbart und hervorstehende Augen. Berthet hofft, dass der Typ ein Arschloch ist, denn was er nun tun wird, gefällt ihm selber nicht. Man hört, wie sein Genick knackt, die Kappe fällt ihm vom Kopf, und Berthet zieht den leblosen Körper hinter die Mülltonnen.

Er lauscht einen Moment auf das Funkgerät, das der Bulle umgehängt hat. Was er da hört, ist sehr aufschlussreich.

Er geht auf die Rua da Prata, wo sich neben dem Duas Nações nach wie vor eine aufgewühlte, von panischer Angst ergriffene Menge versammelt hat. Berthet dreht diesem ganzen Chaos den Rücken zu und geht die Praça da Figueira hoch. Auch da stehen sie dicht an dicht und es sind eine Menge Bullen zu sehen, aber man schenkt dem Kellner um die sechzig mit den schlecht gefärbten Haaren, mit denen er wohl jünger wirken möchte, keine große Beachtung. Berthet geht erneut in Richtung Rossio und runter zur Metrostation.

Bullen. Berthet geht ruhig an ihnen vorbei, er ist doch nur ein portugiesischer Kellner, der eigentlich zu alt ist, um noch zu arbeiten. Als die Bullen ihm hinterherblicken, ist Berthet beinahe schon selbst davon überzeugt.

Er ist an ihnen vorbei. Er fährt Richtung Campo Grande, nachdem er sich ganz brav ein Ticket gekauft hat. Er fasst sich lieber nicht an die Haare, er möchte nicht, dass die Farbe abgeht, aber seine Kopfhaut juckt wie verrückt.

Später, als er an der U-Bahn-Station Alameda ausgestiegen ist, läuft er stundenlang ziellos durch die Stadt. Dabei folgt er dem Prinzip, selbst nicht zu wissen, wo er hingeht, damit es die anderen erst recht nicht wissen können.

Am Himmel kreuzen Helikopter. Berthet hat immerhin fünf Bullen getötet, mal abgesehen davon, dass man ihm auch den Mord an Amina anhängen wird.

Berthet betritt ein einfaches Bistro. Es ist dreizehn Uhr. Ein Nachrichtensender blendet die Uhr ein, dann sieht man Alain Derville und Amina Bâ nebeneinander. Der Moderator sagt, man wisse bisher nichts Genaues, nur dass fünf Polizisten getötet worden seien, als sie einen französischen Uni-professor verhaften wollten, der als Haupttatverdächtiger im Mordfall Amina Bâ gelte.

Aber man könne auch nicht ausschließen, dass es zusätzlich zu der Beziehungstat noch einen Terroranschlag gab. Man sei auf der Suche nach Tschetschenen, die ebenfalls im Hotel Duas Nações abgestiegen waren. Ein tragisches Zusammentreffen für die Ordnungskräfte. Dann werden Fotos von Tschetschenen gezeigt. Berthet würde am liebsten loslachen. Es ist schon komisch, dass die Leute nicht merken, dass immer und überall die gleichen Fotos gezeigt werden. Mal soll es sich bei den Gezeigten um Tschetschenen handeln, mal um gefährliche Wiederholungstäter, und je nach Kopfbedeckung, die man hinzufügt, stellen sie Palästinenser von der Hamas, Al-Qaida-Kämpfer oder tamilische Unabhängigkeitskämpfer dar.

Sieh an, sieh an!, denkt Berthet, der sich einen Teller Sardinen und ein Bier vom Fass bestellt, so ein Zufall aber auch.

Da dürfte es zwischen Frankreich und Portugal gerade ziemlich krachen, und die Innenministerien werden über ihre Botschaften sicher so einigen Erklärungsbedarf haben.

Am Ende muss Kardiatous Rückreise noch verschoben werden. Denn immerhin erhält die portugiesische Polizei einen Anruf, demzufolge ein französischer Professor gerade seine Begleiterin in einem Hotel in der Baixa getötet haben soll. Als die Polizei am Tatort eintrifft, findet sie zwar den Leichnam der Frau vor, aber nicht den Mann, den Tatverdächtigen.

Daraufhin schlägt sie Alarm und trifft ein paar Vorkehrungen, um Derville zu verhaften, sollte dieser blöd genug sein, an den Schauplatz des Verbrechens zurückzukehren. Das Problem, das die Portugiesen nun extrem nervt, ist: Wieso kehrt ein sechzigjähriger Uniprofessor an den Tatort zurück, um vier Bullen zu töten und sich anschließend in Luft aufzulösen?

Dazu kommt – Berthet kann sich ausmalen, wie wütend man bei der portugiesischen Polizei ist –, dass Alain Derville eine falsche Identität ist, und der Monsieur auf diesen Namen eine Wohnung im Bairro Alto besitzt. Als man dann zwei Inspekteure hinschickt, sehen die, dass die Tür aufgebrochen ist, und einem der beiden fällt ein gepanzerter Verschlag auf.

Wer weiß, womöglich haben die portugiesischen Bullen schon ein Team von der Spurensicherung hingeschickt, denkt Berthet, während er großzügig Olivenöl über seinem Teller verteilt und die Sardinen anschließend mit den Fingern isst.

Die Unité bekommt sicher mächtig Ärger vom Innenministerium. Die Portugiesen dürften längst verstanden haben, dass das Ganze eine feige Aktion des französischen Geheimdienstes war. Und genau das ist es, eine feige Geheimdienstaktion. Die Unité hat total versagt.

Berthet rülpst. Er bestellt noch mal Sardinen nach. Er spricht mit dem Wirt über das Thema ›Die Welt da draußen ist verrückt, keiner sagt uns, was wirklich los ist‹, was alles in allem nicht ganz falsch ist.

Die Unité hat versagt. Die Unité hat outgesourct, die Unité hat Polaris aufgefordert, Berthet um die Ecke zu bringen, um Polaris so auf die Probe zu stellen. Dabei gab man ihm zu verstehen, dass sie für den Fall der Fälle auch noch einen Killer ins Hotel schicken würden. Gesunder Wettbewerb unter Führungskräften.

Während Berthet also von diesen zugedröhnten Schwarzen verfolgt wurde, muss die Unité ihm zur gleichen Zeit noch einen outgesourcten Geisteskranken hinterhergeschickt haben. Das Ergebnis: Der Typ hat Amina die Kehle durchgeschnitten, aber nicht Berthets Rückkehr abgewartet, um ihn ebenfalls zu töten. Stattdessen hat er die Bullen alarmiert und sich gedacht, die werden Berthet schon schnappen. Wenn ihm dieser Kerl in die Finger geraten sollte, bevor die Unité ihn aufspürt hätte, würde Berthet ihn mit dem größten Vergnügen kaltmachen.

Berthet verlässt das Bistro, pappsatt und eher unglücklich als beunruhigt.

Er muss sich umziehen.

Die Bullen haben vermutlich inzwischen bemerkt, dass er einen Zwischenstopp auf der Personaletage des Hotels Santa Justa eingelegt hat – das schwarze Haarfärbemittel, die abgeschnittenen Haare, das ausgeweidete Smartphone, die geklauten Klamotten.

Auf geht's. Schließlich ist es nicht Berthets erste Flucht auf feindlichem Terrain.

9

Berthet soll getötet werden.

Das ist eine ziemlich schlechte Idee.

Denn diejenigen, die das tun wollten, haben ihr Ziel verfehlt.

Es ist Oktober, und der Oktober in Saint-Malo ist dieses Jahr außergewöhnlich schön.

Berthet ist in einem seiner anderen Verstecke gelandet. Eine Wohnung, oder vielmehr ein Zwei-Zimmer-Apartment am Strand von Rothéneuf. Berthet ruht sich aus. Er heißt jetzt Daniel Darthez. Die Schmauchspur auf seiner Wange ist kaum noch zu sehen.

Berthet vergisst Amina nicht. Berthet vergisst gar nichts. Er weiß, dass er in diesem letzten Kampf gegen die Unité sterben wird. Aber er hat nun verstanden, welches Schicksal die Unité für Kardiatou vorgesehen hat, was der »Tiefe Staat« angeordnet hat. Und davor will Berthet sie unbedingt bewahren, sie, die einzige Liebe seines Lebens, sein kleines Mädchen.

In den Nachrichten ist viel die Rede von der jungen Staatssekretärin Kardiatou Diop. Die Regierung steckt in einem Umfragetief, der Opposition traut man auch nichts zu, und der Patriotische Block mit seiner dunkelhaarigen Minerva Agnès Dorgelles liegt unangefochten an der Spitze.

Agnès Dorgelles ist Dauergast in sämtlichen Fernsehstudios, zusammen mit ihrem Typen, einem echten Idioten, einem großen, schlaffen Kerl namens Antoine Maynard, und vor allem mit Stanko, dem Chef ihres Sicherheitsdienstes GPP. Das verspricht amüsant zu werden, wenn Berthet es erneut mit diesem früheren Elitesoldaten zu tun bekommt, ein ehemaliger Skin, der völlig vernagelt ist und eine Menge Leute um die Ecke gebracht hat. Manchmal hat die Unité ihn dabei für ihre Zwecke eingespannt, ohne dass er es gemerkt hat. Die Unité hat ihre Leute beim Patriotischen Block wie überall. Nein, letztendlich wird es doch nicht amüsant werden, denn schließlich ist Kardiatous Leben bedroht. Kardiatou ist, obwohl sie der Regierung angehört, die einzige Politikerin, die eine ähnlich hohe Popularität genießt wie Agnès Dorgelles. Eben deshalb spricht man von einem Duell auf kommunaler Ebene zwischen der Brünetten und der Schwarzen, in Brévin-les-Monts, fünfzigtausend Einwohner, Sitz einer Unterpräfektur in Zentralfrankreich, die man seit der Schließung der Minen sich selbst überlassen hat. Eigentlich war das immer eine Hochburg der Sozialisten, aber der Bürgermeister, ein Mann über achtzig, der nicht wieder antritt, ist völlig überfordert und leitet einen durch und durch korrupten Gemeinderat.

Berthet kann sich mit dieser Sache etwas Zeit lassen, nicht viel, aber etwas. Außerdem ist er unbesorgt, vor den Kommunalwahlen wird Kardiatou nichts zustoßen, das weiß er. Im Gegenteil, alle werden sie gut beschützen, alle brauchen sie viel zu sehr, ein Teil der Regierung, der »Tiefe Staat« ganz sicher, die Unité …

Also liest Berthet zwischen zwei kurzen Abstechern zur Insel Grand Bé, um Chateaubriand seine Aufwartung zu machen, Gedichte. Er hat seinen Perros im Zimmer dieses Lissaboner Kellners liegen lassen. Schade eigentlich, denn Perros passt gut in die Bretagne. Also liest Berthet Toulet, wie damals bei seiner Mission mit Desmoulins und Couthon.

Dank des Meeresrauschens kann Berthet gut schlafen und hat keine Albträume. Gut, er hat zur Sicherheit außerdem eine SIG-Sauer P220 unterm Kopfkissen. Und dann hat er noch die Glock von Polaris in einer Schublade des Konsoltisches am Eingang. Und Defensivgranaten, Kommandodolche und eine FAMAS ohne Seriennummer im Keller mit der Panzertür, zwischen all den Flaschen Muscadet Amphibolite-Nature von Jo Landron.

Berthet öffnet eine von ihnen, wenn er mit einem Taschenkrebs, einer Seespinne oder Prat-ar-Coum-Austern vom Markt in Saint-Servan zurückkommt, den er besser findet als den in Paramé. Dazu isst er gerne Bordierbutter, da kommt der linksalternative Wohlstandsbürger in ihm durch.

Abends surft Berthet dann auch im Internet. Er bewegt sich in den sozialen Netzwerken. Er verwendet eine falsche Identität, um sich in Foren bewegen zu können, die der Unité, ohne es zu wissen, als Briefkasten dienen. Diese Idioten von Nerds sind am Ende also doch noch für irgendetwas gut, denn Berthet schöpft auf diese Art eine Menge Informationen ab, unbemerkt von den Aufpassern der Unité.

Berthet liest nicht nur Toulet, er liest auch Martin Joubert. *Die Beschreibungen überspringen*, das er an dem Tag gekauft hat, an dem er Amina in der Librairie Charybde begegnet ist, hat ihm gut gefallen. Berthet mag auch die Krimis von Joubert. Und es gibt einen witzigen Essay von ihm über Espadrilles. Abgesehen davon scheint Joubert kurz vorm Durchdrehen zu sein, das merkt man, wenn man es versteht, zwischen den Zeilen zu lesen. Joubert kann seine Ungeduld kaum zügeln. Er ist bald fünfzig, hat bisher weder Erfolg gehabt noch ein besonderes Schicksal vorzuweisen, hat immer noch eine Wut im Bauch wie ein junger Mann, hat Stil, Intelligenz, Humor, und eignet sich in gewisser Weise für jedes halbwegs subversive Unternehmen.

Dementsprechend wird Berthet demnächst mit ihm in Kontakt treten. Zumal er jetzt auch wieder weiß, warum ihm Jouberts Gesicht auf dem Plakat in der Buchhandlung so bekannt vorkam, und das erscheint nun wirklich wie ein Wink des Schicksals.

Als Martin Joubert nämlich dreiundzwanzig Jahre jünger und dreißig Kilo leichter war, hieß er Denis Clément und war

Kardiatous Französischlehrer am Collège Brancion. Das war zu der Zeit, als Berthet Kardiatou kennenlernte. »Kennenlernte« ist vielleicht zu viel gesagt, da Kardiatou bis heute nichts von Berthets Existenz weiß. Joubert ist ein Pseudonym, das Denis Clément sich gegeben hat, als er so um 2005 aufgehört hat, als Lehrer zu arbeiten.

Es gibt nur einen einzigen Moment am Tag, an dem Berthet sich in seinem Zwei-Zimmer-Apartment in Rothéneuf weniger gut fühlt, ja fast verzweifelt ist. Oft hat er dann sogar Tränen in den Augen, weint sogar: Wenn er sich am Abend in einer Dauerschleife immer abwechselnd *Requiem* und *In der Weißen Stadt* von Alain Tanner anschaut.

ZWEI

MARTIN JOUBERT

Martin Joubert geht es nicht gut

1

Objektiv betrachtet ist es wunderbar: Alles ist blau.

Das Problem ist, Martin Joubert geht es nicht gut. Das Problem ist, Martin Joubert ist es leid, Martin Joubert zu sein. Er möchte wieder Denis Clément sein, Lehrer am Collège Brancion, einer Brennpunktschule in Roubaix. Er ist sein Schriftsteller-Pseudonym leid. Er fragt sich, ob es nicht eine Riesendummheit war, vor mittlerweile knapp zehn Jahren den Schuldienst zu quittieren.

Objektiv betrachtet sollte Martin Joubert sich gut fühlen. Gerade geht sein dreiwöchiger Urlaub mit Hélène Rieux auf Paros, auf den Kykladen, zu Ende.

Hélène Rieux ist dunkelhaarig, hat die Hüften einer Südländerin, die Schultern einer Schwimmerin, einen bewundernswerten ausladenden Po, eine schmale Taille. Sie hält genau die Waage zwischen üppiger Weiblichkeit und athletischer Statur. Oder vielmehr korrigieren sich diese beiden Seiten permanent gegenseitig. Man weiß nie, mit wem man es gerade zu tun hat, mit der Schwimmerin, mit der sinnlichen Frau oder mit beiden zugleich, die sich je nach Uhrzeit, Jahreszeit, und Wetter in unterschiedlichen Gewichtungen miteinander mischen.

Wenn Martin Joubert Hélène Rieux beim Schwimmen zusieht, wie jetzt am Strand von Ampelas, dann ist es die Sportliche, die ihn heiß macht, die Frau, die jede Woche fünf Stunden im Schwimmbad verbringt. Aber wenn sie dann wieder in ihrem Ferienhaus in Prodromos sind, im Herzen dieses Labyrinths aus weißen Gassen, in denen nur Katzen und Greise zu wohnen scheinen, und Martin Joubert und Hélène Rieux übereinander herfallen und sich noch nicht mal die Zeit nehmen, vorher zu duschen, dann ist es Hélènes üppiger Körper, nach dem er verrückt ist, Hélène, die in wenigen

Tagen einundvierzig wird. Ein Körper, der vier oder fünf Kilo zu viel auf die Waage bringt, was seine ganze Sinnlichkeit ausmacht.

Hélène Rieux weiß das. Sie macht sich deshalb keinen Kopf. Sie gehört noch ein wenig der alten Welt an, in der Frauen zwar auch Sport trieben, jedoch ohne das Ziel, einen knabenhaften Körper zu bekommen.

Hélène zieht ihre Bikinihose und ihr kurzes Kleid aus blauem Frottee aus. Sie stellt sich im Vierfüßlerstand auf den Boden, streckt dabei ihren Po heraus, um ihn noch besser zur Geltung zu bringen, noch imposanter zu machen. Sie murmelt ein paar ziemlich derbe auffordernde Worte, und Martin Joubert dringt in sie ein, sieht seinen Schwanz zwischen ihren weißen Pobacken und ihrem üppigen, wild wachsenden schwarzen Haarbüschel hin- und hergehen. Es riecht nach Salz, Sex, Schweiß, denn obwohl es sieben Uhr abends ist, und trotz des Meltemi, ist es immer noch sehr heiß.

Er weiß, dass sie einen Orgasmus haben wird, er weiß, dass er einen Orgasmus haben wird, und er weiß, dass er Hélène Rieux nicht mehr liebt und umgekehrt vermutlich genauso.

Oder, dass sie Denis Clément nicht mehr liebt, was letztendlich aufs Gleiche hinausläuft, denn er ist schon lange eins mit seinem Pseudonym geworden. Es gibt nicht mehr viele, die ihn Denis Clément nennen, außer vielleicht seine Familie, aber die sieht er nicht mehr besonders häufig.

Aber noch sind sie nicht beim Sex angekommen.

Es ist gerade mal fünfzehn Uhr am Strand von Ampelas.

Oh Zeit, halte inne.

Sie werden erst nachher miteinander schlafen, wenn der riesige Sonnenball die weiß gekalkten Mauern der Häuser von Prodromos in ein oranges Licht tauchen wird.

Martin Joubert und Hélène Rieux haben noch nie, seit sie sich vor bald sieben Jahren kennengelernt haben, so viel miteinander geschlafen wie jetzt. Höchstens vielleicht ganz zu Beginn ihrer Beziehung. Aber sie wissen beide, auch wenn sie es nicht explizit aussprechen, dass das nicht unbedingt ein gutes Zeichen ist, dieses wiedererwachte Interesse an sexueller Aktivität, nachdem in den letzten beiden Jahren in dieser Hinsicht eher Flaute geherrscht hat. Man klammert sich an den Körper des anderen, weil der Rest nicht mehr da ist, weil er fehlt.

Ein wiedererwachtes Interesse, das begleitet wird von andauernden Streitereien, von Türenschlagen, von ausgedehnten Sauftouren Martin Jouberts in Begleitung seiner Schriftstellerfreunde, die genauso verzweifelt sind wie er, Sauftouren, die zwei, drei Tage dauern können.

Ein wiedererwachtes Interesse, das bei Hélène Rieux mit immer extremeren erotischen Phantasien und Sexualpraktiken einhergeht.

So wünscht sie sich neuerdings öfter, dass Martin Joubert ihren »fetten Hintern« – das sind ihre Worte, halb wütend, halb wollüstig hervorgestoßen – mit seinem Gürtel blutig schlägt.

Sie träumt ganz offen von einem flotten Dreier mit einem anderen Mann oder einer anderen Frau, aber vielleicht doch lieber einem anderen Mann.

Sie spricht von Swingerclubs, in denen sie sich gerne vor den Augen von Martin Joubert von vier oder fünf Typen nehmen lassen würde, während er nur zusehen und sich anfassen dürfte.

Hélène hat kurz vor ihrer Abreise nach Griechenland Brustklammern und Lustkugeln gekauft, dann aber doch nicht gewagt sie einzupacken, aus Angst, sie könnten bei der Gepäckkontrolle auffallen.

Und Hélène Rieux weint mittlerweile fast jede Nacht im Schlaf.

Wenn das in Paris passiert, dann steht Martin Joubert auf, geht ins Wohnzimmer, legt sich auf die Couch und nimmt eine Schlaftablette, auch wenn es dafür eigentlich zu spät ist. Eine Schlaftablette, die so oder so keine Wirkung hat, der einzige Effekt ist, dass er sich am ganzen nächsten Tag irgendwie verkatert fühlt. Martin Joubert beginnt nämlich gerade, sich auf eine gefährliche Art und Weise an sämtliche legale Psychopharmaka zu gewöhnen, die es gibt. Dank all der

Schlafmittel, Beruhigungsmittel und Antidepressiva verbringt er seine Tage in einer Art Dauernebel und vermeidet, dreimal täglich eine Panikattacke oder einen Anfall von Todesangst zu erleiden.

Wenn sie jedoch auf Paros sind, dann bleibt er mit offenen Augen neben dem nackten Körper auf dem dünnen Laken liegen. Martin Joubert ahnt, dass Hélène Rieux weint und fragt sich, was bloß schiefgelaufen ist, auch wenn er das im Grunde selber ziemlich gut beantworten könnte.

Er wartet das Morgengrauen ab, das durch die Fensterläden hindurch an einem unmerklichen Wechsel von schwarz zu dunkelblau, und dann von dunkelblau zu zartlila, und von zartlila zu rosa zu erkennen ist. Ein Rosa, das die Hähne zum Krähen animiert, die Hunde zum Bellen, und das die Zikaden weckt.

Kurzum, zwischen Martin Joubert und Hélène Rieux ist es nicht gerade zum Besten bestellt. Und Martin Joubert glaubt aus gutem Grund, dass es seine Schuld ist. Er lässt seinen Blick über den Strand von Ampelas schweifen. Es ist Ende August, trotzdem ist der Strand halbleer. Die Europäer trauen sich wegen der wirtschaftlichen Lage und der Protestbewegungen nicht mehr nach Griechenland. Die Griechen selber wurden virtuell zurück in die Steinzeit geschickt, und sind mehr mit ihrem unmittelbaren Überleben beschäftigt als damit, Urlaub auf den Kykladen zu machen.

Die Krise.

Die Krise ist allgegenwärtig.

Die postdemokratische Ära. Das Ende der Staaten. Die systematische Geheimhaltung.

Supranationale Instanzen bestimmen die Politik, ohne dass dazu ein Militärputsch oder kostspielige Besatzungen anderer Länder nötig wären.

Martin Joubert nimmt sich fest vor, eines Tages darüber zu schreiben. Aber er nimmt sich schon so lange vor, über so viele Dinge zu schreiben. Wenn Martin Joubert für seine Projekte und guten Absichten bezahlt würde, dann wäre er reich und hätte jetzt nicht, genau wie Griechenland, mit einem unüberwindbaren, strukturellen Defizit zu tun, das ihm die Luft abschnürt und ihn eines Tages noch umbringen wird.

Martin Joubert legt die *Odyssee* zurück auf die Ablage neben seinem Liegestuhl, zwischen ein Notizbuch, in das er an diesem Nachmittag noch nichts notiert hat, und zwei leere Bierdosen. Große Dosen. Die *Odyssee*, jedes Jahr wieder, komme was wolle, wie ein Fixpunkt in seinem Leben, das gerade aus den Fugen gerät.

Aber vorerst ist Hélène Rieux noch dabei zu schwimmen, und das ist schön. Martin Joubert bekommt einen Ständer. Martin Joubert hofft, dass er sich täuscht, dass ihre Beziehung vielleicht doch noch zu retten ist.

Dabei fällt ihm ein, dass er auf keinen Fall ihren Geburtstag am neunundzwanzigsten August vergessen darf. Das ist in gerade mal drei Tagen, an dem Tag, an dem sie wieder in Roissy landen.

Der einzige echte Vorteil von Paros ist, dass man dort das Zeitgefühl verliert.

Aber nein, das stimmt nicht.

Martin Joubert gaukelt sich da etwas vor. Paros ist erreichbar, also ist es nicht mehr aus der Zeit gefallen.

Die drei Wochen, die er und Hélène, Lehrerin für Literatur am Collège Zéphyrin-Camélinat in Saint-Ouen, sich jedes Jahr leisten, seit sie sich kennen, waren noch nie die reine Entspannung für Martin Joubert. Paros ist der Ort, an dem er immer genötigt ist, seine Romane zu Ende zu bringen, in einem Wettlauf gegen die Zeit, nicht gerade die beste Voraussetzung für Gelassenheit.

Dazu schließt er sich in dem einzigen fensterlosen Raum des Ferienhauses in Prodromos ein. Ein Raum mit einem Feldbett und Ikonen an den Wänden, in dem eine mörderische Hitze herrscht.

Jedes Jahr das gleiche klösterliche Szenario. Und da Martin Joubert, als sie das erste Mal nach Paros gekommen sind, auch schon in dieses Haus, hier seinen bisher erfolgreichsten Roman beendet hat, den, der sich bisher am besten verkauft hat, oder sagen wir am wenigsten schlecht, kommt er aus einer Art Aberglauben heraus also jedes Jahr zur exakt gleichen Zeit in dasselbe Haus. Am Anfang konnte Hélène diesen Glauben an ein Wunder noch verstehen, doch langsam ist sie es leid, und das ist Martin Joubert klar.

Denn während er schreibt, geht sie allein an den Strand, oder fährt in einem kleinen Leihwagen, einem Peugeot 107, ebenfalls allein, über die Insel. Inzwischen kennt sie die Straßen von Paros in- und auswendig. Hélène Rieux hat ein großes Faible für Schriftsteller, die Idee, mit einem Schriftsteller zusammenzuleben, gefällt ihr und mit Martin Joubert konnte sie sich ein solches Zusammenleben gut vorstellen, aber sie beginnt zu verstehen, dass dem tatsächlich nicht so ist. Denn bei Martin Joubert handelt es sich um einen hyperängstlichen Kryptodepressiven, der an seinen besten Tagen etwas von Woody Allen hat. Aber diese besten Tage sind eben rar, denkt Hélène Rieux in ihrem Peugeot 107, wenn sie in einen anderen Gang schaltet, um hinter Parikià die Küstenstraße hochzufahren.

Und Martin Joubert, der nichts mehr liebt als das Licht, das Blau, das Meer, und der meint, die Menschheit sollte ihr Leben eigentlich am Strand verbringen, im Rahmen eines Kommunismus, der den Sexappeal eines Badeortes hat, verbringt zwei von drei Tagen in dieser Kammer, schreibt dort fünfzehn oder sechzehn Stunden ohne Pause.

Martin Joubert schreibt im Liegen, mit dem MacBook Pro auf dem Bauch. Ein Bauch, der von Jahr zu Jahr runder wird. Der Bauch eines Typen, der zu viel trinkt, zu viel isst, keinen Sport macht, und der zu jener Sorte Männer gehört, die durch ihre Überängstlichkeit nicht etwa die Aura eines romantischen, blässlichen jungen Mannes erhalten, sondern eher wie ein aufgedunsenes Michelinmännchen mit zu kleinen, wässrigen Augen aussehen, mit Doppelkinn und dieser verdammten Wampe, die einfach nicht mehr weggehen will, selbst wenn es vorkommt, dass Martin Joubert, selten, zugegeben, mal drei Wochen mit dem Saufen aufhört und Hélène ins Aspirant-Dunand-Schwimmbad oder in die Ägäis zum Schwimmen begleitet.

»Ich verstehe nicht, warum du eigentlich aus dem Schuldienst ausgeschieden bist«, wirft Hélène Rieux Martin Joubert oft vor. »Du sagst, du hast das getan, um mehr Zeit fürs Schreiben zu haben und nicht mehr deinen Urlaub dafür opfern zu müssen. Wäre toll, wenn du mir mal erklärst, was sich jetzt eigentlich geändert hat.«

Hélène Rieux weiß, dass das unfair ist. Schließlich konnte sie in den sieben Jahren ihres Zusammenlebens selbst beobachten, wie schwierig es ist, sich in Paris aufs Schreiben zu konzentrieren, vor allem, wenn man nebenbei seinen Lebensunterhalt verdienen muss. Diese sogenannten Brotjobs kosten Martin Joubert genauso viel Zeit wie früher der Unterricht, als er noch Lehrer am Collège Brancion war.

Martin Joubert blickt erneut Hélène Rieux nach, die immer weiter hinausschwimmt. Schwarze Haare auf blauem Meer, Gischt. Man könnte meinen, sie wollte bis nach Naxos schwimmen, dessen Berge und weiße Dörfer so täuschend nah wirken in ihrem goldenen Dunst.

Am Anfang bemitleidete Hélène Rieux Martin Joubert, stärkte ihm den Rücken, ermutigte ihn, sagte ihm, er solle durchhalten. Sie wurde Zeuge, wie er nacheinander Broschüren für Science-Fiction-DVDs schrieb, die am Kiosk verkauft wurden, dann den Ghostwriter für einen Fernsehmoderator machte, der ein Buch über die Spezialeinsatzkommandos veröffentlichen wollte, dann unter einem amerikanischen weiblichen Pseudonym einen Softporno nach Art von *Fifty Shades of Grey* schrieb, der als das Werk einer republikanischen Senatorin ausgegeben wurde, die angeblich unter Pseudonym Bekenntnis über die sexuellen Sitten und Gebräuche wichtiger Mitglieder der Bush-Administration abgelegt hatte.

Außerdem schrieb Martin Joubert für ein Zeilenhonorar Buchbesprechungen für Zeitschriften, und auch für eine weit rechts stehende Website, *Boulevard Atlantique*. Dort war Martin Joubert der einzige linke Schreiber und erhielt regelmäßig beleidigende Kommentare zu seinen Beiträgen. Das war vermutlich das, was Hélène ihm letztendlich am meisten vorwarf, dass er sich auf dieses Spiel eingelassen hatte. Sie stammte aus einer alten Kommunistenfamilie, Martin Joubert im Übrigen auch, aber als er sich, nachdem er den Schuldienst quittiert hatte, in Paris niederließ, stellte er sein Engagement für die Partei ein.

Tatsächlich kostete ihn all das irre viel Zeit und er musste sich, genau wie damals, als er Lehrer war, die Zeit fürs Schreiben seiner Krimis mühsam abknapsen.

Martin Joubert möchte an all das nicht mehr denken, zumindest für einen Moment. Er zögert, ob er wieder die *Odyssee* zur Hand nehmen soll oder aber eine drei Tage alte Ausgabe von *Le Monde*.

Hélène Rieux schwimmt immer weiter aufs Meer hinaus, und wenn Martin Joubert nicht sicher wüsste, dass sie keinerlei Selbstmordabsichten hegte, hätte er jetzt erneut Grund, in Panik zu geraten.

Martin Joubert liest jetzt tatsächlich *Le Monde*, sogar die Termine für Rigorosa zur Erlangung des Doktorgrades, denn jede Art von Ablenkung ist ihm willkommen. Dazu muss man wissen, dass Martin Joubert sich selber gerade nicht erträgt. Martin Joubert sieht sehr wohl, was aus ihm geworden ist, und was er da sieht, gefällt ihm nicht. Das heißt, wenn er behauptet, dass er sich »gerade« selber nicht erträgt, macht er sich etwas vor. Im Grunde hat Martin Joubert schon immer mit sich selber gehadert, sogar schon zu Zeiten, als man ihn noch als Denis Clément kannte und gar nicht wusste, dass er schreibt.

Also Martin Joubert wird jetzt *wirklich* am Strand von Ampelas diese drei Tage alte Ausgabe von *Le Monde* lesen, um nicht an Martin Joubert denken zu müssen. Er wird sie mit einer Verbissenheit lesen, die an Verzweiflung grenzt. So wie er später *wirklich* das Kreuzworträtsel lösen wird, als hinge sein Leben davon ab, als würde in dem Moment, wo er einen Begriff nicht wüsste, unweigerlich eine Katastrophe eintreten und ihn vernichten.

Und noch später, wenn die Sonne etwas tiefer stehen und Hélène Rieux sich neben ihn auf einen der ordentlich nebeneinander aufgereihten weißen Liegestühle legen und ihn wie jedes Mal fragen würde: »Möchtest du einen Café frappé?«, und er wie jedes Mal antworten würde: »Ich trinke lieber ein Bier, wenn du nichts dagegen hast, ein großes«, dann würde Joubert sich *wirklich* in den neuesten Krimi eines Kollegen vertiefen, um mal zu sehen, was die Konkurrenz so macht. Martin Joubert ist nicht mehr in der Lage, einen Krimi unbefangen zu lesen. Da ergeht es ihm wie einem Automechaniker angesichts eines schönen Autos. Ihn interessiert nicht, ob das Auto gut oder schlecht fährt, eine gute Straßenlage hat oder nicht, eine schöne oder eine Allerweltsausstattung, das Einzige, was Martin Joubert interessiert, ist die Motorhaube zu öffnen und zu sehen, wie es darunter aussieht. Alles ist ihm lieber, als an Martin Joubert zu denken.

Im Aufmacher von *Le Monde* geht es um einen neuen Terroranschlag in Europa. Tschetschenen, genau wie in Boston. In Lissabon. Martin Joubert liest die verschiedenen Artikel zu dem Thema und denkt, dass das erneut ein gefundenes Fressen für *Boulevard Atlantique* sein wird, die Bedrohung durch Islamisten und der Kampf der Kulturen sind schließlich die bevorzugten Themen der Website.

Dabei fällt ihm ein, dass er seit drei Tagen keine Artikel mehr an *Boulevard Atlantique* geschickt hat, und auch noch nicht das Dossier über »Die Schriftsteller der Apokalypse« vorbereitet hat, und der Chefredakteur ihn zusammenstauchen wird, der meint, dass niemand je im Urlaub zu sein hat, und schon gar nicht, um auf einer griechischen Insel einen Roman zu schreiben, das wäre ja noch schöner.

Beim Gedanken daran krampft sich sein Magen zusammen, und er merkt, wie Schweißtropfen von seiner Stirn herabperlen, die nicht der Hitze am Strand von Ampelas geschuldet sind, sondern allein den modernen Arbeitsbedingungen prekärer Intellektueller. Wenn man mit neunundvierzig, oder man kann genauso gut sagen: fünfzig, immer noch dem intellektuellen Prekariat angehört, dann macht einem das langsam zu schaffen. Zumal Martin Joubert weiß – ein ziemlich schäbiger Gedanke – dass sein Leben zumindest finanziell betrachtet eigentlich nur dank des Gehalts von Hélène Rieux erträglich ist, die weiterhin tapfer Grammatik, Poesie und Ablativus absolutus lehrt, und zwar die Kids von Saint-Ouen, die, wie die Kommentatoren von *Boulevard Atlantique* es formulieren würden, die zukünftigen salafistischen Besatzer unseres alten christlichen Frankreichs sein werden, die unsere Frauen verschleiern, unsere Kirchen plündern, und unsere jungen Männer zum Analsex zwingen werden, mit dem stillschweigenden Einverständnis der linken Eliten und der Homosexuellenlobby, die uns die political correctness aufzwingen, und die echten Franzosen ausrotten wollen.

Infolgedessen fragt Joubert sich, ob er nicht ein drittes Bier bestellen sollte, wenn der Kellner an seinem Liegestuhl vorbeikommt, um den Krampf in seinem Bauch zu lösen, und diese angenehme Wärme tief in seinem Inneren zu spüren. Außerdem weiß Martin Joubert, dass er seine Xanax im Ferienhaus in Prodromos vergessen hat, dabei könnte nur eine Xanax das Gespenst *Boulevard Atlantique* vorläufig von ihm fernhalten. Apropos Benzos, es wird Zeit, dass ihr Aufenthalt hier zu Ende geht, Martin Joubert hat heute Morgen festgestellt, dass er nur noch einen halben Blisterstreifen hat, das ist ein wenig knapp angesichts der Tatsache, dass ihre Rückkehr nach Paris bevorsteht, ihre Beziehung sich in Auflösung befindet, *Boulevard Atlantique* ihn tyrannisiert und sein Roman, den er schon vor einem Jahr hätte abgeben sollen, erst zu drei Vierteln fertig ist, obwohl er ganze Tage auf diesem Feldbett verbracht hat.

Martin Joubert versucht all das zu vergessen, indem er sich erneut in die Lektüre von *Le Monde* versenkt: Also, im Baixa-Viertel gab es eine Schießerei zwischen Polizisten und tschetschenischen Terroristen, welche Motive sie verfolgten, ist unklar. Immerhin gab es offenbar neun Tote, fünf Polizisten, einen französischen Professor und seine Lebensgefährtin, und die beiden tschetschenischen Terroristen, die das Massaker ausgelöst haben.

Zuerst dachte man, der Professor, dessen Namen aus ermittlungstaktischen Gründen nicht genannt wurde, hätte seine Begleiterin erschossen, aber dann stellte sich heraus, dass die Tschetschenen die beiden als Geisel genommen und getötet hatten, als sie sahen, dass die Polizei das Hotel umstellt hatte und kurz davor war, es zu stürmen.

Manchmal muss Martin Joubert sich Hélène Rieux oder anderen gegenüber dafür rechtfertigen, dass er Kriminalromane schreibt. In der Regel sagt er dann, dass er es nie speziell darauf angelegt habe, Kriminalromane zu schreiben, sondern nur darauf, über seine Zeit zu schreiben. Es ist schließlich nicht seine Schuld, dass, wenn man heute einen Roman schreibt, in dem man ehrlich erzählt, was vor sich geht, dieser Roman von ganz allein ein Krimi wird. Es ist schließlich nicht seine Schuld, wenn die Realität zum Krimi geworden ist. Diejenigen, die ihm das vorhalten, vergessen wohl, dass Martin Joubert auch Gedichte geschrieben hat. Hélène Rieux nicht, das stimmt. Aber nun gut.

Martin Joubert widmet sich jetzt dem Kasten auf Seite drei unten. Darin wird gemeldet, dass am selben Tag Staatssekretärin Kardiatou Diop in Lissabon war. Kurzzeitig fürchtete man um ihre Sicherheit und die der anderen Minister, die sich zu einem Kolloquium über das junge europäische Kino in der Fundação Calouste Gulbenkian getroffen hatten. Aber es war nur ein Fehlalarm.

Kardiatou Diop.

Martin Joubert lächelt.

Wer dieses Lächeln jetzt sehen könnte, der würde den Martin Joubert von früher vor sich sehen. Den Martin Joubert, der mit sechsundzwanzig Jahren voller Tatendrang in das Collège in Roubaix kam, das als Brennpunktschule galt. Den, der das Parteibuch der Kommunistischen Partei in der Tasche hatte, der gerade seinen ersten Roman beendet hatte, der bald erscheinen sollte, der keine Benzos nahm, der nicht das Gefühl hatte, sich zu prostituieren, indem er Pornos schrieb.

Kardiatou Diop.

Eine ehemalige Schülerin von ihm. Von der fünften bis zur neunten Klasse.

Damals war er ganz neu an der Schule. Das muss irgendwann zwischen 1990 und 1993 gewesen sein. Kardiatou Diop.

Als Martin Joubert mitbekam, dass sie in die jetzige Regierung eintrat, empfand er einen absurden Stolz. Dabei ist Martin Joubert durchaus klar, dass man, wenn man Lehrer am Brancion in Roubaix ist, oder am Collège Zéphyrin-Camélinat so wie Hélène Rieux bis heute, im besten Fall nicht mehr als Schadensbegrenzung betreiben kann.

Gut, also man könnte sagen, Martin Joubert hat dazu beigetragen, Schaden von diesem großartigen Mädchen abzuwenden, das zusehen musste, wie es klarkam, als eines von sechs oder sieben Kindern – wie viele es genau waren, wusste niemand so genau – einer alleinerziehenden Mutter. Nein, Kardiatou Diop verdankte alles ihrer Energie, ihrem Willen, und wenn man weiß, was es bedeutete, oder bis heute bedeutet, in bestimmten Vierteln zugleich schwarz, arm und außerdem ein Mädchen zu sein, muss man zu dem Schluss kommen, dass sie einen verdammten Schutzengel gehabt haben muss, der ihr ab und an mal beigestanden hat. Martin Joubert hat ihren Aufstieg aus der Ferne verfolgt, ihr Abitur, ihr Politikstudium, ihr Engagement in verschiedenen Organisationen, und dann in linken Parteien.

Bis hin zu ihrem Gang in die Politik, auch wenn man merkte, dass sie für eine Regierung, der der Schwung abhanden gekommen war, letztendlich vor allem so eine Art Jokerfunktion hatte.

Es war in den letzten Jahren für Martin Joubert immer ein seltsames Gefühl, wenn Kardiatou im Fernsehen auftauchte, auch wenn das meist nur kurze Auftritte waren.

Die fünfunddreißigjährige Frau und das zwölfjährige Kind. Sie waren ein- und dieselbe Person. Rank und schlank wie eh und je, ein unglaublich insistierender Blick, ein Blick, der den damals noch jungen Lehrer Denis Clément fast einschüchterte. Man fand darin zugleich das von Gewalt geprägte Umfeld, in dem Kardiatou Diop aufwuchs, und ihren unbedingten Willen, dem zu entkommen, ihre unbarmherzige, fast wilde Energie.

Auf einmal spürt Martin Joubert etwas Feuchtes über sich.

Hélène Rieux ist von ihrem Bad zurückgekehrt.

»Du siehst so nachdenklich aus, Martin, was ist los?«

Martin ist kurz davor, Hélène Rieux von Kardiatou Diop zu erzählen. Das hat er schon öfter getan, aber jetzt würde er es gerne ausführlicher tun. Er würde sich gerne in die Zeit zurückversetzen, als er im Schuldienst war, als er noch an etwas glaubte. Er würde gerne reden, um dabei zu vergessen, dass er große Lust hatte, noch ein Bier zu trinken und eine Xanax zu schlucken, um seinen Roman zu vergessen, um *Boulevard Atlantique* zu vergessen, um den kurz bevorstehenden fünfzigsten Geburtstag zu vergessen, und diesen angsterfüllenden Verschleiß seines ganzen Seins.

Aber Martin Joubert spürt sehr wohl, dass er Hélène Rieux nicht mehr liebt, die Martin Joubert nicht mehr liebt. Und es gibt noch nicht mal ein Kind, mit dem man versuchen könnte, das alles zu kitten, wenn denn so ein Kind irgendetwas kitten kann in den Beziehungen von heute.

Aber auch wenn Martin Joubert die erste Frage von Hélène Rieux nicht beantwortet, die im Übrigen nicht wirklich nach einer Antwort verlangte, so antwortet Martin Joubert dafür auf die zweite Frage: »Nein, eigentlich lieber ein Bier, ein großes«, als Hélène Rieux ihn wie erwartet fragt, ob er einen Café frappé möchte.

2

Der November ist da.

Der blaue Himmel von Griechenland ist weit weg.

Der Wind der Kykladen auch, bei dem man auf Dauer alles vergisst.

Paris ist so wie immer um diese Jahreszeit, und Martin Joubert geht es nicht gut. Er hat seine alljährliche üble Erkältung. Er ist leicht fiebrig, wehleidig. Früher, als er selber noch ein Schüler war und auch später, als er dann Lehrer war, liebte er diesen Zustand. Das bedeutete, er konnte zwei, drei Tage im

Bett verbringen, grünen Tee trinken, die auf der Decke ausgebreiteten Zeitungen lesen, dazwischen alte Krimis der Série Noire und dazwischen ein paar Gedichte. Oder, später dann, abwechselnd Filme der Nouvelle Vague und zweitklassige Horrorfilme schauen.

Nun, seit Martin Joubert kein Kind und auch kein Lehrer mehr ist, was letztendlich zwei Seiten einer Medaille sind, empfindet er diese vorübergehende Unpässlichkeit als Katastrophe, sie verstärkt seine diffuse Angst. Martin Joubert hat heute eine Menge Dinge zu erledigen, und er hat das Gefühl, ihm fehlt die nötige Kraft dafür, denn er ist verschnupft, er hustet und schwitzt, und es fällt ihm höllisch schwer, sich zu konzentrieren. Noch im Bett versucht er in seinem vernebelten Hirn eine Liste der Dinge zu erstellen, die ihn heute erwarten. Seine Hand liegt auf der Seite von Hélène Rieux, die im Morgengrauen aufgestanden ist, denn das Collège Zéphyrin-Camélinat von Saint-Ouen ist nicht um die Ecke, und wenn man zur ersten Stunde – um acht Uhr dreißig – da sein muss, muss man früh raus.

Martin Joubert hat seinem Verleger versprochen, ihm die korrigierte Version seines Romans zurückzuschicken, jenes Romans, den er auf Paros und in den Tagen nach seiner Rückkehr dann doch noch geschafft hat zu beenden. Martin Joubert ist darauf angewiesen, dass das Manuskript in seiner jetzigen Form angenommen wird, damit er den zweiten Vorschuss bekommt. Den können sie gerade sehr gut gebrauchen. Hélène Rieux hat den Überblick über ihre gemeinsamen Finanzen, und ihre Mimik, wenn sie am Küchentresen steht, ihren Tee mit Kardamom trinkt und dabei Zahlen in ein Heft kritzelt, spricht für sich.

Martin Joubert muss außerdem zwanzig oder dreißig Seiten mummy porn schreiben, wenn er nicht in Verzug geraten will und damit er das Manuskript unter dem Pseudonym der angeblichen republikanischen Senatorin noch vor der Deadline in einer Woche einem anderen Verleger liefern kann. Mit dem Geld kann er dann Hélène Rieux ein gebrauchtes Auto kaufen, die es langsam leid ist, immer mit öffentlichen Verkehrsmitteln zu fahren und den restlichen Weg zum Collège Zéphyrin-Camélinat zu Fuß zurückzulegen. Brennpunktschulen waren noch nie besonders friedliche Orte, aber je mehr die Krise sich verschärft, desto mehr drehen die Kids durch. Die Mädchen verschleiern sich, die Jungs lassen mangels eines echten Barts ihren Flaum wachsen, und die, die weder das eine noch das andere tun, neigen dazu, sich in den Schaufenstern einer Konsumgesellschaft, in denen unverfroren all das zur Schau gestellt wird, was sie nicht konsumieren können, selbst zu bedienen.

Aber Hélène Rieux ist, wie die Kommentatoren von *Boulevard Atlantique* es ausdrücken würden, »islamophil, linksversifft, eine Anhängerin der unsäglichen Unkultur der 68er, für alles eine Entschuldigung zu finden, und es ist höchste Zeit, dass ein paar dreckige Araber sie vergewaltigen…«

Ach ja, dabei fällt Martin Joubert ein, dass er am Nachmittag noch bei *Boulevard Atlantique* vorbeischauen muss, um sein Resümee der Meinungsseite der Papierausgabe der Website zu präsentieren, die allein Abonnenten vorbehalten ist. Der Titel der nächsten Ausgabe lautet: *Boston, Lissabon: Die einsamen Wölfe jagen im Rudel*, dazu sieht man auf dem Cover eine Fotomontage von bis an die Zähne bewaffneten Bärtigen und dahinter in Ruinen liegende europäische Städte.

All das ermüdet Martin Joubert bereits im Voraus.

All das deprimiert ihn. Vor zehn Jahren hätte Martin Joubert zum Telefon am Bettende gegriffen, mit übertrieben erschöpfter Stimme im Collège Brancion angerufen und gesagt: »Ich kann heute nicht kommen«, dann hätte er sich wieder unter sein Federbett verkrochen und zehn Stunden geschlafen, ohne Benzos, allein mit dem Duft von Sylvie in der Nase, seiner damaligen Freundin, mit der er immerhin drei Jahre in einem Loft in der Altstadt von Lille gelebt hat. Hundertfünfzig Quadratmeter.

Wenn man bedenkt, dass Martin Joubert damals – da hatte er bereits ein halbes Dutzend Bücher geschrieben – dachte, er hätte sein Leben verpfuscht. Was warst du doch für ein Idiot, mein Alter!, denkt Martin Joubert, während er sich im Bett aufrichtet und feststellt, dass sein Hals sich genauso gereizt anfühlt wie früher, als er noch rauchte, wenn er es bei einer Party etwas übertrieben hatte.

Martin Joubert befindet sich in der Wohnung, die er sich mit Hélène Rieux teilt, 45 Rue Boulard, direkt über dem Restaurant Le Jeu de Quilles im 14. Arrondissement. Die Tatsache, dass dieses Lokal nebenan ist, und der Blick auf eine gegenüberliegende Grundschule, machen diesen Ort erträglich.

Und das Parfüm von Hélène Rieux, das noch in der Luft der Fünfundfünfzig-Quadratmeter-Wohnung hängt. »La chasse aux papillons, extrême«. Ja, so heißt das Parfum von Hélène Rieux. Es ist eigentlich eher ein Sommerduft, aber wie sich herausgestellt hat, passt er auch dann noch gut zu ihrer Haut, wenn die grauen, verregneten und kalten Tage wieder da sind.

Martin Joubert fragt sich, ob er den Namen des Parfums nicht mindestens genauso mag wie das Parfum selbst. *Die extreme Jagd nach Schmetterlingen.*

Martin Joubert hört von der anderen Straßenseite der Rue Boulard die Glocke, die die Zehn-Uhr-Pause ankündigt. Er trägt noch immer Boxershorts und das rote T-Shirt, das Hélène ihm beim Sommerfest der *Humanité* gekauft hat, Mitte September, vierzehn Tage, nachdem sie von Paros zurückgekehrt waren. Das T-Shirt wurde an einem Stand für franko-bolivianische Freundschaft verkauft, und darauf steht auf Französisch einfach nur: *Für eine bunte Internationale!*

»Hier, zum Geburtstag, Martin«, sagte Hélène Rieux und baute sich vor ihm auf, während er gerade zusammen mit hundertfünfzig anderen Autoren in dem stickigen Zelt im »Schriftstellerdorf« Bücher signierte. Der 11. September. Sein Geburtstag fiel im Übrigen oft mit dem Sommerfest der *Humanité* zusammen. Und wenn man am 11. September Geburtstag feiert, hat das den Vorteil, dass die Leute sich das Datum gut merken können, auch wenn natürlich in den Familien und im Freundes- und Bekanntenkreis von Hélène

Rieux und Martin Joubert eines ganz anderen 11. Septembers gedacht wird, nämlich des 11. Septembers 1973.

Martin Joubert hatte auch an den Geburtstag von Hélène Rieux am 29. August gedacht und im Duty-free-Shop im Flughafen von Athen einen Flacon La chasse aux papillons, extrême gekauft. Schade eigentlich, dass irgend so ein Werber, der einmal eine poetische Eingebung hatte, so einen hübschen Namen gefunden hat. Martin Joubert denkt, das wäre zum Beispiel ein toller Buchtitel für Richard Brautigan gewesen. Oder auch für Martin Joubert.

Und dennoch hat ihre Beziehung nach wie vor einen deutlichen Knacks.

Sie vögeln immer noch wie die Verrückten. Zum Beispiel gestern Abend. Hélène Rieux, die es leid war, Arbeiten zu korrigieren, sagte: »Fick mich, Martin, fick mich wie so ein Flittchen.«

Also kniete Hélène mit gekrümmtem Rücken im Halbdunkel auf dem Bett, ihre Brustwarzen klemmten in den Brustklemmen und andauernd schrie sie: »Na los, schlag zu, gib's mir, nicht so zaghaft!«

Also peitschte er auf ihren Rücken ein, dadurch brachen natürlich gerade erst verheilte Wunden wieder auf und das Blut quoll hervor.

Was Martin Joubert an dieser Geschichte nicht behagt, ist die Tatsache, dass er so langsam Gefallen daran findet. Gerade jetzt.

Nach dem Sex hörte Martin Joubert Hélène Rieux nach einer kurzen Pause wieder von ihrer erotischen bzw. exhibitionistischen Phantasie reden, dem Partnertausch im Swingerclub, daraufhin nahm er sie ein zweites Mal und flüsterte ihr dabei ins Ohr, ja okay, wir machen das bald. Du wartest auf die Männer, du suchst sie aus, du bringst zwei oder drei gleichzeitig zum Abspritzen, ja, jederzeit. Und erneut kommt Hélène Rieux, und Martin Joubert auch, und er fragt sich, ob es nicht auch für ihn der Gipfel wäre, zu sehen wie Hélènes Körper, Hélènes Gesicht, Hélènes Geschlecht, Hélènes Po, Hélènes Mund geschändet würden, so als wenn die brave und sanfte Hélène im Grunde nichts weiter wäre als eine Porno-darstellerin.

Hélène war vor fünf Jahren zu ihm gezogen, als klar war, dass sie eine längere Beziehung eingehen wollten. Er hatte sie kennengelernt, als er in einer neunten Klasse eines seiner Jugendbücher vorstellte, *Mama war eine Terroristin*. Hélène Rieux und die Medienbeauftragte der Schule hatten die Veranstaltung organisiert, hinzu kamen Schauspieler, die mit den Schülern Dialoge aus dem Buch einstudieren sollten. Als Martin Joubert damals zu Fuß den Weg von der Metrostation Saint-Ouen zum Collège Zéphyrin-Camélinat zurücklegte, überkam ihn ein seltsames Gefühl, ja, er war geradezu ergriffen. Zwischen den kleinen Geschäften mit ihren mehr oder minder exotischen, mehr oder minder altmodischen Auslagen spielten kleine Kinder, auf den Caféterrassen saßen alte Männer, und Martin Joubert fühlte sich entfernt, ohne sich dessen wirklich bewusst zu sein, an eine urbane Szenerie erinnert, die er aus Roubaix kannte.

Seit Martin Joubert nicht mehr Lehrer war, kam er durch Lesungen aus seinen Jugendbüchern immer noch oft in Schulen, und er empfand durchaus ein bisschen Wehmut, wenn er diesen Schülern gegenüberstand. Aber wenn man denn so freundlich war, ihm im Lehrerzimmer einen Kaffee anzubieten, und er zwischen den Stellwänden mit den Infobriefen saß und die genervten Unterhaltungen vor den Fächern der Lehrer mitbekam, dann bereute er seine Entscheidung nicht. Letztendlich hatte er es doch gar nicht so schlecht getroffen, und er empfand wirklich keinerlei Sehnsucht nach diesem erstickenden Umfeld, in dem man als suspekt galt, wenn man schrieb, da man dann angeblich zwangsläufig seine »pädagogische Arbeit« vernachlässigte.

Eben deshalb hatte Martin Joubert sich vom Schuldienst beurlauben lassen, ohne große Reue das Collège Brancion, sein Hundertfünfzig-Quadratmeter-Loft und seine Freundin Sylvie verlassen. Sylvie war Sportlehrerin und Ringkämpferin, und mit ihr war der Sex der reinste Spaß und immer leicht abgedreht. So fand Martin Joubert sich oftmals eingeklemmt zwischen eisenharten Schenkeln wieder, während er genötigt war, eine blonde Muschi zu lecken, ein Opfer, das er im Übrigen gerne brachte.

Aber nun gut, zwischen Sylvie und ihm war klar, dass nichts für die Ewigkeit bestimmt war, und es nicht infrage kam, eine ernsthafte Beziehung aufzubauen. Es gab also keinen herzzerreißenden Abschied, nur eine große Abschiedsparty in dem Loft von Saint-Maurice, das, nachdem es einmal verkauft war, die finanzielle Grundlage bildete, um die Wohnung in der Rue Boulard zu kaufen. Sein einziger echter Freund aus der Literaturszene, Alex Guivarch, hatte sie entdeckt.

Alex Guivarch war fünfzehn Jahre jünger als Martin Joubert. So oder so waren seit einiger Zeit alle jünger als er. Alex Guivarch hatte, als er vierzehn war, Martin Joubert einen Brief geschrieben. Damals war gerade sein erster Roman erschienen, noch kein Roman noir, sondern der Roman eines jungen Mannes, der daran glaubte, dass in der Traurigkeit ein großes Glück lag: *Nachsaison.*

Ein literarischer Neo-Hussard-Roman, in dem ein Peugeot-Cabriolet vorkam und junge, gebräunte Mädchen, die marineblaue Pullis um ihre Schultern trugen. Noch so eine Geschichte aus der Welt davor. Auch die Geschichte des vierzehnjährigen, bretonischen Lesers war eine Geschichte aus der Welt davor, als begeisterte junge Leser noch Autoren, die sie bewunderten, Briefe schrieben. Klingt geradezu märchenhaft. Dabei hat Joubert das in dem Alter auch gemacht, mit Manchette, Echenoz, Fajardie, A.D.G.

Aus dem ehemaligen Bewunderer Alex Guivarch war ein Freund geworden, und dann eine Art jüngerer Bruder. Er half dem älteren, sich im Pariser Großstadtdickicht zurechtzufinden, nachdem dieser den Sprung gewagt und den Schuldienst quittiert hatte. Alex Guivarch war es auch, der Martin Joubert die meisten seiner Brotjobs besorgt hatte. Außer den bei *Boulevard Atlantique.* Alex Guivarch sagte ihm regelmäßig, und da war er sich ausnahmsweise mal mit Hélène einig, dass er mit *Boulevard Atlantique* nur seine Zeit verschwende und diese

Arbeit ihn nervös und reizbar mache. Hélène Rieux setzte noch einen drauf und fügte mit einer gewissen Gnadenlosigkeit hinzu: »Du hast mit über vierzig deine Erfahrungen mit dem Prekariat und der Brutalität der Produktionsverhältnisse sammeln dürfen. Schon schade, dass du ausgerechnet dann aufgehört hast, Kommunist zu sein.«

Wenn er ganz ehrlich war, musste Martin Joubert zugeben, dass da was dran war. Hélène hatte ihm sogar vorgeschlagen, die ganzen Brotjobs sausen zu lassen und allein aufs Schreiben zu setzen. Nachdem er das wiederholt abgelehnt hatte, hatte sie es irgendwann aufgegeben. Dabei versicherte sie ihm, dass sie beide von ihrem Gehalt leben könnten, auch wenn sie dann ihren Lebensstandard etwas senken müssten.

Martin Joubert hatte diese Vorstöße fast schroff zurückgewiesen, einmal aus Stolz, dann aber auch aus Rührung. Selten hatte ihm jemand einen solchen Liebesbeweis gegeben. Doch er war nun einmal jemand, der sich schwer damit tat, geliebt zu werden.

Die Folge ist, Martin Joubert ist um zehn Uhr morgens allein in einer Wohnung im 14. Arrondissement.

Die Folge ist, Martin Joubert hat achtunddreißig Fieber, trägt eine amerikanische Boxershorts und ein rotes T-Shirt mit dem Schriftzug: *Für eine bunte Internationale!*

Die Folge ist, Martin Joubert hat weder Lust, die Korrekturen an seinem Roman umzusetzen, noch seinen mummy porn zu schreiben, noch die Redaktionskonferenz vorzubereiten oder bei *Boulevard Atlantique* anzurufen.

Die Folge ist, Martin Joubert spielt mit dem Gedanken, sich einen Cocktail aus Aspirin UPSA 1000 mg, Codein-Dafalgan-Tabletten und dazu ein paar Xanax zu mixen, um bis zum Nachmittag einfach durchzuschlafen, und in ein schwarzes, abgedämpftes Nichts zu versinken. Hauptsache, er wachte rechtzeitig vor Hélène Rieux' Rückkehr auf, hätte genügend Zeit, das Zimmer zu lüften, zu duschen und sich den Anschein zu geben, die ganze Zeit gearbeitet zu haben.

»Verdammt«, murmelt Martin Joubert vor sich hin, »ich werde echt langsam depressiv.«

Dennoch beginnt er damit, auf dem Couchtisch seinen Cocktail vorzubereiten. Er lässt die dicken weißen Tabletten in ein Pintglas fallen, das er mal in einem Pub in Canterbury geklaut hat, als er noch mit Sylvie zusammen war. Das war während einer Klassenfahrt nach England. Er füllt das Pintglas mit Wasser aus einer Brita-Karaffe auf, die angeblich das Leitungswasser filtert, Hélène Rieux liebt solchen Schnickschnack.

»Immerhin«, murmelt Martin Joubert, »immerhin sterben wir dank dieses Zeugs gesund.«

Neben das Pintglas, in dem sich die Tabletten langsam auflösen, hat er außerdem zwei rosafarbene Xanax à 0,50 mg gelegt. Martin Joubert zögert. Wenn er sie jetzt nimmt, sich wieder hinlegt und sich auf seinem Mac eine DVD anschaut, die den letzten Rest von Angst vertreibt, wie zum Beispiel *Weine nicht mit vollem Mund!* von Pascal Thomas, dann wird er glückselig in den Schlaf gleiten. Aber drei oder vier Stunden später wird er schweißgebadet aufwachen und zwanzig unbeantwortete Nachrichten auf seinem Smartphone haben.

Martin Joubert nimmt ein paar Schlucke von seinem Medikamentencocktail, dabei fällt sein Bick auf die beiden Xanax-Tabletten, sie lächeln ihn an.

Erneut denkt er an Hélène Rieux.

Er denkt daran, wie sie sich das erste Mal begegnet sind. Die rosa Tabletten werden die Vergangenheit leider nicht zurückbringen.

Das Collège Zéphyrin-Camélinat war so gut gesichert wie ein Hochsicherheitstrakt, mit mindestens drei Gittertüren und zwei Sicherheitstüren mit Code. Auch innen kam man sich vor wie im Knast. Das Gebäude war zweistöckig, von den schmalen Gängen gingen die Klassenzimmer ab wie Zellen. Von Zeit zu Zeit hörte man jemanden schreien. Martin, der auch schon Schreibworkshops in Gefängnissen abgehalten hatte, war frappiert von dieser offensichtlichen Ähnlichkeit: Die gleichen Geräusche, das gleiche Licht, die gleiche Raumaufteilung.

Der Hausmeister und zwei Aufsichtspersonen brachten ihn in Windeseile in die Schulbibliothek, als fürchteten sie jeden Moment einen Anschlag. Dort sahen sie sich dann das erste Mal. Martin Joubert hatte mit den Organisatorinnen vorher nur Mailkontakt gehabt. Als er den Raum betrat, sah er eine bildhübsche Dunkelhaarige mit einem wunderbaren Bob. Sie trug nicht den gängigen Lehrerinnenlook, sondern setzte im Gegenteil auf schlichte Eleganz. Damit signalisierte sie den Schülern: ›Indem ich mich so kleide, erweise ich euch meinen Respekt, im Gegenzug erwarte ich, dass auch ihr mir mit Respekt begegnet.‹

Der Kontrast zur Medienbeauftragten hätte kaum größer sein können: Ihre Haare von undefinierbarer Farbe waren zerzaust, sie roch penetrant nach Schweiß und trug einen unförmigen Pulli über einer zu großen Jeans. Insofern war es nicht erstaunlich, dass die super adrette Dunkelhaarige mit ihrem ruhigen Morgengesicht Martin Joubert über alle Maßen bezauberte.

Hélène Rieux war nicht nur schön, sondern sie strahlte auch Intelligenz aus, und sie hatte keine Angst. Dabei schienen das übrige Kollegium und das gesamte Schulpersonal vom Gefühl der Angst beherrscht zu werden. Kein Wunder, schließlich spiegelten diese Brennpunktschulen auf brutale Weise das Scheitern einer ganzen Gesellschaft wider. Die Leute, die dort arbeiteten, standen an vorderster Front, wie Soldaten in einem unausgesprochenen Krieg, Soldaten, denen der Rest der Bevölkerung und sogar ihre eigenen Vorgesetzten mit vager Verachtung begegneten.

Aber bei der großen Dunkelhaarigen im perfekt sitzenden Kleid war keinerlei Beunruhigung festzustellen. Man konnte in ihren haselnussbraunen Augen höchstens eine leichte Ermattung entdecken, und Augenränder, die sie unter einem dezenten Make-up verbarg. Martin Joubert hoffte, dass diese Anzeichen von Müdigkeit auf eine durchliebte Nacht zurückzuführen waren und nicht auf den Stress mit den Schülern.

Martin Joubert konnte es nicht lassen sich vorzustellen, er

läge mit dieser wohlgeformten Dunkelhaarigen im Bett. Das ging Martin Joubert nicht oft so, wenn ihm eine Frau begegnete, die ihm gefiel, das war mehr als simple sexuelle Anziehung. Wenn ihm das so schnell passierte, bedeutete das paradoxerweise, dass mehr dahintersteckte, dass er sich vorstellen konnte, mit dieser Person zusammenzuleben. Es war eine Art Intuition, dass es zwischen ihnen beiden funktionieren könnte. Die erotische Vorstellung war bei Martin Joubert nur ein Symptom für etwas anderes, nicht das eigentliche Ziel.

Die beiden Frauen kamen sogleich auf ihn zu und stellten sich ihm vor:

»Hélène Rieux.«

»Bastienne Rouget.«

Bastienne Rouget roch nicht nur unangenehm, sondern trug außerdem einen propalästinensischen Anstecker, und dann auch noch von der Hamas. Martin Joubert hatte dagegen zwar grundsätzlich nichts einzuwenden, aber an einer Schule, an der achtzig Prozent der Schüler Araber waren, grenzte das an Demagogie. Martin Joubert hätte wetten können, dass Bastienne Rouget eine Anhängerin der extremen Linken war, vielleicht des NPA, des *Nouveau parti anticapitaliste*, und dass sie der Meinung war, dass ein Kopftuchverbot für Schülerinnen an neokolonialen Faschismus grenzte. Zugleich aber würde Bastienne Rouget in dem Moment, wo ein männlicher Kollege seine Kaffeetasse in der Spüle im Lehrerzimmer stehen ließe, den patriarchalischen Machismo und die männliche Dominanz anprangern, ohne darin irgendeinen Widerspruch zu entdecken.

Martin Joubert, der zu der Zeit gerade angefangen hatte für *Boulevard Atlantique* zu schreiben, dachte sich, wenn jemand wie Bastienne Rouget die Verkörperung des Fortschritts und des Antikapitalismus sein sollte, dann winkte den Neoreaktionären, wie man sie neuerdings nannte, eine gute Zukunft, eine Einschätzung, die sich in den Jahren danach bestätigen sollte. Es gab immer mehr Bastienne Rougets, und es gab immer mehr unverhohlene Rechte, und beide Fraktionen teilten mehr oder minder bewusst die gleiche Vorliebe für die derzeitige allgemeine Lust am Untergang, und die immer bedrückendere Atmosphäre eines präfaschistischen Disneylands.

Hélène Rieux sagte im Übrigen schon seit geraumer Zeit, dass es nur eine Frage von wenigen Jahren oder gar Monaten sei, bis der Patriotrische Block an die Regierung käme, der inzwischen von der Tochter des alten Parteigründers, Agnès Dorgelles, geführt wurde, gegen die niemand irgendwelche Vorbehalte hatte.

»Und du trägst mit dazu bei, indem du für *Boulevard Atlantique* schreibst«, sagte Hélène Rieux zu Martin Joubert, wenn sie bei einer ihrer Diskussionen, in denen nicht mehr zu unterscheiden war, ob es um ihr Privatleben ging, um ihre berufliche Tätigkeit oder um ihre politische Einstellung, mal wieder in Streit gerieten.

Die Xanax lächeln ihn an.

Martin Joubert zögert noch.

Er denkt wieder an seine erste Begegnung mit Hélène Rieux zurück, als könne er darin einen Schlüssel finden.

»Schön, dass Sie gekommen sind, manchen Schriftstellern widerstrebt es ja, zu uns ans Collège Zéphyrin-Camélinat herauszukommen«, sagte Hélène Rieux, die La chasse aux papillons, extrême aufgelegt hatte.

Kaum hatte sie das gesagt, sah Martin Joubert sie erneut nackt vor sich, auf einem Bett liegend, in etwa in der Position der Maja desnuda, und da wurde Martin Joubert klar, dass er sich gerade verliebt hatte.

Bei dem sich gleich darauf anschließenden Workshop mit den Schülern der neunten Klasse gesellte sich zu der aufkeimenden Liebe Bewunderung, was eine durchaus bewährte Kombination ist, wenn es etwas von Dauer sein soll, glaubt man unter anderem Madame La Fayette.

Hélène Rieux besaß eine natürliche Autorität und brachte die dreißig Schüler der neunten Klasse wie selbstverständlich innerhalb kürzester Zeit zum Schweigen. Martin Joubert wusste aus Erfahrung – das Collège hatte eine ähnlich zusammengesetzte Schülerschaft wie das Collège Brancion –, dass sich bei ihnen viele widerstreitende Gefühle mischten, Frust, ein Bedürfnis nach Liebe und nach Gewalt. Das war eine explosive, höchst instabile Mischung.

Als sie ihre Diskussion begannen und Martin Joubert sie eine Weile beobachtet hatte, wusste er, mit wem er es zu tun hatte. Da war der kleine Schlaumeier, der heimlich Kekse aß, der Don Juan, die zu stark geschminkte weinerliche Kabylin, die murmelte, wie sehr sie das alles nerve, aber auch Hélène Rieux' drei Stützen waren ihm gleich aufgefallen, auf die sie sich vermutlich im Unterricht verlassen konnte.

Da war die wunderbare und schüchterne Senegalesin (sie erinnerte Martin Joubert an Kardiatou), der große, kräftige Araber, der je nachdem, wie er aufgelegt war, destruktiv oder konstruktiv wirken konnte – an jenem Tag hatte er sich dafür entschieden, konstruktiv zu wirken – und der einen erstaunlichen Sinn für das bewies, was zwischen den Zeilen stand, und dann natürlich der schüchterne Junge mit Brille, der immer dabei war, der vermutlich drei Bücher pro Woche las und in dem Martin Joubert von Ferne einen kleinen Bruder im Geiste begrüßte. Hélène Rieux erklärte die Veranstaltung für beendet und forderte die Klasse auf, sich bei Martin Joubert zu bedanken. Es gab Applaus und in dem Moment schämte er sich fast dafür, dass er, indem er das Brancion verlassen und damit Kids wie diese zurückgelassen hatte. Er war desertiert, ihm fiel kein besseres Wort dafür ein.

Als die Schüler sich ihre Bücher signieren ließen, hörte Martin Joubert sich wie selbstverständlich fragen, wie sie denn nach Paris zurückkäme, während die Medienbeauftragte mit dem propalästinensischen Anstecker netterweise einen Kaffee im Lehrerzimmer anbot.

»Ich wohne in Saint-Ouen, nicht in Paris«, antwortete Hélène Rieux, während die schwitzende Medienbeauftragte sagte:

»Wenn ich in Saint-Ouen leben müsste, in direkter Nachbarschaft zu meinen Schülern, müsste man mir dafür schon Geld geben!«

Letztendlich gelang es Martin Joubert, Hélène Rieux zu einem Glas in der Cafeteria des Espace 89 einzuladen, die nur zweihundert Meter vom Collège entfernt war. Martin Joubert war hin- und hergerissen und hatte das Gefühl, nur Hélène Rieux könnte ihm helfen, die Sache klarer zu sehen.

Nachdem er sie mit ihren Schülern gesehen hatte, das Collège gesehen hatte, selbst wenn es ihn entfernt an eine Haftanstalt erinnerte, die Straßen von Saint-Ouen, die ihn an jene von Roubaix erinnerten, empfand Martin Joubert zum ersten Mal, seit er aus dem Schuldienst ausgeschieden war, eine große innere Leere, ein Gefühl von Nutzlosigkeit.

»Sie waren wirklich sehr gut, wissen Sie«, sagte Hélène Rieux. »Aber Sie waren, glaube ich, selber mal Lehrer. Vermutlich sind Sie froh, dass Sie diesen Job nicht mehr machen müssen?«

»Ich … ich glaube, wir sollten unbedingt zusammen essen gehen, dazu könnte ich Ihnen viel erzählen…«

Hélène Rieux schien unbeeindruckt. Sie machte und macht immer den Eindruck, als würde sie alles verstehen, als wäre sie durch nichts so leicht zu überraschen. Sie trank ihre Orangina aus, am Metalltisch der Caféteria des Espace 89. Martin Joubert hatte sein Gini nicht angerührt. Er wusste nicht, warum er es überhaupt bestellt hatte. Im Grunde hatte er Gini noch nie gemocht. Hélène Rieux sah Martin Joubert lange an. Durchdringender Blick aus haselnussbraunen, glänzenden Augen, aus denen Überraschung und Rührung sprachen.

»Ich lade Sie zum Essen zu mir ein, Monsieur Joubert.«

»Jetzt?«

»Jetzt.«

Mit etwas Abstand verstand Martin Joubert, dass er sich damals mindestens ebenso in sein Leben von früher verliebt hatte wie in Hélène Rieux. Das erklärte sicherlich auch, warum diese Beziehung jetzt in dieser Sackgasse gelandet war.

Martin Joubert ist mit den Gedanken wieder in der Gegenwart angekommen.

Er hat Tränen in den Augen.

Er will gerade die beiden rosa Xanax nehmen, als sein Handy klingelt, das er in eines der vielen Bücherregale gelegt hat, die den größten Teil der Wände der Wohnung in der Rue Boulard einnehmen.

3

Alex Guivarch ist dran.

Martin Joubert ist erleichtert, auch wenn es ihm nicht gutgeht.

In einer Zeit, in der alle ständig an ihrem Handy hängen, entwickelt er eine regelrechte Telefonphobie. Martin Joubert ist glücklich, oder vielmehr schwindet seine Panik, weil es weder jemand von *Boulevard Atlantique* ist, noch der Verleger seines nächsten Kriminalromans, noch der Verleger des nächsten mummy porn, noch die Bank, noch einer seiner Freunde aus Lille oder Roubaix, die er immer seltener sieht. Sie fehlen ihm, und wenn sie anrufen, meint er ihnen etwas vormachen zu müssen. Dann behauptet er, es gehe ihm gut und er sei sich von Jahr zu Jahr sicherer, die richtige Entscheidung getroffen zu haben, er bedankt sich für ihre Komplimente zu seinem letzten Fernsehauftritt (er tritt äußerst selten im Fernsehen auf). Ja, es sei eine gute Idee, sich mal wieder in Lille oder Paris zu treffen, »jederzeit, Jungs«. »Ach ja, schon gehört, dass Sylvie gerade ihr drittes Kind bekommen hat?«, heißt es dann zum Beispiel. »Schon verrückt, wie die Zeit vergeht…«

Nein, Alex Guivarch ist so ungefähr die einzige Person, bei dessen Anruf Martin Joubert keinen Angstschweiß bekommt, bevor er abnimmt, mal abgesehen davon, dass er immer noch nicht richtig mit seinem Smartphone umgehen kann.

»Na, wie geht's, alter Kamerad?«

Martin Joubert blickt auf die beiden rosa Xanax auf dem Couchtisch. Er schaut auf das leere Pintglas und spürt die Wirkung des Aspirins und Codeins, sein Fieber und seine Schmerzen sind fast weg.

»Rufst du wegen des mummy porn an?«

Alex Guivarch, der als Freelancer für verschiedene Verlage arbeitet, wenn er nicht gerade elegante Essays über die Schauspielerinnen der Nouvelle Vague schreibt, hat Martin Joubert den Auftrag vermittelt, ein Versuch, auf der Erfolgswelle von *Fifty Shades of Grey* zu surfen.

»Ach was, ich wollte nur mal hören, wie es dir geht. Wen interessiert's schon, ob du in Verzug bist, du hast die Hälfte deines Vorschusses bekommen, ich die Hälfte meiner Provision. Ich denke, das ist ein Grund zum Feiern und wir sollten uns unten bei dir im Jeu de Quilles zum Mittagessen treffen.«

Martin Joubert muss unwillkürlich lächeln. Das scheint eine Frage der Generation zu sein. Draußen ist ein typischer grauer Novembertag, Martin Jouberts Beziehung implodiert gerade, das Minus auf seinem Konto nimmt de facto immer mehr die Ausmaße des griechischen Schuldenstandes an, und Alex Guivarch findet, es gibt was zu feiern.

»Na, wäre das nichts, so ein kleiner Ausflug ins Jeu de Quilles? Komm schon …«

»Ich habe um fünfzehn Uhr am anderen Ende der Stadt eine Redaktionskonferenz bei *Boulevard Atlantique*.«

»Ach, da sind wir doch längst aus dem Jeu de Quilles raus.«

»Du weißt genau, dass das nicht stimmt, Alex. Oder wenn, sind wir dann jedenfalls sturzbetrunken. Außerdem habe ich keinen Cent mehr.«

»Ich lade dich ein, Martin.«

»Du bist doch auch nicht flüssiger als ich.«

»Da ist was dran, Großpapa, aber ich gehöre halt einer Generation an, die noch *nie* flüssig war. Unsereins macht sich viel weniger Gedanken darum als all die Opis, die sich ständig um ihre Rente sorgen. Wir bekommen eh keine, also was soll's.«

Martin Joubert muss grinsen. Scheiß drauf, im Grunde hat Alex Guivarch doch Recht.

»Sagen wir, dreizehn Uhr«, sagt Martin Joubert.

»Okay, dann bis nachher.«

Na gut.

Es gibt Schlechteres, als mit einem Freund essen zu gehen, und sich dann ein bisschen durch den Nachmittag treiben zu lassen, das Grau da draußen zu vergessen. Blondin sagt dazu, frei zitiert: »Nach drei Gläsern ist der Himmel überall blau.« Und Martin Joubert ist jetzt einfach darauf angewiesen, dass überall blauer Himmel ist, das hat Alex Guivarch offenbar instinktiv gespürt.

Das Erste, was Martin Joubert tut, ist, nur eine der beiden Xanax zu schlucken. Immerhin. Dann ruft er zwei Etagen tiefer im Jeu de Quilles an. Der Wirt erkennt ihn an der Stimme.

»Zwei Gedecke für die Herren Joubert und Guivarch? Ihr habt echt Glück, Jungs. Ich hatte eigentlich keinen freien Tisch mehr, aber gerade hat jemand abgesagt. Sagt nächstes Mal rechtzeitig Bescheid, oder ich stelle vorsichtshalber gleich zwei Schildchen mit euren Namen auf einen der Tische!«

Das Lokal ist winzig, die Küche ausgezeichnet. Für Martin Joubert ist dies der tröstlichste Ort von ganz Paris. Hélène Rieux ist kein so großer Fan von diesem Lokal. Sie verbindet das Jeu de Quilles mit Martin Jouberts wachsender Niedergeschlagenheit, seiner Flucht vor der Realität. Dabei weiß sie gutes Essen durchaus zu schätzen.

Martin Joubert geht unter die Dusche. Der einzige echte Nachteil an dieser Wohnung ist, dass das Badezimmer so winzig ist.

Dabei hat Martin Joubert mit zunehmendem Alter das Gefühl, dass der einzige Raum einer Wohnung, in dem er gerne dauerhaft leben würde, das Badezimmer ist. Noch nicht mal mehr die Bibliothek, nein, das Badezimmer. Er war früher kein großer Fan von Jean-Philippe Toussaint, und konnte den

Erfolg von *Das Badezimmer* in den achtziger Jahren nicht nachvollziehen, zu der Zeit schwor er auf die Hussards oder auf Neopolars, und der Roman erschien ihm künstlich, formalistisch, als hätte der Autor eigentlich nichts zu sagen. Vermutlich lag es daran, dass er auf die fünfzig zuging, dass er die Entscheidung, einen Tag in Venedig ausschließlich in der Badewanne des Hotelzimmers zu verbringen, inzwischen sehr gut nachvollziehen konnte. Nicht aus Snobismus, sondern einfach aus dem Wunsch heraus, ein wenig von der Welt da draußen vergessen zu werden, selbst wenn die Welt da draußen so tut, als wäre sie wunderbar.

Als Martin Joubert aus der Dusche kommt, vermeidet er, auf seinen Bauch zu schauen. Er ist froh, dass der Spiegel so stark beschlagen ist, dass man seinen beleibten Körper nicht sieht, seine Wampe nicht sieht. Er wundert sich, dass Hélène Rieux überhaupt noch Lust auf ihn hat, und sogar große Lust, wie in letzter Zeit.

Er wirft einen prüfenden Blick auf seine Garderobe. Seit einigen Monaten stellt er fest, dass sein Nervenkostüm zunehmend dünner wird und schon banalste Details ihn aus dem Gleichgewicht bringen können. Da nützt es auch nichts, dass Martin Joubert weiß, dass die Welt gerade in ihr Verderben läuft, wegen der Islamisten, der Gewerkschaften und des überbordenden Sozialstaats, glaubt man den Medien, oder wegen des Kapitalismus in seiner Endphase, glaubt man Hélène Rieux. Martin Joubert, als ehemaliger Lehrer an einer Brennpunktschule, ehemaliger Aktivist der Kommunistischen Partei und einstmaliger Auftragsschriftsteller, der sich gerade mitten in einer existenziellen Krise befindet, ist das ganze Übel dieser Welt egal, wenn er kein passendes Hemd findet oder feststellt, dass seine Schuhe nicht geputzt sind.

In den letzten siebzehn Jahren hat sich Martin Jouberts Kleidungsstil kaum verändert. Er pflegt, soweit ihm das möglich ist, einen Preppy-Look und erinnert entfernt an einen Berater von Präsident Kennedy. Angesichts des Wetters entscheidet Joubert sich für eine kastanienbraune Chinohose und bordeauxrote Mokassins, die schon bessere Tage gesehen haben, aber weniger abgetragen aussehen als die Church's, die er besitzt, seit er Hélène kennt. Scheiße, ich bin bald fünfzig und habe keine sechshundert Euro für ein paar Schuhe in Aussicht, die diesen Namen verdienen!

Auf eine Rolex kann Martin Joubert dagegen gut verzichten, er hat die Uhr von seinem Vater.

Das sind also die großartigen Gedanken, die sein gequältes und verunsichertes Hirn belasten, während er sich auf das Mittagessen mit Alex Guivarch vorbereitet.

Anschließend wählt Martin Joubert ein himmelblaues Brooks-Hemd und ein kastanienbraunes Cordsamtjackett aus. Dann wirft er einen Blick in den Spiegel und zieht dabei den Bauch ein. So könnte es gehen. Er schaut auf die Armbanduhr seines Vaters. Es ist zwölf Uhr dreißig, und Martin Joubert ist wieder einmal überrascht, dass er den ganzen Vormittag nichts gemacht hat, er hat den Eindruck, seine Zeit immer weniger im Griff zu haben.

Oft sagt er zu Hélène, dass er sie um ihre festen Arbeitszeiten beneide, ihren klar strukturierten Tag. Hélène kontert dann, das sei alles nur eine Frage der Organisation, und wie er es denn bitte früher gemacht habe, als er Lehrer war und nebenbei noch Bücher veröffentlichte?

Gute Frage, denkt Martin Joubert. Gute Frage, auf die seine einzige Antwort das Alter ist. Dann benötigt er etwa eine halbe Stunde, um all die Dinge zu finden, die er braucht, um die Wohnung verlassen zu können. Hélène Rieux findet, auch wenn sie im Gegensatz zu ihren Kollegen nicht sonderlich darauf fixiert ist, hinter allem psychische Ursachen zu vermuten, sein Verhalten changiere dabei zwischen einer Vermeidungsstrategie und einer Zwangsstörung. Martin Joubert hingegen, und das ist kein Widerspruch zu dem, was Hélène Rieux sagt, sieht auch darin eher ein Symptom für seine innere Panik. Sie droht immer dann auszubrechen, wenn er die Wohnung verlassen will, selbst wenn es dabei um einen angenehmen Termin geht, wie ein Mittagessen mit Alex Guivarch.

»Zum Glück bist du gut im Bett, denn ansonsten kannst

du einem echt den letzten Nerv rauben«, sagt Hélène Rieux immer öfter und blickt ihn dabei über ihre neue Lesebrille hinweg an, während sie Arbeiten korrigiert oder einen Roman liest, und Martin Joubert in ihrer kleinen Wohnung um sie herumwirbelt und sie fragt, ob sie vielleicht sein Portemonnaie gesehen hat, sein Schlüsselbund, sein Handy, seine Brille, seine Sonnenbrille, sein Notizbuch, die Uhr seines Vaters … Martin Joubert ist schon klar, dass Hélène Rieux das in den ersten Jahren noch rührend gefunden haben mag, aber inzwischen dadurch zunehmend gereizt ist.

Da Martin Joubert nun allein zu Hause ist, ist die Suche noch langwieriger und zermürbender als sonst, und er schafft es tatsächlich, zehn Minuten zu spät ins Jeu de Quilles zu kommen, obwohl er im selben Haus wohnt.

Alex Guivarch hat bereits eine Flasche Premier Rendezvous von Jousset bestellt, er steht auf und umarmt Martin Joubert. Alex Guivarch vermeidet so idiotische Fragen wie: »Wie geht es dir?«, »Kommst du mit deinem Roman voran?«, »Quälen sie dich beim *Boulevard Atlantique* auch nicht zu sehr?«, da Alex Guivarch die Antworten bereits kennt und weiß, dass man, wenn man das alles jetzt noch mal aufs Tapet brächte, Martin Joubert damit nur in noch größere Panik versetzen würde. Unter anderem daran merkt man eben, dass Alex Guivarch, der Martin Joubert gerade etwas von dem sehr ansprechenden Wein aus Montlouis einschenkt, ein echter Freund ist, und so ein echter Freund ist schon eine feine Sache.

»Ich werde es dir gleichtun«, sagt Martin Joubert. »Ich setze auch meine Sonnenbrille auf, dieser graue Himmel ist das reinste Gift für meine Augen, und für meine Stimmung auch.«

»Na, ihr beiden Spione, alles klar?«, fragt der Kellner mit einem Grinsen, während er ihnen unaufgefordert ein Carpaccio vom Schweinsfuß bringt.

Alex Guivarch und Martin Joubert werfen sich in die Brust. Spione. Warum eigentlich nicht? Während sie eine zweite Flasche Premier Rendezvous bestellen, beginnen sie, wie jedes Mal, wenn sie ein wenig zu tief ins Glas schauen (also oft), zu dozieren. Sie lassen sich darüber aus, welche Schriftsteller echte Geheimtipps sind, dass die Literatur der letzte Ort ist, an dem man noch versteckte Informationen verbreiten kann, und darüber, dass alles nur eine Frage der Montage ist.

Dabei ahnen Martin Joubert und Alex Guivarch nicht, dass Berthet in einem Zwei-Zimmer-Apartment in Rothéneuf in Saint-Malo gerade genau den gleichen Gedanken zum Thema Literatur und Geheimnis hat und einen Plan ersonnen, wie er Joubert ansprechen kann, den er letztendlich zum Chronisten seiner Heldentaten bei der Unité auserkoren hat, für die er so lange tätig ist, so unglaublich lange. Es ist darüber hinaus nicht ausgeschlossen, dass Joubert eine gewisse Rolle bei der geplanten Rettung von Kardiatou Diop spielen wird. Das Einzige, was Berthet an der Unterhaltung der beiden Schriftsteller lächerlich fände, wäre ihre geschraubte Art zu reden, und natürlich die Tatsache, dass sie Sonnenbrillen tragen.

Außerdem isst Berthet, der ebenfalls entschieden hat, auswärts zu speisen, und sich aus diesem Anlass seine SIG-Sauer P220 eingesteckt hat (man weiß ja nie bei der Unité), keinen Schweinsfuß, sondern eine Seespinne mit Mayonnaise in einer ganz gewöhnlichen Brasserie in Dinard, die jedoch auf ihrer Weinkarte einen angesichts des insgesamt eher mittelmäßigen Angebots außergewöhnlichen weißen Bandol, La Tour du Bon, stehen hat, zu einem lächerlich niedrigen Preis.

Erwähnenswert ist vielleicht noch, dass Berthet zwar auch eine Sonnenbrille trägt, diese jedoch gerechtfertigt ist, denn es herrscht Flut, das Grau hat sich für ein paar Stunden verzogen, und alles glitzert in Blau-, Grün- und Goldtönen unter einem unglaublich klaren Himmel, so klar, dass man das Gefühl hat, die Île de Cézembre wäre zum Greifen nah.

Martin Joubert und Alex Guivarch sind weiterhin in Fahrt und bestellen zum Hauptgang Milchferkel mit Shiitakepilzen, einen Chinon von Lenoir, der Domaine des Roches, und da das ihre dritte Flasche ist, fühlen sie sich langsam besser.

Alex Guivarch geht vor die Tür, eine Zigarette rauchen, Martin Joubert zögert, als er ihm auch eine anbietet. Er hat zwar vor zehn Jahren mit dem Rauchen aufgehört, aber manchmal wird er eben doch wieder schwach, und er mag es nicht, wenn er schwach wird, dabei wird er in den Augen jedes halbwegs objektiven Beobachters, Hélène Rieux inklusive, eigentlich permanent schwach. Aber nun gut, Martin Joubert hat es sich selbst zur Ehrensache gemacht, so lange es irgend geht der Zigarette zu widerstehen. Jeder pflegt eben das Heldentum, zu dem er fähig ist, denkt Martin Joubert, der ausnahmsweise in Bezug auf seine eigene Person keine besondere Milde walten lässt.

»Letztendlich haben wir es doch ganz gut getroffen«, sagt Alex Guivarch vor Kälte zitternd, während er an seiner Marlboro zieht.

»Ja, wir haben es ganz gut getroffen«, sagt Martin Joubert, während er die Schokoladennote des Cabernet franc einsaugt, denn er hat sein Glas Chinon mit vor die Tür genommen, damit seine Hände und sein Mund beschäftigt sind. Martin Joubert zittert weniger als Alex Guivarch, das ist der einzige Vorteil, wenn man übergewichtig ist.

Natürlich geht die gegenseitige Versicherung der beiden, die da auf dem Bürgersteig vor dem Jeu de Quilles stehen, wie gut es ihnen doch gehe, während auf dem Schulhof gegenüber die Glocke die Nachmittagspause ankündigt, vor allem auf den Wein zurück, den sie in nicht gerade geringer Menge getrunken haben. Das Läuten der Pausenglocke erinnert Martin Joubert plötzlich an etwas, und zwar an etwas Unangenehmes.

»Scheiße, ich habe die Konferenz bei *Boulevard Atlantique* verpasst.«

»Und, wäre es denn so schlimm, wenn sie dich feuern?«, fragt Alex Guivarch, der sich gerade eine zweite Marlboro ansteckt.

»Das würde alles noch komplizierter machen, als es eh schon ist.«

»Ich kann da anrufen, wenn du möchtest. Ich sage, dass ich dich gerade ins Krankenhaus gebracht habe, dass du eine Art Schwächeanfall hattest.«

»Das würdest du tun? Bist du dafür denn noch nüchtern genug?«

Alex Guivarch, der mit seiner Mähne und seinem Bart wie eine Mischung aus einem Korsaren aus der Piratenstadt St. Malo und einem kastilischen Mystiker aussieht, hat eine ziemlich witzige Mimik. Sein Gesichtsausdruck scheint zu besagen: He, für wen hältst du mich eigentlich? Und außerdem können die uns doch gar nichts, oder?, denn Alex Guivarch beherrscht die Kunst, mit seiner Mimik mehrere Dinge gleichzeitig auszudrücken.

Alex Guivarch entfernt sich ein Stück.

Martin Joubert stellt währenddessen fest, dass erst *Boulevard Atlantique* und dann der Chefredakteur höchstpersönlich ihn viermal angerufen haben. Aber Martin Joubert tendiert mehr und mehr dazu, sein Telefon auszustellen, da das Klingeln eines Handys ihm so auf die Nerven geht, dass er am liebsten auf der Stelle einen ganzen Blisterstreifen Xanax schlucken würde. Das schränkt seine Kontakte naturgemäß ein.

Alex Guivarch stellt sich mit der Zigarette im Mund wieder neben Martin Joubert. Seine Mimik hat sich gewandelt, jetzt besagt sie: Die habe ich schön reingelegt, und außerdem ist mir gerade etwas Lustiges eingefallen, das ich dir noch erzählen wollte.

Sie gehen zurück ins Lokal. Sie bestellen selbstverständlich Käse (alten, sehr brüchigen Mimolette, Rohmilchcamembert, Brie, Boulettes d'Avesnes und Epoisses, um genau zu sein). Martin Joubert und Alex Guivarch haben das Gefühl, dass der eigentlich kleine Gastraum irgendwie größer geworden ist, aber das ist auch kein Wunder, denn so wie immer, wenn sie zusammen im Jeu de Quilles essen, sei es nun mittags oder abends, sind sie die letzten Gäste.

Zweihundertfünfzig Kilometer weiter trainiert Berthet die Seespinne und den Bandol Blanc mit einem Lauf am Strand von Rothéneuf wieder ab. Er legt zweimal die Strecke zwischen den Festungsmauern und seiner Wohnung am anderen Ende des Strandes zurück. Mindestens fünfzehn Kilometer. Für seinen Strandlauf musste Berthet sich umziehen, er trägt nichts bei sich außer der SIG-Sauer P220 in der Tasche seiner Jogginghose. Mit Genugtuung stellt er am Ende fest, dass er danach noch nicht mal aus der Puste ist, und das mit über sechzig. Im Jeu de Quilles hingegen scheren sich Alex Guivarch, fünfunddreißig, und Martin Joubert, neunundvierzig, wenig um ihre Ausdauer. Stattdessen überkommt sie auf einmal der Wunsch, zu ihrem Käse eine Flasche Patrimonio d'Antoine Arena zu trinken, unter dem fadenscheinigen Vorwand, dieser korsische Wein werde etwas Sonne in diesen pariserischen November zaubern, der so grau ist, dass es schon an ein Klischee grenzt.

»Und was haben sie bei *Boulevard Atlantique* gesagt?«, fragt Martin Joubert.

»Sie waren stocksauer, aber dann ist ihnen offenbar aufgefallen, dass es, wenn du wirklich einen Schwächeanfall hattest, einen sehr hartherzigen Eindruck machen könnte, also haben sie so getan, als wären sie besorgt, und bitten darum, dass du sie anrufst, sobald die Ergebnisse der Untersuchungen vorliegen.«

Martin Joubert legt ein unverschämt dickes Stück Époisses auf ein Stück Brot und versucht dabei nicht daran zu denken, dass er seit circa fünfzehn Jahren kein Blutbild mehr hat machen lassen.

»Ach ja, und beim Auflegen fiel mir ein, dass ich ganz vergessen habe, dir zu sagen, dass ein gewisser Gruber über mich mit dir in Kontakt treten wollte. Er hat heute früh um acht Uhr eine Nachricht auf meiner Mailbox hinterlassen. Entschuldige, aber mein Vormittag war eh schon der reine Irrsinn, und dann hatte ich auch noch einen verdammten Kater. Wer war das noch, Gruber? Der Name sagt mir irgendwas.«

Martin Joubert, der langsam betrunken wird, denkt nach, aber durch die Mischung aus Beruhigungsmitteln und Wein hat er Erinnerungslücken. Gruber, Gruber …

Dann schlägt Alex Guivarch sich gegen die Stirn, wirft seinen Wuschelkopf zurück und ruft aus:

»Aber ja doch! Ist Gruber nicht der Typ, der unter der letzten Regierung Sicherheitsberater im Elysée war? Der, der diese lächerliche Operation gegen diese postsituationistische Gruppe geleitet hat, oberhalb von Brévin-les-Monts? Du hattest dich damals, glaube ich, ziemlich über ihn lustig gemacht, oder?«

Alex Guivarch hat Recht.

Das ist inzwischen sechs Jahre her, ungefähr zu der Zeit, als Martin Joubert und Hélène Rieux zusammengekommen sind.

Eine Gruppe von etwa zehn jungen Leuten, Postsituationisten, hatte sich in einem Dorf in Zentralfrankreich auf einem Hochplateau über Brévin-les-Monts niedergelassen, dort einen Bauernhof gekauft, ein Gemeinschaftscafé und einen selbstverwalteten Laden gegründet. Sie hatten eine Bibliothek aufgebaut und Abendkurse für die Kinder aus der Gegend angeboten, die sonst drei Stunden mit dem Schulbus unterwegs waren. All das basierte auf einem System von Tauschhandel, das relativ gut funktionierte. Den Banken von Brévin-les-Monts passte das überhaupt nicht in den Kram, da sie den Dorfbewohnern keine Kredite mehr verkaufen konnten.

ADL hießen sie, genau. Allianz der Lebenden.

Die ADL erfreute sich ziemlich schnell großer Beliebtheit in diesem Dorf, in dem nichts mehr los war. Außerdem hatte die ADL noch eine Druckerei gegründet und veröffentlichte regelmäßig schmale Bände, die in anarchistischen, autonomen und radikalen Milieus aller Art sehr schnell Kultcharakter erreichten, sogar bei Lehrern wie Hélène Rieux.

Als Martin Joubert mal ein paar dieser Bände mit in die Rue Boulard brachte, stürzte Hélène sich sogleich darauf. Genau wie sie fragte er sich, ob diese Gruppe nicht genau das Richtige tat. Martin Joubert glaubte nicht mehr wirklich daran, dass das derzeitige System noch reformierbar war oder man es gar umstürzen könnte. Die Inhaber der Macht waren einerseits zu ungreifbar, und besaßen andererseits Überwachungstechnologien, denen man auf Dauer nur schwer etwas entgegensetzen konnte. Also, wer weiß, vielleicht tat die ADL wirklich das Intelligenteste und Hellsichtigste, was man in dieser Situation tun konnte: Kommunen am Rand bilden, abseits der Gesellschaft, ganz konkret an der Basis tätig werden und bereit oder zumindest vorbereitet sein auf den endgültigen Untergang.

Der »Bestseller« der ADL war im Übrigen *Auf in den Untergang*. Nachdem Hélène Rieux das gelesen hatte, sagte sie:

»Vielleicht haben sie ja Recht?«

»Glaubt meine Lieblingskommunistin etwa nicht mehr an einen politischen Wechsel durch die Wahlurne?«

»Quatsch. Trotzdem, Martin, erzähl mir nicht, dass du nicht auch findest, dass sie Recht haben und wir mit dabei wären, wenn wir zwanzig Jahre jünger wären!«

Wie immer gab er den Spielverderber.

»Siehst du dich ernsthaft das ganze Jahr in der Pampa in Gummistiefeln zwischen lauter Hühnern stehen? Außerdem sind das alles furchtbare Puritaner, Vegetarier, Hélène, das sind alles Vegetarier! Ich möchte dich nur daran erinnern, was du für ein gutes Steak zu tun bereit bist!«

»Da wird niemand zu irgendetwas gezwungen!«

Hélène Rieux hatte Recht, die Allianz der Lebenden zwang niemanden zu was auch immer. Vermutlich führten die ein sehr viel weniger absurdes Leben als sie beide: Er, der sich mehr schlecht als recht als freier Autor durchschlug, von einem Zeilenhonorar zum nächsten hangelte, von einem Vorschuss zum nächsten, sie, die im Zéphyrin-Camélinat Kinder unterrichtete, die man dort vor allem möglichst lange verwahren wollte, bevor man sie in eine Welt entließ, in der sie entweder zu Jägern oder zu Gejagten werden würden, oftmals zu beidem zugleich.

Dann hatte Gruber, Arnold Gruber, der Sicherheitsberater des früheren Präsidenten *Auf in den Untergang* in die Finger bekommen. Er witterte die Chance sich einen Namen zu machen, und vor allem wollte er den Bestrebungen dieser jungen Leute einen Riegel vorschieben, die immer weniger von dem überzeugt waren, was man ihnen als das angeblich wahre Leben präsentierte. Also wandte Gruber sich mal kurz von der islamistischen Gefahr ab und einigte sich mit dem Chef des Inlandsgeheimdienstes darauf, sich vorübergehend ein anderes Ziel zu suchen, das den braven Bürgern ebenso viel Angst einjagte.

Beiden gemeinsam gelang es dann, den Innenminister, den Verteidigungsminister und sogar den Präsidenten selbst davon zu überzeugen, dass von der ADL eine potenziell terroristische Gefahr ausging. Brände in zwei Finanzämtern in der Region Brévin-les-Monts und die Explosion eines Gentechniklabors bei Châteauroux genügten ihnen als Vorwand, um einen Einsatz der Spezialkräfte zur Terrorismusabwehr anzuordnen, und das ADL-Dorf einzukreisen, als handle es sich um den Schlupfwinkel irgendwelcher hochgerüsteter durchgedrehter Gotteskrieger.

Die Bilder, die anschließend im Fernsehen zu sehen waren, schockierten die breite Öffentlichkeit jedoch, machten sie zumindest ziemlich sprachlos, trotz der regierungstreuen Kommentare. Bauern wurden aus dem Schlaf gerissen und von ihren Höfen gezerrt, weinende Mädchen im Nachthemd mit Teddybär im Arm standen inmitten von Robocops mit umgehängten Sturmgewehren. Der Eindruck war verheerend, zumal die Ausbeute mager war. Man fand ein paar Jagdgewehre, chemische Substanzen, unter anderem Dünger, und auf den Rechnern der Druckerei den Mailwechsel mit einer Gruppe griechischer Anarchisten, die für tödliche Anschläge verantwortlich gemacht wurden.

Zu seiner eigenen Überraschung konnte Martin Joubert damals *Boulevard Atlantique*, der eigentlich auf der Seite des damaligen Präsidenten stand, davon überzeugen, dass das mit Sicherheit eine Debatte lostreten würde. So kam es, dass er als einer der Ersten mit einer Reihe von lustigen, frechen und ätzenden Beiträgen die ADL auf der Website verteidigte. Für *Boulevard Atlantique* war es eine willkommene Gelegenheit, sein allzu rechtes Image loszuwerden, insofern ließ man einen linken Schriftsteller gerne eine Gruppe verteidigen, die in einem äußerst fragwürdigen Verfahren unter Terrorismusverdacht gestellt wurde.

Letztendlich hatte sich das Ganze als Totalblamage für den Inlandsgeheimdienst erwiesen. Das Verfahren gegen ein halbes Dutzend ADL-Mitglieder, die mehrere Monate in Untersuchungshaft saßen, musste eingestellt werden und der Chef des Inlandsgeheimdienstes seinen Hut nehmen. Gruber gab seinen Posten als Sicherheitsberater des Elysée auf und gründete einen Thinktank namens »Gefahren und Gefahrenabwehr«, der die Aufgabe hatte, die inneren und äußeren Risiken, denen Frankreich und Europa ausgesetzt waren, zu bewerten. Ein Thinktank, der großzügig von Waffenfabrikanten und anderen Industriellen aus der Sicherheitsbranche unterstützt wurde, die bei Gefahren und Gefahrenabwehr üppig bezahlte Berichte in Auftrag gaben, das Honorar dafür bewegte sich in etwa in der Höhe des Kilopreises für weiße Trüffel. Diese Berichte wurden anschließend zu Aufmachern in diversen Tageszeitungen, denn das Thema Unsicherheit verkaufte sich immer gut.

»Ich frage mich, was dieser Idiot von Gruber von mir will«, sagt Martin Joubert und schlägt Alex Guivarch vor, noch eine Flasche Arena zu bestellen. Der stimmt begeistert zu.

»Das ist meine Letzte, Jungs«, sagt der Wirt. »Ich schließe jetzt, ich muss mal wieder meine Vorräte auffüllen, und die ist für mich.«

»Außerdem frage ich mich, warum er mich nicht direkt kontaktiert«, fährt Martin Joubert fort.

»Um das Terrain zu sondieren. Viele meinen offenbar, ich wäre nicht nur dein Freund, sondern auch dein Agent, oder so etwas in der Art.«

»Was hat Gruber denn eigentlich für eine Nachricht auf deiner Mailbox hinterlassen?«

Martin Joubert hat Mühe den Namen Gruber auszusprechen. Da weiß er, es ist soweit, er ist betrunken.

»Na, nichts eigentlich, eben deshalb habe ich auch vergessen, es dir zu erzählen. Er hat mich gefragt, ob ich ein Treffen mit dir vermitteln könnte.«

»Und was denkst du, will er von mir?«

»Soll ich dieses Treffen arrangieren? Vielleicht gibt's ja

Geld? Ich will ja nichts sagen, aber ich sitze echt auf dem Trockenen.«

»Geht mir nicht anders.«

Martin Joubert und Alex Guivarch erheben sich mühsam. Martin Joubert fühlt sich so schwer wie ein Senator der Radikalsozialisten nach einem Republikanischen Bankett.

»Und was machen wir jetzt?«

Diese gemeingefährliche Frage kommt von Alex Guivarch. Entweder sie trennen sich jetzt und jeder kehrt in seinen grauen Alltag zurück, oder sie lassen sich treiben, gehen von einer Bar in die nächste, folgen einem langen, ungewissen, homerischen Weg, der sie an die Place de l'Odéon führen wird, wo Martin Joubert und Alex Guivarch gute Chancen haben bei Einbruch der Dunkelheit im Avant-Comptoir ein paar Trinkkumpanen zu finden, mit denen sie weiter durch die Nacht ziehen können.

Währenddessen hat Berthet in Saint-Malo eine Reihe von Liegestützen absolviert, die Hälfte davon einhändig, er hat geduscht und surft jetzt weiter im Internet, um Informationen zusammenzutragen. Jede Spur des kleinen Kalorienexzesses in Form des weißen Bandol und der Seespinne mit Mayonnaise ist getilgt.

In einem Anfall von Klarsicht stellt Martin Joubert fest, dass es bereits siebzehn Uhr ist, und realisiert, dass er Hélène Rieux kein unnötiges Leid zufügen möchte.

»Ich gehe jetzt, Alex, ich habe genug. Du prüfst, was dieser Idiot von Gruber von mir will, und hältst mich auf dem Laufenden, ja?«

4

Als Martin Joubert am Tag nach dem Essen im Jeu de Quilles am späten Nachmittag in den Büroräumen von »Gefahren und Gefahrenabwehr« an der Place d'Italie versteht, was dieser Idiot von Gruber von ihm will, glaubt er im ersten Moment, er hört nicht richtig.

Dazu kommt, dass es Martin Joubert nicht besonders gutgeht.

Alex Guivarch im Übrigen auch nicht.

Sie sind verkatert.

Am Vortag, nachdem Martin Joubert in der Wohnung in der Rue Boulard ein wenig für Ordnung gesorgt, das Bett gemacht und die Brita-Karaffe wieder aufgefüllt hatte, hatte er sich vorgenommen, bei einem Film und mit Hilfe von vielen Flaschen Perrier wieder nüchtern zu werden. Er legte sich also auf die Couch, zappte durch das Filmangebot des Streamingsenders und stieß auf den Film, den er jetzt brauchte, *Adieu Philippine* von Jacques Rosier. Jacques Rosier kann nicht mit einem umfangreichen Werk aufwarten, aber mit *Adieu Philippine* hat er bereits seine ganze Kunst bewiesen, mehr brauchte es nicht.

Martin Joubert wusste, dass er dabei einschlafen würde.

Er wusste, dass er besser daran getan hätte, seinen mummy porn zu schreiben, oder einen Artikel, oder auch die Rezensionsexemplare zu lesen, die bei der Post auf ihn warteten, seit die Stelle der Concierge in ihrem Haus seit letztem Jahr unbesetzt war.

Er wusste, dass er besser daran getan hätte, etwas zu essen für Hélène Rieux vorzubereiten, zum Beispiel frische Nudeln mit selbstgemachtem Pesto, aber er war schlicht zu betrunken dazu. Martin Joubert spürte den postalkoholischen Absturz samt der dazugehörigen Paranoia nahen, und nein, er hätte nicht gewusst, was er in dieser Situation Besseres hätte tun können, als Perrier zu trinken, zwei Xanax zu nehmen und sich *Adieu Philippine* anzuschauen.

Gegen einundzwanzig Uhr dreißig wurde er vom Geräusch des Schlüssels im Schloss geweckt. Hélène Rieux kam aus Saint-Ouen zurück. Martin Joubert hatte Kopfschmerzen, trotz des geringen, sogar sehr geringen Sulfitgehalts der Weine, die er mit Alex Guivarch getrunken hatte. Allerdings hatte er im Übermaß davon getrunken.

Hélène Rieux sah erschöpft aus, ihre Aktentasche schien Tonnen zu wiegen, und ihre Augen waren gerötet, und das lag nicht nur daran, dass sie übermüdet war. Sie hatte geweint. In den sechs oder fast sieben Jahren ihrer Beziehung hatte Martin Joubert seine schöne Schwimmerin nur zweimal weinen sehen, einmal beim Tod ihrer Mutter und einmal bei der Nachricht, dass auch die dritte IVF nicht geklappt hatte.

»Danke, dass du auf mich gewartet hast, Martin …«

Es klang ironisch, bitter. Hélène Rieux hatte mit einem Blick gesehen, dass er den ganzen Tag damit zugebracht hatte, zu trinken und seinen Rausch auszuschlafen.

»Was ist los, mein Schatz? Warum kommst du so spät?«

Martin Joubert stellte mit Entsetzen fest, dass er mit schwerer Zunge sprach und sich falsch anhörte.

»Sieben Stunden Unterricht, die letzte mit der 7B, und eine außerordentliche Konferenz wegen eines Schülers aus meiner Klasse. Er hat im Büro der jungen Beratungslehrerin seinen Schwanz rausgeholt und ihr angedroht, sie durch sämtliche Körperöffnungen zu penetrieren. Der Vorschlag kam bei ihr nicht besonders gut an, und der Ton schon gar nicht. Die Konferenz hat drei Stunden gedauert, vor allem weil die Medienbeauftragte sich für ihn in die Bresche geworfen hat. Du kennst sie, Bastienne Rouget. Sie findet, wir alle sind viel zu streng gegenüber diesen sozial benachteiligten Kindern. Allerdings läuft sie auch keine besonders große Gefahr, dass ihr das Gleiche wie der Beratungslehrerin passiert. Selbst einen Siebtklässler mit Hormonstau, der im Internet zu viele Pornos gesehen hat, dürfte kaum das Bedürfnis überkommen, vor Bastienne Rouget seinen Schwanz rauszuholen. Ich meine, ich hätte dir heute Morgen erzählt, dass heute diese vor drei Wochen angesetzte Konferenz anstand, aber da hast du wohl noch geschlafen … Und jetzt wecke ich dich schon wieder, oder? Du musst ja einen anstrengenden Tag hinter dir haben …«

Hélène Rieux schleuderte ihre Aktentasche auf das Parkett, zog ein Taschentuch aus der Tasche ihres Regenmantels hervor und tupfte sich damit die Augen ab.

»Ich hasse die Rolle, die du mir aufzwingst, Martin …«

Martin Joubert wollte aufstehen und sie in die Arme nehmen, aber der noch nicht ganz abgebaute Alkohol zusammen mit den Xanax benebelte ihn derart, dass er wieder auf die Couch zurücksank.

Hélène Rieux sah Martin Joubert an. Sie sah traurig aus, aber ihr Gesicht verzog sich zu einem hämischen Lächeln, als sie sagte:

»Ich denke, das Beste ist, du verbringst die Nacht gleich dort, Martin.«

Er protestierte nicht.

Er sah zu, wie sie ihren Regenmantel auszog.

Er sah zu, wie sie in die Küche ging.

Er hörte sie telefonieren, ziemlich lange, er verstand nicht, was sie sagte, aber sie klang unaufgeregt, ruhig, fast gleichgültig.

Er hörte, wie sie duschen ging und wie sich die Tür zum Schlafzimmer schloss.

Ins Wohnzimmer wehte kurz der frische Duft des Duschgels herüber, im Hintergrund, wie eine leicht verblasste Erinnerung, roch er La chasse aux papillons, extrême. Es war fast Mitternacht, die Wirkung des Alkohols begann sich zu verflüchtigen, dafür erschienen die Vorboten der Schlaflosigkeit: Herzrasen, Grübeln, obsessive Bilder. Martin Joubert zog es also vor, von einem Nachrichtensender zum nächsten zu zappen. Dabei überlegte er, ob er zu Hélène Rieux ins Schlafzimmer gehen sollte. Wenn er das täte, mal vorausgesetzt, sie wäre einverstanden, würde das am Ende wieder in Gewalt münden, in Schläge mit dem Gürtel und so. Im Moment wollte Martin Joubert aber tatsächlich nur eins, sich an sie kuscheln, mehr nicht.

Also zappte er weiter von einem Sender zum nächsten, und sah dabei mindestens fünfmal seine frühere Schülerin Kardiatou Diop aus der Ministerbesprechung kommen und sagen, es sei noch offen, ob sie im März in Brévin-les-Monts bei den Kommunalwahlen antrete, aber wenn die Regierung sie darum bitten sollte, etc.

Direkt im Anschluss sah man Agnès Dorgelles in ihrem Büro am Sitz des Patriotischen Blocks und sagen, für sie sei die Sache klar, Brévin-les-Monts sei ihre Basis, diese Stadt sei ein Symbol für das Versagen und die Korruption der Sozialisten. Mit Duldung der Regierung lebten rund um die Stadt lauter aufrührerische Gruppierungen, die Sozialisten hätten diese Region Zentralfrankreichs, eigentlich ihr altes Stammland, aus dem auch der aktuelle Präsident komme, verraten. Wenn der Block in Brévin-les-Monts das Rathaus erobere, sei das insofern ein wichtiges Symbol für die Franzosen, ein Symbol dafür, dass man ihnen ihren Stolz zurückgeben wolle. Sie, Agnès Dorgelles, müsse niemanden fürchten, schon gar nicht Staatssekretärin Diop, die keinerlei politische Erfahrung habe, mal abgesehen von ihrem Engagement in irgendwelchen von der Linken subventionierten Antirassismusgruppen.

Um zwei Uhr nachts fand Martin Joubert schließlich die nötige Kraft aufzustehen, seinerseits unter die Dusche zu gehen, eine Schlaftablette zu nehmen und sich wieder auf die Couch zu legen, nachdem er kurz vor der Schlafzimmertür innegehalten hatte.

Dabei murmelte er, ohne sich dessen bewusst zu sein: »Adieu Philippine.«

Morgens bekam er nicht mit, wie Hélène Rieux das Haus verließ. Als er gegen elf Uhr sein Handy einschaltete, sah er ein Dutzend Anrufe in Abwesenheit, die Hälfte von *Boulevard Atlantique*, die andere Hälfte von Alex Guivarch.

Er rief sogleich bei Alex an.

»Wir treffen Arnold Gruber um fünfzehn Uhr in seinem Büro. Fahren wir zusammen hin?«

»Ja, machen wir.«

So sitzen sie nun also zusammen mit Arnold Gruber und einem Typ in Lederjacke und mit Sonnenbrille, der sich große Mühe gibt, wie ein echter Rocker auszusehen, um einen Tisch.

Alex Guivarch und Martin Joubert hatten ihn gleich erkannt.

Delrio.

Anton Delrio.

Halb Literaturagent, halb Verleger und Inhaber von zwei oder drei Nachrichtenportalen. Im Vergleich zu denen geht *Boulevard Atlantique* als gemäßigt durch und der Patriotische Block von Agnès Dorgelles als Partei der bürgerlichen Mitte.

Sogar Agnès Dorgelles vermeidet es, sich öffentlich mit Anton Delrio zu zeigen.

Er ist ein Vertreter der extremen Rechten der Post-Skin-Ära, die sich hip und prätentiös intellektuell gibt. Er hat einen Haufen Kohle im Hintergrund, man weiß nicht genau woher. Früher hieß es mal, aus Syrien oder dem Irak, aber das ist nun auch schon lange her. Dann war von russischen Oligarchen die Rede. Es war ehrlich gesagt von einer Menge Quellen die Rede. Heute ist Anton Delrio der Finanzier verschiedener umstürzlerischer identitärer Gruppen, die am rechten Rand des Blocks Hochkonjunktur haben, seit der mehr oder weniger salonfähig geworden ist. Anton Delrio versteht es außerdem ausgezeichnet, die Identitären als gelegentliche Ausputzer des Patriotischen Blocks einzusetzen. Hauptsache, es wird nicht zu auffällig. Tatsächlich spielt er beide Seiten gegeneinander aus, damit der Block nicht zu weichgespült wird, vor allem in ethnischen Fragen.

Anton Delrio hat auch ein paar Bands produziert, Oi! und französischen Rechtsrock. Zwei dieser Bands wurden vom vorherigen Innenminister, also dem Innenminister der rechten Regierung, verboten und aufgelöst. Bands im Stil von *White War World*, die durch ihren Song *Bring die Affenbande um!* bekannt wurden.

Verheiratete Schwule: Affenbande!
Musel mit Käsefüßen: Affenbande!
Niqabflittchen, Burkaschlampen: Affenbande!
Kettenbehängte Negerrapper: Affenbande!

Wenn du ein Franzose bist: Bring die Affenbande um!
Wenn du ein Gallier bist: Bring die Affenbande um!
Bring die Affenbande um!

Bring die Affenbande um!
Na los, bring sie um!

»Ich glaube, Sie sind einander noch nie begegnet, Monsieur Delrio und Monsieur Joubert!«, merkt Arnold Gruber mit Unschuldsmiene an, während er wartet, bis eine Sekretärin den Kaffee zu Ende serviert.

»Wohl kaum«, sagt Martin Joubert, »ich frequentiere keine Nazis.«

Im Konferenzraum macht sich eisige Stille breit. Die großen Fenster aus getöntem Glas dämpfen zwar das Novembergrau etwas ab, aber nicht die Spannung, die mit einem Mal in der Luft liegt.

Martin Joubert sieht Delrio an.

Arnold Gruber sieht Martin Joubert an.

Alex Guivarch sieht Arnold Gruber an.

Nur Delrio sieht niemanden an.

Er zündet sich eine Zigarette an, obwohl kein Aschenbecher da ist.

»Ich habe es Ihnen doch gesagt, Gruber, von diesem linken Vollidioten ist nichts zu erwarten. Es gibt genug gute Leute, die das machen können, für weniger Geld. Abgesehen davon ist mir ein Rätsel, was Sie an dieser Schwuchtel finden. Er hat sich bei der Geschichte mit der ADL ohne Ende über Sie lustig gemacht.«

»Hör zu, du Arschloch«, sagt Martin Joubert ganz ruhig. »Wenn du mich damit meinst, können wir gerne mal kurz vor die Tür gehen, dann kann die Schwuchtel es dir mal so richtig besorgen!«

Mein Gott, denkt Joubert, was rede ich denn da. Wenn Hélène mich jetzt hören könnte!

Delrio ist nicht besonders kräftig. Martin Joubert setzt darauf, dass er diesen aufgeblasenen Rassisten allein durch seine schiere Masse plattmachen könnte.

Martin Joubert muss verrückt geworden sein.

Wenn er eine Verlagspressefrau wegen eines Rezensionsexemplars anrufen soll, verfällt er in Schockstarre, aber er fühlt sich voll und ganz in der Lage, einem Typen wie Delrio in die Parade zu fahren, von dem es heißt, dass er nie ohne ein oder zwei Bodyguards unterwegs ist, die auch öfter mal bei der GPP gesichtet werden, dem Ordnerdienst des Patriotischen Blocks. Offiziell tun beide Seiten zwar so, als hätten sie nichts miteinander zu tun, aber an der nächsten dunklen Ecke begrüßen sie sich mit Zungenküssen.

»Ich denke, wir sollten rhetorisch etwas abrüsten«, sagt Arnold Gruber, nachdem er einen Schluck Kaffee getrunken hat, mit seinem schmierigen Technokratenlächeln, das er nie ablegt. Er lässt sich nicht anmerken, dass man sich in den ultramodern gestylten Büroräumen von »Gefahren und Gefahrenabwehr« gerade gegenseitig Beleidigungen an den Kopf geworfen hat, als befände man sich am Ausgang einer Vorstadtdisco.

»Richtig«, sagte Alex Guivarch. »Schließlich möchten wir doch wissen, worum es überhaupt geht, stimmt's, Martin?«

Na ja, denkt Martin Joubert, man muss schon verdammt in der Klemme sitzen, um mit einem Typen wie Gruber überhaupt zu reden, von jemandem wie Delrio ganz zu schweigen. Die müssen unsere Kontoauszüge kennen, anders ist das hier nicht zu erklären.

»Ich habe mir sagen lassen, Monsieur Joubert, dass Sie gerade in finanziellen Nöten stecken!«, sagt Arnold Gruber, als könnte er Gedanken lesen. »Und Sie ebenfalls, Monsieur Guivarch. Dazu kommt, dass Sie ein freudiges Ereignis erwarten, wenn ich richtig informiert bin, das macht es nicht gerade einfacher.«

Sieh mal an, denkt Martin, du hast mir gar nicht erzählt, dass Catherine schwanger ist, mein guter alter Alex. Schau mich nicht so an. Ich bin dir nicht böse. Ich freue mich sogar für dich und Catherine. Du kannst dir deine Rücksichtnahme sparen, Hélène und ich hätten es früher oder später sowieso erfahren.

Martin Joubert denkt, dass Arnold Gruber ein echter Mistkerl ist.

Dass Arnold Gruber wusste, dass Martin Joubert das mit Alex Guivarch nicht wusste.

Dass Arnold Gruber weiß, dass das der neuralgische Punkt von Martin Joubert und Hélène Rieux ist, und dass er, indem er das während einer Besprechung fallen lässt, versucht, einen Keil zwischen sie zu treiben.

Oder zumindest ihr gegenseitiges Vertrauen zu erschüttern.

»Gut, wir wollen hier nicht den ganzen Nachmittag hocken«, sagt Delrio.

Martin Joubert ist doch etwas überrascht von dem Ton, den Delrio gegenüber Gruber anschlägt, der immerhin früher Sicherheitsberater des Elysée war. Das muss eine Frage der Kohle sein. Es ist immer eine Frage der Kohle, wenn bestimmte Leute sich anmaßen, mit anderen Leuten so zu reden. Delrio. Da sitzt er mit seinem pockennarbigen Gesicht und steckt sich mit einem Dupont-Feuerzeug eine JPS nach der anderen an. Die Kippen drückt er in seiner Kaffeetasse aus. Delrio. Syrisches Geld, russisches Geld, irakisches Geld. Er ist vermutlich der Hauptgeldgeber von Gruber und diesem Thinktank, der als ehrbare Fassade für ihre Machenschaften dient und, so hat Martin Joubert gezählt, etwa dreißig Leute beschäftigt.

Davon abgesehen teilen diese beiden Mistkerle das gleiche Weltbild, sind sich einig darin, worauf es in einer Gesellschaft ankommt: Hierarchie, Ordnung, systematische Überwachung. Bei Delrio, um das Ganze abzurunden, noch mit einer Prise Glauben an die Überlegenheit der weißen Rasse. Kurzum, die Bevölkerung soll spuren, während der inzwischen kurzatmige Liberalismus sie versklavt, um sich selbst eine Atempause zu gönnen und wieder zu alter Kraft zurückzufinden, was ihm ohnehin nicht gelingen wird. Europa oder die Rückkehr in die Steinzeit.

»So, ich erkläre es Ihnen mal in ein paar Worten«, beginnt Arnold Gruber. »Monsieur Delrio, das wissen Sie sicher, betreibt eine Website, zu der ein Verlag gehört. Monsieur Delrio und ich möchten – da wir, wie einige andere gut informierte Persönlichkeiten auch, denken, dass man die Franzosen aufrütteln muss –, dass unsere Ideen die Mitte der Gesellschaft erreichen, von der breiten Öffentlichkeit wahrgenommen, ja, mehr noch, geschätzt werden. Dafür haben wir eine ganze Strategie erarbeitet, und in dieser Strategie gibt es einen Teil, der Sie betreffen könnte, Monsieur Joubert. Und zwar möchten wir ein Buch herausbringen, das zeigt, dass Frankreich gerade dabei ist, in sein Verderben zu rennen, dass die Kriminalitätsrate skandalös heruntergespielt wird, dass das Bild, das die Medien uns vermitteln, von vorne bis hinten erstunken und erlogen ist, und die Vorstädte in einem nie gekannten Ausmaß Kriminalität nach Frankreich importieren, vor allem durch die unkontrollierte Zuwanderung von immer mehr Muslimen, die im Übrigen inzwischen auch unsere hier in dritter oder sogar vierter Generation lebenden Maghrebiner und Afrikaner infizieren.«

»Kann ich mal kurz vor die Tür treten und kotzen?«, fragt Martin Joubert.

»Schade, dass Sie so reagieren. Sie haben so oder so keine Wahl. Wir bieten Ihnen dafür neunzigtausend Euro. Das Institut »Gefahren und Gefahrenabwehr« wird Ihnen durch Ihren Freund Alex Guivarch die nötigen Materialien und Dokumente besorgen. Ihre Aufgabe beschränkt sich darauf, sie in ihrem eigenen Stil auf möglichst überzeugende Art zu montieren. Und Sie, Monsieur Guivarch, erhalten zehntausend Euro. Alles, was wir wollen, ist, dass Sie uns, sagen wir mal, im Januar ein Buch abliefern, das als Brandbrief für die Kommunalwahlen taugt.«

»Grob gesagt, Joubert«, unterbricht Delrio ihn, der gerade seine neunte Zigarette ausdrückt, »soll das fragliche Buch, plus zwei oder drei andere Dinge, die dich nichts angehen, ein Klima schaffen, das es dem Patriotischen Block oder den Identitären Ligen erlaubt, an die fünfzig Städte zu gewinnen, zusätzlich zu denen, die ihnen laut Umfragen sowieso zufallen.«

Martin Joubert ist sich jetzt ziemlich sicher, dass er wirklich kotzen muss. Das stinkt zum Himmel, nicht nur in moralischer Hinsicht, sondern auch ganz konkret, Delrios Kaffee- und Zigarettenatem ist selbst von der anderen Seite des Tisches aus noch zu riechen. Ein ekelerregender Geruch. Was würde er jetzt dafür geben, sein Gesicht in Hélènes Nacken zu versenken und den Duft von La chasse aux papillons, extrême in der Nase zu haben.

»Und warum bitte habe ich keine Wahl, Delrio?«

»Weil mir seit zehn Tagen 35% von *Boulevard Atlantique* gehören und dem Institut Gruber fünfzehn Prozent, und weil das magere Gehalt, das sie dir überweisen und von dem du mehr schlecht als recht lebst, von heute auf morgen ausbleiben kann«, sagt Delrio und fährt sich mit einer Hand durch seine fettigen Haare.

»Die Redaktion von *Boulevard Atlantique* ist unabhängig«, versucht Alex Guivarch zu kontern. »Martin ist ein linker Autor, und als solchen schätzt man ihn auch und gerade bei diesem rechts ausgerichteten Blatt.«

»Alle Redaktionen sind unabhängig, Guivarch, alle. Das ist richtig. Aber eben nur bis zu einem bestimmten Punkt. Und ich weiß zufällig genau, wo sich dieser bestimmte Punkt bei *Boulevard Atlantique* befindet.«

Ich sitze in der Scheiße, denkt Joubert, und zwar so richtig.

Arnold Gruber meldet sich erneut zu Wort, gibt sich versöhnlich:

»Wir bestreiten ja gar nicht, dass Monsieur Joubert ein exzellenter Autor ist. Eben darum wird ein solches Buch, das seinen Namen trägt, den man allgemein links verortet, eine entsprechend große mediale Wirkung haben. Sie erklären sich damit gewissermaßen zum reuigen Sünder, Monsieur Joubert. Sie haben so eine Art Aha-Erlebnis hinter sich, wie Paulus auf dem Weg nach Damaskus. Außerdem befinden Sie sich in guter Gesellschaft. Auch andere Autoren, die nicht unbedingt für ihre Werke bekannt waren, echte Edelfedern, nebenbei gesagt, dürfen sich neuerdings im Scheinwerferlicht sonnen, seit sie klare Positionen zur Frage der Ethnien bezogen haben, auch wenn das die Gutmenschen natürlich schockiert hat.«

»Meinen Sie den, der sagt, er hat das Gefühl, um sechs Uhr abends an der Metro Châtelet der einzige Weiße zu sein? Oder den, der von seinem Schloss aus sieht, dass sich ganz Frankreich in zwanzig Jahren in ein Kalifat verwandelt haben wird? Das waren mal gute Schriftsteller, sogar sehr gute, stimmt«, murmelt Joubert, immer noch perplex darüber, dass sich Künstler zu solchen Arschlöchern entwickeln können, ohne dass ihr Talent sie in irgendeiner Form dagegen immunisiert.

»Sehr gute Schriftsteller, die sich nur mit Mühe durchgeschlagen haben«, sagt Gruber.

»Haben Sie sie gekauft?«

»Das ist, glaube ich, stark vereinfacht ausgedrückt. Monsieur Delrio hat mit seinem Vermögen und dem seines Unternehmens bei einigen Autoren den nötigen Nährboden geschaffen...«

Martin Joubert schwankt zwischen dem Wunsch, eine Xanax einzuwerfen, und dem, Gruber mit seiner aufreizend ungerührten Visage eine reinzuhauen, und Delrio genauso, der aussieht wie ein postapokalyptischer Nazi-Motorradfahrer aus einer Science-Fiction-Serie.

»Glauben Sie im Ernst, ich verkaufe meinen Arsch für neunzigtausend Euro? Glauben Sie, ich schreibe diesen Schund für Sie und mache damit kurz vor den Kommunalwahlen indirekt Propaganda für den Patriotischen Block? Denken Sie das wirklich? Bei mir finden Sie keinen ›günstigen Nährboden‹ vor, Gruber, lassen Sie sich das gesagt sein.«

»Du wirst trotzdem annehmen, Joubert«, sagt Delrio.

»Sonst sitzt du nämlich auf der Straße, und außerdem wird dir die Fresse poliert, Guivarch genauso. Mal abgesehen davon, dass deiner Nutte in diesem Kanakencollège in Saint-Ouen auch jederzeit etwas zustoßen kann. Das wäre ja nicht das erste Mal, dann hast du vielleicht nicht mehr so viel Verständnis für die Moslems.«

»Mein Gott«, ruft Gruber, »jetzt übertreiben Sie aber, Delrio!«

»Scheiße, ist der Typ behindert, oder was?«, fährt Delrio

fort, als wäre Martin Joubert nicht da. »Wir bieten ihm eine bequeme Möglichkeit, sich als Autor und medial vollkommen neu aufzustellen, dabei ist er doch nur ein Loser, der Gedichte und Krimis schreibt, die sich nicht verkaufen.«

»Sie haben gerade eine Drohung in Richtung meiner Lebensgefährtin ausgesprochen«, sagt Joubert und bemüht sich, möglichst ungerührt zu klingen. »Im Übrigen habe ich für meine Gedichte einen Preis von der Académie Française bekommen.«

Martin Joubert merkt zu spät, dass er dabei ist, sich vollends lächerlich zu machen. Gruber grinst und Delrio lacht und entblößt dabei seine schief stehenden nikotingelben Zähne.

»Und was ist, wenn wir öffentlich machen, was Sie uns hier für Angebote machen, mit welchen Methoden Sie arbeiten?«, sagt Guivarch.

»Bitte, nur zu«, sagt Gruber. »Nur zu, aber wir haben eine schlagkräftige PR-Abteilung, und die wird aus allen Rohren zurückschießen. Wir werden bei der Gelegenheit daran erinnern, Joubert, dass Sie damals bei der ADL-Geschichte in der Presse eine regelrechte Hexenjagd auf mich veranstaltet haben, und immer wieder betonen, dass Sie nach wie vor versuchen, mir durch verschrobene Beschuldigungen zu schaden, die klingen wie aus einem Ihrer schlechten Krimis, und dass es Ihnen nur darum geht, die Werbetrommel in eigener Sache zu rühren … Ich könnte Ihnen, wenn ich wollte, auch noch einen Prozess wegen Rufschädigung anhängen. Mal abgesehen davon, Monsieur Delrio hat es bereits erwähnt, dass Sie Ihren Job bei *Boulevard Atlantique* verlieren könnten. Dann haben Sie nur noch Ihre Vorschüsse zum Leben, und Sie wissen so gut wie ich, dass Sie in ganz Paris keinen Vorschuss in dieser Höhe finden werden, vor allem in diesen Zeiten, und vor allem jemand wie Sie, der zwar gut schreiben kann, sich aber nicht verkauft. Also Monsieur Joubert, Monsieur Guivarch, wie lautet Ihre Antwort?«

Martin Joubert und Alex Guivarch sagen im Chor, ohne sich auch nur per Blickkontakt abgestimmt zu haben:

»Ihr könnt uns mal am Arsch lecken!«

Die beiden stehen auf und verlassen den Raum.

Kurz bevor sie an der Tür sind, hebt Martin Joubert den Arm, als hätte er etwas vergessen, und geht auf Delrio zu.

Eine links, eine rechts. Zigarette und Sonnenbrille fliegen durch die Gegend. Delrio, den man nicht ohne Sonnenbrille kennt, hat Albinoaugen, in denen sich pure Verblüffung und ein Anflug von Schrecken zeigen.

Alex Guivarch tut im selben Moment so, als brächte er aus Ungeschicklichkeit im Vorbeigehen ein Dutzend Akten zu Fall, die auf einem Tisch neben der Tür liegen, und die Cafetiere, die daneben steht, gleich mit.

Draußen werden sie von einem Schwall eiskalter, feuchter Luft empfangen, es beginnt bereits dunkel zu werden, sie blicken sich an und brechen in Gelächter aus.

Martin Joubert und Alex Guivarch sind pleite, sie werden vermutlich Ärger bekommen, denn Delrio hat seine Handlanger beim Ordnungsdienst des Blocks, bei den Identitären und den Skins. Außerdem wird Martin Joubert seinen Job verlieren, oder vielmehr das einzige regelmäßige Gehalt, das er bisher mit nach Hause brachte. Trotzdem lachen sie. Es ist die vielleicht unbewusste, unausgesprochene Freude darüber, dass sie gerade nicht ihre Seele verkauft haben, oder das, was man so nennt.

»So weit gehen die nicht beim *Boulevard Atlantique*, dass sie dich rausschmeißen«, sagt Alex Guivarch.

»Keine Ahnung.«

In dem Moment klingelt Martin Jouberts Handy. Er holt es aus der Tasche und versucht, trotz seiner inzwischen mit Alterssichtigkeit gepaarten Kurzsichtigkeit durch seine Brille hindurch die SMS zu entschlüsseln.

Er gibt das Smartphone an Alex Guivarch weiter.

»Liest du das, was ich lese?«

»»Dein Betragen in den Räumlichkeiten von Gefahren und Gefahrenabwehr anlässlich eines Zusammentreffens mit Arnold Gruber ist unerhört und schadet dem Image von *Boulevard Atlantique*. Wir können deinen Vertrag als regelmäßiger freier Mitarbeiter deshalb nicht verlängern. Der Chefredakteur.‹ Hattest du etwa einen Vertrag?«

»Noch nicht mal das …«

»Verdammt, die haben nicht lange gefackelt, Delrio und Gruber. Vielleicht solltest du denen bei *Boulevard Atlantique* das Arbeitsgericht auf den Hals hetzen?«

»Wollen wir nicht lieber erst mal einen trinken gehen?«, fragt Martin Joubert.

5

Danach wird alles immer verfahrener. Martin Joubert geht es nicht besonders gut, und er fragt sich, wann es ihm wohl wieder bessergehen wird, oder ob es ihm überhaupt eines Tages wieder bessergehen wird.

Es beginnt damit, dass Martin Joubert gegen dreiundzwanzig Uhr ziemlich betrunken in die Wohnung in der Rue Boulard zurückkommt.

Zwar hängt der Duft von La chasse aux papillons, extrême in der Luft, aber von Hélène Rieux keine Spur. Es ist keine Hélène Rieux mehr da. Im Schlafzimmer ist der große, rote Koffer, den sie immer nach Paros mitnehmen, nicht mehr an seinem Platz unterm Bett. Und ihr Schrank ist bis auf die Sommersachen leer. Martin Joubert stellt fest, dass er Tränen in den Augen hat. Er nimmt eine ihrer Bikinihosen, schnuppert daran, aber sie riecht nur nach Weichspüler, da beginnt er zu schluchzen.

Im winzigen Badezimmer hat bei den Kosmetikprodukten die gleiche Razzia stattgefunden. Kein Chasse aux papillons, extrême mehr da. Martin Joubert kramt in dem Korb mit der Schmutzwäsche, hofft, einen Slip zu finden, den sie vergessen hat. Er wühlt darin herum wie ein bemitleidenswertes Wildschwein in Panik, ein Wildschwein, das andauernd Hélène, Hélène, Hélène vor sich hinmurmelt, zugegeben, so etwas sieht man nicht besonders häufig. Als Martin Joubert endlich fündig wird, hält er seine Nase dran, das ist Hélène, das ist sie. Er zerrt am Reißverschluss seiner Chino-Hose, holt seinen Schwanz raus, und holt sich voller Ingrimm einen runter und spritzt ebenso ingrimmig ab.

Es ist ein Bild des Jammers: Ein fast fünfzigjähriger Mann, der ein erfolgreiches Studium absolviert, seinen Militärdienst mit Anstand hinter sich gebracht und sich in einem gewissen Abschnitt seines Lebens als begnadeter Lehrer erwiesen hat, als aufrechter Linker, der etwa zwanzig Bücher geschrieben hat, die zwar keine Bestseller wurden, aber von denen einige bei einer eingeschworenen Leserschaft Kultcharakter genießen, dieser Mann also sitzt in einem zu kleinen Badezimmer auf dem Boden neben dem Wäschekorb und masturbiert, während er an dem Schlüpfer der Frau schnüffelt, die ihn vermutlich gerade für immer verlassen hat.

Martin Joubert steht auf, wäscht sich die Hände und seinen Schwanz am Waschbecken und pinkelt anschließend hinein, Hélène Rieux ist schließlich nicht da, also was soll's, bei dem Gedanken schluchzt er erneut auf.

Danach stellt er fest, dass auch Hélène Rieux' Schulsachen verschwunden sind und einige Bücher und ihr Laptop. Irgendjemand muss ihr beim Umzug geholfen haben. Es war also alles von langer Hand geplant. Wie ein Attentat. Martin Joubert versinkt in Selbstmitleid und schaltet seinen Computer ein. Er hat Dutzende Mails bekommen. Mails von *Boulevard Atlantique*, in denen er gefragt wird, wo seine Artikel bleiben und warum er nicht zur Konferenz erschienen ist, dann, nach dem Treffen mit Gruber, Mails, in denen man ihm mitteilt, dass man in Zukunft auf seine Dienste verzichten möchte. Und dann noch andere Mails, von seinem Verleger, der auf die korrigierte Fassung seines letzten Krimis wartet, dann Einladungen zu Veranstaltungen und zu Lesungen in Buchhandlungen, in Schulen, und eine Mail von Hélène Rieux.

Martin Joubert öffnet sie, aber er hat nicht die Kraft sie zu lesen. Die Mail scheint lang zu sein, sehr lang, sanft, elegant, bitter und unnachgiebig. Genau wie Hélène Rieux selbst. Wenn er jetzt darauf antwortet, betrunken wie er ist, dann wird seine Mail lächerlich ausfallen, unverständlich, larmoyant, und von einer inneren Logik, die nur Betrunkene nachvollziehen können, und das auch nur, wenn sie sehr betrunken sind.

Martin Joubert zieht sich aus, schlüpft unter die Bettdecke, mit einer stillen Hoffnung, die schnell enttäuscht wird. Hélène hat sich die Zeit genommen, das Bett neu zu beziehen. Er weiß nicht, ob das dem Umstand geschuldet ist, dass Hélène Rieux eine mustergültige Hausfrau ist, oder eher ihrem Wunsch, alle Spuren zu beseitigen, die ihr Körper hier, 45, Rue de Boulard, in den letzten fünf Jahren hinterlassen hat.

Also steht er wieder auf. Wenn Martin Joubert diesen Tag bilanziert, kommt er zu dem Ergebnis, dass er heute Hélène Rieux verloren hat, außerdem seinen Job bei *Boulevard Atlantique*, und dass er Delrio an den Hacken hat. Martin Joubert kennt mindestens drei kleine Verlage und ein halbes Dutzend Schriftsteller, die entweder Pleite gegangen sind, weil Delrio sie mit Prozessen überzogen hat, denn Delrio ist berüchtigt dafür, dass er gegen alles und jeden prozessiert, oder die krankenhausreif geschlagen wurden, ohne dass man ihm irgendetwas nachweisen konnte.

Da Martin Joubert kein Geld hat, muss er wohl eher damit rechnen, im Krankenhaus zu landen.

Zumindest wären die Drohungen, die dieser Mistkerl gegen Hélène Rieux von sich gegeben hat, hinfällig, wenn Delrio zu Ohren kommen sollte, dass sie ihn verlassen hat. Das kann man nur hoffen.

Kurzum, es ist eine einzige Katastrophe.

Als ich Lehrer am Brancion war, hatte ich noch meine Ruhe, denkt Martin Joubert, immer noch voller Selbstmitleid, während er sich einen Bademantel überzieht und telefonisch eine gigantische Menge Sushi und Sashimi bestellt. Dazu holt er erst eine Flasche, nach kurzem Zögern noch eine zweite, von dem Cheverny blanc von Villemade aus dem Kühlschrank. Dann die Xanax aus dem Arzneischrank. Und dann

holt er die DVD von *Der Leopard* in der restaurierten, unge-
kürzten Fassung hervor. Nachdem er alles vorbereitet hat, hat
er die angenehme Aussicht auf einige Stunden glücklichen
Schwebens, in denen Traum und Realität miteinander ver-
schwimmen.

Um sechs Uhr schläft er ein, sechs Uhr fünfzehn am Morgen, um genau zu sein.

Die beiden Flaschen Villemade sind geleert.

Drei oder vier Xanax geschluckt.

Auf dem Bildschirm läuft *Der Leopard* seit Stunden in einer
Endlosschleife.

Um acht Uhr fünfzehn dann wird alles wirklich verfahren.
Man hört einen Schlüssel im Schloss. Martin Joubert schöpft
aus der Tiefe seines Rauschs heraus eine wilde Hoffnung:
Hélène Rieux kommt zurück!

Er erhebt sich schwankend.

Es ist nicht Hélène Rieux.

Es ist ein breitschultriger Sechzigjähriger, er wirkt sport-
lich, trägt einen Bürstenhaarschnitt und einen dunkelblauen
Anzug von unaufdringlichem Schick.

»Ich glaube, Sie haben sich in der Tür geirrt, Monsieur…«

»Ich bin hier doch richtig bei Monsieur Joubert, oder?«

»Ja, und…«

»Wenn ich mich vorstellen darf, Daniel Darthez«, sagt
Berthet.

»Wie bei Balzac?«

»Keine Ahnung, so heiße ich nun mal … außerdem lese
ich vor allem Gedichte.«

»Lyrik ist auch gut«, sagt Martin Joubert, »aber das erklärt
nicht, warum Sie in meine Wohnung eindringen, Monsieur
Darthez.«

»Weil Sie nicht aufgemacht haben. Ich klingele seit zwanzig Minuten.«

»Ich habe nicht aufgemacht, weil ich möglicherweise,
ohne dass ich Ihnen damit zu nahe treten möchte, nicht aufmachen wollte, Monsieur Darthez. Oder weil ich nicht da
war.«

»Machen Sie es nicht unnötig kompliziert, Monsieur Joubert. Sie befinden sich in einem Zustand geistiger Verwirrung.«

Joubert folgt Darthez' Blick, der an dem Couchtisch im Wohnzimmer hängenbleibt.

»Den Cheverny von Villemade schätze ich sehr, Benzedrin dagegen sehr viel weniger.«

»Mir geht es gerade nicht so gut«, sagt Martin Joubert, während er sich wieder hinsetzt. »Monsieur Darthez, man kann sagen, Sie sind gewaltsam bei mir eingedrungen, oder? Weil ich nicht aufgemacht habe…«

»Technisch betrachtet nicht gewaltsam, nein«, sagt Berthet, und wedelt dabei mit einem Schlüsselbund. »Ich bin ein leidlich guter Schlosser. Ich muss unbedingt mit Ihnen sprechen, Monsieur Joubert, und zwar unter vier Augen.«

»Sie hätten mich hier jetzt auch mit meiner Frau antreffen können.«

»Unmöglich, sie unterrichtet gerade Latein in der Klasse 8A des Collège Zéphyrin-Camélinat von Saint-Ouen.«

Martin Joubert steht erneut auf, er ist froh festzustellen, dass er nicht mehr so stark schwankt wie eben noch und dass seine Stimme inzwischen auch wieder fester klingt.

»Verflucht noch mal, woher wissen Sie das, Darthez?«

»Naja, in der vordigitalen Ära hätte ich mindestens zwei Tage gebraucht, um das herauszufinden. Aber nachdem die Nerds Alten wie mir den Umgang mit Computern beigebracht haben, hat es, glaube ich, keine dreißig Sekunden gedauert, ich hätte die Zeit stoppen sollen, bis ich Zugriff auf sämtliche Informationen aus Hélène Rieux' Akte und den elektronischen Kalender in ihrem Smartphone hatte. Das Bildungsministerium ist, was die Abwehr von Hackern angeht, ungefähr auf dem gleichen niedrigen Niveau wie der Quai d'Orsay. Beim Außenministerium ist das allerdings ein ungleich größerer Anlass zur Beunruhigung, auch wenn ich großen Respekt gegenüber der Tätigkeit Ihrer Frau hege, einer Tätigkeit, der Sie früher auch mal nachgegangen sind. Insofern konnte ich jedenfalls sicher sein, Sie heute Vormittag hier allein anzutreffen, Monsieur Joubert.«

»Verschwinden Sie sofort aus meiner Wohnung. Ich habe schon genug Ärger. Verschwinden Sie, Darthez, oder wie auch immer Sie heißen. Im Übrigen irren Sie sich, denn meine Frau hat mich gestern verlassen. Na, was sagen Sie dazu?«

»Ich gehe ganz bestimmt nicht, Monsieur Joubert, weil ich Sie nämlich in den nächsten Monaten brauche. Ich bezahle Ihnen dafür eine Menge Geld, und Sie können Ihren Job bei *Boulevard Atlantique* sausen lassen.«

»Sie sind wirklich gut informiert, das muss man Ihnen lassen, allerdings sind Sie nicht auf dem neuesten Stand, denn *Boulevard Atlantique* hat mir gestern ebenfalls den Laufpass gegeben.«

»Na, da machen Sie ja gerade wirklich harte Zeiten durch, Joubert …«

»Kann man sagen, oder?«

»Darf ich Ihnen kurz erklären, worum es geht?«, fragt Berthet.

Martin Joubert denkt nach oder versucht es wenigstens. Das durch den exzessiven Genuss von Alkohol und Beruhigungsmitteln bedingte Gefühl, gedanklich ins Schwimmen zu geraten, lässt langsam nach, und er wechselt in einen neutralen Trägheitszustand, in dem man ihm so ungefähr alles sagen kann, ohne dass die Panik es zunichte zu machen droht.

»Warum nicht? Schießen Sie los, Darthez«, sagt Martin Joubert. »Es kommt jetzt auch nicht mehr drauf an …«

»Wir könnten vielleicht einen Kaffee oder Tee trinken, Monsieur Joubert. Sashimi sind um diese Uhrzeit nicht ideal, glauben Sie mir.«

»Oh, ja, natürlich, verstehe. In Ordnung, ich decke das eben ab. Vielleicht helfen Sie mir dabei?«

Als er in die Küche kommt, fällt Martin Joubert auf, dass Hélène auch die Brita-Karaffe und die Espressokanne mitgenommen hat. Ja, eins steht fest, irgendjemand hat ihr geholfen. Die Brita-Karaffe kann er verschmerzen, die Espressokanne weniger.

»Wie wär's mit einem Tee? Chinesischer grüner Tee«, erklärt Joubert, »Oolong.«

In diesem Moment hört man erneut einen Schlüssel im Schloss.

»Ihre Frau?«, fragt Berthet und sieht Joubert an, der hinter dem Küchentresen steht und Wasser aufsetzt.

»Nein, die ist wirklich auf und davon, denke ich.«

»Scheiße. Wenn sie es nicht ist …«

Und Joubert versteht, dass sein Leben gerade aus den Fugen gerät, aber dieses Mal endgültig.

Der Mann, der behauptet, er heiße Darthez, hat gerade hinter seinem Rücken eine Waffe hervorgeholt, eine SIG-Sauer P220. Martin Joubert ist zwar kein Waffenexperte, aber nun ja, er hat eben einige Krimis geschrieben und bei Jean-Patrick Manchette einiges gelernt über Waffen im Besonderen und den Realismus im Roman Noir im Allgemeinen.

Vier Männer betreten das Wohnzimmer der Wohnung in der Rue Boulard.

Langsam wird es echt voll. Bei drei von ihnen lässt die Kleidung klare Rückschlüsse auf ihre Gesinnung zu: Rangers, Jeans, schwarzes Poloshirt von Lonsdale, khakifarbene Bomberjacke, kahlrasierter Schädel, Krypto-Nazitätowierungen. Der vierte ist etwas älter, trägt einen Anzug und scheint den Chef zu geben. Man merkt ihm jedoch nach wie vor an, dass er selber mal zu dem sympathischen Trupp gehört hat, zu dem die drei Jungs gehören, die ihm folgen.

Aber obwohl er gekleidet ist wie ein typischer Banker, oder vielleicht auch gerade deshalb, ist er noch furchterregender als sie. Seine muskulösen Oberarme und Schultern scheinen den eigentlich gut geschnittenen Anzug fast zu sprengen, und auf dem Schädel des Mannes ist, obwohl er nicht mehr kahlrasiert ist, ein merkwürdiger Abdruck zu erkennen, der bis in seine Stirn hineinreicht. Eine entfernte Tätowierung oder Hautkrankheit. Auf jeden Fall hat es eine Flammenform.

»Berthet«, sagt der kleine Typ im Anzug mit der verblichenen Tätowierung, als er Berthet sieht, »was treiben Sie denn hier?«

»Genau das wollte ich Sie auch gerade fragen, Stanko…«

»Ich dachte, Sie heißen Darthez?«, sagt Joubert entrüstet, und bedauert wirklich sehr, im Bademantel zu sein inmitten all dieser aggressiven beziehungsweise bewaffneten Menschen, die sich in seinem Wohnzimmer drängen, dem Wohnzimmer eines armen Schriftstellers, dem man gerade den Laufpass gegeben hat.

Scheiße.

»Wir haben den Auftrag, Monsieur Joubert die Fresse zu polieren, ein Auftrag von Delrio.«

»Ich dachte, Sie wären einer der neuen Köpfe der GPP, werden Sie jetzt dem Patriotischen Block und Agnès Dorgelles untreu, oder wie soll ich das verstehen? Sind Sie etwa nicht mehr das Lieblingsschoßhündchen unserer Walküre?«

»Das geht Sie gar nichts an, Berthet. Von Untreue kann keine Rede sein, ich bin kein Söldner wie Sie, von dem man nie weiß, welcher Seite er dient.«

»Schon gesehen?«, fragt Berthet und deutet auf seine Waffe. »Ich habe hier eine SIG-Sauer P220 auf Sie gerichtet, also erklären Sie mir jetzt bitte, warum Sie Monsieur Joubert die Fresse polieren sollen.«

Einer von den Skins, der einen leicht dämlichen Eindruck macht, hält es für eine schlaue Idee, sich in diesem Moment unauffällig auf den Küchentresen zuzubewegen, an dem Berthet und Martin Joubert stehen.

Berthet sieht, was er im Schilde führt.

Er blickt auf den Tresen.

Dort sieht er die Stäbchen liegen, mit denen Joubert gegessen hat.

Während er Stanko und die anderen beiden mit seiner Waffe in Schach hält, ist er mit zwei großen Schritten bei dem Skin, der sich für besonders schlau hält.

Er rammt ihm mit einer entschiedenen und präzisen Geste eines der Stäbchen weit ins rechte Nasenloch. Das führt bei dem Widerling, der mit dem Stäbchen in der Nase entfernt an ein suprematistisches Kunstwerk erinnert, zu einem Totalausfall seines Gehirns, und er sackt in sich zusammen.

»Sie sind ja verrückt«, sagt Stanko.

»Nein, ich bin präzise, und Sie sind nur neidisch, weil Sie dafür zu klein sind und nicht sicher sein könnten, dass das Stäbchen dabei nicht zerbricht. Dazu fehlt Ihnen schlicht die Reichweite, Sie Zwerg.«

»Ich werde Sie umbringen, Berthet.«

»Also heißen Sie gar nicht Darthez!«, wiederholt Martin Joubert, immer noch im Bademantel. Er muss sich schwer zusammenreißen, um sich weder zu übergeben noch in Panik zu verfallen oder gar beides auf einmal, während ein toter Skin in seinem Wohnzimmer liegt, und sich dort lauter Leute aufhalten, die einander zu kennen scheinen und einen Hang zu exzessiver Gewalt haben.

»Nein«, sagt Berthet genervt, »nein, ich heiße nicht Darthez. Aber Sie heißen ja auch nicht Martin Joubert, soweit ich weiß, Monsieur Clément.«

»Aber das ist mein Künstlername, das ist nicht vergleichbar, den habe ich mir zugelegt, als ich noch Lehrer war!«

»Das kann jeder sagen, das kann jeder sagen …«, sagt Berthet, vor allem, um überhaupt etwas zu erwidern, während er mit der SIG-Sauer P220 auf den Typ namens Stanko und die beiden überlebenden Skins deutet.

»Also los, spucken Sie es aus, warum will Delrio Joubert eine Abreibung verpassen?«

Stanko und Martin Joubert beginnen gleichzeitig zu reden, aber Berthet versteht die Geschichte trotzdem.

»Und Sie, Joubert, haben es also vorgezogen, neunzigtausend Euro und Ihren zugegebenermaßen ziemlich armseligen Job zu verlieren und Ihre körperliche Unversehrtheit und die Ihrer Freundin aufs Spiel zu setzen, als der extremen Rechten dabei zu helfen, bei den Kommunalwahlen einige Rathäuser zu erobern?«

»Ja, so könnte man es zusammenfassen«, sagt Martin Joubert mit einem gewissen Stolz. Seine Panik hat etwas nachgelassen, aber ihm ist nach wie vor speiübel.

Außerdem macht Martin Joubert sich Gedanken, mehr noch, Sorgen, wegen der Leiche des Skinheads. Einen depressiven Charakter erkennt man unter anderem daran, dass er nicht in der Lage ist, die Probleme, mit denen er zu tun hat, zu priorisieren. Jetzt zum Beispiel ist seine größte Sorge die Leiche des Skins, der ein kleines Stück Stäbchen aus der Nase ragt wie ein Stück Rotz und die mit dem Oberkörper auf der Couch liegt, könnte Blutflecken auf dem Nubukleder hinterlassen.

»Stanko?«

»Ja, Berthet?«

»Zwei Dinge passen mir daran nicht.«

»Schießen Sie los.«

»Erstens brauche ich Martin Joubert gesund, und zwar für ziemlich lange Zeit.«

»Und zweitens?«

»Zweitens passt es mir nicht, wenn Sie Delrio erzählen, dass Sie mich gesehen haben und dass ich mich für Joubert interessiere.«

»Na, sind Sie etwa gerade über Kreuz mit Ihren Freunden vom Geheimdienst, Berthet? Sie möchten wohl nicht, dass die Ihnen nachschnüffeln?«

»Das tun sie bereits seit September. Sagen wir mal, es würde mir nicht gefallen, wenn sie ihre Bemühungen intensivieren.«

»Ja, aber ich befolge nun einmal die Befehle, die man mir gegeben hat, ich kann Ihnen da nicht helfen.«

»Ich weiß, Stanko, ich weiß, Sie waren ein ausgezeichneter Fallschirmspringer.«

»Hören Sie auf, mich zu verarschen. Berthet.«

»Ich meine das überhaupt nicht ironisch. Aber welche Befehle befolgen Sie jetzt eigentlich? Die von Agnès Dorgelles? Oder die von Gruber und seinem Kumpel Delrio? Wer spannt denn da wen für seine Zwecke ein?«

Stanko runzelt die Stirn. Der Abdruck der alten Tätowierung ist jetzt deutlich als Flamme zu erkennen, als züngelnde Flamme.

In dem Moment stellt Berthet ganz nebenbei, so dass niemand es wirklich mitbekommt, das Radio auf dem Küchentresen an. Er hat France Culture erwischt.

Berthet dreht den Ton sehr laut.

Gerade geht es darum, was man früher, in vergangenen Jahrhunderten, als schmutzig oder sauber empfand, um »Pesthauch und Blütenduft«, so der Titel der Sendung. Unter anderen Umständen durchaus interessant.

Berthet holt aus seiner rechten Tasche einen Schalldämpfer und schraubt ihn auf seine SIG-Sauer P220.

Er zielt.

Er trifft den zweiten und den dritten Skin jeweils mitten in die Stirn, sie fallen lautlos zu Boden.

Dann geht Berthet auf Stanko zu.

Er drückt dem ehemaligen Skinhead die Waffe gegen die Stirn und sagt ganz ruhig, während ein leichter Korditgeruch durch die Wohnung zieht:

»Kann ja sein, dass Sie der Sicherheitsbeauftragte des Blocks sind, Stanko, aber ich bin zehn Mal besser als Sie, obwohl ich fünfundzwanzig Jahre älter bin. Ich weiß, Sie haben Leute umgebracht, einige auf ziemlich bestialische Art und Weise, aber glauben Sie bloß nicht, dass mich das beeindruckt, ich habe weitaus Schlimmeres getan. Ich will mich dessen überhaupt nicht rühmen, ich will nur klarstellen, wer hier der Stärkere ist. Außerdem verlange ich von Ihnen weder den Patriotischen Block zu hintergehen, noch Agnès Dorgelles.«

Berthet hält inne.

Er dreht sich zu Martin Joubert um, während er den Lauf der SIG-Sauer weiter gegen Stankos Stirn drückt.

»Joubert, drehen Sie doch bitte das Radio leiser, und stoßen Sie nicht ständig auf. Übergeben Sie sich im Badezimmer, wenn es denn sein muss. Bei der Gelegenheit können Sie gleich noch duschen, und versuchen Sie bloß nicht, Ihr

Smartphone zu benutzen, um wen auch immer anzurufen, ich habe es im Blick.«

Martin Joubert fügt sich.

Er kotzt in die Toilette.

Dann fragt er sich, ob es letzten Endes schlimmer und schwerer zu ertragen ist, tote Skins in seinem Wohnzimmer zu haben, als sich von Typen wie Gruber und Delrio wie eine Nutte behandeln lassen zu müssen.

Also geht Martin Joubert unter die Dusche, das tut ihm gut. Als er in Leinenhose, himmelblauem Brooks-Hemd und kastanienbraunen Church's zurück ins Wohnzimmer kommt, sieht er, dass besagter Stanko und besagter Berthet immer noch zwischen den Bücherregalen und den toten Skins stehen und reden.

Berthet drückt Stanko weiterhin die Pistole an die Stirn:

»Ich fasse noch mal zusammen. Erstens: Wenn Sie Delrio von mir und Joubert erzählen, dann mache ich die Marlin-Affäre publik. Dann landen Sie entweder im Knast oder ein Bulle irgendeiner Spezialeinheit knallt Sie ab. Damit kenne ich mich aus. Ich denke, Sie sollten wissen, dass meine ehemaligen Freunde und ich über Beweise verfügen, sämtliche Beweise. Zweitens: Wenn Agnès Dorgelles und Kardiatou Diop in Brévin-les-Monts gegeneinander antreten, dann tun wir gut daran, zu kooperieren oder uns zumindest nicht gegenseitig Knüppel zwischen die Beine zu werfen. Sie haben sicher begriffen, was diese Arschlöcher mit Kardiatou im Schilde führen. Es ist gut denkbar, dass man sich auf Seiten des Blocks ein ähnliches Spielchen ausgedacht hat. Politiker sind alle gleich. Dagegen sind Männer wie Sie und ich wahre Unschuldslämmer. Doch, doch. Also vergewissern Sie sich lieber mal, ob Gruber, Delrio oder sogar Parteifunktionäre des Patriotischen Blocks, die Papas kleinem Liebling Agnès Dorgelles den Aufstieg neiden, nicht eine vergleichbare Schweinerei geplant haben wie die gegen Kardiatou Diop. Verstehen Sie? Mir ist es im Grunde scheißegal, ob Ihre Chefin diese Stadt gewinnt oder nicht. Ich will nur nicht, dass Kardiatou Diop dabei daran glauben muss, warum, geht nur mich etwas an. Ich denke, Sie und Ihre Kerle von der Delta-Gruppe können das bestimmt herausfinden.«

»Sie kennen die Delta-Gruppe, Berthet? Diese Gruppe ist eigentlich streng geheim, existiert offiziell gar nicht.«

»Stanko, nun seien Sie nicht naiv. Ich weiß über die Marlin-Geschichte Bescheid, also können Sie sich doch denken, dass ich Ihre kleine Selbstjustiztruppe kenne. Sie hat ja sogar, ohne es zu ahnen, schon für uns gearbeitet.«

»Für Sie? Und wer ist das genau?«

Berthet denkt an die Unité. Die Unité hat, seitdem er Lissabon verlassen hat, nichts gegen ihn unternommen. Aber Berthet weiß, sobald er sich erneut in Kardiatou Diops Kielwasser bewegt, um sie zu schützen, wird es wieder losgehen.

Zu den Kommunalwahlen. Der erste Wahlgang ist am 8. März, der zweite am 15.

»Das geht Sie nichts an, und Sie würden es so oder so nicht verstehen. Also, haben wir uns verstanden, Stanko?«

Stanko blinzelt mehrmals. Berthet zieht seine SIG-Sauer P220 zurück und schraubt den Schalldämpfer ab.

»Joubert, ich möchte Sie ja nicht herumkommandieren, aber es wäre gut, Sie würden die beiden Patronenhülsen finden, die ich abgeschossen habe.«

»Sagen Sie mal, Berthet, was ist mit den Leichen von meinen Skins? Wo lassen wir die?«

»Waren das Kumpels von Ihnen?«

»Nicht wirklich, das ist die junge Generation, einer war Delrios Lover.«

»Apropos, wie wollen Sie Delrio das erklären?«

»Joubert war verreist. Als ich gesehen habe, dass keiner zu Hause ist, habe ich den Jungs frei gegeben. Was dann aus ihnen geworden ist, keine Ahnung …«

»Sie haben Recht, Stanko, die simpelsten Erklärungen sind immer noch die besten. Wie in *Der entwendete Brief* von Poe, es ist immer das Gleiche …«

»Bitte?«

»Fragen Sie Ihren Kumpel Maynard, den Mann von Agnès Dorgelles. Den Intellektuellen.«

»Okay, aber wo lassen wir die Leichen?«, fragt Stanko.

»Wenn ich einen Vorschlag machen darf, ich hätte eine Idee wegen der Leichen«, mischt sich Joubert ein, hebt dabei den Finger und deutet im Vorbeigehen auf die Hülsen auf dem Couchtisch.

Stanko und Berthet seufzen schwer, so wie Profis eben seufzen, wenn Amateure ihnen mit ihren abseitigen Ideen ihre Zeit rauben.

»Ja, nur zu«, willigt Berthet freundlich ein.

»Unten im Haus ist ein Restaurant. Es gibt einen Hinterhof mit zwei Eingängen, einer führt in die Küche, der andere ins Erdgeschoss. Wir fahren rückwärts mit einem Lieferwagen vor, als würden wir das Jeu de Quilles beliefern wollen, und Sie laden die Leichen ein, abgeschirmt von Blicken und den Überwachungskameras der Straße und der Schule gegenüber.«

Stanko und Berthet sehen Martin Joubert überrascht an.

»Das ist eine gute Idee«, sagt Berthet.

»Sogar eine ausgezeichnete Idee«, sagt Stanko.

6

Um die Zeit zu überbrücken, bis das Jeu de Quilles schließt, also etwa zwischen fünfzehn und siebzehn Uhr, schauen Berthet und Martin Joubert sich die Bücher in den Regalen in der Rue Boulard an, während Stanko seine Telefonate erledigt und anschließend ein paar Spiele auf seinem Smartphone spielt. Martin Joubert geht es nicht gerade besonders gut. Er ist verkatert, und dieser Gewaltexzess in seiner Wohnung setzt ihm auch zu. Also löst er sich etwas Alka Seltzer in Wasser auf und nimmt ab und zu eine halbe rosa Xanax, nur eine halbe.

Denn es ist gerade mal elf Uhr und er muss also noch geraume Zeit so tun, als lägen keine drei toten Skinheads in seiner Wohnung.

»Das scheint Sie ja nicht übermäßig mitzunehmen, Monsieur Joubert«, sagt Berthet, während er die Originalausgabe von *Querzeiler* von Paul-Jean Toulet durchblättert, ein Geschenk zu Jouberts dreißigstem Geburtstag.

Von einer anderen Frau, mit der er zusammengelebt hat, noch vor Sylvie, der Ringkämpferin. Martin Joubert fühlt sich mit einem Mal sehr alt.

»Es ist leider kein hochwertiges Papier«, sagt Martin Joubert halb entschuldigend.

»Es ist kein hochwertiges Papier, aber immerhin«, sagt Berthet.

Berthet blättert sichtlich gerührt den schmalen Band durch, die Erstausgabe ist 1921 bei den Éditions du Divan und Émile-Paul Frères erschienen.

Er blickt auf und rezitiert aus dem Gedächtnis:

In dem stillen Herbst
An einem Tag, so pflaumenweich und seidig,
Schließe ich die Augen und höre dich,
Monotone Nachbarin

Dann hakt Berthet noch einmal nach:

»Monsieur Joubert, das ist ja nicht ohne, da tauchen so ein paar Unbekannte bei Ihnen auf und bringen sich gegenseitig um … Liegt das an den Xanax, dass Sie so reagieren, oder wie kommt das?«

Martin Joubert verkneift sich zu sagen, dass die meisten Toten auf das Konto von Berthet gehen. Alle, genau genommen.

»Und wenn schon. Es geht mir gerade nicht gut, Monsieur Berthet. Klar, ich könnte auch Krebs haben, aber nun ja. Ich stecke mitten in der Midlife Crisis. Früher, in der Welt davor, kaufte man sich mit fünfzig einen Sportwagen und nahm sich eine Geliebte, um zu vergessen, dass man fünfzig war. Aber ich habe kein Geld, ich gehöre dem Prekariat an, ich empfinde jeden neuen Tag wie einen einzigen angstgetriebenen

Albtraum, ich stopfe mich mit Beruhigungsmitteln voll, ich habe immer noch nicht das Opus Magnum geschaffen, und meine Lebensgefährtin hat mich gerade verlassen. Dabei hatte ich noch nicht mal eine Geliebte. Sie hat mich nur verlassen, weil ich eine Nervensäge bin, und weil wir nicht mehr sicher waren, ob wir uns noch lieben. Was sind da schon ein paar tote Skins in meinem Wohnzimmer … Das sind hirnlose Schläger, die früher in der SA gewesen wären, verblödete Lumpenproletarier, die denken, ihr Rassismus hätte was mit Klassenbewusstsein zu tun, die schlechtes Bier trinken, widerwärtige Musik hören, deren Körperhygiene sicherlich zu wünschen übrig lässt, und die sich gegenseitig in den Arsch ficken, weil sie keine Frauen finden, die dumm genug sind, mit ihnen abzuhängen. Und außerdem wollten sie mir die Fresse polieren.«

»Sieht ganz so aus«, sagt Berthet.

Ab und zu unterbricht Stanko sein Spiel auf dem Smartphone, weil er angerufen wird, und je nachdem, welche Nummer auf dem Display erscheint, lässt er sich mehr oder weniger Zeit, dranzugehen. Manchmal geht er auch gar nicht dran und spielt weiter. Zum Glück hat er den Ton ausgestellt.

Berthet blättert derweil weiter in der Originalausgabe von *Querzeiler*. Martin Joubert senkt die Stimme und sagt zu Berthet:

»Dieser Typ da ist echt furchteinflößend, oder? Ich weiß, man soll jemanden nicht nach Äußerlichkeiten beurteilen, aber trotzdem …«

»Naja, ich denke, in diesem Fall spricht das Äußere durchaus Bände.«

»Er ist Chef des Sicherheitsdienstes des Patriotischen Blocks, oder?«

»Genau«, sagt Berthet. »Ein enger Freund von Parteichefin Agnès Dorgelles und ihrem Mann Antoine Maynard. Maynard ist doch ein Kollege von Ihnen, oder? Ein Schriftsteller …«

»Ja, wir gehörten Anfang der neunziger Jahre beide der Generation der sogenannten Neo-Hussards an. Wir haben sogar die eine oder andere Sauftour zusammen gemacht. Das war eigentlich ganz nett. Dann hat er sich in Agnès Dorgelles verliebt und mehr oder minder mit dem Schreiben aufgehört. Indem er anfing, Reden für den Block zu schreiben, hat er sich selber zur Persona non grata gemacht. Ich glaube, tatsächlich liebt er das. Jeder echte Schriftsteller trägt auch eine starke negative Kraft in sich, eine Todessehnsucht, die Sehnsucht, sich sehenden Auges und in aller Öffentlichkeit zu zerstören. Den Selbsthass eben.«

»Das kann ich nachvollziehen«, sagt Berthet, ohne dass es arrogant oder ungeduldig klingt.

»Sie wissen eine Menge Dinge, Monsieur Berthet oder Monsieur Darthez, je nachdem.«

»Nennen Sie mich Berthet, das ist einfacher.«

»Und was wollen Sie nun eigentlich genau von mir?«

»Das erkläre ich Ihnen alles noch genau, aber nicht jetzt. Sie werden eine Menge Staatsgeheimnisse erfahren und außerdem noch eine schöne Geschichte. Es wird Ihnen gefallen, da bin ich mir sicher. Womöglich schreiben Sie sogar mit meiner Hilfe endlich den großen Roman, von dem Sie träumen.«

»Ich habe gehört, wie Sie über Kardiatou Diop gesprochen haben, die Staatssekretärin. Die habe ich gekannt, wissen Sie, in einem früheren Leben, über das Sie aber offensichtlich auch Bescheid wissen. Als ich noch Lehrer war und Denis Clément hieß.«

»Ja, all das weiß ich auch, Monsieur Joubert, aber darüber sprechen wir, wenn Monsieur Stanko uns von seinen verstorbenen Skins befreit hat, und von seiner Präsenz.«

Martin Joubert hat das unangenehme Gefühl, wie ein Kind, das sich interessant machen möchte, von einem höflichen aber genervten Erwachsenen, der seine Ungeduld nur schwer verbergen kann, zurechtgewiesen zu werden.

Martin Joubert hat das Gefühl, dass er sich unnötig klein macht. Es ist schließlich seine Wohnung, verdammt noch mal!

Gerade will er Berthet eine etwas bestimmtere Frage stellen, da kommt Stanko zu ihnen herüber. Martin Joubert sieht ihn an. Gestern noch war er nicht davor zurückgeschreckt, sich mit diesem Ekel von Delrio anzulegen, vor dem hatte er keine Angst. Im Gegenteil. Aber die Vorstellung, auf diesen untersetzten Typen loszugehen, der an eine Bulldogge erinnert, versetzt Martin Joubert augenblicklich in Schockstarre.

»Ich habe gerade mit ein paar zuverlässigen Typen telefoniert. Sie kommen exakt um fünfzehn Uhr dreißig mit einem Lieferwagen. Wenn dann noch jemand im Hinterhof sein sollte, warten sie. Wenn die Luft rein ist, rufen sie mich auf dem Handy an. Dann bringen wir die Leichen weg.«

»Wer ›wir‹?«, ruft Martin Joubert aus. »Ich bringe überhaupt niemanden um die Ecke oder wohin auch immer.«

»Aber es war doch Ihre Idee«, erwidert Stanko.

»Die Idee hatte ich nur, weil ich nicht länger drei tote Skinheads in meiner Wohnung sehen will«, sagt Joubert.

»Und Ihre Leute sind auch wirklich verlässlich?«, fragt Berthet, um das Thema zu wechseln.

»Ja, Berthet, wenn ich es Ihnen doch sage. Schließlich riskiere ich bei der Sache auch Kopf und Kragen oder zumindest einen Riesenärger mit Delrio. Und da Sie ja sowieso schon alles wissen, die Jungs sind von der Delta-Gruppe, die habe ich selber ausgebildet.«

Dann wendet Stanko sich an Martin Joubert, und der merkt, wie es ihm kalt den Rücken runterläuft. Er hat das Gefühl, bei so jemandem wie Stanko kann man nie wissen, ob er einen nur um Feuer bitten oder einem das Genick brechen will. Möglicherweise weiß er selber das auch nicht immer so genau.

Martin Joubert trinkt sein Glas Alka Seltzer aus, um irgendetwas zu tun. Er stellt das Glas auf dem Bücherregal ab. Es wird einen hellen Abdruck hinterlassen, und Hélène Rieux wird wieder sauer werden. Es gab zwei, drei Sachen, über die sich seine ansonsten so besonnene Schwimmerin unverhältnismäßig ereifern konnte: Abdrücke von Gläsern auf Holzmöbeln, Menschen, die im Restaurant ihr Weißbrot aushöhlen und daraus kleine Kugeln formen, zu dick aufgetragenes Make-up bei Schülerinnen. Martin Joubert betraf nur der erste Punkt, da er gut erzogen war und nicht mit dem Essen spielte, und da er, zumindest bis jetzt, auch nicht das Bedürfnis hatte, als Transvestit aufzutreten, um das Weib in sich zu entdecken.

Im Übrigen hätte Hélène Rieux das zuletzt auch nicht gestört, da sie so drauf aus war, die Extreme zu erkunden. Ein Martin Joubert im La-Perla-String wäre ihr vermutlich sogar lieber gewesen als einer, der mit den Abdrücken seiner Gläser die Holzmöbel versaut.

Und Stanko fragt:

»Wie viele Wohnungen liegen zwischen Ihrer Wohnung und dem Hinterhof? Ich habe vorhin drei gezählt. Zwei in der ersten Etage, dann Ihre Wohnung und die gegenüber. Im Erdgeschoss gibt es eine Tür zur Vorratskammer des Restaurants und eine zur früheren Concierge-Loge, die zu vermieten ist. Richtig?«

»So ist es«, sagt Joubert, der das Gebäude tatsächlich noch nie unter diesem Aspekt betrachtet hat.

»Und die anderen Wohnungen sind bewohnt?«

Diese Frage kommt von Berthet.

»Im Ersten rechts wohnt eine alte Frau. Gegenüber ein junges Paar, das den ganzen Tag weg ist, und die Wohnung uns gegenüber steht leer.«

Als Martin Joubert »uns« sagt, versetzt es ihm einen Stich, und Hélène Rieux fehlt ihm. Als er den hellen, pudrigen Abdruck des Alka-Seltzer-Glases auf dem Rand des Bücherregals sieht, fehlt sie ihm sogar noch mehr. Da beginnt Martin Joubert unvermittelt zu weinen.

Stanko ist zutiefst irritiert, Berthet etwas weniger.

»Was ist denn los?«, fragt Stanko.

»Um es kurz zu machen, sein Leben ist gerade im Umbruch und dann wird er ziemlich plötzlich Zeuge eines Blutbads«, sagt Berthet.

»Wenn ich jedes Mal geheult hätte, wenn mein Leben im

Umbruch war und ich Zeuge eines Blutbads wurde ... Diese linken Intellektuellen sind die reinsten Waschlappen. Verdammt noch mal.«

»Und dann wird er bald auch noch fünfzig«, fügt Berthet hinzu, während er Joubert die Schulter tätschelt. »Und er hat nicht viel Geld und auch keine Rolex.«

»Neunundvierzig«, sagt Martin Joubert zwischen zwei Schluchzern.

Martin Joubert würde sich jetzt gerne auf seine Couch legen, er würde jetzt gerne seinen Laptop nehmen, er würde jetzt gerne schreiben, um sich selbst zu vergessen, das ist der einzige Vorteil, wenn man Autor von Kriminalromanen ist, was ansonsten der hinterletzte Beruf ist. Aber er kann nicht, weil da ein Skin liegt, den Kopf auf der Lehne und in der Nase ein Essstäbchen, von dem nur die Spitze zu sehen ist. Martin Joubert hört so plötzlich auf zu weinen, wie er damit angefangen hat, und fragt sich gerade, wie viele Xanax er sich eigentlich reingepfiffen hat, seit Berthet, Stanko und die toten Skins bei ihm sind. Zu viele, das steht fest.

Aber das ist jetzt nicht der richtige Moment, um alleine einen kalten Entzug zu machen. Hélène Rieux wollte, dass er das macht. Sie sagte, wenn er weiter so viele Benzos schluckte, würde er vorzeitig verkalken.

Stanko geht in die Küche, er durchsucht den Kühlschrank. Er meckert, weil kein Bier da ist, und kommt stattdessen mit einer Flasche Triple Zéro von Jacky Blot an.

»Was ist das?«

»Das ist ein Petillant von der Loire, ein Naturwein«, sagt Martin Joubert.

»Also Sekt, kurz gesagt, Sie können sich die Angeberei sparen.«

»Nein«, sagt Martin Joubert, »das ist kein Sekt. Das ist ein Vin pétillant sec, der nach der Naturmethode gemacht ist. Das hat nichts mit dem Mist zu tun, den Sie sich reinkippen, wenn Sie einen Sieg zu feiern haben oder jemand beim Patriotischen Block in Rente geht.«

»Na, unser Joubert ist ja ein echter Schlaumeier, Berthet«,

sagt Stanko und sieht dabei Berthet an. »Und frech ist er auch.«

»Machen Sie nur weiter so, reden Sie über mich, als wäre ich nicht da, das liebe ich. Ob Sie es glauben oder nicht, ich habe Maynard mal ganz gut gekannt. Der hätte den Triple Zéro von Jacky Blot sicher nicht als Sekt bezeichnet.«

Stanko stöhnt. Er öffnet einen Schrank, nur Lebensmittel.

»Unter der Bar«, sagt Martin Joubert.

Stanko holt drei Degustationsgläser aus den Tiefen des Küchentresens hervor.

Er öffnet die Flasche.

»Für mich nicht«, sagt Berthet.

Martin Joubert hadert mit sich, willigt aber ein, er kippt sein Glas runter. Er nimmt sogar noch eins und stellt fest, dass er immer noch genauso verängstigt ist, aber diese Angst inzwischen akzeptiert wie ein zusätzliches Organ.

Martin Joubert geht zurück zu Berthet, der immer noch am Bücherregal lehnt und immer noch im Lyrikband *Querzeiler* blättert, und erlaubt sich die Bemerkung, dass Berthet eher wie ein Uniprofessor aussieht, als wie ein … Wie was eigentlich? Ein Geheimdienstler, ein ehemaliges Mitglied der speziellen Einsatzkräfte, ein durchtrainierter Killer, der sich dem Meistbietenden anbietet, so eine Art Ronin, oder was?

Stanko widmet sich wieder seinem Spiel auf dem Smartphone.

So geht die Zeit dahin in der Wohnung in der Rue Boulard. Das Novembergrau, das man draußen hinter den Vorhängen sieht, hält sich hartnäckig. Man hört, wie aus der Ferne die Pausenglocke der Schule gegenüber den Beginn der Mittagspause ankündigt, und dann das gedämpfte Lachen der Gäste, die im Jeu de Quilles Mittag essen.

Martin Jouberts Telefon vibriert. Er geht zum Küchentresen. Er hält Berthet das Telefon hin.

»Kann ich rangehen? Das ist mein Freund Guivarch.«

»Ja, wenn Sie auf laut stellen.«

»Scheiße«, sagt Stanko. »Ich weiß, dass Delrio einen zweiten Trupp losgeschickt hat, um ihn für sein unverschämtes Betragen gegenüber Gruber und ihm zu bestrafen.«

Martin Joubert schaut mit Bedauern auf die leere Flasche Triple Zéro. Er schluckt, er nimmt ab und stellt auf laut.

»Martin, ich sitze echt in der Scheiße!«

Alex Guivarchs Stimme klingt panisch.

Dabei fand Martin immer, dass Alex Guivarch die Gelassenheit in Person war. Das hatte sicher mit der Tatsache zu tun, dass er nach der Ölkrise geboren war und von Geburt an wusste, dass alles potenziell gesundheitsgefährdend ist, vom Sex über die Nahrung bis hin zur Luft, die man atmet, und dass man sogar so etwas wie Massenarbeitslosigkeit als normales Phänomen zu betrachten hatte, ebenso wie das Terrormanagement durch Arbeitgeber. Alex Guivarch ist an den Anblick von Industriebrachen gewohnt, er kennt die Welt davor nur aus französischen Filmen der siebziger Jahre, von denen er nicht genug bekommen kann.

Es ist das erste Mal, dass Martin Joubert Alex Guivarch mit einer solchen Stimme sprechen hört. Martin Joubert war immer der Meinung, dass man mehrere Stimmen in sich hat, seine gewöhnliche und dann die Stimmen, die wir nur in Ausnahmesituationen benutzen. Leid, Freude, Angst. Hélène Rieux' Stimme, wenn sie Lust empfindet. Martin Joubert weiß, dass er Hélène Rieux' Stimme, wenn sie Lust empfindet, nie mehr hören wird.

Martin Joubert beginnt durchzudrehen.

Da ruft ihn ein Freund an und bittet ihn um Hilfe, genau betrachtet sein einziger echter Freund.

»Wo bist du?«

»Ich bin am Seineufer, bei den Bouquinisten, am Quai de la Mégisserie. Ich habe gerade einen Roman von Gégauff in der Originalausgabe gefunden, toll, was? Und der war noch nicht mal teuer. Das ist mein Glückstag!«

»Hol mal Luft, Alex, was ist los?«

»Seit zehn Minuten folgen mir drei Typen, die nicht so aussehen, als würden sie nach Büchern suchen. Da steckt Delrio dahinter, da bin ich mir sicher. Die gehen mir jede Minute an die Gurgel. Hast du irgendwas gehört?«

Martin Joubert blickt sich um.

Drei tote Skins.

Patronenhülsen auf dem Couchtisch. Berthet und Stanko, die neben dem Bücherregal stehen, Berthet, der immer noch die Originalausgabe von *Querzeiler* in der Hand hat.

Berthet und Stanko, die jetzt zeitgleich einen Finger an ihren Mund legen, was zugleich komisch und schrecklich ist.

»Nein, noch nicht«, lügt Martin Joubert, man sieht ihm an, wie er sich schämt, das macht ihn alt.

Dann geht alles ganz schnell.

Über den Lautsprecher des Smartphones hört man Schreie, Schritte, Schläge, eine alte Stimme ruft »aufhören, Sie bringen ihn noch um«, eine andere Stimme, die Stimme einer jungen Frau, sagt: »Jemand muss die Polizei und einen Krankenwagen rufen!«

Und dann nichts mehr.

»Wir müssen ihm helfen«, sagt Martin Joubert.

»Das ist zu spät.«

»Scheiße, ihr könnt mir mal den Buckel runterrutschen, du, der große Fascho, und du, der Geheimagent, ihr geht mir unheimlich auf die Nerven. Ich haue ab.«

»Das glaube ich kaum«, sagt Berthet.

»Ich auch nicht«, sagt Stanko.

Martin Joubert zeigt ihnen den Stinkefinger, steigt über einen toten Skin hinweg und geht zur Tür.

Martin Joubert spürt plötzlich einen Druck an seinem Genick. Sein Gesichtsfeld ist mit einem Mal eingeschränkt.

Es ist nicht schmerzhaft, im Gegenteil, es ist direkt angenehm.

Und dann ist alles egal, Martin Joubert versinkt in etwas, das so blau und unendlich ist wie die Ägäis.

7

Martin Joubert wacht auf. Sie sind immer noch in der Wohnung in der Rue Boulard.

Es geht Martin Joubert nicht besonders gut. Er hat etwas Kopfweh. Aber eigentlich, so denkt er, kann er sich nicht beschweren, es ist ihm schon mal schlechter gegangen. Er schließt erneut für einen Moment die Augen. Er stellt fest, dass er auf der Couch liegt. Er öffnet die Augen wieder. Der tote Skin mit dem Stäbchen in der Nase ist nicht mehr da.

Martin Joubert hört Berthets Stimme.

»Stanko hat sie weggebracht. Alle drei.«

»Hat das auch niemand mitbekommen?«

»Scheinbar nicht, ansonsten wäre es auf Ihrer Straße vermutlich zu einem Blutbad gekommen. Wissen Sie, ich habe als Kind ganz in der Nähe gewohnt. Ich war auf der Pierre-Larousse-Grundschule in der Rue d'Alésia.«

»Und wann hat Stanko die drei toten Skinheads weggebracht?«, fragt Martin Joubert, wenig empfänglich für Berthets nostalgische Anwandlung, sie sind ja nicht in einem Audiard-Film.

»Gegen sechzehn Uhr, als Sie geschlafen haben«, antwortet Berthet ohne irritiert zu sein. »Mit zwei von seinen Leuten. Sie hatten Recht. Um die Zeit ist da echt nichts los. Es verlief ganz problemlos. Inzwischen dürften Stanko und seine Schergen die drei Skins in Säure aufgelöst haben, und Stanko erzählt Delrio irgendeine Geschichte. Die Frage ist nur, ob Delrio sie ihm abkauft oder nur so tut als ob. Schließlich ist dieses Buch, das Sie schreiben sollten, nur ein Teil einer größer angelegten Strategie der feindlichen Übernahme des Patriotischen Blocks. Also, Delrio wird keine große Sache draus machen, er wird es sich kaum mit Agnès Dorgelles' Lieblingsgorilla verderben wollen, der bekanntlich schnell den

Finger am Abzug hat. Gruber und er finden sicher einen anderen Schreiberling.«

»Was haben Sie mit mir angestellt, Sie oder Stanko?«, fragt Martin Joubert, während er sich den Nacken massiert und sich auf die Seite dreht, um über die Lehne der Couch hinwegblicken zu können. Berthet sitzt seelenruhig an dem Schreibtisch, an dem Hélène Rieux immer ihren Unterricht vorbereitet und ihre Arbeiten korrigiert hat.

Berthet hat kein Licht angemacht, Martin Joubert fällt auf einmal auf, dass die Wohnung völlig im Dunkeln liegt, nur der orangefarbene Schein der Straßenlaterne erhellt das Zimmer schwach.

»Ich war's. Sie waren in einem emotional stark aufgewühlten Zustand. Stanko hätte Ihnen vermutlich gleich den Schädel gespalten. Er ist eher einfach gestrickt. Ich habe einen alten orientalischen Griff angewendet, damit Sie in Ohnmacht fallen. Zu meiner Überraschung sind Sie allerdings nicht wie beabsichtigt für fünfundvierzig Minuten weg gewesen, sondern haben die Gelegenheit genutzt, gleich knapp acht Stunden zu schlafen wie ein Baby. Ab und zu habe ich mich vergewissert, dass ich Sie nicht versehentlich ins Jenseits befördert habe. Ich habe es einfach nicht über mich gebracht, Sie zu wecken, bei der Batterie an Schlafmitteln und Angstlösern in Ihrem Arzneischrank. Sie wissen schon, dass man von diesem Teufelszeug auf Dauer paranoid werden kann? Dann schläft man gar nicht mehr und wird immer ängstlicher.«

»Ich weiß, ja, ja. Wie spät ist es?«

»Bald zwanzig Uhr.«

»Scheiße.«

»Sie sagen es.«

»Und Alex Guivarch?«, fragt Martin Joubert, während er sich aufrichtet. Es ist Jahre her, dass er das letzte Mal sieben oder acht Stunden am Stück geschlafen hat.

»Er ist auf der Intensivstation. Sie haben ihn übel zugerichtet. Sein Zustand ist kritisch. Man weiß noch nicht, wie groß die Hirnschäden sind. Aber wenn er es überleben sollte, wird er sein Leben lang einen Stock brauchen.«

»Woher wissen Sie das? Noch einer Ihrer tollen Geheimdienstkontakte?«

»Ausnahmsweise nicht, ich habe einfach nur die Nachrichten auf Ihrem Anrufbeantworter abgehört. Seine Frau Catherine hat mehrere Nachrichten hinterlassen für Sie, den besten Freund ihres Mannes. Ein halbes Dutzend. Sie sollten sie zurückrufen.«

»Hatten Sie gar keine Angst, dass hier irgendwelche Bullen auftauchen, oder Catherine Guivarch, oder Hélène? Für Leute wie Sie ist es doch sicher sehr unvorsichtig, den ganzen Tag am selben Ort zu sein.«

»Da ist was dran, Joubert«, sagt die im Gegenlicht vor dem Bücherregal nur schemenhaft erkennbare Gestalt. »Aber das Risiko ist begrenzt, zumal Hélène Sie verlassen hat. Ich möchte Ihnen ja nicht unnötig wehtun, aber wenn ich sehe, was sie so alles mitgenommen hat, dann ist sie nicht nur drei Tage zu einer Freundin gezogen, um nachzudenken. Mir kam das, um ehrlich zu sein, durchaus entgegen, weil insofern kein Risiko bestand, dass sie hier aufkreuzen würde. Das war der gerechte Ausgleich für die üble Überraschung in Form von Stanko-Delrio-Gruber. Ein bisschen Glück muss ich ja schließlich auch mal haben. Ich habe wirklich nicht damit gerechnet, hier beim Abholen auf ein solches Chaos zu treffen. Immerhin habe ich seit dem Spätsommer niemanden mehr getötet, verstehen Sie? Die Unité hat mich vergessen, wie's aussieht, zumindest solange ich nicht öffentlich in Erscheinung trete und mich von Kardiatou fernhalte, aber das wird nicht mehr lange so bleiben. Sie wissen genau, dass ich zu den Kommunalwahlen in Brévin-les-Monts zurück sein werde. Aber Stanko geht auf Abstand zu Delrio. Ich denke, er ist ziemlich alarmiert durch das, was ich ihm über Agnès Dorgelles erzählt habe, auch wenn ich keine Ahnung habe, ob es stimmt. Das ist nur so eine Intuition, in Bezug auf Kardiatou bin ich allerdings sicher, dass ich Recht habe.«

»Ich fürchte, ich kann Ihnen nicht ganz folgen, und außerdem habe ich immer noch keine Ahnung, was Sie eigentlich von mir wollen. Die Unité? Was bitte ist die Unité?«

»Sie werden es schon noch verstehen, Joubert. Das Tandem Gruber/Delrio hat Ihnen neunzigtausend Euro angeboten, richtig? Ich gebe Ihnen das Dreifache, wenn Sie in den kommenden vier Monaten zusammen mit mir abtauchen.«

»Können wir nicht auf dreihunderttausend erhöhen? Das ist wenigstens eine runde Zahl.«

»Können wir«, sagt Berthet, »schon passiert.«

»Bitte?«

»Vergewissern Sie sich selbst.«

Martin Joubert erhebt sich schwerfällig und geht zu seinem Laptop. Das Guthaben auf seinem Girokonto beträgt 290.000 Euro und ein paar Zerquetschte, 300.000 Euro abzüglich der Summe, die er überzogen hatte. Sein Banker dürfte bei dem Anblick einen Orgasmus bekommen. Oder einen Herzinfarkt. Martin Joubert ist selber kurz davor.

»Und jetzt rufen Sie Catherine Guivarch an«, sagt Berthet.

Joubert ruft an. Catherine geht dran. Ein schwieriges und schmerzhaftes Telefonat. Joubert hatte schon immer Panik vor dem Telefonieren, unter diesen Umständen natürlich erst recht …

Dabei sollte ein Typ, der 300.000 Euro auf dem Konto hat, eigentlich keine Panik mehr haben. Catherine sagt, dass sie schwanger ist, dass Alex sterben wird. Joubert sagt, aber nein, er wird bestimmt nicht sterben, auch wenn er keine Ahnung hat. Catherine sagt, dass die Polizei nach den Skins sucht. Catherine sagt: »Aber wieso gerade er?« Sie ist nicht gut auf Martin Joubert zu sprechen, so wie Hélène Rieux nicht gut auf Alex Guivarch zu sprechen ist, oder war. Frauen mögen keine Männerfreundschaften. Im Zweifelsfall fänden sie es weniger schlimm, ihr Mann wäre schwul, denn ein Mann, der einen guten Freund hat, legt womöglich keinen gesteigerten Wert darauf, in einem Vorort zu leben, jeden Sonntag zu grillen und zu Elternabenden zu gehen.

»Ich besuche ihn morgen im Krankenhaus«, lügt Martin Joubert.

»Wenn du das für unerlässlich hältst. Er ist im Hôtel-Dieu.«

Dann legt Catherine auf, ohne ihm weitere Details zu nennen.

»Was meinen Sie, könnte man nicht vielleicht Delrio um die Ecke bringen? Und dann noch Gruber?«, fragt Joubert.

»Das ist nicht meine vordringlichste Aufgabe, Monsieur Joubert, aber als ich Ihnen gerade so zugehört habe, habe ich auch schon drüber nachgedacht, zumindest Delrio.«

»Und was ist dann bitte Ihre vordringlichste Aufgabe, außer mein Leben auf den Kopf zu stellen?«

»Bitte zwingen Sie mich nicht, grausam zu werden, Monsieur Joubert. Sie empfinden ihr Leben doch so oder so als einzigen Reinfall, ob nun zu Recht oder zu Unrecht. Sie sind doch im Grunde froh über mein Auftauchen. Wenn ich Sie so sehe, muss ich an diese Männer denken, die bei den letzten beiden Weltkriegen eingezogen wurden. Glauben Sie wirklich, bloßer Patriotismus kann diese Kriegsbegeisterung erklären? Schon 1914 und 1939 gab es haufenweise Martin Jouberts! Männer, die unglücklich waren, die ihre Arbeit leid waren, ihre familiären Pflichten, Männer, die meinten, ihr Leben sei von A bis Z vorgezeichnet und uninteressant. Für sie war die Generalmobilmachung so etwas Ähnliches wie der Beginn der Sommerferien, verstehen Sie? Es war die Gelegenheit, seine Freunde zu treffen, die Chefs zu vergessen, die mürrischen Vorarbeiter, die Ernte, die eingebracht werden musste, die Frauen, die sich beklagten, die Kinder, um die man sich kümmern musste, und dann das ewige Geschrei, wenn man mal nach einer Partie Domino oder Manille Coinchée, die sich hingezogen hatte, leicht angeheitert aus dem Bistro nach Hause kam. Sie sind genau wie diese Männer, Monsieur Joubert. Ich bin Ihre Mobilmachung, ich allein bin Ihr persönlicher Krieg, ich bin Ihre unverhoffte Chance auf große Ferien, fern von Ihren Verlegern, Ihren Chefredakteuren, Ihren billigen Intrigen. Ich merke doch, dass Sie mein Angebot annehmen wollen, auch wenn Sie noch nicht genau wissen, was da auf Sie zukommt, auch wenn es ganz offensichtlich gefährlich ist. Sie ziehen das der langsamen und angstbesetzten Implosion Ihrer eigenen Existenz vor. Außerdem verdienen Sie dabei einen Haufen Schotter und werden das Ganze sicherlich heil überstehen. Sagen Sie mir, wenn ich falsch liege ...«

Martin Joubert steht auf. Martin Joubert denkt, nein, Berthet liegt nicht falsch, aber er sagt lieber nichts. Also packt er seine Tasche.

»Ich muss zwei, drei Sachen an Ihrem Handy und Ihrem Laptop machen lassen, damit man Sie nicht aufspüren kann, Joubert. Das machen wir in Limoges. Ich kenne da jemanden, der das kann. Der hat auch alles, was man braucht, um von der Bildfläche zu verschwinden. In *Die Beschreibungen überspringen* gibt es einen schönen Text von Ihnen über die Unmöglichkeit, in unserer Zeit nicht erreichbar zu sein. Tolles Gedicht. Also, ich biete Ihnen diese Möglichkeit.«

»Dann sind Sie einer der 129 Leser dieses Textes. Das ist jedenfalls sehr liebenswürdig.«

Martin Joubert schließt seine Reisetasche. Er denkt mit Wehmut an den großen roten Koffer, den sie immer auf Reisen mitgenommen haben.

»Ich habe mir das mit Delrio überlegt«, sagt Berthet. »Den bringe ich gerne um die Ecke, diesen räudigen Hund, und da er auf der Gehaltsliste von unendlich vielen Personen bis hin zu ausländischen Organisationen steht, werden die Ermittlungen zu seinem Tod aufwendig und heikel werden. So aufwendig und so heikel, dass es möglicherweise überhaupt keine Ermittlungen geben wird.«

»Ein bisschen wie bei Gérard Lebovici, der allerdings kein räudiger Hund war, im Gegenteil.«

Berthet fährt zusammen, er wirkt empört.

»Bei Lebovici hatte ich meine Finger nicht im Spiel. Ich weiß, wer das war, aber damit habe ich nichts zu tun.«

»Ihre berühmte Unité?«

»Ja, oder sagen wir, es war eine Koproduktion von der Unité, ein paar italienischen Rechtsextremisten und der CIA. Ich habe mit der Sache jedenfalls nichts zu tun. Ich muss Ihnen ja wohl nicht erklären, Joubert, dass die Tatsache, dass Sie Gérard Lebocivi und Delrio in einem Atemzug nennen, ein

Beweis für die Dekadenz unserer Epoche ist, selbst wenn beide Produzenten und Verleger sind oder waren.«

»Ja, zumal Lebovici kein verdammter Kryptonazi und Suprematist war.«

»Als Agent der Unité hält man sich grundsätzlich aus der Politik raus. Die Unité ist anders, als Sie denken. Ich habe selbst miterlebt, wie sie Entscheidungen zugunsten der Linken getroffen hat, sogar der Linksextremen, und dann wieder Entscheidungen, die in genau die andere Richtung zu gehen schienen. Ich glaube, die Unité weiß selber nicht mehr so genau, wer sie eigentlich ist. Sie ist ein führerloses Fahrzeug. Das ist ziemlich gefährlich, finde ich. Aber was Lebovici betrifft, so muss ich Ihnen Recht geben, Joubert. Bei Lebovici lag der Fall wirklich anders. Manchmal frage ich mich, ob er nicht in Verbindung mit der Unité stand. Aber darüber sprechen wir später. Wenn ich sage, ein Agent der Unité macht keine Politik, meine ich damit, ich habe auf Befehl auch Leute getötet, die ich aus unterschiedlichen Gründen sehr geschätzt habe.«

»Und welchen bereuen Sie am meisten? Also ich meine, welchen Mord?«

»Pierre Goldman … nicht im ersten Moment. Im ersten Moment war ich überzeugt.«

»Nicht gerade ein Grund stolz zu sein. Das waren doch diese Nationalisten von ›Die Ehre der Polizei‹ … Und Ihr Lieblingsmord?«

»Ich habe keinen Lieblingsmord. Es gab welche, die mir mehr Genugtuung verschafft haben als andere. Wie zum Beispiel Salivert. Sie wissen schon, er war in den achtziger Jahren die Nummer zwei beim Patriotischen Block nach Roland Dorgelles. Er starb bei einem Autounfall. Die Unité hatte entschieden, dass Roland Dorgelles am besten geeignet war, um den Block zu einen und zugleich zu einer politischen Kraft auszubauen, die im Fall des Falles einen Regierungswechsel herbeiführen könnte. Man steckte damals noch mitten im Kalten Krieg, und einige Leute waren der Meinung, dass Frankreich der Sowjetunion gegenüber zu wenig Eier zeigte.

Wenn man sich jetzt, dreißig Jahre später, ansieht, wo seine Tochter Agnès Dorgelles in den Umfragen steht, muss man sagen, sie haben sich in Bezug auf Dorgelles' Fähigkeiten nicht getäuscht. Er war wirklich am besten geeignet, dafür zu sorgen, dass die extreme Rechte sich auf Dauer halten konnte … Wenn ich bedenke, dass dieser bemitleidenswerte Stanko mit seiner Delta-Gruppe seit Jahren versucht herauszufinden, wer hinter diesem Unfall steckt, in der Hoffnung, selbst fünfundzwanzig Jahre danach noch irgendwelche internen Widersacher von Agnès Dorgelles im Block dafür verantwortlich machen zu können … Was sehen Sie mich so komisch an?«

»Ich glaube, ich weiß jetzt, was Sie von mir wollen. Ich glaube, Sie wollen, dass ich Ihre Memoiren schreibe, und ich glaube auch, dass diese Unité Sie um die Ecke bringen will. Außerdem glaube ich, dass das alles mehr oder weniger mit den Kommunalwahlen in Brévin-les-Monts und Kardiatou Diop zusammenhängt.«

Berthet pfeift anerkennend durch die Zähne.

»Ich hatte schon Sorge, dass Sie durch den Alkohol und die Benzos etwas von Ihrer Geisteskraft eingebüßt haben könnten, aber nein, überhaupt nicht. Sie liegen tatsächlich mit fast allem richtig, von wenigen Nuancen abgesehen.«

Berthet und Joubert schweigen. Man hört das Lachen der Raucher, die vor der Tür des Jeu de Quilles eine durchziehen.

»Ist das Jeu de Quilles eigentlich gut?«, fragt Berthet, dem die Stille scheinbar langsam unangenehm wird.

»Ja, es ist gut. Es war das Lieblingslokal von Alex und mir.«

»Ihr Freund wird es überleben.«

»Das wissen Sie doch gar nicht. Aber es wäre ein gewisser Trost für mich, wenn Sie sich Delrio vorknöpfen würden, bevor wir beide endgültig verschwinden.«

»Sie halten sich wohl für den Herrn über Leben und Tod, Joubert. Denken Sie, man radiert mal eben so jemanden aus?«

»Ich habe schließlich gesehen, wie Sie in meinem Wohnzimmer drei Skins getötet haben. Ja, insofern glaube ich, dass das geht. Drei Skins, Berthet. Und den einen sogar mit dem

Essstäbchen, mit dem ich kurz vorher noch mein Thunfisch-Tataki gegessen habe. Ich liebe Thunfisch-Tataki. Ich habe keine Ahnung, ob ich jemals wieder Thunfisch-Tataki essen kann. Ich könnte Schmerzensgeld von Ihnen fordern.«

»Sehr witzig. Aber jetzt hören Sie auf, mich damit zu nerven. Ich habe doch gesagt, dass das mit Delrio in Ordnung geht.«

»Heute Abend?«

»Sie nerven, Joubert, ehrlich. Zumal, wenn ich das heute Abend machen würde, müsste ich Sie die ganze Zeit mitschleppen, denn direkt danach möchte ich mit Ihnen so schnell wie möglich nach Brévin-les-Monts, oder vielmehr in einen Nachbarort, den ich für uns ausgeguckt habe. Außerdem haben Sie ja keine Ahnung, wie so etwas läuft.«

Martin Joubert zuckt mit den Schultern und sagt nur: »Ich bin bereit.«

Berthet weiß nicht, ob Joubert ihm damit sagen will, dass er bereit ist loszufahren, oder bereit ist in Bezug auf Delrio.

»Na, dann gehen wir.«

Martin Joubert sieht sich ein letztes Mal um. Die Wohnung in der Rue Boulard. Er ist dort glücklich gewesen, wenn auch nur in Fragmenten. Er denkt, dass er bei dieser Geschichte nicht nur eine Menge über Berthet erfahren wird, sondern mindestens genauso viel über besagte Unité, über das Geheimnis, das die Welt regiert, wie über sich selber.

Ja, so kann man es sagen, Joubert ist hier in Fragmenten glücklich gewesen, hier und generell seit er auf der Welt war. Er war unfähig, glücklich zu sein, auf Dauer so etwas wie Gemütsruhe zu finden, Ataraxie, wie seine reizende, hellenistische Schwimmerin Hélène Rieux sagen würde. Dafür hat er es verstanden, dem Leben einige besondere Momente abzutrotzen, Momente, die eben gerade deshalb von besonderer Intensität waren. Martin Joubert verglich sie gerne mit Inseln, die bei Flut ganz von Wasser bedeckt sind: Das Erscheinen seines erstes Buches, die Atmosphäre an einem frühen Herbstmorgen auf dem Schulhof des Collège Brancion in Roubaix, wenn die gelb und purpurrot gefärbten Blätter der Pappeln sich von den Ziegelmauern brachliegender Industriebetriebe abhoben, die Schülerinnen im Profil, diese unglaublich entspannten Jahre mit Sylvie in ihrem Loft, wo er es liebte, mit ihr zu schlafen, wenn sie direkt von einem Waldlauf zurückkam und noch schweißbedeckt war, diese Nachmittage, an denen die Zeit stillzustehen schien, an einem leeren Strand von Sérifos, einer Nachbarinsel von Paros, wo Hélène und er nackt lasen, badeten, sich liebten, dann wieder lasen, wieder badeten, sich wieder liebten, zu viel eisgekühlten Weißwein tranken, die letzte Fähre verpassten und wie die Teenager unter den Tamarisken schliefen.

Womöglich war all das am Ende doch kein Totalreinfall, und sollte Martin Joubert das mal wieder denken und wieder den Boden unter den Füßen verlieren, dann war Berthet da.

Eigentlich sollte er vor Berthet Angst haben. Er ist ein Killer, ein Geheimagent, einer dieser Männer, die keine Seele mehr haben oder sie irgendwo an einem unzugänglichen Ort vergessen haben.

Dennoch kommt Berthet dem am nächsten, was Martin Joubert sich unter einem Heilsbringer vorstellen würde.

Das ist ein Paradox.

Aber es ist dennoch unbestreitbar.

Martin Joubert und Berthet treten vor die Tür, in die Novembernacht. Martin Joubert möchte möglichst schnell am Jeu de Quilles vorbei. Wenn sie ihn sehen, mit seiner Reisetasche, muss er ihnen sonst noch erklären, wo er hinfährt und einen heben oder auch zwei. Berthet versteht das instinktiv. Berthet schirmt ihn ab, groß wie er ist, und wenig später sind die beiden schon fast am Ende der Rue Boulard.

Berthet läuft voraus und schlägt unglaublich viele Haken, so dass Martin Joubert mit seiner Reisetasche aus der Puste gerät. Jetzt spürt er die zwanzig Kilo, die er zu viel auf den Rippen hat, sehr deutlich.

Am Ende kommen sie dann ganz in der Nähe ihres Ausgangspunktes raus, in der Rue Marie-Rose, und stehen vor einem Infiniti Crossover. Das Luxusauto.

»Nicht gerade ein unauffälliger Wagen«, merkt Joubert an.

»Mit über sechzig, denke ich, ist es mein gutes Recht, ein schönes Autos zu fahren. Außerdem ist es ein Klischee, dass zu luxuriöse Autos die Aufmerksamkeit der Bullen auf sich ziehen würden. Ich würde meinen Crossover nicht gerade in Aubervilliers abstellen, logisch, aber im 14. Arrondissement fallen wir gar nicht weiter auf, ich in meinem Hugo-Boss-Anzug und Sie, der Sie wie ein amerikanischer Schriftsteller der fünfziger Jahre aussehen. Also, steigen Sie lieber ein, statt irgendwelchen Quatsch zu reden.«

»Legen wir jetzt Delrio um?«

»Das wird langsam zu einer Obsession bei Ihnen, mein Lieber.«

»Ich denke an Alex. Ich denke daran, was dieses Schwein mit mir vorhatte.«

»Dieses Buch, mit dem ganz Frankreich und das Internet aufgeschreckt werden sollen, und das Sie als ein angeblich zur allgemeinen Sicherheitsideologie konvertierter Autor schreiben sollten, werden die so oder so machen. Gruber findet dafür auch einen anderen Verleger und andere Finanziers und einen anderen Kerl wie Sie, der auf dem letzten Loch pfeift. Das Buch wird zuerst nur im Internet einen wahren Hype erleben, weil es so ekelhaft und rassistisch sein wird, dass man im Fernsehen nicht darüber berichten kann. Daraufhin wird Gruber aufheulen, man habe sich gegen ihn verschworen, er sei ein Opfer der ›Political Correctness‹. Also wird das Fernsehen dann doch über sein Buch berichten, um diesen Vorwurf zu entkräften, und viele in Frankreich werden daraufhin glauben, dass wir uns am Rande eines Bürgerkrieges befinden. Für Gruber und für Delrio und für den Autor wird die Sache im Übrigen ein einträgliches Geschäft werden. Ihre Ablehnung ehrt Guivarch und Sie, aber die Friedhöfe sind voller Leute, die sich für unersetzlich gehalten haben, Joubert. Ich wette mit Ihnen, dass dieses Buch spätestens im Januar erscheinen wird, ob wir Delrio nun umlegen oder nicht.«

»Und wie wär's, wenn wir Delrio *und* Gruber umlegen, wenn wir schon mal dabei sind?«

»Wie gesagt, wegen Delrio wird uns niemand nachjagen,

oder nur der Form halber. Bei Gruber ist das was anderes.«

»Gut, dann eben nur Delrio. Aber schnell.«

Berthet seufzt.

»Sie haben doch Ihren Militärdienst gemacht, glaube ich?«

»Ja, eine Offiziersanwärter-Ausbildung.«

Berthet schaut auf Jouberts Wampe. Martin Joubert fühlt sich gedemütigt. Berthet schiebt den Fahrersitz des Infiniti ein Stück zurück und zieht eine 9-mm-Glock hervor.

»Sie haben diese Waffe zwar in Ihren Romanen erwähnt, aber nun ja … Also, noch mal zur Erinnerung, sie funktioniert genau wie die Mac 50, die Sie beim Militärdienst benutzt haben. Sie ist leichter, also Vorsicht, womöglich irritiert Sie das und Sie zielen daneben. Sie gehörte übrigens einem Arschloch, der jedoch das Glück hatte, dass seine sterblichen Überreste im schönsten Land der Erde verstreut wurden.«

»Und zwar?«

»In Portugal«, sagt Berthet, und dabei schwingt etwas Wehmut in seiner Stimme mit, was Martin Joubert überrascht.

»Was Portugal betrifft, kann ich Ihnen nur zustimmen«, sagt Martin Joubert, während er die Waffe in der Hand wiegt, ein ungewohntes Gefühl nach so langer Zeit. »Aber ich mag Griechenland genauso gerne.«

Und Martin Joubert denkt an Hélène Rieux, an La chasse aux Papillons, extrême, an Paros.

»An Griechenland habe ich schlechte Erinnerungen«, sagt Berthet.

»Eine missglückte Operation?«

»Nein, eine Lebensmittelvergiftung mit verdorbenem Baklava. Dementsprechend konnte ich mich nicht als Attaché der rumänischen Botschaft ausgeben, so wie eigentlich geplant. Ich habe drei Tage auf der Etagentoilette eines heruntergekommenen Hotels in Piräus verbracht.«

»Also doch eine missglückte Operation …«

»Nicht wirklich. Danach habe ich mitbekommen, dass man mich direkt nach dem Mord an dem Botschafter liquidiert hätte.«

»Die von der Unité?«

»Ja, die von der Unité.«

»Und, finden Sie das vielleicht normal?«

»Das ist Teil der Spielregeln.«

»Ich merke schon, Ihre Memoiren versprechen interessant zu werden.«

»Ja, nicht?«

Berthet startet den Motor. Es beginnt zu nieseln. Ein feuchter, unentschlossener November.

Martin Joubert betrachtet die Glock, und auf einmal dämmert ihm etwas.

»Soll ich das etwa *selber* machen? Ich meine, Anton Delrio töten? Ich habe so etwas noch nie gemacht.«

»Nicht unbedingt, Joubert, aber man weiß nie, was passieren könnte. Ich bin nicht Superman. Ich tue das, weil das beim Patriotischen Block ein ziemliches Chaos auslösen wird, und alles, was beim Block Chaos auslöst, kommt Kardiatou zugute. Dann muss sie sich nur an einer Front schlagen und nicht an mehreren zugleich.«

Der Crossover biegt in die Avenue du Général-Leclerc ein.

»Sie hat doch noch nicht mal offiziell ihre Kandidatur in Brévin-les-Monts erklärt«, sagt Joubert.

»Doch. Da haben Sie gerade geschlafen. Ich bekam die Nachricht als Eilmeldung auf mein Smartphone. Um siebzehn Uhr dreißig hat sie ihre Erklärung abgegeben, im Hof des Kulturministeriums.«

»Und welches ist die andere Front, an der sie kämpfen muss?«

»Ich bitte Sie, Joubert! Ihre eigenen Parteifreunde, das ist doch offensichtlich, oder etwa nicht?«

Berthet lenkt den Crossover mit ruhiger Hand durch den Nieselregen, der den Verkehr zum Stocken bringt. Berthet findet, wenn es denn irgendetwas gibt, das sich zum Besseren entwickelt hat, dann ist es die Steuerfähigkeit der Autos. Ansonsten herrscht Big Brother, schon klar. Aber Berthet, der seit Ende der sechziger Jahre Auto fährt, erinnert sich noch gut an die tonnenschweren Karossen von damals, die ungefähr so wendig waren wie ein manövrierunfähiger Dampfer, während man in den hochgesicherten, fahrenden Salons von heute in Nullkommanichts wenden konnte.

Natürlich muss man zunächst ein paar technische Spielereien deaktivieren, wie zum Beispiel das GPS-System, um beispielsweise zu verhindern, dass eine Drohne per Fernsteuerung aus 20.000 Kilometern Entfernung eine Bombe über einem abwirft, oder, was wahrscheinlicher ist, der Weg, den man zurücklegt, auf der Karte ganz genau mitverfolgt wird, so als hätte man eine Leuchtboje unter den Scheinwerfern kleben. Das Eine schließt das Andere im Übrigen nicht aus.

Selbst die Automodelle der achtziger Jahre, das wird jeder Historiker feststellen, denkt Berthet, zeichnen sich durch ihre extreme Hässlichkeit aus, und sind genau wie die Frauenmode durch eine extreme Vereinheitlichung der Silhouette geprägt. Noch nicht mal der Jaguar aus jener Zeit sieht englisch aus, das muss man erst einmal schaffen. Im Grunde sahen alle Autos der achtziger Jahre nach und nach aus wie Grace Jones, das sagt doch alles.

»Und wo trifft man Delrio um diese Uhrzeit an?«

»Ich habe keine Ahnung, Berthet, vielleicht zu Hause?«

»Sie wissen nicht, wo Delrio wohnt?«, fragt Berthet.

»Ich dachte, dass Sie…«

Der Löwe vom Place Denfert-Rochereau taucht im Regen auf.

»Ich bin kein wandelndes Lexikon, Joubert. Außerdem, das dürften Sie inzwischen vielleicht mitbekommen haben, schlau wie Sie sind, stehe ich bei meinen früheren Auftraggebern und Kollegen auf der schwarzen Liste. Um es klar zu sagen, sie wollen mich um die Ecke bringen. Und seit Kardiatou nun auch offiziell ihre Kandidatur in Brévin-les-Monts erklärt hat, werden sie sich zurück auf den Kriegspfad begeben. Haben Sie denn wenigstens Delrios Telefonnummer?«

»Auch nicht, Guivarch hatte sie.«

»Wir können schlecht ins Hôtel-Dieu fahren und dort herumwühlen, bei einem…«

Berthet stockt. Martin Joubert erstarrt.

»… einem Schwerverletzten«, beendet Berthet den Satz.

»Aber haben Sie sich im Laufe der Jahre nicht Ihr eigenes Netzwerk aufgebaut?«, fragt Martin Joubert.

»Ich möchte nicht riskieren, dass es auffliegt. Womöglich ist es ohnehin längst aufgeflogen. Ich habe seit Ende September zu niemandem mehr Kontakt aufgenommen, außer zu meinem Mittelsmann in Limoges.«

»Ich habe eine Idee«, sagt Joubert.

»Aha …«

»Wir könnten bei *Boulevard Atlantique* vorbeifahren. Die haben das bestimmt im Rechner. Ich habe noch die Schlüssel.«

Berthet schaut auf seine Uhr.

»Um einundzwanzig Uhr? Ist da um diese Zeit auch niemand mehr?«

Martin Joubert verneint, es sei ja nur eine Website, und zusätzlich erscheine einmal die Woche eine Printausgabe. Die Räumlichkeiten würden nur für die Konferenzen genutzt und für die Schlussredaktion. Er nennt ihm die Adresse. Drei Räume in der zweiten Etage, in einem alten Gebäude in der Rue des Bourdonnais.

Berthet parkt im Parkhaus von Les Halles.

Martin Joubert und Berthet laufen nebeneinander her. Joubert schlägt den Kragen seines Tweedjacketts hoch. Er hätte lieber seinen Regenmantel anziehen sollen.

Er gibt den Code ein, sie steigen die Treppen bis in den zweiten Stock hoch. Er holt die Schlüssel raus. »Leise«, flüstert Berthet, während er kontrolliert, ob es irgendwelche Hinweise auf eine Alarmanlage gibt. Berthet und Joubert betreten das Büro, das früher sicher mal eine Wohnung war, im Licht von Berthets Taschenlampe.

Sekretariat und Marketingabteilung, drei Computerarbeitsplätze.

Dann den Konferenzraum mit den Titelblättern der Zeitung: »Kurz vorm Bürgerkrieg«, »Identität als Gefahr«, »Agnès Dorgelles: Die Rettung?« Fünf Computerarbeitsplätze, an denen sonst ein Journalist in Bereitschaft für die Website arbeitet und die Praktikanten.

Und dann ein letzter Raum, zwei größere Schreibtische, ergonomische Bürostühle, die Chefredaktion.

»Das ist fast zu einfach«, sagt Berthet, »es gibt noch nicht mal ein Passwort.«

Martin Joubert durchsucht währenddessen die Kalender, die Akten. Darüber vergisst er fast Delrio. Martin Joubert möchte wissen … möchte was wissen? Wie es so weit kommen konnte, dass er bei seinem Arbeitgeber einbricht? Denn er hat nicht nur für *Boulevard Atlantique* gearbeitet, um über die Runden zu kommen. Wenn er ehrlich war, spielte da auch ein gewisser Masochismus mit hinein. Der Wunsch, sich permanent in einer Art moralischen Unbehagens zu befinden, um damit zugleich seine eigenen Widersprüche zu kaschieren, ohne sie auflösen zu können, und zu büßen für sein Scheitern auf anderen Gebieten, für seine Feigheit: Dafür, dass er keine Kinder mit Hélène Rieux hat, dass er nicht Lehrer am Brancion geblieben ist, wo er wirklich nützlich sein konnte, dafür, dass er, nachdem er das Brancion verlassen hat, nicht ausschließlich seine Romane und seine Gedichte geschrieben hat. Dafür, dass er versucht hat, sich als Ghostwriter durchzuschlagen, als Kolumnist, als freier Journalist, der nahm, was er kriegen konnte, aus dem Wunsch heraus, sich selbst zu betrügen, als Westentaschen-Pasolini, als Sandkasten-Genet. Er hätte echt einen guten Schwulen abgegeben. Zumindest in der Zeit, als die Schwulen noch in der Generalopposition waren und nicht heiraten wollten.

»Hier, ich hab's«, sagt Berthet. »Anton Delrio, Handynummer, Adresse, alles. Ich habe sogar noch mehr zu bieten. Hier ist ein Mailwechsel zwischen dem Chefredakteur und ihm wegen eines Treffens. Er hat Delrio vorgeschlagen, sich heute Abend zu treffen. Delrio lehnte ab, er hätte heute schon etwas vor, ein Treffen mit den SWN zur Vorbereitung einer Konferenz. Er prahlt sogar noch damit rum, dieser Wichtigtuer.«

»Die Soldaten der Weißen Nation …«, murmelt Martin Joubert.

»Ja.«

»Bestimmt haben zwei oder drei dieser Arschlöcher auch Alex auf dem Gewissen.«

»Das kann gut sein.«

»Meinen Sie, die sind da noch, Berthet?«

»Bestimmt, in ihrem Club im Untergeschoss in der Rue de Maubeuge.«

»Ja, ich weiß, der SWNachtclub. Haben Sie und Ihre Unité etwa auch die Hilfe dieser Skins in Anspruch genommen?«

»Ja, natürlich. Ich persönlich nicht, aber ja. Und der Block hat auch auf sie zurückgegriffen. Der staatliche Nachrichtendienst auch, als es ihn noch gab. Sogar die Chefs der Fußballclubs haben das indirekt durch ihre Sicherheitsfirmen getan. Diese orientierungslosen kleinen Prolos sind eine willfährige Manövriermasse.«

»Sie haben Alex auf dem Gewissen. Insofern hält mein Mitgefühl sich in Grenzen.«

»So, lassen Sie uns abhauen«, sagt Berthet, nachdem er sorgfältig alle Spuren beseitigt hat, die er beim Durchsuchen des Computers hinterlassen hat.

Sie gehen runter in die Eingangshalle.

»Und, wie wollen Sie jetzt vorgehen?«

»Na ja, wir beide fahren jetzt in den SWNachtclub und ballern da mal ordentlich rum. Ein bisschen wie in *The Wild Bunch*, verstehen Sie, Joubert?«

»Hören Sie auf, mich zu verarschen.«

»In jedem Fall müssen wir uns beeilen. Damit eins klar ist, ich tue das nicht, weil ich Sie sympathisch finde und weil Sie damals als Lehrer nett zu Kardiatou Diop waren, falls Sie das glauben sollten«, sagt Berthet, während er in den Crossover steigt.

Die schweren Türen fallen zu.

Joubert kommt es so vor, als würde Berthet über ihn und Kardiatou so reden, als wäre seit den neunziger Jahren nichts passiert. Seltsam.

»Nein«, fährt Berthet fort, als müsste er sich selbst davon überzeugen, »ich tue das, damit es zwischen dem Patriotischen Block und seinen eigenen Leuten vom rechten Flügel mächtig Ärger gibt, so dass Stanko vollauf beschäftigt ist. Nicht wegen Ihrer schönen Augen. Ich glaube, Sie sind am besten dazu geeignet, mein Geisterleben im Dienste der Unité niederzuschreiben. Ansonsten finde ich, Sie sind ein ziemlicher Jammerlappen, um ehrlich zu sein. Es spricht immerhin für Sie, dass Sie Ihren Freund rächen wollen.«

»Sie können mich mal, Berthet.«

Berthet lächelt und startet den Motor.

»Wie wollen Sie die Sache also angehen?«, fragt Martin Joubert.

»Machen Sie mal das Handschuhfach auf.«

»Scheiße, was ist das denn?«

»Das sind Granaten, Joubert. Haben Sie bei Ihrem Wehrdienst etwa keine Granaten zu sehen bekommen?«

»Jedenfalls nicht solche.«

»Kein Wunder, diese hier sind offiziell gar nicht zugelassen. Geben Sie mir bitte mal die, die aussieht wie ein Toilettenspray?«

Martin Joubert kommt der Aufforderung nach.

»Das ist eine Brandgranate. Die werfen wir im Vorbeifahren in die Räume des SWNachtclubs, ganz einfach.«

Ganz einfach, wiederholt Martin Joubert im Geiste. Er befindet sich definitiv in einer ganz neuen Dimension und stellt fest, dass ihm das ganz gut gefällt. Dabei fällt ihm auf, dass er nach dem Aufwachen ganz vergessen hat, eine Xanax zu nehmen.

Der Infiniti ist schon am Zielort angekommen.

Berthet fährt erst einmal an dem Lokal vorbei.

Der Eingang der Bar im Souterrain wird von einem Muskelpaket bewacht. Er blockiert die Treppe, die nach unten führt. Das ist ärgerlich. Berthet macht einen Bogen um die Metrostation Poissonnière herum, fährt erneut in die Rue Maubeuge herein. Zum zweiten Mal. Keine Zivilstreifenwagen zu sehen, die erkennt man immer sofort. Die Bullen haben offenbar Wichtigeres zu tun, oder es hat auch hier Budgetkürzungen gegeben. Das macht es zumindest einfacher.

Also stoppt Berthet den Crossover Infiniti vorm Eingang des SWNachtclubs und sagt zu Joubert, ohne rechte Überzeugung:

»Geben Sie mir Deckung.«

Berthet steigt aus, die Brandgranate in einer Hand, die SIG-Sauer P220 in der anderen.

Berthet schießt dem massigen Skin, der den Eingang versperrt, eine Kugel direkt in die Stirn. Er entsichert das Ding, das aussieht wie ein Toilettenspray, er wartet ein paar Sekunden, die Martin Joubert wie eine halbe Ewigkeit erscheinen.

Dann wirft er die Brandgranate, im selben Moment tauchen, aufgeschreckt durch den Schuss, ein paar Figuren auf der Treppe auf.

Berthet dreht sich um und schenkt dem Fauchen und der folgenden Woge heißer Luft keine Beachtung, während Martin Joubert das Gefühl hat, sie bis ins Innere des klimatisierten Crossover hinein zu spüren. Berthet, der nach Hitze und Benzin riecht, steigt wieder in den Crossover ein, hinter ihm sieht man eine rote Flammenwand und hört Schreie. Er sagt:

»Na, zufrieden, Joubert?«

Dann verlassen Berthet und Joubert Paris ziemlich schnell durch die Porte d'Orléans.

Und kurz vor Orléans betrachtet Martin, wie immer, wenn er über die Autobahn fährt, die Reste der Teststrecke des Aérotrains, ein Projekt von Georges Pompidou. Und wie immer, wenn er mit jemandem im Auto daran vorbeifährt, merkt er an:

»Ich frage mich jedes Mal wieder, ob das als Kulisse für die Luft-Metro in *Fahrenheit 451* von Truffaut gedient hat, wissen Sie, der Verfilmung von Bradburys Roman.«

Dazu sagt Berthet, dass er eigentlich kein großer Truffaut-Fan sei, aber dabei falle ihm ein, dass er tatsächlich unter Pompidou seine Laufbahn bei der Polizei begonnen habe, schon damals als Angehöriger der Unité, was seine Kollegen nicht gewusst hätten. In dieser Funktion habe er sich dann in linke Gruppen eingeschleust, vor allem bei den Maoisten, dann bei den Autonomen. Natürlich habe er alle belogen und regelmäßig einem gewissen Losey Bericht erstattet. Losey sei vermutlich inzwischen ziemlich alt, wenn er denn überhaupt noch am Leben sei, denn nachdem man versucht habe, ihn in Lissabon zu töten, habe er Losey nicht erreichen können.

Später dann, kurz vor Montargis, stellen Joubert und Berthet fest, dass sie beide die Gedichte von Perros schätzen.

Danach schweigen sie und hören Klassik Radio. Sie kommen gut voran. Kurz vor Vierzon erfahren sie dann durch eine Eilmeldung, dass auf einen »Treffpunkt«, wie man heute sagt, einen Treffpunkt von Skins am Abend ein Anschlag verübt worden sei, mit fünf Toten und drei Schwerverletzten. Unter den Opfern sei Anton Delrio, ein Produzent von Rockgruppen und umstrittener Verleger, Betreiber mehrerer rechtsextremer Websites. Ein Mann, der für seine Vermittlerrolle zwischen dem Patriotischen Block und den Identitären Ligen bekannt war.

Erst die herbeigerufene Feuerwehr habe das Feuer löschen können, das bereits die oberen Stockwerke des Hauses erfasst hatte, in dem sich der SWNachtclub befand. Berthet und Joubert hören ebenfalls ein Interview mit Kardiatou Diop. Kardiatou Diop erklärt, ihre Kandidatur in Brévin-les-Monts sei jetzt, da klar sei, dass die extreme Rechte zu einem Unruheherd in diesem Land werde, nur noch umso wichtiger, und es sei darüber hinaus an der Zeit, dass ihre politische Widersacherin, Agnès Dorgelles, auf Distanz zu diesen Leuten gehe. Die Staatssekretärin erklärt am Ende außerdem noch, dass am frühen Morgen ein junger Autor, Alex Guivarch, nach einem Angriff durch Skinheads am Seine-Ufer seinen Verletzungen erlegen sei.

Berthet legt seine Hand auf Martin Jouberts Arm und sagt: »Das tut mir wirklich leid.«

»Ich finde, Sie gehen mit Truffaut zu hart ins Gericht.«

Martin Joubert sagt das, weil er dann das absurde Gefühl hat, alles sei normal und Alex sei gar nicht gestorben.

Noch etwas später erreichen sie die Creuse und dann Limoges. Berthet fährt von der Autobahn ab, bis ins Stadtzentrum, und parkt oberhalb der Rue Haute-Vienne, einer

Fußgängerzone. Berthet bittet Martin Joubert um sein Smartphone und sein MacBook Pro, steigt aus, klingelt an einer Tür in der Mitte der Straße, neben einem Weinladen, verschwindet für eine halbe Stunde im Inneren, kommt zurück zum Crossover und sagt zu Martin Joubert:

»Diese beiden Geräte können jetzt nicht mehr nachverfolgt werden, Sie können anrufen, wen Sie wollen, auch die Mails schicken, die Sie schicken wollen, man kann Sie nicht mehr lokalisieren. Ich hole später das restliche Zeug ab.«

Die Idee hat für Martin Joubert etwas durchaus Verlockendes, und er stellt schon bald fest, eigentlich sofort, dass er im Grunde überhaupt niemanden mehr kontaktieren möchte.

Hélène vergessen.

Alex vergessen.

Im Morgengrauen erreichen sie ein hübsches Steinhaus mit Garten und Garage in der Rue Alsace-Lorraine in Brive-la-Gaillarde.

Und Berthet sagt, fast entspannt, während er das Gas aufdreht und den Strom anstellt:

»Das ist unser Rückzugsort, Brévin-les-Monts ist fünfzig Kilometer entfernt. Also, machen wir uns an die Arbeit.«

DREI

KARDIATOU DIOP

Mit einem sanften Ausklang

1

Meine Kardiatou.

Ich spreche deinen Namen, wenn ich ihn leise vor mich hinsage, Silbe für Silbe, wie ein Losungswort, wie eine Zauberformel.

Meine Kar-dia-tou.

Dabei denke ich an den Klang deines klopfenden Herzens, an den Rhythmus deines Blutes, dem ich im Dunkeln lausche. Mein Kopf ruht auf deiner Brust, meine Hände ziehen deinen Körper mit den breiten Hüften und den muskulösen, fast etwas zu kräftigen Schenkeln, die so etwas Beruhigendes haben, an mich heran, so dass mein Mund an deinem Ohr liegt, das aussieht wie eine Muschel, und so schlafen wir ein, in der Löffelhaltung.

Seit wir hier sind, wache ich über deinen Schlaf. Ich flüstere dir ins Ohr: »Ich bin da, ich liebe dich, schlaf…« Ich könnte auch sagen: »Ich beschütze dich, so wie Berthet dich immer beschützt hat, dein Schutzengel«, aber das sage ich nicht, weil es nicht stimmt. Ich könnte dich nicht so beschützen wie er. Ich bin mir noch nicht mal sicher, ob ich dich so lieben kann, wie er dich geliebt habt. Dabei liebe ich dich weiß Gott wirklich.

Meine Kardiatou.

Meine Kar-dia-tou.

Ein Name mit einem sanften Ausklang. Die letzte Silbe schwingt auf beruhigende Art aus.

Vor Brévin-les Monts machten wir es in unseren wenigen gemeinsamen Nächten dagegen lieber andersrum, du umfingst mich. Ich liebte das Gefühl, wie sich dein großer, warmer Körper an mich schmiegte, liebte es, deine Schamhaare an meinem Po zu spüren, und wie deine Brüste sich an meinen Rücken pressten. Ich liebte es, den Hauch deines Atems in meinem Nacken zu spüren.

Manchmal wachte ich mitten in der Nacht auf, aber nicht aus Angst. Ich wachte auf, weil ich überglücklich war und nicht fassen konnte, dass ich die Frau, die ich liebte – endlich liebte ich eine Frau richtig – und für die ich alles getan hätte, in der Dunkelheit hinter mir spürte, dicht an mich geschmiegt. Das gab mir das Gefühl, mir könnte nichts Schlimmes zustoßen, nie mehr. Es war, als würde ich förmlich mit dir verschmelzen, zu einer lebendigen Ausbuchtung von dir werden, irgendwo auf Höhe deiner Leiste oder deines Nackens, dicht an deinem Schlüsselbein.

Da, im Warmen, für immer.

Berthet, so steht es zumindest im Manuskript von Joubert, der ein Poesieliebhaber war, hätte jetzt sicherlich an Baudelaire gedacht, an *Die Riesin*. Ich erinnere mich nur dunkel aus Schulzeiten an dieses Gedicht. Ich bin nicht wie Joubert oder Berthet, ich kenne nicht zig Gedichte auswendig. Jetzt, wo ich älter bin, bedauere ich das. Aber noch ist es nicht zu spät, und außerdem habe ich eine gute Entschuldigung. Poesie wurde bei mir zu Hause nicht für voll genommen, das gehörte zur Allgemeinbildung und konnte einem bei der mündlichen Aufnahmeprüfung für eine der Elite-Unis von Nutzen sein, mehr aber auch nicht.

Manchmal spürtest du, so wie nur Liebende das spüren, dass ich nicht schlief. Dann flüstertest du mir im Dunkeln ein paar Wörter auf Serer ins Ohr und brachst am Ende in dein heiseres Lachen aus, dieses fröhliche Lachen, das sicher mit zu deiner guten Medienwirkung beigetragen hat. Ich kann es bezeugen, meine Kardiatou, wenn du im Fernsehstudio einen politischen Gegner auf seine Widersprüche aufmerksam machtest, lachtest du genauso wie in unserem warmen Bett, das nach glücklichem Sex und dem Schweiß unserer beider Körper roch.

Du wolltest mir diese schnell aneinandergereihten Worte nie ins Französische übersetzen. Halb im Ernst, halb im Spaß behauptetest du, es handle sich dabei um eine geheime Zauberformel des Marabuts deiner Großmutter, eine Zauberformel, die dazu diene, das sexuelle Verlangen zu steigern, und deren genaue Bedeutung ich nicht erfahren dürfe, weil ich sonst impotent würde.

Schon verrückt, wie gerne du manchmal »die Negerin« spieltest, wie du es selber nanntest.

Um zu provozieren, um zu nerven.

Das gelang dir ziemlich gut, bei einer Menge Leute. Rückblickend betrachtet hatte Berthet gute Gründe, dich aus der Ferne zu beschützen.

Du spieltest »die Negerin«, um die Idioten zu provozieren, die Idioten von den mehr oder minder offen rassistischen Internetseiten und ihren Foren, in denen du zum bevorzugten Hassobjekt wurdest, stellvertretend für »eine Regierung aus lauter Weicheiern, die sich an die Islamisten verkauft hatte«. Aber du spieltest »die Negerin« auch gerne, um andere Idioten zu provozieren, die nicht auf den ersten Blick als solche zu erkennen aber nicht weniger pervers waren, die Idioten von der schwarzen, ultrakommunitaristischen Bewegung, die einen neuen Krieg der Rassen ausgerufen hatte: Tod den Weißen, Tod den Albinos. Für die warst du eine weiße Negerin, eine Tante Tom, eine Verräterin, eine Kokosnuss, außen schwarz, innen weiß.

Und dann gab es natürlich noch die sehr leicht durchschaubaren, glorreichen Idioten von der Opposition, die sich regelmäßig über das angeblich fehlende historische Bewusstsein der Staatssekretärin ereiferten, vor allem wenn du dich in den Fragestunden der Nationalversammlung hin und wieder den Fragen der Abgeordneten stellen musstest. Dabei tratest du mit deinem wilden Angela-Davis-Afro auf, und damit nicht genug, zogst du dich auch noch an wie aus einem Blaxploitation-Film: dekolletierte Korsage, knappe Shorts, farbige Strumpfhose und Schuhe mit Keilabsätzen. Es wurde gebuht und gebrüllt und der Premierminister war pikiert. Er hat es eh nie leiden können, wenn du dir auf der Regierungsbank das Mikro nahmst. Mal ganz abgesehen von deinem Ressortminister, dem Minister für Kultur, der dich schlichtweg nicht ausstehen konnte, ein fundamentalistischer Schwuler, der aus der Luxusbranche kam und vorher stellvertretender Bürgermeister von Paris gewesen war.

Ich hatte immer Angst, jetzt kann ich es ja sagen, meine Kardiatou, meine Sererkriegerin, dass du dich in einem solchen Moment zu einer unerlaubten Geste hinreißen lassen könntest, die in den Courées Rouges, deinem Viertel in Roubaix und in sämtlichen Vierteln dieser Art, gang und gäbe war, nämlich der versammelten Rechten im Parlament den Stinkefinger zu zeigen. Aber nein, du warst eine Politikerin, eine echte, auch wenn das allgemein bezweifelt wurde. Du wusstest immer, wie weit du gehen konntest.

Ich glaube, dort muss es passiert sein. Als ich sah, wie du einer Pam Grier gleich mit ironischem Lächeln einen alten karmesinrot angelaufenen Abgeordneten aus der Vendée, der kurz vorm Herzinfarkt stand, dazu brachtest, aus der Rolle zu fallen, begann ich mich auf eine Art für dich zu interessieren, die weit über das rein Berufliche hinausging. Dieser Blick, diese perfekt geheuchelte empörte Unschuld, mit der du dich an den Präsidenten der Nationalversammlung wandtest, als besagter Royalist schrie: »Zieh dich erst mal anständig an, du liederliches Frauenzimmer!« Vermutlich dachte er eigentlich ›du Schlampe‹, aber aufgrund seines Alters oder auch seiner Erziehung war ihm das antiquierte ›liederliche Frauenzimmer‹ über die Lippen gekommen. Er kam mit einer einfachen Ermahnung davon, die ihm weit weniger zu schaffen gemacht haben dürfte als die Karikaturen, die in den Wochen danach auftauchten.

Der Gipfel war, dass du anschließend im Auto, als wäre das nicht genug, den Sicherheitsbeamten, der dir als Chauffeur deines einfachen DS4 diente – du warst schließlich nur Staatssekretärin – dazu auffordertest, eine CD einzulegen, die, glaube ich, *Enjoy your funk* hieß. Du saßest vorne, ich auf der Rückbank, und so konnte ich beobachten, wie du auf der Fahrt von der Rue de Valois zum Palais Royal zur Musik von Isaac Hayes und The Delfonics im Sitzen mit den Füßen aufstampftest. In dem Moment kam es mir so vor, als wärst du von einem anderen Stern, diese unglaubliche Energie, dieser kontrollierte Wahnsinn. Das haute mich um.

Dabei weiß ich genau, dass du dich eigentlich nur in relativ streng geschnittenen, figurbetonten Hosenanzügen wohlfühlst, die nicht von großen Designern stammen, sondern von den Marken, von denen du als Teenager geträumt hast, wenn du in Roubaix durch die Outlets gelaufen bist. Berthet, dir immer auf den Fersen, sah, wie du sehnsüchtig ins Schaufenster bei H&M und Zara schautest. Klar, manchen Frauen und auch Männern geht es gegen den Strich, dass dir mit deinen fünfunddreißig Jahren einfach alles steht und du kein Vermögen dafür investieren musst.

Weißt du eigentlich – ich habe gesehen, wie du trotz deines Zustands das Romanmanuskript von Martin Joubert überflogen hast, auch wenn ich keine Ahnung habe, was du dir davon eingeprägt hast –, dass Berthet damals oft direkt nachdem du mit deinen Freundinnen dort warst, in einen dieser Läden ging, um mit sicherem Blick Kleidung ›für seine etwa fünfzehnjährige Nichte‹ zu kaufen? Anschließend kehrte er in sein möbliertes Zimmer im Alma-Gare-Viertel zurück, packte ein Päckchen, versah es mit einem falschen Absender und schrieb auf seiner Schreibmaschine einen Brief im Stil von: »Ihr Name wurde bei der Verlosung zur Feier unseres zehnjährigen Jubiläums gezogen, und wir freuen uns, Ihnen hiermit Ihr Geschenk zukommen zu lassen.« Dann schickte er das Päckchen per Post an deine Adresse, damit du keinen Ärger bekamst oder peinliche Fragen beantworten musstest. Da du nur Brüder hattest und deine alleinerziehende Mutter nicht nur kugelrund war, sondern außerdem nur Boubous trug, war nicht damit zu rechnen, dass das bei dir zu Hause zu Konflikten führen würde. Spieltest du auf solche Episoden an, als du mir zu Beginn unserer Zusammenarbeit sagtest:

»Wissen Sie, das ist nicht allein mein Verdienst. Ich habe, glaube ich, oft einfach Schwein gehabt. Ich hatte Glück, ja wirklich, sowohl bei Kleinigkeiten als auch bei wichtigen Dingen … Als ob ich einen Schutzengel hätte, verstehen Sie?«

Und dann war »die Negerin« spielen für dich auch noch

ein Mittel, die Idioten in der Regierung und deiner eigenen Partei aufs Korn zu nehmen, die dich ebenfalls nicht verschonten. Diese vermeintlich so progressiv gesinnten Schöngeister legten dir gegenüber zuweilen eine Verachtung an den Tag, die ihnen selbst gar nicht bewusst war. Es war nicht unbedingt Rassismus, man war schlicht leicht genervt, dass eine junge schwarze Frau allein deshalb dem Ministerrat angehörte, weil sie jung war, eine Frau und schwarz.

Die Staatssekretärin für Schnickschnack, die jemand anderem den Platz wegnahm.

Ich weiß es, Kardiatou, ich habe es ja selber so empfunden, als man mir bei der letzten Kabinettsumbildung sagte, ich würde dein persönlicher Referent werden ...

Das traf mich wie ein Schlag. Ich empfand es als Strafe. Der Staatssekretärsposten für europäischen Kulturaustausch war extra für dich geschaffen worden, weil du zwei Ministerien zugeordnet warst, dem für Kultur und dem für Europaangelegenheiten, und weil du sonst keine Aufgabe gehabt hättest, außer als Statistin eine gute Figur abzugeben.

Sie haben sich getäuscht, ich habe mich getäuscht. Du hast dein Territorium abgesteckt. Deine Popularitätswerte gingen noch weiter in die Höhe. Nur der Patriotische Block griff dich nicht an, selbst wenn du »die Negerin« spieltest. Sie stichelten zwar, dass dieser Posten der reine Schnickschnack sei, mehr aber auch nicht. Nur Dummköpfe sehen darin ein Paradox. Agnès Dorgelles, das haben wir anschließend in Brévin-les-Monts gesehen, ist eine gewiefte Politikerin. Ihr war klar, dass man dich auf sie ansetzen würde und Angriffe auf deine Hautfarbe dir nur nutzen würden.

Du bekamst immer öfter Aufgaben übertragen, die weit über den Rahmen eines bloßen Staatssekretärsposten hinausgingen, und der Homo vom Kulturministerium war gezwungen, viel mehr Dinge an dich zu delegieren, als er eigentlich wollte.

Aber ich erinnere mich noch genau an den Tag der Regierungsumbildung. Da war ich echt am Ende. Ich hatte bis dahin eine steile Karriere hingelegt. Ich war im Finanzministerium tätig gewesen. Ein Kumpel aus meinem Jahrgang an der Verwaltungshochschule, der einen neu gegründeten Nachrichtensender leitete, lud mich des Öfteren zu seiner wöchentlichen Talkshow ein. Ich begann mir einen Namen zu machen und plante, beim nächsten Wahltermin für einen Wahlkreis oder ein Bürgermeisteramt zu kandidieren. Während ich also dachte, dass mir die Regierungsumbildung die Möglichkeit eröffnen würde, ins Generalsekretariat des Élysée-Palastes einzutreten, erhielt ich einen Anruf des Premierministers, der froh war, selbst ungeschoren davongekommen zu sein. Im ersten Moment hielt ich es für ein gutes Zeichen, dass er mich persönlich anrief. Tatsächlich wollte er mich jedoch nur trösten, sofern ein Typ mit dem Charisma eines Mathelehrers vom Lande (genau das war er im Übrigen gewesen) in der Lage war, jemanden zu trösten:

»Tut mir leid, alter Junge, ich weiß, du findest das gar nicht witzig, aber der Élysée-Palast hat nun mal so entschieden. Kardiatou Diop tritt in die Regierung ein. Was soll man machen, ihre Organisation, CitéRépublique, vollbringt wahre Wunder und bei der Linken hat sie einen Stein im Brett, weil sie sich als Sozialistin und Europäerin bezeichnet. Ihre Laufbahn ist makellos, ihr Profil idem. Sie hat Politologie studiert, kommt aus der Banlieue, und ihr Aufstieg hat noch vor dieser blödsinnigen positiven Diskriminierung begonnen. Nein, wir können einfach nicht auf sie verzichten. Sie wird sich als einziges Regierungsmitglied in einer Vorstadt zeigen können, ohne dass es zu Krawallen kommt. Zugleich kennen wir niemanden außer Ihnen, der sie an die Kandare nehmen und dafür sorgen kann, dass sie keinen Blödsinn redet, verstehen Sie? Irgendjemand muss ihre Äußerungen kontrollieren. Sie werden ihr persönlicher Referent und Referatsleiter in einer Person. Die Budgetkürzungen lassen uns keine andere Wahl. Aber ich verspreche Ihnen, wir werden uns dafür erkenntlich zeigen. Ich kümmere mich höchstpersönlich darum, sobald sich eine Gelegenheit ergibt, und bei den nächsten Parlamentswahlen habe ich Sie auch auf dem Zettel.«

Von wegen.

So fand ich mich also mit dir und nicht mal fünfzehn Mitarbeitern, verteilt auf fünf Büros, unterm Dach wieder, wo der Handyempfang schlecht war.

Aber in dieser Nacht ziehe ich es vor, Kardiatou, an den Sex mit dir zu denken, an diese angebliche rituelle Formel auf Serer, die jedes Mal den Auftakt zu höchsten Wonnen bildete. Allein beim Gedanken daran bekomme ich einen Ständer. Ich rücke etwas von dir ab, ich möchte dich nicht wecken, wenn du endlich einmal eine ruhige Nacht verbringst.

Meine Kardiatou, mein Schatz, zuerst hast du immer damit begonnen, ohne deine Position zu verändern, mit meinen Brustwarzen zu spielen, sie zu kneifen, sie zwischen deinen Fingerkuppen hin- und herzurollen. Das war etwas ziemlich Neues für mich, dann wanderte deine manikürte Hand über meinen Bauch bis zu meinem Geschlecht herunter.

Ich bekam augenblicklich eine Erektion, sogar im Dunkeln erahnte ich den Kontrast zwischen deinen schwarzen Fingern und meinem weißen Schwanz. Du spieltest mit meinen Eiern, du lachtest dabei, ich drehte mich um, ich sah dein strahlendes Lachen, du übernahmst es mehr oder weniger, mich auf dich zu ziehen, und du warst es auch, die den Rhythmus vorgab, du kamst mir entgegen, indem du dein Becken sehr hoch anhobst, während der verstärkte Druck deiner Hände auf meinen Po das indirekte Signal war, dass ich in dir kommen konnte, wenn ich wollte, denn du warst bereits zum Höhepunkt gekommen.

Aber mit der Zeit wusste ich von allein, wann der Punkt gekommen war, denn du hast zwölf Jahre lang Turnen als Leistungssport betrieben. Man merkt es an deinem Gang und deiner Haltung und vor allem an deiner Fähigkeit, deine Vagina in eine flimmernde Hülle zu verwandeln, die sich perfekt um mich schließt. Deine Vagina zieht sich rhythmisch um meinen Schwanz zusammen, ein Rhythmus, den du völlig unter Kontrolle hast, bis zu dem Punkt, an dem deine Muschi sich beim Orgasmus sehr stark zusammenzieht, unglaublich stark, so als würde sich eine Hand um mein Glied schließen.

Du erinnerst dich, Kardiatou, meine schwarze Liebe, du hast es verstanden, mich zum Orgasmus zu bringen, ohne dass ich mich dabei auch nur im geringsten bewegte. Du setztest dich auf mich, führtest nur meine Eichel in dich ein, bis zu deiner sensiblen Zone, dann hieltest du inne. Es war mir untersagt, weiter in dich einzudringen, und du massiertest mich einfach nur mittels deines Geschlechts, ohne dass wir beide uns bewegten. Wir nannten das den »Tintenfisch«, und es ist mir seitdem nicht mehr möglich, die Speisekarten mancher Restaurants zu lesen, ohne dabei leicht debil zu grinsen und insgeheim den Turnlehrern dieser Welt meinen Dank auszusprechen.

Und dann nahmen wir im Schlaf ganz instinktiv diese Löffelposition ein, du hinter mir.

Mit dreißig Jahren lernte ich endlich, mit dir, meine Kardiatou, dass der Penis nicht nur die irgendwie lästige Verlängerung des Körpers darstellt, die die Absolventen der ENA oder sonstige hohe Beamte, wenn sie aus Karrieregründen untereinander heiraten, sich verpflichtet fühlen, ohne große Begeisterung, ab und an zu benutzen – sondern dass das Geschlecht diese subversive, essenzielle, zerstörerische Kraft haben konnte.

Ich erzählte natürlich niemandem von uns beiden, meine Kardiatou, meine Rebellin aus den Courées Rouges. Du hast es mir verboten, und am Anfang, als wir noch dachten, das sei nur eine kurze Affäre, sagtest du:

»Auch für deine weitere Karriere, die dir so wichtig ist, ist es besser, wenn niemand über uns Bescheid weiß. Ich würde eher nicht darauf wetten, dass ich eine große politische Zukunft vor mir habe. Sobald sie mich nicht mehr brauchen, entsorgen sie mich.«

Du wusstest gar nicht, wie Recht du damit hattest, es war sogar schlimmer als alles, was wir uns hätten vorstellen können.

Und dann wurde uns ziemlich schnell klar, dass das keine

kurze Affäre war. Selbst in diesem Chaos setzt sich diese Liebe, stärker als je zuvor, fort, während ich hier gerade über deinen Schlaf wache.

Dein Schlaf, der von Albträumen belagert wird.

Ich glaube nicht, dass Berthet die Zeit hatte, das mit uns beiden herauszufinden.

Und dabei wusste Berthet alles von dir.

Oder wenn, hat er vielleicht bei der Kampagne in Brévin-les-Monts was gemerkt, aber vorher sicher nicht, denn unsere Geschichte hat in Lissabon begonnen, weißt du noch, meine Schlummernde, meine Beschattete, erinnere dich, meine Kardiatou. In Lissabon ist Berthet auch klargeworden, dass er für ein paar Monate nicht mehr permanent in deiner Nähe sein musste und dir tatsächlich mehr helfen würde, wenn er bis zum Beginn des Wahlkampfs für die Kommunalwahlen in Brévin-les-Monts von der Bildfläche verschwände, um das weitere Vorgehen zu planen.

Schon wieder Berthet.

Immer Berthet.

Eigentlich sollte ich ihm dankbar sein. Manchmal verfluche ich ihn aber auch, weil sein Schatten für immer über unserer Beziehung schweben wird, egal, was passiert.

Ohne ihn hätte ich dich nicht getroffen, weil du vielleicht nicht Staatssekretärin geworden wärst. Es gefällt dir nicht, wenn ich das sage. Du hast Recht. Berthet hat dich nicht zu dem gemacht, was du bist, aber er war immer da, wenn du ihn, ohne es zu ahnen, brauchtest, immer, wenn man dir etwas Böses wollte. Seit deinem vierzehnten Lebensjahr war er da, in Roubaix, und dass du es bis vor kurzem nicht gewusst oder nur gespürt oder geahnt hast, ändert an der Sache nichts. Eben in Lissabon wurden wir ein Liebespaar, und Berthet hat das ganze Chaos erst ausgelöst.

An diesem Vormittag Ende September wurde alles mit einem Mal sehr kompliziert, weißt du noch?

Wie immer, wenn es zur Krise kommt.

Und wenn man merkt, dass es nie nur eine Front gibt, das wäre ja zu einfach, sondern dass die Gefahr auf einmal von allen Seiten gleichzeitig kommt, selbst wenn es sich um keine konzertierte Aktion handelt. So wie in Brévin-les-Monts.

Ich hatte ziemlich früh an deine Zimmertür im Sheraton in der Avenida da Liberdade geklopft. Einer deiner Personenschützer, Simon Polaris, glaube ich, war nicht an seinem Platz, und das in einem sehr ungünstigen Moment.

Wirklich sehr ungünstig.

Denn gerade machte die Nachricht die Runde, tschetschenische Terroristen hätten in der Baixa einen Anschlag verübt und ein Hotel gestürmt. Alle hatten noch die Bilder von Boston im Kopf. Einsame Wölfe hätten in den Hotelzimmern und im Viertel ein Massaker angerichtet, so hieß es.

Das war Luftlinie nur einige hundert Meter von dem Ort entfernt, an dem wir uns befanden. Der Personenschützer, der noch da war, hatte Angst vor einem Szenario wie in Bombay im Jahr 2008: Parallel stattfindende Angriffe durch Selbstmordattentäter an verschiedenen Orten der Stadt, vor allem in großen Hotels. Er forderte dich auf, dich von der Fensterfront zu entfernen.

Du hast wie immer Ruhe bewahrt, bist nicht in Panik geraten. Du gerätst nie in Panik. Du weinst manchmal, aber nie in der Öffentlichkeit. Ich habe keine Ahnung, wie du das schaffst.

Es muss was mit Roubaix zu tun haben, mit dem Courées-Rouges-Viertel.

Dann holte der Sicherheitsbeamte seine Waffe aus seinem Holster und überprüfte das Magazin. Inzwischen hörte man tatsächlich Schüsse, Sirengeheul und einen Helikopter im Tiefflug übers Hotel hinwegfliegen.

Ich rief die Botschaft an, die schickte blitzschnell zwei Polizisten in Zivil ins Sheraton.

Ich rief in Paris an. Alle mahnten, auf Nummer sicher zu gehen. In Paris wollte man, dass du dich nicht aus dem Zimmer wegbewegst und wartest, bis ein Flugzeug bereitgestellt wäre. Aber das wäre frühestens am späten Nachmittag der Fall. Vorher müsste man mit den Portugiesen abklären, inwieweit sich die Lage beruhigt hätte. Schließlich waren nach der Konferenz in der Fondation Calouste Gulbenkian einige europäische Minister in der Stadt. Es herrschte eine gewisse Panik.

Die Zivilpolizisten wirkten ruhig und kompetent und waren bemerkenswert liebenswürdig. Sie zogen ihre Ray-Ban-Aviator-Sonnenbrillen ab, begrüßten dich höflich. Sie hatten dir eine schusssichere Weste mitgebracht und sagten mit einem bedauernden Blick auf mich: »Wir hatten nur die eine in der Botschaft.«

Sie selber trugen unter ihren Anzügen, die zu warm waren für die Jahreszeit, offenbar auch welche. Außerdem hatten sie sehr kompakte Maschinenpistolen dabei. Ein beruhigender Anblick, und das, wo ich Waffen normalerweise hasse. Dann tauchten auch noch portugiesische Polizisten im Zimmer auf. Ich musste sie zur Botschaft durchstellen, denn es missfiel ihnen ganz offensichtlich, bewaffnete Männer in deinem Zimmer anzutreffen.

Paris rief noch mal an. Man wollte keinesfalls, dass dem letzten Regierungsmitglied, das noch eine gewisse Popularität genoss, jetzt irgendetwas zustieß. Sie beharrten darauf, dass du im Sheraton bleiben solltest. So oder so hatte die Lageanalyse ergeben, dass man ein Szenario wie in Bombay 2008 ausschließen konnte, du musstest also keinen Anschlag befürchten, du solltest nur warten, bis das Charterflugzeug bereitgestellt wäre.

Tatsächlich war es, wie man heute weiß, für gewisse Personen *noch zu früh*, dass dir etwas zustieß. Für gewisse Personen, aber für wen genau? Offiziell ist man noch immer ahnungslos. Aber wir haben da so unsere Zweifel, nicht, mein Schatz, meine Schlummernde?

Ach ja, übrigens, wenn du aufwachst, habe ich auch noch eine gute Nachricht für dich. Der Minister, den du in der Regierung am meisten gehasst hast, der Innenminister, den du gemeinerweise Bobonaparte nennst, weil er so klein ist und so gute Beziehungen zur Schickeria hatte, der damit angab, dass er als ehemaliger Abgeordneter in der Banlieue wüsste,

wie man mit dem Pack dort umgehen müsse – tja, also Bobonaparte jedenfalls ist endlich zurückgetreten.

Ich habe die Eilmeldung auf mein iPhone bekommen,
während du dank der Schlaftabletten endlich eingeschlafen
bist.

Das Verfahren gegen ihn wird demnächst eröffnet.

Seine letzten Gefolgsleute im Ministerium waren aufgeflogen. Darunter sein Berater für die Geheimdienste, der Chef
des Inlandsgeheimdienstes, und ein uralter Typ, der mindestens seit der Rückkehr de Gaulles an die Macht in jedem Ka-
binett seinen Posten im Innenministerium sicher hatte, er
war wohl unkündbar. Es handelt sich um einen gewissen Losey. Sein Name tauchte gleich in den ersten Veröffentlichun-
gen von Berthetleaks auf, und er ist in Jouberts Manuskript
sehr leicht zu identifizieren.

Sie alle haben ihren Hut genommen, sie alle sind in diese
Affäre verstrickt, die man inzwischen gemeinhin als die »Tiefer Staat«-Affäre bezeichnet, und sitzen wegen staatsgefähr-
dender Umtriebe in Untersuchungshaft. Man fühlt sich in die
Zeiten des Algerienkrieges oder ins Italien der Bleiernen Jahre zurückversetzt.

Bevor ich mich zu dir ins Bett gelegt habe, habe ich mir
noch schnell die Schlagzeilen der französischen und euro-
päischen Zeitungen angesehen: »Frankreich krankt an seinen
Geheimdiensten«, »Eine P2-Loge à la française«, »Wie unsere
Demokratie zugrunde geht«, »In Frankreich wird der Unité-
Skandal zu einer Bedrohung für die Republik«.

Das geht seit Wochen so, seit Monaten. Ein einziger Albtraum. Seit Ausbruch des Skandals ist es unmöglich zu sagen,
wer nur versucht, von sich selber abzulenken oder sich zu
verteidigen, wer mit all dem nichts zu tun hat, wer immer
loyal war, wer sich vielleicht ab und zu mal kompromittiert
hat, wer sich damit begnügt hat wegzuschauen, und wer als
echter Komplize oder Beteiligter gelten kann. Sämtliche Ebe-
nen des Staates sind betroffen, aber auch Entscheidungsträger in der Wirtschaft, Gewerkschaften, einige Teile der Armee,
vor allem bei den speziellen Einsatzkräften.

In Lissabon also, meine Kardiatou, waren auf einmal eine Menge Leute in deinem Zimmer, der Personenschützer, die Beamten in Zivil, die portugiesischen Bullen, und nun auch noch eine Mitarbeiterin von dir, in heller Aufregung. Sie hat früher in deiner Organisation mitgearbeitet, eine Maghrebinerin namens Nouara. Sie hat richtig Karriere gemacht, hat die Hochschule für höheres Management besucht und ihren Job in der Finanzwirtschaft aufgegeben, um für dich zu arbeiten. Sie stammte ebenfalls aus Roubaix. Sie war jedoch eher in meinem Alter, also knapp dreißig, und hat mich von Anfang an beeindruckt. Ihr beide hattet ziemlich viel gemein, euch einte dieser unbedingte Überlebenswille, ihr kämpftet wie die Löwinnen, setztet euch über sämtliche soziale Grenzen hinweg und batet nie jemanden um Hilfe.

Du warst noch im Bademantel mit dem Schriftzug des Hotels und fordertest alle auf, das Zimmer zu verlassen, gar nicht genervt, nur sehr bestimmt.

Alle, außer mir.

Du wolltest, dass ich noch mal in Paris anrufe.

In aller Ruhe.

Vor dir, auf laut gestellt.

Du warst angespannt. Es waren zwar keine Schüsse mehr zu hören, dafür aber noch mehr Helikopter und noch mehr Sirenen. Boston. Bombay oder doch nicht. Das mussten wir wissen, wir brauchten mehr Details.

Also rief ich an. Zwischen deinen Brüsten perlten ein paar Schweißtropfen. Ich hatte Lust sie abzulecken. Ich wusste auch nicht, was mit mir los war, und sagte mir, dass das sicher mit dieser besonderen Atmosphäre zu tun hatte. Es heißt ja immer, Macht sei ein Aphrodisiakum. Das ist falsch. Macht ist im Grunde langweilig. Erregend sind Situationen besonderer Anspannung, die durch Macht erzeugt werden.

Krisen, die bewältigt werden müssen.

Ich hatte Paris an der Strippe.

Man erklärte mir noch einmal, dass man ein Szenario wie in Bombay ausschließen könne. Was Paris vor allem Sorgen machte, war die Koinzidenz zwischen dem Verschwinden deines Personenschützers, Simon Polaris, und diesem terroristischen Angriff.

Als das Telefonat beendet war, gingst du unter die Dusche, meine Kardiatou, mein klopfendes Herz.

Kar-dia-tou.

Ich dachte erneut an die Schweißtropfen auf deinem Busen.

Paris rief zurück und informierte uns, dass das Flugzeug da sei. Damit nicht genug, würde außerdem ein Helikopter im Garten des Sheraton landen, um dich in Begleitung deines Personenschützers zum Flughafen zu bringen.

Die Dienerschaft, in diesem Fall Nouara und ich, würden am Terreiro do Paço ein Taxi nehmen. Mit etwas Glück könnten wir das als Spesen abrechnen.

All das erzählte ich dir. Ich redete extra laut, um das Geräusch des fließenden Wassers zu übertönen und meine Verwirrung zu kaschieren.

Dann kamst du aus dem Badezimmer.

Du warst nackt.

Meine Kardiatou, strahlend, kraftstrotzend, das pure Leben.

Heute frage ich mich, ob Berthet dich jemals so gesehen hat, ob dein unsichtbarer Schutzengel wohl mal den Voyeur gespielt hat, und ob du dir darüber im Klaren bist, dass diese Geschichte psychologisch betrachtet durchaus fragwürdig ist, beziehungsweise auch eine sexuelle Konnotation hat. Eine nabokovsche Beziehung nennt dieser Klugscheißer von Martin Joubert das in seinem Manuskript.

Du warst nackt. Du warst schwarz.

Ich hatte noch nie eine nackte schwarze Frau gesehen. Ich hatte noch nie einen Körper wie den deinen gesehen. Athletisch und feminin in einem.

Du schautest mich an.

»Ich kann jetzt entweder eine Lexomil nehmen oder mit Ihnen schlafen.«

Dabei zeigtest du mit dem Finger nach oben Richtung Decke. Es flogen immer noch Helikopter über die Baixa hinweg.

»Wenn Sie nicht wollen ... ich meine, mit mir schlafen, ist das kein Problem. Ich schätze Sie sehr als meinen persönlichen Referenten. Ich möchte auf keinen Fall, dass Sie mich missverstehen oder sich sexuell bedrängt fühlen.«

Ich dachte an die Frau, die die Nationalversammlung provozierte, indem sie wie Angela Davis auftrat. Ich betrachtete die Wassertropfen auf deiner Haut. Es sah aus wie ein Gemälde von Hilo Chen.

Ich kannte definitiv keinen Körper wie den deinen.

Die Art, wie du deine Hände auf die Hüften legtest, wie du liefst, wie du einen Fuß vor den anderen setztest, wie es sonst nur Katzen oder Turnerinnen machen.

Die Körper, die ich kannte, und das waren nicht besonders viele, seien wir ehrlich, waren eben jene, die ein Abkömmling der gehobenen Bourgeoisie aus dem Pariser Westen kannte. Ich kannte die Körper der Mädchen, denen ich bei Partys begegnet war. Sie waren fast ein bisschen mollig, obwohl sie Sport trieben, trugen einen blonden Bob oder einen Haarknoten, hatten einen kleinen Bauch und Brüste mit durchscheinenden Brustwarzen.

So wie zum Beispiel jene Frau aus meinem ENA-Jahrgang mit einem »von« im Namen, die einen liberalen Thinktank betreibt und zeitgleich für eine Geschäftsbank tätig ist. Nicht nur sie habe ich furchtbar enttäuscht, als ich sie verließ, sondern auch meine Familie am Boulevard de la Reine in Versailles, die schon die Hochzeitsglocken läuten hörte.

Eins wusste ich, als wir uns auf das Bett warfen, das noch deinen Geruch trug, Frau Staatssekretärin Kardiatou Diop, während die Helikopter über den Lissaboner Himmel knatterten, eine schusssichere Weste auf dem versiegelten Parkett lag und zwei Zivilpolizisten mit Maschinenpistolen in der Hand vor der Tür Wache standen: Selbst wenn wir uns so diskret wie möglich verhalten würden, und selbst wenn nichts rauskommen würde, meine Kardiatou, würde danach nichts mehr so wie vorher sein.

2

Du schläfst immer noch. Du schnarchst sogar leicht, aber so wie ein kleines Baby, mit einem sanften Ausklang.

Ich bin mir ziemlich sicher, dass das deine erste Nacht ohne Albträume ist, seit den Ereignissen von Brévin-les-Monts. Deine erste Nacht ohne Albträume, seit Martin Jouberts Enthüllungen über die Unité, über den »Tiefen Staat«, bekannt wurden, und seit Berthetleaks an die Presse und die Websites der ganzen Welt durchgesickert ist, und seit ich, genau wie alle anderen, feststellen musste, dass jene modernen Legenden, die ab und an auf den Gängen der ENA oder im Ministerrat oder bei Diners im Zirkel der Entscheidungsträger die Runde machten, und die ich für reine Paranoia und Verschwörungstheorien hielt, sich als unwiderlegbare Fakten entpuppen.

Joubert dosiert sie, die Berthetleaks, er hält die Spannung aufrecht.

Das ist Jouberts Lebensversicherung.

Dein früherer Lehrer…

Ich warte, bis der Tag anbricht, um sicher zu sein, meine Kardiatou, dass du endlich eine ruhige Nacht verbracht hast. Aber es kann noch eine Weile dauern, bis er anbricht. Wir haben noch Zeit bis zum Morgengrauen.

In gewisser Weise haben wir Glück, wir sind in Touquet, in der Villa meiner Eltern, die versteckt im Pinienwald liegt, und in diesem Frühsommer ist das Wetter gut. In Touquet kann man selbst im Frühsommer nie sicher sein, gutes Wetter zu haben.

Ich stelle mir vor, wir wären uns vor zwanzig Jahren zufällig an diesem Strand begegnet, warum nicht, ich noch ein Kind, du bereits ein Teenager. Die Vorstellung gefällt mir: Ich als kleiner Junge, mit einem um die Schultern geschlungenen blauen Pulli, weißen Bermudashorts und Bootsschuhen. Ich bin also vom Boulevard de la Reine in Versailles, im Yvelines, nach Touquet-Paris-Plages gereist, in den Ferien, oder an einem Wochenende, sicher, dass es mal wieder verregnet und langweilig werden würde, was sich oftmals bestätigen sollte. Nur das Strandsegeln, das war nicht langweilig. Wir besaßen drei Strandsegler, die von den Mitarbeitern des Yachtclubs in Schuss gehalten wurden. Einer war für meinen Vater, einer für meinen älteren Bruder, und einer für mich. Seagull natürlich, der Rolls Royce unter den Strandseglern.

Da kommt mir die Idee, dass wir beide das morgen oder an einem der nächsten Tage mal machen könnten. Du hast das schon mal ausprobiert, hast du mir erzählt, bei einem Ausflug vom Collège Brancion zum Stella-Plage, als Belohnung für die Klassensprecher. In den vier Jahren am Collège wurdest du von deinen Mitschülern immer wieder zur Klassensprecherin gewählt. Du hast mir oft gesagt, dass deine Lust, dich zu engagieren, zu kämpfen, andere zu verteidigen, daher rührte. Das Strandsegeln hatte Jouberts damalige Freundin organisiert, mit der er in Lille zusammenlebte. Sie unterrichtete Sport am Collège Brancion, eine gewisse Sylvie, Sylvie Marcinkovsky.

Ja, das Strandsegeln. Ich stelle mir vor, wie wir beide in einem Zug bis nach Berck flitzen, uns ordentlich von der salzigen Brise durchpusten lassen, begleitet vom Geräusch der gegen den Aluminiummast schlagenden Taue und dem Knattern des Segels, und wie wir dann auf dem Rückweg gegen den Wind ankämpfen und ständig am Schot ziehen müssen. Das würde uns so erschöpfen, dass wir abends wie ein Stein ins Bett fallen und schlafen würden, ohne dafür irgendwelche Schlafmittel zu benötigen, nachdem wir uns sanft geliebt hätten, meine Kardiatou.

Wir könnten natürlich auch auf dem Markt, in der Markthalle, Taschenkrebse kaufen, die man hier in der Region »Schläfer« nennt, weißt du. Das sind die mit dem hellgelben Panzer. Wir könnten auch Krabben, Venusmuscheln und Kaisergranat kaufen, alles, was du möchtest. Ich habe keine Ahnung, was gerade Saison hat. Ich bin in kulinarischen Dingen ein völliger Analphabet. Die meisten Spitzenbeamten, weißt du, also die, von denen du sagst, dass sie dir seit deinem Politikstudium mit Verachtung begegnen, sind tatsächlich echte Analphabeten auf diesem Gebiet. Schon komisch, wenn ich bedenke, dass ein Killer wie Berthet sich damit auskannte. Auch ein abgehalfterter ehemaliger Lehrer und Schriftsteller wie Joubert, der sich inzwischen als zweitklassiger Schreiberling verdingte, verstand viel mehr von guter Kleidung, gutem Essen und gutem Wein als ich, als wir, die hohen Beamten. Wir sind Technokraten durch und durch, echte Fachidioten, darüber vergessen wir, dass das reale Leben einen Geschmack hat, eine Textur, Farben und Jahreszeiten.

Wir sind kompetent und im Gegensatz zum landläufigen Vorurteil in der Regel ehrlich, haben jedoch keine Ahnung, was dem Menschen hinter unseren Grafiken und Statistiken, unseren Berichten und Resümees gefallen könnte. Wir essen teuer und schlecht in Restaurants, in die alle gehen. Wenn wir lesen, dann politische Essays. Wir sind genauso verblödet wie die Börsenmakler. Wir haben mittelmäßigen Sex mit anderen Paragrafenreitern. Wir machen Kinder, weil das alle machen. Wir ordnen unserer Karriere alles andere unter. Wir sehen das Leben in Gehaltsklassen, und die Krönung ist die Leitung eines großen Unternehmens oder eines Schlüsselministeriums. Geht man direkt in die Politik, dann strebt man an, Abgeordneter zu werden, Parteivorsitzender, Minister, und, wer weiß, eines Tages vielleicht Präsident der Republik.

Ein Geisterleben, wie Berthet es Joubert zufolge nannte. Als ich miterlebte, wie du mit deiner dänischen Amtskollegin ein von Künstlern besetztes Haus in Kopenhagen besuchtest und ihr anschließend in der Freistadt Christiania während eines Rockkonzertes Bier trankt und einen Joint rauchtest, was deinen engen Terminkalender sprengte, da betete ich nur, dass niemand das mit dem Handy filmen möge, um es auf You-Tube zu stellen, und gleichzeitig fragte ich mich, wie ich deine Abwesenheit beim Cocktailempfang des Botschafters entschuldigen sollte. Erst als eine Blondine neben mir sich einen Spaß daraus machte, mir die Sushi vom Teller zu picken und mich mit ihren Stäbchen zu füttern, entspannte ich mich.

Insofern denke ich, es wäre jetzt an mir, dir im Gegenzug morgen eine Tour mit dem Strandsegler anzubieten, und abends würde ich dir dann das Salz von der Haut lecken, meine Kardiatou. Meine Kar-dia-tou.

Aber nein, ich weiß, dass das unmöglich ist.

Aus Sicherheitsgründen.

Schon gegen einen einfachen Gang an den Strand, einen Spaziergang oder eine Radtour bis nach Hardelot am Golf entlang werden die Polizisten etwas einzuwenden haben. Die ersten Touristen treffen ein, angelockt von der Sonne an der Côte d'Opale, die besonders schön ist, eben weil sie sich nur so selten zwischen den großen, weißen, leuchtenden Wolken am tiefblauen Himmel hindurchschiebt.

Man könnte dich wiedererkennen. Die Lage ist nach wie vor unklar. Man weiß nie, was passiert. Da muss nur ein Verrückter auftauchen. Oder ein Typ von der Unité, der seinen letzten Auftrag bekommen hat, der lautet, gründlich aufzuräumen, also möglichst viel Unheil anzurichten, bevor ihr das endgültige Aus droht.

In jedem Fall ist die Gefahrenstufe nach wie vor relativ hoch, selbst wenn jede neue Veröffentlichung und Weiterverbreitung von Berthetleaks immer noch den besten Schutz für dich darstellt.

Ein posthumes Geschenk von Berthet via Martin Joubert.

Ich träume indessen weiter vor mich hin, wie es gewesen wäre, wenn wir uns vor zwanzig Jahren am Strand von Touquet begegnet wären. Das gefällt mir sehr viel besser. Du wärst also aus Roubaix gekommen, aus deinem Viertel, mit einem Veranstalter für Schülerreisen. Ich hätte halb staunend, halb erschrocken zugesehen, wie euer Bus auf dem Parkplatz vorm Strand parkt. Ich wäre damals zehn Jahre alt gewesen, du fünfzehn, und inmitten einer Horde von Vorstadtkids unter lautem Getöse aus dem Bus gestiegen. Möglicherweise wäre

Joubert als Begleitperson dabei gewesen. Vielleicht wäre sogar Berthet vor Ort gewesen, der, so viel wissen wir heute, immer Mittel und Wege fand, dir nicht von der Seite zu weichen und dabei zugleich unsichtbar zu bleiben.

Unsere Blicke hätten sich nur ganz kurz gekreuzt.

Wir hätten in dem Moment geahnt, dass wir uns eines Tages wiedersehen würden, ohne es wirklich zu begreifen, so unwahrscheinlich das in dem Moment auch zu sein schien. Wir hätten uns miteinander verabredet, ohne es zu wissen, allein mittels einer vagen Vorahnung, die nur ein paar Sekundenbruchteile gedauert hätte.

Aber die Realität hätte sehr schnell wieder die Oberhand gewonnen. Ich hätte meinen Vater begleitet, der sich fürs Wochenende *Le Figaro*, *Le Point* und seine beiden Davidoff-Zigarren kaufen wollte, damit er außerdem noch ein paar Comics für mich mitnahm. Er hätte mich also aufgefordert, schnell in den Renault Espace zu springen, der genauso marineblau war wie der Pulli, den ich um die Schultern trug. Ihr wart so laut, so vulgär, so bunt. Ihr mit euren Basecaps, eurer Art euch zu bewegen, euren Frotzeleien …

Im Übrigen hast du mir erzählt, dass ihr bei euren seltenen Ausflügen ans Meer eher nach Bray-Dunes gefahren seid, an die belgische Grenze. Einmal, weil das näher an Lille war, und dann, weil das ein Strand für Prolos war. Da wirktet ihr weniger deplatziert. Oder nach Malo-les-Bains bei Dunkerque, am Tag der »Ferien für alle«, den die Kommunistische Partei in Nordfrankreich jedes Jahr im August organisierte. Bei einem dieser Tage, hast du mir erzählt, bist du deiner ersten großen Liebe begegnet, einem Mitglied der Kommunistischen Jugend.

Es begann wie eine hübsche Romanze, endete aber tragisch. Obwohl deine Idioten von Brüdern dagegen waren und trotz der kulturellen Abschottung, die immer offensichtlicher wurde, habt ihr beide euch ineinander verliebt, dieser junge Kommunist und du.

Dabei waren die Begleitumstände alles andere als ideal. Ihr versuchtet im strömenden Regen, den Jüngeren, die völlig durchgefroren waren, ihre Verpflegungspakete zu geben. Angesichts der eisigen Temperaturen war kaum zu glauben, dass Spätsommer war. Aber, so hast du mir erzählt, so erging es euch bei jedem zweiten Ausflug mit der Kommunistischen Partei nach Malo.

Ich habe ein Foto von ihm gesehen, von deinem kleinen Roten.

Von euch beiden, von jenem Tag.

In den neunziger Jahren machte man noch Fotos, die man entwickeln ließ und ein Leben lang behalten konnte.

Ja, ich habe dieses Foto zufällig gesehen, als du in deinem Portemonnaie nach etwas suchtest und den Inhalt auf deinem Schreibtisch ausbreitetest. Das war vor Lissabon.

Das war vor uns beiden.

Da wusste ich noch nichts über dein Liebesleben. Selbst Nouara, die auch aus Roubaix kam, verkniff sich jeden Kommentar dazu und ließ die anderen Mitarbeiter abblitzen, wenn sie anfingen zu spekulieren. Vielleicht wusste sie aber auch gar nicht viel darüber.

Du bist ja so verschwiegen, meine Kardiatou.

Da habe ich jedenfalls das Foto gesehen. Ich saß dir gegenüber und versuchte gerade, dich davon zu überzeugen, dir die Zeit für ein Mittagessen mit deinem Ressortminister zu nehmen, dem steinreichen schwulen Snob, der dich für eine Idiotin hielt, während er sich in der Presse und auf Rednerpulten darüber ausließ, wie wichtig kulturelle Vielfalt und der Kampf gegen den Rassismus seien.

Ja, ich habe dieses Foto gesehen.

August 1995 also.

Im Hintergrund erkennt man das graue Meer, den bleiernen Himmel und Kinder, die so tun, als hätten sie ihren Spaß beim Buddeln im Sand, beim Ballspiel oder beim Hantieren mit Drachen, die nicht aufsteigen wollen.

Und dann ihr beide.

Amerikanische Einstellung.

Du, kaum verändert, auch wenn es eine Ewigkeit her ist, siebzehn Jahre alt, siehst aus, als würdest du frieren, du trägst einen kleinen roten Regenhut auf deinen Dreadlocks. Er hat diesen für Idealisten so typisch ernsthaften Gesichtsausdruck und lächelt dabei zugleich etwas ungläubig. Sein Gesicht wirkt noch fast kindlich. Ein blonder Flame mit blauen Augen und kurz gestutzten Haaren. Er blinzelt etwas kurzsichtig in die Kamera. Vermutlich hat er für das Foto extra seine Brille abgezogen, nachdem der Regen drüberlief. Er hat einen Lenin-Anstecker am Revers seines Secondhandmantels stecken, der eigentlich zu dick ist für die Jahreszeit und bestimmt nach Altkleidersammlung riecht. Er studiert im ersten Semester Geschichte an der Uni Lille III.

Er hieß Jason Vandekerkove. Er hat in der Schule, bei seinen Freunden und seiner Familie, hart darum kämpfen müssen, dass man seinen Namen nicht »Dschäison« aussprach. Er stammte aus einer Familie von Kommunisten, die in einem armen Viertel von Lille Sud lebte. Dort fand man ihn, ehrlich gesagt, ein bisschen snobistisch, er ging allen ganz schön auf die Nerven mit der korrekten Aussprache seines Namens. Aber er war ein guter Schüler, insofern…

Na, und was hat er dir an dem Tag gleich am Anfang erzählt, um dich zum Lachen zu bringen? Jason, »Dschäison«, genau.

Als du das Manuskript von Joubert überflogen hast, hast du vielleicht gelesen, oder auch nicht, dass Berthet dieses Foto gemacht hat, mit der Einwegkamera, die du vor der Abfahrt in einem Tabakladen an der Place de la Fosse-aux-Chênes gekauft hast.

Berthet folgte dir auf Schritt und Tritt. Er gab sich als ehrenamtlicher Helfer aus. Berthet fiel knapp vier Jahre lang in Roubaix gar nicht weiter auf.

Was wollte denn »Dschäison« eigentlich von dir, an diesem von der Kommunistischen Partei organisierten Ausflug ans Meer? Wollte er dich anwerben? Eine junge Gymnasiastin mit guten Noten, die bald in die zwölfte Klasse kommen würde, in den Wirtschafts- und Sozialwissenschaftlichen Zweig, die sich schon als Zehntklässlerin im März 1994 an den Demonstrationen gegen die geplante Absenkung des Mindestlohns für junge Berufsanfänger beteiligt hatte und Mitglied in einer Gewerkschaft für Schüler und Studenten war? Wollte er, dass du Mitglied bei den Jungen Kommunisten wirst? Oder hatte er sich schlicht, so wie Berthet einige Jahre zuvor, in dich verliebt, und die Partei und seine Pflichten als Aktivist vollkommen vergessen, als er dich am Strand sah? Aber kann man überhaupt sagen, dass Berthet in dich verliebt war, Kardiatou? Seine Gefühle für dich waren so dermaßen kompliziert.

Was Jason Vandekerkove und du füreinander empfandet, war dagegen sehr viel klarer. Er war ein gut aussehender Junge, er war intelligent, er redete nicht in diesem fast beleidigenden Mitleidston mit dir wie manche anderen Personen, die sich selbst für Linke hielten.

Wenn ihr nicht zufällig bei diesem Mistwetter am Strand von Malo-les-Bains gewesen wärt, umgeben von einer Rasselbande und Teenagern mit Hormonstau, betreut von ehrenamtlichen Helfern der Wohlfahrt im Rentenalter und Aktivisten der Kommunistischen Partei, hättet ihr vielleicht ein Remake von Isabelle Aubrets Interpretation von »Zwei Kinder in der Sonne« gemacht, »so, als begänne alles wieder von vorn«, wie es in ihrem Chanson heißt:

Das Meer rollte unaufhörlich über die Kiesel,
Mit zerzaustem Haar schauten sie sich an,
Umgeben vom Pinienduft,
Vom Duft nach Sand und Thymian,
Der über den Strand wehte.

Von wegen. In ein paar Kilometern Entfernung qualmten die Schlote von Dunkerque, ihr hieltet die fettigen Papiere der Sandwiches in der Hand, die Kinder klapperten vor Kälte mit den Zähnen … Ich übertreibe, meine Kardiatou, ich übertreibe, weil ich eifersüchtig bin, ganz einfach.

Es ist schlimm, es ist absurd, aber ich bin eifersüchtig auf diesen kleinen Studenten. Weil er der Erste war. Deine erste Liebe, dein erster Geliebter.

Joubert legt in seinem Manuskript alles offen. Sicher entspringt manches seiner Phantasie, hat er manches dazugedichtet. Ich kann mir kaum vorstellen, dass Berthet ihm wirklich alles derartig detailliert erzählt hat, oder Joubert wollte es ganz genau wissen. Ein Schriftsteller ist im Grunde eine Klatschbase, eine Concierge, eine Hure. Außerdem haben Berthet und Joubert in ihrem Haus in Brive-la-Gaillarde in der Rue Alsace-Lorraine eine Menge Zeit miteinander verbracht.

Dabei haben sie offenbar gemeinsame Vorlieben entdeckt und gewisse Übereinstimmungen in ihrer Weltanschauung. Berthet hat diesen depressiven Joubert aus seinem Stimmungstief herausgeholt, und Joubert hat gespürt, dass er, jenseits der Enthüllungen über die Unité und das Komplott gegen dich, da eine seltsame, schöne und gewalttätige Geschichte in den Händen hielt. Du und dein Schutzengel.

Ich vermute mal, Joubert schrieb an dem Manuskript, während Berthet in Brévin-les-Monts auf Erkundungstour ging, nachdem du Mitte Dezember in den Wahlkampf eingestiegen warst. Bestimmt hat er Berthet nicht alles gezeigt, jedenfalls nicht die intimen Details, die Berthet ihm über dich anvertraut hatte. Die dürften ihm alles in allem im Vergleich zu den Staatsgeheimnissen, die er Joubert en masse in sein Diktafon diktierte, relativ belanglos vorgekommen sein.

Nein, Berthet hätte sicher nicht gedacht, dass Joubert ausplaudert, wie er dafür gesorgt hat, dass dein erstes Mal mit Jason Vandekerkove kein Reinfall oder furchtbar trist wurde. Wie zum Beispiel, wenn es auf der Rückbank von Jasons uraltem Renault Super 5 geschehen wäre oder, begleitet von der ständigen Panik entdeckt zu werden, in seinem Zimmer in der Rue des Postes in Lille, wo er zur Untermiete wohnte und wo Frauenbesuch untersagt war, oder in der Sozialwohnung seiner Familie in Lille-Sud, in der sich fast genauso viele Menschen drängten wie in deiner im Courées-Rouges-Viertel.

Durch dich habe ich gelernt, Kardiatou, dass diejenigen, die bei der Erwähnung der Lebensverhältnisse der Armen in unserer Gesellschaft von Schwarzmalerei reden und immer etwas vorschnell sagen, »so etwas gibt es doch nur bei Zola«, die letzten Idioten sind. Immer, und zwar unabhängig davon, ob sie Rechte oder Linke sind. In der Regel sind es Rechte, aber manchmal auch Linke, so wie dein ehemaliger Ressortminister. Das sind dann dieselben, die mit Tremolo in der Stimme über Filme von Ken Loach oder Guédigian reden, und sich regelrecht darüber ereifern können, wenn ein abbruchreifes Hotel, in dem Menschen zu Wucherpreisen hausen, abbrennt und es zehn Tote gibt.

Du, meine Kardiatou, hast mir sogar einmal in den Gängen der Europäischen Kommission, als ich den Einwurf eines Labour-Abgeordneten über die miserablen Wohnverhältnisse in Europa auf dem Bildschirm mitverfolgte und als übertrieben bezeichnete, entgegengeschleudert:

»Haben Sie als Kind mit Ihrer Mutter in einem Bett geschlafen? Ich meine nicht ausnahmsweise mal, weil Sie schlecht geträumt oder ins Bett gemacht hatten, nein, sondern weil es nicht anders ging, und zwar über Jahre, in einem Ausziehbett, in dem man sich den Rücken ruinierte, während Ihre vier Brüder in einem Zimmer pennten, das kleiner als eine Gefängniszelle war? Ja? Haben Sie das erlebt? Sind Sie auch immer vor allen anderen aufgestanden, um sich zu waschen, das Zimmer aufzuräumen und zu lüften, während Ihre Mutter das Frühstück machte?«

Da sagte ich nichts mehr, ich kam mir vor wie ein kleiner Rotzlöffel und zog verlegen den Knoten meiner Krawatte enger.

Bei Jason und dir hat Berthet noch mal die Tour wiederholt, die er schon bei den Klamotten angewandt hatte. Er entwarf einen Brief, in dem Jason und eine Person seiner Wahl in ein Hotel am Meer in Wimereux eingeladen wurde, all inclusive. Er sei »der glückliche Gewinner einer Verlosung«. Ein Luxushotel. Das Hôtel Océan. Zimmer mit Meerblick, Gourmetmenü, Variationen vom Hummer. Berthet hatte auch den Mann an der Rezeption ordentlich geschmiert, so dass der angesichts des gefälschten Briefes, den ihm das etwas verloren wirkende Paar überreichen würde, nicht überrascht wäre. Berthet hatte ihm mit breitem Lächeln erklärt, das sei eine

Überraschung für seinen Neffen. Ja, ›für seine Nichte‹ konnte er schlecht sagen, denn sieh dich nur an, meine Kardiatou, du bist schwarz wie Ebenholz…

Berthet fand vermutlich, dass ihr beide zu ernsthaft wart, zu sehr auf eure politische Arbeit konzentriert. Zwar wurdest du nicht Mitglied bei den Jungen Kommunisten, aber du verbrachtest viel Zeit mit Jason und seinen Freunden bei Versammlungen, bei Protestaktionen, bei denen es hart zur Sache ging, wie gegen den Rückgang der Kaufkraft, bei Plakatklebeaktionen, beim Verteilen von Flugblättern, bei Unterstützungsaktionen für Streikposten von Fabriken, die ins Ausland verlagert werden sollten, und bei den wöchentlichen Demonstrationen der *Sans-Papiers*.

Das passte Berthet sicher gar nicht. Er hatte bestimmt Schiss, du könntest eines Tages übel verletzt werden.

Berthet wusste, das Problem beschränkte sich nicht darauf, dass die Unité ihn fragte, was er eigentlich in Roubaix trieb, oder darauf, dass Losey ihn deshalb jede Woche zur Schnecke machte und nur unter der Bedingung deckte, dass er hin und wieder Aufträge im Ausland für ihn übernahm. Das viel größere Problem war, dass die jungen Naivlinge, mit denen du dich politisch engagiertest, ohne es zu ahnen auch zur Zielscheibe der Unité werden konnten. Das ging ganz schnell, es genügte, dass sie einem Arbeitgeber oder einem anderen Entscheidungsträger zu sehr auf die Nerven gingen. Besagter Chef musste nur mit einem befreundeten Bullen sprechen, der wiederum mit einem Mitarbeiter des Präfekten, und der wiederum stand zufällig auf der Gehaltsliste der Unité und verfasste einen entsprechenden Bericht, in dem er die Frage aufwarf, ob es nicht angezeigt wäre zu handeln. Wenn die Unité sich dieser Meinung anschloss, kam es in der Folge zu einer ungewöhnlichen Häufung von Unfällen oder Toten durch Überdosis, selbst wenn die Opfer vorher keine Drogen genommen hatten. So wurde die Ordnung wieder hergestellt, und man machte dem jeweiligen Firmenchef klar, dass er von nun an bei bestimmten Personen in der Pflicht stand, die ihn bei

Bedarf um den einen oder anderen kleinen Gefallen bitten konnten.

So einfach war das …

Jason also, es war bereits Oktober, brachte dich jeden Abend nach Hause, ihr küsstet euch, ihr hattet Lust auf mehr, aber es gab zu der Zeit niemanden, der Frauen mit größerem Respekt begegnete, bis an die Grenze zum Puritanismus, als ein Mitglied der Jungen Kommunisten, und niemanden, das sagst du selbst, der gehemmter war als ein afrikanisches Mädchen mit mehreren Brüdern, die ihr dauernd Moralpredigten hielten, während sie selber nichts auf die Reihe kriegten. Ein Mädchen, das ohne Vater aufwuchs und mitbekam, wie die Nachbarinnen im Boubou über unbeschnittene Mädchen lästerten, die gegen die Tradition verstießen und dementsprechend bald auf Abwege geraten würden.

Beobachtete Berthet euch vielleicht aus seinem Auto heraus, das er in der Nähe geparkt hatte, vor dem Courées-Rouges-Viertel, im Regen? Sah er, wie sich eure Silhouetten im schwachen Licht einer Laterne abzeichneten und zusammenfuhren, wenn der Scheinwerfer eines vorbeifahrenden Autos sie streifte? War das Liebe, war das Voyeurismus, war das eine Art von Personenschutz? Oder war es alles zugleich, wie Joubert in seinem Manuskript sagt?

Ihr kamt an einem sechzehnten Oktober, an einem Freitag, völlig verschüchtert ins Hôtel Océan. Alles lief wie am Schnürchen, der Etagenboy nahm euch eure beiden Taschen ab, euer Zimmer war größer als alle Zimmer, die ihr je gesehen hattet. Dann begannt ihr, eure Körper zu erkunden, Jason war sehr sanft, und du hättest dir gewünscht, es würde nie aufhören.

Letztendlich habt ihr euer Hummermenü verpasst, weil ihr fast die ganze Zeit im Zimmer geblieben seid und euch geliebt habt, und außerdem dachtet ihr, dass Luxus eigentlich nur etwas taugt, wenn er für alle da ist.

Das war damals so ein Werbeslogan. Und Jason sagte dir, so stelle er sich die zukünftige kommunistische Gesellschaft vor: Luxus für alle. Du hörtest ihm zu, fuhrst mit der Hand durch seine kurzen blonden Haare, du warst glücklich. Für diese Nacht von Freitag, den 16., auf den Samstag, den 17. Oktober, sagte der französische Wetterdienst für die Küste von Belgien bis zum Norden der Bretagne einen schweren Sturm voraus, mit Windgeschwindigkeiten von bis zu hundertdreißig Stundenkilometern. Diese Untergangsstimmung dürfte euch in dem schönen Gefühl bestärkt haben, allein auf der Welt zu sein.

Joubert schreibt, Berthet sei an dem Abend auch in Wimereux gewesen, mal wieder gut getarnt im selben Hotel abgestiegen und überrascht, euch nicht im Speisesaal zu sehen, bei eurem Hummermenü, aber dann habe er still vor sich hin gelächelt. Er habe zu dem dreigängigen Menü – die Scheren mit Gewürzen von Roellinger, den Körper gegrillt mit Bordierbutter mit Piment d'Espelette, und den Kopf, vermischt mit Taschenkrebsfleisch, in Form einer warmen Terrine – eine Flasche Pur Sang getrunken, den Pouilly fumé von Dagueneau. Danach habe er sich zu seinem Café gourmand einen Cognac Delamain XO gegönnt.

Ich glaube vielmehr, wenn Berthet wirklich in Wimereux war und im Speisesaal gesessen hat, dürfte seine Eifersucht ihm in dem Moment einen ziemlichen Stich versetzt haben, er wird seinen Hummer vermutlich kaum angerührt, nichts getrunken und seine schlechte Laune an den Kellnern ausgelassen haben.

Ich an seiner Stelle hätte das jedenfalls empfunden, und empfinde es bis heute, während du eng an mich geschmiegt schläfst, und ich dich umschlinge, meine Kardiatou. Ich bekomme Herzklopfen beim Gedanken daran, dass ich dich nie mehr als Achtzehnjährige kennenlernen kann, nie mehr der Erste sein kann, nie mehr den Zauber einer ersten Liebe mit dir erleben kann.

Im Gegensatz zu dir hatte ich keinen Schutzengel, nur ein extrem gehobenes soziokulturelles Umfeld mit einem großen ökonomischen und symbolischen Kapital. Selbst wenn man damit sehr viel leichter zum Erfolg kommt, musst du zugeben, dass das längst nicht so romantisch und so sexy ist wie ein Schutzengel.

Danach war für Jason und dich alles einfacher.

Berthet war es dann auch, der dafür sorgte, dass ein Kommilitone von Jason Vandekerkove ihm eine günstige Einzimmerwohnung in Wazemmes abtrat, weil er etwas Besseres gefunden hatte. Berthet ließ sämtliche Beziehungen spielen, um das möglich zu machen. Losey deckte ihn. Losey verlangte im Gegenzug eine Mission. Berthet akzeptierte das.

Er übernahm sogar Durchschnittsbürger.

Der größte Schock bei Berthetleaks war, dass sogar ganz normale Bürger unter den Opfern waren, dass wirklich jeder zur Zielscheibe eines Killers der Unité werden konnte, selbst wenn er sich überhaupt nichts hatte zuschulden kommen lassen, nur weil man so die Loyalität des Befehlsempfängers gegenüber der Organisation testen wollte. Joubert nennt die Namen von etwa zwanzig Durchschnittsbürgern, die Berthet entweder selber exekutieren musste oder von denen er durch andere Kollegen gehört hatte. Sie alle sind tatsächlich eines ungeklärten Todes gestorben, oder wurden auf mehr oder minder plumpe Art in eine Falle gelockt. Alle diese Fälle wurden wieder aufgerollt, bei Festnahmen von späteren Kronzeugen der Unité fielen noch weitere Namen von Durchschnittsbürgern.

Es ist das pure Grauen. Laut dem *Guardian* wurden seit Ende der siebziger Jahre in Frankreich und ganz Europa an die 1800 Personen Opfer dieser entsetzlichen Praxis, die, wie es aussieht, von der Unité oder einem Teil ihrer Führungsriege nach und nach etabliert wurde. Es sind sogar Kinder darunter, von diesen berühmt gewordenen verschwundenen Kleinen fehlt jede Spur.

Ab November 1995 hast du mit Jason Vandekerkove zusammengelebt, mein Schatz, also genau in der Zeit, als die Streikwelle gegen den Juppé-Plan begann. Ihr wart bei jeder Demo dabei. Du fehltest jetzt immer öfter in der Schule, aber Jason hielt dich zum Lernen an, er legte das Fundament für deine Bildung in Politik, Literatur und Philosophie. Du sagst, ihm hast du es zu verdanken, dass du ein Einser-Abi gemacht hast und im Jahr darauf dein Politikstudium in Paris beginnen konntest. Eben darum hütest du dieses Foto von euch beiden in Malo-les-Bains an einem verregneten Tag im August 1995 wie deinen Augapfel. Du trägst das Foto immer bei dir.

Im Januar 1996 sind die Demonstrationen vorbei, du gehst wieder regelmäßig zur Schule und hängst dich richtig rein. Du sagst, deine Mutter war entgegen deiner Erwartung erleichtert, dass du mit einem Jungen wie Jason zusammen warst. Du sagst, deinen Brüdern passte es dagegen überhaupt nicht, ihre Schwester mit einem Weißen. Boubacar und die anderen. Boubacar ist der, von dem Losey dich später auf Bitten Berthets befreit hat, als du bei McDonald's am Boulevard Saint-Michel gejobbt hast und Boubacar bei dir in deinem Studentenzimmer in der Rue Muller Zuflucht vor den Bullen von Roubaix suchte.

Ich vermute, Berthet hat deinen Brüdern auf die eine oder andere Art Angst eingejagt, jedenfalls ließen sie dich danach in Ruhe. Keine Ahnung, wie er das angestellt hat, Joubert handelt diese Episode in seinem Manuskript nur kurz ab. Irgendwie hat er sie eingeschüchtert, auf indirekte Art. Berthet fühlte sich in Roubaix so wohl wie ein Fisch im Wasser. Er hatte Freunde in den diversen Bistros, bei den Kabylen, den Harkis, den Senegalesen oder auch den Mah-Jongg-Spielern.

Berthet hatte die Fähigkeit, sich immer und überall wie ein Fisch im Wasser zu fühlen, eine Kunst, die er ganz offenbar an Martin Joubert weitergegeben hat.

Die Kunst des Verschwindens, des Unsichtbarwerdens, der guten alten Chamäleontechnik …

Den Coup gegen Jason im Mai hat er jedoch nicht kommen sehen.

Man weiß nicht genau, was vorgefallen ist.

Du warst im letzten Jahr vor dem Abi und bereitetest dich gerade auf die Prüfungen vor. Jason fuhr zu einem Treffen von Globalisierungsgegnern in Arras. Er nahm seinen alten Renault Super 5. Er wollte nicht, dass du ihn begleitest, er meinte, du brauchtest die Zeit zum Lernen und solltest erst mal dein Abi machen. Er sah dich bereits Politologie studieren.

Als ihr am Sonntagmorgen in Wazemmes Flugblätter verteiltet, kam es zu ersten Zusammenstößen mit den Skins von Lille. Sie forderten lauthals die Stärkung des Flämischen, sie bildeten einen Stoßtrupp für den Patriotischen Block. Das war nicht der Block von heute, von Agnès Dorgelles, der vorgibt, salonfähig geworden zu sein, nein, sondern noch der ihres Vaters Roland Dorgelles, ein Rechtsextremer alter Schule.

Am Sonntag ist in Wazemmes Markttag. Man verteilt seine Flugblätter zwischen Flohmarkt und Wochenmarkt, gegenüber von der Kirche Saint-Pierre-Saint-Paul.

Da kommen die Skins mit ihren verfaulten Zähnen, klopfen ihre üblichen Sprüche. »Mit diesem aidsverseuchten Affenweibchen betreibst du Verrat an deiner Rasse, Alter....«

Ja, genau, auf diesem Niveau.

Berthet hat es selber gehört. Er war natürlich da, beugte sich ganz in der Nähe über die Kisten der Bouquinisten. Joubert schreibt, dort hätte er die Originalausgabe von *Gedichtroman* von Perros entdeckt, das Buch, das er in Lissabon dabeihatte, als Simon Polaris ihm die Junkies auf den Hals schickte und die Unité die Kontrolle über einen Psychopathen verlor, der Amina Bâ im Duas Nações tötete. Das klingt ganz so, als hätte es sich ein Romanautor ausgedacht. Wieso taucht ausgerechnet in dem Moment dieses Buch auf? Das ist das alte Problem von Romanen, die Wahrheit wirkt oftmals ziemlich konstruiert. Aber nehmen wir mal an, es stimmt.

Es ändert nichts an der Tatsache, dass bei jeder Flugblattaktion die gleichen Skins auftauchten, es zu den gleichen verbalen Aggressionen kam. Handgreiflich wurden sie nicht. Dafür war dort zu viel los. Außerdem drehten ein paar Streifenpolizisten ihre Runde.

Ich habe gesagt, du weinst nie in der Öffentlichkeit, meine Kardiatou. Aber Berthet kannte dich, Jason Vandekerkove kannte dich. Sie wussten es. Sie wussten damals bereits, was ich heute weiß. Sie sahen, wie du mit den Tränen kämpftest, wie du das Kreuz durchdrücktest, einmal Turnerin, immer Turnerin, selbst wenn du im Jahr vor dem Abi mit dem Training und den Wettkämpfen aufgehört hattest.

Tja, im Nachhinein ist es leicht, einen Zusammenhang zwischen Jasons Unfall und den Beleidigungen auf dem Markt von Wazemmes herzustellen … Wer weiß das schon … Als ich dich gestern darauf ansprach, sagtest du, du wärst dir da ganz sicher, und Berthet würde diesen Zusammenhang zu Recht herstellen.

Joubert stellt diesen Zusammenhang in seinem Manuskript auch her.

Am siebzehnten Mai 1996 steigt Jason gegen achtzehn Uhr in seinen Wagen. Du bist beunruhigt. Du bist allein in der Einzimmerwohnung. Du weißt nicht, warum du dich nicht auf diesen Hegel-Text konzentrieren kannst, den Text, in dem er darlegt, dass das Talionsprinzip trotz seiner offensichtlichen Barbarei tatsächlich der erste Entwurf einer Rechtsprechung sei.

Berthet würde dem sicher nicht widersprechen, wenn er noch da wäre.

Die Kundgebung der Globalisierungskritiker auf der Grand-Place in Arras ist erst um zwanzig Uhr. Normalerweise braucht man nicht mehr als eine gute Dreiviertelstunde bis nach Arras. Aber Jason Vandekerkove hatte schon immer Angst, zu spät zu kommen – Pünktlichkeit ist die Höflichkeit der Arbeiterklasse, das steckte einfach in ihm drin. Außerdem sind zwischen siebzehn und neunzehn Uhr die Ausfallstraßen in Lille immer verstopft, vor allem die Autobahn Richtung Paris. Man vermutet, dass die mit einer Schleuder abgeschossene Stahlkugel, die seine Windschutzscheibe durchschlug, von einer Brücke auf der Höhe der Ausfahrt Lens aus abgeschossen wurde. Es war nicht die Stahlkugel, die Jason getötet hat, aber sie war ganz offensichtlich dafür verantwortlich, dass er die Kontrolle über seinen Renault Super 5 verlor, die Windschutzscheibe zersprang sternförmig, er konnte nichts mehr sehen und geriet in Panik auf die Gegenfahrbahn.

Jason Vandekerkoves Wagen wurde frontal von einem Schwertransporter aus Litauen erwischt. Er landete auf der Seite, war nur noch ein Haufen Blech, nachdem er die Leitplanke durchbrochen hatte. Der Verkehr kam drei Stunden zum Erliegen. So lange dauerte es, bis die Sanitäter Jasons Leiche geborgen und das Autowrack von der Straße geholt hatten.

Ein rotes Auto, selbstverständlich.

Abgesehen von einigen Leichtverletzten bei der darauffolgenden Karambolage war Jason das einzige Opfer. Er war sofort tot. Kein schöner Anblick. Im Übrigen hast du ihn nicht mehr sehen können. Du bist dem Trauerzug gefolgt, zusammen mit seinen Genossen aus der KP, seiner Familie, deinen Freundinnen vom Gymnasium. Es war der Friedhof in Lille-Sud. Deine Mutter war gekommen, das hat dich überrascht.

Du hast dich für diesen Gedanken geschämt, aber während der Beisetzung hast du dich gefragt, wie du es anstellen könntest, die Einzimmerwohnung zu behalten. So zumindest erzählt es Joubert. Du wolltest nicht ins Courées-Rouges-Viertel zurück. Du wolltest in Wazemmes bleiben, dich unter der Bettdecke verkriechen, wo du mit Jason Vandekerkove geschlafen hattest, und so lange wie irgend möglich seinen Geruch in der Nase behalten.

Am Grab wurde die Internationale gesungen. Du hast mitgesungen, aber du hast nicht geweint. Du dachtest an Hegel, an das Talionsprinzip.

Was denn? Alle auf diesem frühlingshaften Friedhof dachten es, aber keiner wollte es aussprechen. Die letzte Auseinandersetzung mit den Skins. Ja. Aber konnte nicht ebenso gut irgend so ein kontaktarmer Idiot aus dem Kohlebecken auf der Brücke Blödsinn getrieben haben, ohne sich der möglichen Folgen bewusst zu sein? Solche Fälle hatte es andernorts auch schon gegeben, wenn auch keine so gravierenden. Da ging es um eine Handvoll Kieselsteine. Niemand hat in dem Moment eine klare Verbindung zu den flämischen Skins hergestellt, zu den Leuten von Terre et Peuple, niemand ging so weit, das zu behaupten. Niemand hatte dafür Beweise.

Niemand ging so weit, außer Berthet.

Und Berthet brauchte keine Beweise.

Er ertrug es nicht, dich so traurig zu sehen. Er war wohl auch bei Jasons Beisetzung. Er stand ein wenig abseits. Mit Sicherheit hat er dort auch den Typen vom Verfassungsschutz gesehen, der bei keiner Beerdigung eines politischen Aktivisten fehlen durfte.

Die vom Verfassungsschutz dachten vermutlich ebenfalls an die Skins, aber es konnte auch reiner Zufall sein.

Ja, das konnte es, aber nicht für Berthet, um das noch mal zu betonen.

Joubert erzählt, dass es, während du dich ganz auf das bevorstehende Abitur konzentriertest, nachdem es dir gelungen war, die Einzimmerwohnung in Wazemmes dank Wohngeld und der Solidarität von Jasons Parteigenossen zu halten, zu auffällig vielen Todesfällen unter den identitären Skins kam. Damals nannte man sie zwar noch nicht so, aber das Gedankengut war bereits vorhanden. Auch bei den Skins war unklar, ob es sich um Unfälle handelte oder nicht.

Zum Beispiel bei den beiden, die in den Büroräumen ihrer Vereinigung in Lambersart bei einem Feuer ungeklärter Ursache bei lebendigem Leib verbrannten.

Oder bei dem, der im Hinterzimmer einer Schwulensauna in der Nähe vom Bahnhof in Lille ums Leben kam, am helllichten Tag. Genickbruch.

Oder bei dem, der im Juni beim Baden in Belgien in De Panne ertrank. Er war auf dem Weg zu einem Treffen der europäischen Kryptonazis in Diksmuide. Berthet erzählte Joubert, danach habe er sich ein Bier auf der Place de Furnes gegönnt, ein Westmalle Tripel, und dazu ein Stück Gouda mit Kreuzkümmel, und während die Sonne langsam unterging, habe er sehr lange das Rathaus betrachtet, den Belfried, die Häuser mit ihren Ziergiebeln und Tierskulpturen oben drauf.

Er erzählte Joubert ebenfalls, erst dann sei es ihm besser gegangen, erst dann habe er Kardiatous Kummer besser ertragen können. Danach habe er dann beschlossen, die Vendetta zu beenden, auch um keine Aufmerksamkeit auf sich zu ziehen und die Unité nicht zu nerven, die ohnehin schon ziemlich genervt war, weil er an dieser Negerin einen Narren gefressen hatte.

Losey konnte schließlich nicht alles ausbügeln.

Im Juni, meine Kardiatou, hast du dein Abi gemacht, Sehr gut mit Auszeichnung. Joubert schreibt in seinem Manuskript, am Tag der Verkündung der Ergebnisse seist du so schön gewesen wie eine junge Witwe.

Dieser Idiot mit seiner Literatur.

3

Die Morgendämmerung naht.

Das sehe ich durch die Fensterläden hindurch. Es sieht aus wie Tinte, die heller wird, langsam verwässert. Im Pinienwald singen die ersten Vögel. Ein friedvolles Licht mit einem sanften Ausklang.

Aber du, meine Kardiatou, meine Kar-dia-tou, wirst heute wieder bei geschlossenen Läden in der Bibliothek sitzen und die *Illuminationen* von Rimbaud lesen, und davon nichts mitbekommen.

Aus Jouberts Manuskript weiß ich, woher deine Vorliebe für die *Illuminationen* kommt. Du hast eine besonders hübsche Ausgabe, die du immer dabei hast. Sie lag auf deinem Nachttisch in Lissabon und war selbst neben den Aktenstapeln auf deinem Schreibtisch in der Rue de Valois immer in greifbarer Nähe.

Noch so eine Geschichte, die Berthet, Joubert und dich verbindet.

Berthet und Joubert kannten sich nicht. Du warst ein bildhübscher Teenager.

Berthet und Joubert sollten sich erst Jahre später wieder über den Weg laufen, zwei Jahrzehnte danach.

Und du, meine Kardiatou, meine Kar-dia-tou, standst schon damals im Herzen des Geschehens.

Ihr drei.

Zu der Zeit heißt Berthet Alain Defrance, und Martin Joubert heißt Denis Clément, außer für die Leute, die seine ersten beiden Romane gelesen haben (noch keine Kriminalromane) und seine Rezensionen im Literaturteil des *Quotidien de Paris*. Sprich: Wenige Leute, sogar ziemlich wenige Leute.

Dieses Mal befinden wir uns im Jahr 1993, genau, und du bist in der neunten Klasse. Wir sind im Französischunterricht am Brancion, es ist die letzte Stunde, von sechzehn bis siebzehn Uhr. Wir haben Februar. Draußen ist es bereits dunkel. In der Klasse geht es drunter und drüber, wie man sich denken kann. Fünfundzwanzig pubertierende Schüler in einer Brennpunktschule voller Wut auf die Klassengesellschaft ergeben eine explosive Mischung.

Joubert ahnt nicht, dass Berthet auf seiner Etage als Reinigungskraft arbeitet. Nachdem Berthet beschlossen hat, wegen Kardiatou in Roubaix zu bleiben, also im September 1992, kurz nach Beginn des neuen Schuljahres, und er dieses heruntergekommene Zimmer im Alma-Gare-Viertel gemietet hat – vielleicht eine Art, Abbitte zu leisten, Buße zu tun, oder was auch immer –, war es ihm gelungen, ab Januar im Rahmen einer Arbeitsbeschaffungsmaßnahme einen Job am Collège zu bekommen.

Das war im vordigitalen Zeitalter. Berthet fertigte ohne große Mühe einen Behindertenausweis an, mit dessen Hilfe er sich bewerben konnte.

Er verpasste sich selbst einen IQ kurz vorm Schwachsinn und absolvierte mit Erfolg das Bewerbungsgespräch mit einer Sozialhelferin bei der Behörde. Er sagte, da er keinen Führerschein habe, wäre es gut, wenn er in Roubaix arbeiten könnte. Er habe gehört, am Collège Brancion suchten sie jemanden, die Kinder dort seien bekanntlich ziemliche Rüpel und darum hätten die dort Personalprobleme. Ob die nette Dame die Sache wohl etwas beschleunigen und für ihn am Collège anrufen könne? Damit habe er so seine Probleme, weil er nicht so gut reden könne. Die nette Dame, die ausnahmsweise mal wirklich nett war, griff also zum Telefon und rief den Direktor vom Brancion an. Es kam schließlich nicht so häufig vor, dass ein Erwachsener in seiner Lage die Initiative ergriff, sich umhörte und versuchte einen Job zu finden.

So wurde Berthet also zum Putzmann am Brancion, und all das nur, um dich nicht aus den Augen zu verlieren, meine Kardiatou.

Ehrlich gesagt kann ich mir Berthet nur schlecht als Putzmann vorstellen.

Auf den meisten Fotos, die momentan von ihm im Umlauf sind, sieht er eher wie ein britischer Professor aus, leicht zerstreut, lässig elegant gekleidet. Oft trägt er eine Brille, eine falsche, mit Fensterglas. Berthet war unter anderem mal Eliteschütze.

Insofern ist es schon eigenartig, ihn auf einem anderen Foto im Blaumann zu sehen, mit krummem Rücken und leicht schielend. Die Aufnahme entstand bei der Abschiedsfeier eines Kollegen in den Ruhestand.

Aber Berthet war einer von den Guten. Einer von den sehr Guten. Ich habe keine Ahnung, meine Kardiatou, mein Schatz, ob dir die Ähnlichkeit zwischen dem Mann von Brévin-les-Monts und dem vom Collège Brancion aufgefallen ist, aber da ich auch nicht weiß, ob du das Manuskript von Joubert wirklich gelesen hast, werde ich dich später danach fragen, wenn die Dinge sich etwas beruhigt haben, falls sie sich denn beruhigen.

Also, es ist ein Freitag im Februar 1993, und Joubert ist es gelungen, für etwas Ruhe in der Klasse zu sorgen. Dafür hat er ungefähr eine Viertelstunde benötigt. Berthet putzt währenddessen den Flur, ausgerüstet mit seinem Reinigungswagen inklusive zwei Wasserbehältern, Besen, Schwämmen, Mülltüten. Aber vor allem lauscht Berthet an der Tür.

Joubert verteilt Fotokopien von *Morgenröte* von Rimbaud. Man hört Lacher.

Joubert wird laut.

Das Lachen hört auf.

»Lest den Text, für euch. Verstanden, Karim? Abdoulaye, setz dich um.«

Stille kehrt ein.

Joubert hat eine natürliche Autorität. Erstaunlich für einen Typen, der in seinen Büchern so weinerlich ist. Vor allem in seinen Gedichtbänden. *Die Beschreibungen überspringen,* so ein Scheiß! Berthet steht da, hat einen Schwamm in der Hand, mit dem er ein Graffito an der gegenüberliegenden Wand entfernen will – ein gekrümmter Schwanz, unter dem steht: »Deine Mutter ist eine Schwanslutscherin« – und hört, was in Raum 21 vor sich geht, dabei rezitiert er den Text leise vor sich hin:

Ich habe die Sommermorgenröte umarmt.
Noch rührte sich nichts an den Palästen …

»Gibt es Anmerkungen dazu?«, fragt Joubert.

Stille.

Unterdrücktes Kichern.

Wieder Stille. Und dann:

»Ja, Kardiatou, du möchtest etwas sagen?«

Ein paar vereinzelte Pfiffe, zwei oder drei »Arschkriecherin«-Rufe.

»Lasst Kardiatou bitte reden.«

Und dann hast du geredet, Kardiatou.

Jouberts Manuskript zufolge haben sie beide, er hinter seinem Pult und Berthet an der Tür, mit bangem Herzen gelauscht. Du hast damals das erste Mal einen Text von Rimbaud gelesen, und sie spürten, dass du auf Anhieb alles verstanden hattest, und wussten, Rimbaud würde zu den Schriftstellern gehören, die dein Leben für immer verändern würden. Du hattest Tränen in den Augen, meine Kardiatou, aber du weintest nicht. Du wusstest, wenn du wegen eines Gedichts in Tränen ausbrechen würdest, wäre die Hölle los. Total »ballaballa«, das Mädchen.

»Wenn Rimbaud dich interessiert, solltest du dir in der

Schulbücherei andere Gedichte von ihm ausleihen, Kardiatou«, sagte Joubert, um seine Rührung zu verbergen, als das Klingeln ertönte.

Das Problem war nur, Kardiatou Diop, Schülerin der neunten Klasse, in der Schulbücherei an deinem Collège gab es zwar viele Jugendbücher und Comics, aber die Verantwortlichen hatten ihre Zweifel, ob es Sinn machte, Geld für die Anschaffung von Klassikern auszugeben, die sowieso nie ausgeliehen würden. Wer am Brancion würde denn Rimbaud lesen, jetzt mal ehrlich? Und war es überhaupt vertretbar, diesen Kindern, deren Herkunft man respektieren sollte, diese bourgeoise Kultur aufzudrängen?

Manchmal verstehe ich, warum Joubert, für den ich ansonsten keinerlei Sympathien hege, einige Jahre später aus dem Schuldienst ausschied.

Als Berthet das mitbekam, fuhr er nach Lille und kaufte bei den Bouquinisten an der Vieille Bourse deine hübsche Ausgabe der *Illuminationen*, eine kleinformatige Mercure-de-France-Ausgabe von 1912 mit einem schlichten, aber frisch wirkenden Einband aus blauem Chagrinleder, mit fünf erhabenen Bünden auf dem Buchrücken.

Joubert hatte die gleiche Idee, aber er begnügte sich mit einer Taschenbuchausgabe. Als er sie dir eine Woche später nach der Stunde überreichen wollte, bedanktest du dich, sagtest, das rühre dich sehr, aber er solle das Buch bitte jemand anderem geben, dir sei da etwas Seltsames passiert, eine Art Zeichen. Das beweise, dass Rimbaud ein magischer Dichter sei, ein echter Zauberer.

»Wie meinen Sie das, Mademoiselle Diop?«

»Dieses Buch habe ich bei mir zu Hause im Briefkasten gefunden. Schön, oder?«

Joubert blätterte also die von Berthet gekaufte Ausgabe der *Illuminationen* durch. In seinem Roman schreibt er, in dem Moment habe er gedacht, da sei ein kleines Wunder geschehen, wie es nur in einem solchen Brennpunktviertel geschehen könne. Er glaubte, ein Junge aus deiner Klasse, der in dich verliebt war und sich nicht traute, dir seine Liebe zu geste-

264

hen, müsse dir dieses schöne Geschenk gemacht haben, eine andere Erklärung fand er nicht.

Die Tatsache, dass du bei unserem überstürzten Aufbruch nach Touquet nach deinem Rücktritt die von dir so geliebte Rimbaud-Ausgabe auf dem Schreibtisch in der Rue de Valois hast liegen lassen, Kardiatou, zeigt, dass die Dinge seit Brévin für dich nicht zum Besten stehen. Allerdings hast du bis zu deiner Abreise auch keine zwei Stunden gebraucht und auf eine wie auch immer geartete ordnungsgemäße Übergabe deines Amtes verzichtet. Bei der vorher kurzfristig anberaumten Pressekonferenz sagtest du, du könntest nicht länger einer Regierung angehören, die nicht in der Lage gewesen sei, das gegen dich laufende Komplott zu erkennen, beziehungsweise deren Mitglieder teilweise davon gewusst oder es sogar mit initiiert hätten.

Zu den auf der Freitreppe wartenden Journalisten sagtest du dann, selbstbeherrscht wie immer, auch wenn ich wusste, dass du innerlich völlig aufgelöst warst, dass, wenn dir irgendetwas zustoßen würde, das ein klares Indiz dafür wäre, dass Berthetleaks die Wahrheit sage und dieser Autor namens Joubert das keineswegs frei erfunden habe, und dass man es sich zu einfach mache, wenn man die Vorfälle in Brévin-les-Monts ein paar durchgedrehten Einzeltätern aus dem Umfeld des Patriotischen Blocks und seiner Kandidatin Agnès Dorgelles anlasten würde.

Diese, mit 50,23 % und einem Vorsprung von gerade mal zweihundert Stimmen zur neuen Bürgermeisterin von Brévin-les-Monts gewählt, trotz zahlreicher Beschwerden beim Verfassungsrat, hielt keine halbe Stunde nach deinem Rücktritt sogleich eine Pressekonferenz ab. Dunkelhaarig, groß, entgegen allen bisherigen Gepflogenheiten mit Zigarette im Mund, sprach sie vom Sitz des Blocks aus, dem sogenannten Bunker, bei La Défense.

An ihrer Seite ihr Mann, Antoine Maynard, PR-Beauftragter der Partei, aber auch Strobel, die Nummer zwei, und dieser kleine unheimliche Muskelprotz, der ihren Sicherheitsdienst leitet, Stéphane Stankowiak, genannt Stanko. Agnès

Dorgelles versicherte, sie habe großen Respekt für Kardiatou Diops Entscheidung, und teile ihre Beunruhigung. Der Berthetleaks-Skandal habe offengelegt, dass dieser Staat über eine Geheimpolizei verfüge und von den immer gleichen Parteien und Lobbyisten gekapert worden sei, die uns fünfzig Jahre lang vorgegaukelt hätten, dass es so etwas wie demokratischen Wechsel gebe, das beweise, dass dieses Regime abgewirtschaftet habe. Es sei nun an der Zeit, den Augiasstall des »Tiefen Staates« auszumisten.

Agnès Dorgelles setzte ihr Raubtierlächeln auf und erklärte, ohne eine Miene zu verziehen, sie wisse aus eigener Erfahrung, wie es sei, gegen Widersacher im eigenen Lager kämpfen zu müssen. In dem Moment lächelte dieser Stankowiak seltsam wissend, der tatsächlich große Ähnlichkeit mit dem Stanko hat, den wir aus Berthets von Joubert niedergeschriebenen Beichte kennen.

Irgendwann ergriff dann Maynard das Wort, Maynard, der aussieht wie ein amerikanischer Bulle aus den fünfziger Jahren, der zu viel Junkfood gegessen hat und entsprechend schlaff wirkt. Er erklärte, er kenne Martin Joubert noch von früher, aus seiner Zeit als Schriftsteller, und auch wenn Jouberts Ansichten den seinen diametral entgegengesetzt seien, sei er eine ehrliche Haut. Wenn er so etwas wie Berthetleaks veröffentliche, entspreche das also sicher der Wahrheit. Im Übrigen habe er selbst aus nächster Nähe mitbekommen, wie die Situation in Brévin-les-Monts eskalierte, und allen Versuchen der Machthaber und vor allem des Innenministeriums zum Trotz, das Ganze zu vertuschen, lägen erste Erkenntnisse der Polizei vor, denen zufolge der Sicherheitsdienst der Partei, der Ordnungsdienst des Patriotischen Blocks, nichts mit diesen tragischen Geschehnissen zu tun hätte. Darüber hinaus sei nicht auszuschließen, dass dieser Angriff nicht *auch* auf Agnès Dorgelles abgezielt habe. Stéphane Stankowiak nickte währenddessen in einer Tour, dadurch trat der seltsame Abdruck auf seiner Stirn noch deutlicher hervor.

Wir haben uns diese Pressekonferenz auf deinem Tablet angeschaut, auf dem Rücksitz deines Dienstwagens, dem DS 4, den du zum letzten Mal benutztest. Du hast gezittert, meine Kardiatou. Du hast nach meiner Hand gegriffen. Der Personenschützer, der am Steuer saß, warf uns im Rückspiegel einen Blick zu. Er schien etwas sagen zu wollen, dann überlegte er es sich anders. Er wollte uns vermutlich seiner Loyalität versichern und sagen, dass er nichts mit Simon Polaris und der Unité zu schaffen habe. Aber da er sich denken konnte, dass wir nichts und niemandem mehr glaubten, zog er es dann doch vor zu schweigen. Dann erhielten wir einen Anruf von der Verteidigungsministerin. Du batst mich, ihn entgegenzunehmen.

»Ich bin am Boden zerstört, sagen Sie das Kardiatou bitte. Ich habe keine Ahnung, welchem unserer Geheimdienste ich noch vertrauen kann, aber ich bin dabei, das herauszufinden …«

Ich kannte die Ministerin, sie war eine protestantische ENA-Absolventin aus dem Robespierre-Jahrgang, eine stocksteife Person. Ich konnte mir nicht vorstellen, dass sie in einer wie auch immer gearteten Beziehung zur Unité stand.

»Kardiatou und Sie sollten sich jetzt einen gut abgeschirmten Ort suchen und dort abwarten, bis alles vorbei ist. Ich kann Ihnen ein paar Polizeibeamte besorgen, denen ich vertraue. Die mögen das Innenministerium nicht, zumal seit sie ihm zugeordnet wurden. Ich habe gute Beziehungen zur Führungsebene.«

Sie vermied zu sagen, dass ihr Vater früher die Polizeiakademie in Melun geleitet hat.

Während du weiter die Zähne zusammenbissest und die gleiche Schnute zogst wie auf den Teenagerfotos von dir, kurz vor einem Turnwettkampf, setzte ich ihr schließlich die Pistole auf die Brust, ich brauchte Gewissheit:

»Madame Ministerin, was hält denn Ihr Vater von der ganzen Sache, ganz ehrlich?«

Kurzes Zögern am anderen Ende der Leitung.

»Er ist ja pensioniert …«

»Aber trotzdem, er muss doch irgendeine Ahnung von dieser Geschichte mit der Unité gehabt haben, oder, Madame Ministerin?«

Es folgte ein langes Schweigen.

»Ganz ehrlich, er hat gerüchteweise davon gehört, aber zugleich hat er immer alles in seiner Macht Stehende getan, um zu verhindern, dass der Dienst unterwandert wurde, und Beamte, die im Verdacht standen, mit diesen Leuten zu arbeiten, hat er suspendiert. Sagen wir mal, er ist auf Distanz dazu gegangen, und hat versucht, auch seine Truppe und seine Führungskräfte von dem fernzuhalten, was alle heute als »Tiefen Staat« bezeichnen. Eben darum sage ich Ihnen ja, Sie können sicher sein, dass die Beamten zu Kardiatous Schutz vertrauenswürdig sind. Oh mein Gott, wie weit ist es mit uns gekommen, dass wir uns fragen müssen, wem wir überhaupt noch vertrauen können…«

Aus ihrer Stimme war ehrliche Verzweiflung herauszuhören. Unsere Eiserne Lady, so der Spitzname, den die Satiremagazine der leicht vertrockneten Mittsechzigerin gegeben hatten, der in ihrem Chanel-Kostüm und mit ihrem bombenfesten Dutt fast etwas Maskulines anhaftete, stellte auf einmal fest, dass sie in einem Land lebte, in dem Geheimniskrämerei und Lügen an der Tagesordnung waren, während sie doch seit ihrem Eintritt in die Politik davon überzeugt war, der Republik zu dienen.

Die Eiserne Lady war eine der Wenigen in der Regierung, die dich schätzte.

Zur allgemeinen Überraschung hatte sie sogar einen regelrechten Lachkrampf bekommen, als du in der Nationalversammlung »die Negerin« spieltest. Während der Premierminister beleidigt war, und bloß lasch seine Handflächen aneinanderlegte, klatschte sie dir ganz offen Beifall. In ihren Augen warst du ein Musterbeispiel für jemanden, der sich seinen Erfolg selbst erarbeitet hatte und voller Energie steckte. Genau wie du war auch sie früher mal aktive Turnerin gewesen. Das zählte erstaunlicherweise für sie.

Ich erinnere mich noch an ein Diner, kurz bevor du deine Kandidatur erklärt hast. Wir waren zu viert in ihrer privaten

Ministerwohnung: Sie, ihre Schwester, die seit dem Tod ihres Mannes ihre engste Mitarbeiterin war, und du und ich. Ihr spracht den ganzen Abend übers Turnen. Du bist richtig in Fahrt geraten, erzähltest von deinem Verein in Roubaix, in dem du mit sechseinhalb Jahren Mitglied wurdest, im Trois-Ponts-Viertel, er hieß La Flamme.

»Als ich diese Halle das erste Mal betrat, wusste ich, das ist der Ort, an dem ich immer sein wollte. Allein der Geruch! Ich muss nur die Augen schließen, dann rieche ich wieder den Schaumstoff der alten pissgelben Sportmatten, das Holz der Sprossenwand, der Schwebebalken und der Barren, das Leder der Pauschenpferde und den Schweiß der eifrig übenden kleinen Mädchen. Hier tänzelte niemand auf Spitzen herum wie im Ballettunterricht der Snobs, sondern man sah flinke, biegsame Körper, die unermüdlich an den Geräten zugange waren.«

Die Eiserne Lady warf dir einen fast mütterlichen Blick zu, sie, die kinderlos war:

»Ich verstehe Sie, Kardiatou. Ich habe auch geturnt, das hatte mein Vater so verfügt, aber meine Schwester zog Ballett vor.«

»Oh, ich wollte Sie damit nicht verletzen!«, sagtest du zur Schwester. Sie machte eine abwehrende Geste, um dir zu signalisieren, dass sie das halb so schlimm fand.

Die Eiserne Lady fuhr fort:

»Ja, mir ging es genau wie Ihnen, ich bin mit acht in den Nationalen Turnverband eingetreten. Den Ausweis habe ich immer noch, und er liegt mir mehr am Herzen als der Parteiausweis, aber bitte nicht weitersagen! Mein bevorzugtes Turngerät war der Barren. Die Winkel, die Millimeterarbeit, die technische Komplexität des Bewegungsablaufs. Oftmals kam ich mit aufgerissenen Handflächen nach Hause. Meine Schwester schmierte mir Wundcreme drauf, und zum Schlafen packte ich die Hände in Plastiktüten und legte sie flach neben mich. Ich hatte ständig blaue Flecken.«

»Ich vermisse den Geruch nach Magnesiaweiß …«

»Das geht mir genauso, meine liebe Kardiatou.«

An dem Tag also, als du gerade deinen Rücktritt erklärt hattest, war sie die Einzige, die dir die Hand reichte. Ich gab das Telefon an dich weiter, musste dich fast zwingen, das iPhone entgegenzunehmen.

Ihr spracht fünf Minuten, danach sagtest du, besänftigt: »Ja, Madame, vielen Dank für alles, wirklich.«

Der DS4 fuhr uns nach Versailles, zum Boulevard de la Reine. Du bliebst unten im Wagen. Du warst erneut kurz davor, eine Panikattacke zu bekommen. Du fühltest dich nicht in der Lage, meiner Familie entgegenzutreten, und ich konnte es dir nicht verübeln. Ich wusste, dass du ein Lexomil schlucken würdest, sobald ich im Treppenhaus verschwunden wäre. Als ich meinen Vater um die Schlüssel für die Villa in Touquet bat, hat er wohl ziemlich schnell verstanden, was los war. Er war seit kurzem im Ruhestand nach einer Karriere in der Luftfahrtindustrie.

Zwischendurch dachte ich mal, er könnte was mit der Unité zu tun gehabt haben. Schließlich hat er in einem hochsensiblen, strategisch wichtigen Bereich gearbeitet. Aber als direkt nach den Ereignissen in Brévin-les-Monts die ersten Berthetleaks-Enthüllungen publik wurden, hatte ich den Eindruck, er war wirklich am Boden zerstört.

Direkt nach den Ereignissen in Brévin rief er mich an, um zu hören, ob ich wohlauf war. Als meine Mutter später die Berichte in den Zeitungen las, bekam sie einen Nervenzusammenbruch, denn bis dahin waren kaum Bilder publik geworden.

Mein Vater, genau wie die Eiserne Lady, die derselben Generation angehörte, hatte vermutlich eine gewisse Idee von Frankreich verinnerlicht, wie de Gaulle es mal formuliert hatte, und von seiner Demokratie. Eben dieses Bild ist mit atemberaubender Geschwindigkeit in sich zusammengefallen und fällt noch.

Langsam wird es heller im Zimmer. Du wälzt dich ein wenig hin und her, du schwitzt, und ich mag deinen Geruch.

Joubert hat geschrieben, dass es Berthet genauso ging und

ihn das, als er dich das erste Mal sah, auf irrationale Art angesprochen hat.

Da muss ich an Martin Joubert denken. Er ist Snowden und Assange in einer Person, aber vorsichtiger, heuchlerischer, und auch eigennütziger. Martin Joubert ist berechnend. Er plaudert nicht alles auf einmal aus. Alles, was Berthet ihm noch erzählen konnte, lässt sich sehr leicht auf seine Authentizität hin überprüfen und ist schlicht erschreckend. Das ganze Land beginnt die Geschichte Frankreichs der letzten sechzig Jahre mit ganz anderen Augen zu sehen. Es sieht sie in einer neuen Schnittfassung, wie Berthet es in seinen Aufnahmen nannte, ein sehr treffender Ausdruck, den Martin Joubert in seinem Manuskript übernimmt.

Ich kann dir noch so oft sagen, dass du unbesorgt sein kannst, meine Kardiatou, dir versichern, dass die Villa meiner Eltern sicher ist, dass die Beamten, die sie bewachen, vertrauenswürdig sind, von der Eisernen Lady und ihrem alten Herrn eigenhändig ausgesucht wurden, trotzdem hast du mehrmals am Tag Panikattacken und bist überzeugt, dass die Unité oder irgendjemand anderes, den sie für ihre Zwecke eingespannt hat, hier auftauchen wird, um die in Brévin-les-Monts begonnene Arbeit zu Ende zu bringen. Aber nein, der Gendarmerie kann man vertrauen, es wird immer deutlicher, dass sie eine der Institutionen ist, die am wenigsten von der Unité verseucht ist. Die Eiserne Lady hatte Recht.

Aber wie soll man es dir verübeln? Ich denke wieder an Lissabon, wie ich am Telefon hing und du vor mir standst, im Bademantel, und an diese Schweißtropfen auf deinem Busen und wie du auf deinem Daumen herumkautest. Du kaust oft auf deinem Daumen herum.

Im Bett rücke ich an dich heran, nehme erneut die Löffelhaltung ein und taste nach der kaum sichtbaren Wunde, die durch diese Manie von dir entstanden ist. Sie hat sogar etwas Beruhigendes für mich, diese Schwäche eines kleinen, verängstigten Mädchens.

Noch heute frage ich mich, ob mein Gesprächspartner in Paris an jenem Tag, der Beauftragte für Terrorismusabwehr des

Matignon, mir wissentlich Blödsinn erzählt hat, um mich in die Irre zu führen, um dich in die Irre zu führen, oder ob er selber ein Opfer der Desinformation war.

Ich frage mich, ob er wusste, dass dahinter ein Übergriff der Unité steckte, weil er womöglich selber dazugehörte, ob er wusste, dass es an dem Abend in Lissabon so wenig einen tschetschenischen Terrorakt gegeben hatte, wie es Maikäfer im Dezember gibt, und ob er wusste, dass man deinen Personenschützer, Simon Polaris, der auf der Gehaltsliste der Unité stand, damit beauftragt hatte, Berthet zu töten, und einen anderen, psychopathischen Killer, der nicht mehr ganz bei Sinnen war, mit dem Mord an der armen Amina Bâ.

Der Kerl im Matignon gehörte dem Voltaire-Jahrgang an, war Absolvent der École de guerre, der Eliteuniversität für Militärwesen. Nach den bisher vorliegenden Erkenntnissen ist er nicht in den Unité-Skandal verwickelt, aber, verdammte Scheiße noch mal, selbst drei Monate danach muss das überhaupt nichts heißen. Jeder nimmt jetzt jeden unter die Lupe. Vermutlich werde ich nie herausfinden, ob dieser Typ da mit drinsteckte oder nicht, und wenn ja, wie sehr.

Die Unité ist wie ein Krebsgeschwür, schreibt Martin Joubert irgendwo in seinem Manuskript, kein sehr originelles Bild. Aber ein Krebs, von dem man nur die Metastasen aufspüren wird, ohne je das eigentliche Geschwür zu finden, ergänzt er. Und das schlimmste wäre, merkt er abschließend an, wenn es gar keinen Krebs gäbe, oder es ihn nicht mehr gäbe, wenn das Monster keinen Kopf hätte, wenn es längst vergessen hätte, in wessen Dienst es eigentlich stand, wenn es unmöglich wäre herauszufinden, wer an der Spitze steht, wenn es einem kopflosen Huhn gliche, das aus bloßem Reflex immer weiterläuft.

Die Unité...

Jouberts Manuskript traf über den Umweg über meine Pariser Wohnung vor drei Tagen per Post hier ein. Ich habe gesehen, wie die Bullen die Sendung geöffnet haben. Ein unleserlicher Stempel, keinerlei Begleitschreiben, dabei bin ich sicher, dass Joubert es selber abgeschickt hat. An dich. Damit du als Erste in den Genuss kommst. Aber momentan habe ich den Eindruck, dich interessieren nur die *Illuminationen*.

Berthet hat die Apokalypse nicht gewollt, die Joubert ausgelöst hat. Berthet betrachtete Jouberts Roman als seine Lebensversicherung gegenüber der Unité. Berthet wünschte sich einen ruhigen Lebensabend, am liebsten in Lissabon, in einer Wohnung im Bairro Alto, eben jener Wohnung, in der man Spuren des zersägten Simon Polaris finden sollte, deines Personenschützers, der am Tag des angeblichen tschetschenischen Anschlags verschwunden war.

Berthet war nicht gerade zartbesaitet, das kann man nicht behaupten.

Aber nun gut, wenn man sieht, was die Unité so alles gemacht hat, ist er im Vergleich dazu ein Agent mit einer gewissen Moral. Ich weiß, das mag in deinen Ohren seltsam klingen, aber mir fällt kein passenderer Begriff ein. Je mehr ich Berthetleaks höre oder lese, desto mehr schwanke ich zwischen Ekel und Angst.

Ich habe immer gedacht, die Demokratie könnte oder müsste sogar zu ihrem eigenen Schutz unter bestimmten Umständen verdeckt agieren. Letztendlich bin ich eben auch nur ein moderner hoher Beamter, das heißt, ich habe nicht besonders viele Illusionen, sondern möchte vor allem, dass die Maschinerie des Staates reibungslos funktioniert. Aber nun stelle ich fest, dass diese Maschinerie sich durch die Unité schon seit geraumer Zeit jeder Kontrolle entzieht.

Ich meine jetzt nicht nur bei einem Staatsstreich in Afrika, einer Entführung oder einem politischen Attentat nach Art von Ben Barka oder einer Destabilisierung, wie sie Pompidou bei der Markovic-Affäre erlebt hat, die Berthet zufolge im Übrigen von A bis Z von der Unité eingefädelt wurde, nein, ich meine Machenschaften größeren Auswuchses, vollkommen irre Sachen, die zum Ziel hatten, die gesamte Gesellschaft in eine bestimmte Richtung zu lenken. Und all das mit einer unglaublichen Perversität.

Damit nicht genug, zitiert dieser prätentiöse Joubert als Kommentar dazu dann auch noch Guy Debord, das war ja klar...

4

Wie erwartet hast du beschlossen, meine Kardiatou, den Tag bei geschlossenen Läden in der Bibliothek der Villa mit der Lektüre der *Illuminationen* zu verbringen. Dabei ist heute ein sonniger Junitag, ein wenig frisch, aber mit einem sanften Ausklang, wenn man an einer windgeschützten Stelle bleibt.

Woran denkst du wohl, mein Schatz? Daran, dass dein Schutzengel *auch* ein Ungeheuer war? Daran, was du jetzt tun sollst, du, Kardiatou Diop, Ex-Staatssekretärin, Ex-Kandidatin bei den Kommunalwahlen, die im Zentrum eines Skandals steht, der alles mit sich hinwegreißt? Daran, dass dein Leben womöglich nach wie vor von Ultras der Unité bedroht ist, die noch möglichst viel Unheil anrichten wollen, bevor sie von der Bühne abtreten, so wie die Securitate-Schützen beim Sturz von Ceaușescu?

Wir beide wissen zum Beispiel, ohne darüber gesprochen zu haben, dass das Attentat vor einer Woche mit drei Toten und einem Dutzend Verletzten auf die vorbeifahrende Wagenkolonne des Pariser Polizeipräfekten, der auf dem Weg zu einem Treffen mit Bobonaparte an der Place Beauvau war, kurz bevor dieser zurücktrat, auf das Konto dieser durchgedrehten, außer Kontrolle geratenen Ultras geht.

Die Bilder, die man in den diversen Nachrichtensendern sah, erinnerten an die siebziger Jahre in Deutschland oder Italien: Am Boden liegende Motorradpolizisten, verletzte Passanten, die auf Caféterrassen verarztet werden, ein Citroën DS5, durchlöchert wie ein Sieb, Blutspuren auf den Windschutzscheiben, dem Asphalt ... Bleierne Jahre, die Strategie der Spannung. Was wollen diese Fanatiker erreichen? Wollen sie ein solches Chaos anrichten, dass die Politiker, die nicht in den Skandal verwickelt sind, ihre Säuberungsaktionen einstellen, und so der Unité die Möglichkeit geben, sich erneut im Herzen des »Tiefen Staates« einzunisten?

Der Polizeipräfekt bildet zusammen mit dem Premierminister und der Eisernen Lady eine Art informelle Dreiergruppe, die eine Taskforce ins Leben rufen will, die diesen Flächenbrand löschen und sich einen Überblick darüber verschaffen soll, wie stark die Institutionen unterwandert sind, um diesen »Tiefen Staat« zu zerschlagen.

Bei diesem Anschlag ist der Präfekt noch einmal mit knapper Not mit dem Leben davongekommen. Ein Mitglied seiner eigenen Motorradstaffel versuchte ihn niederzuschießen, nachdem die Schießerei mit den Angreifern – drei Motorräder mit jeweils einem Fahrer und einem Schützen darauf – im Grunde beendet war. Der Motorradpolizist zückte gerade seine Dienstwaffe, als ein Crossover mit Blaulicht, den man unverzüglich von der Île de la Cité herübergeschickt hatte, direkt auf der Höhe des großen Gemetzels zum Stehen kam, um den Präfekten, der nur eine leichte Schnittwunde im Gesicht abbekommen hatte, aber ansonsten die Ruhe behielt, vom Tatort wegzubringen. Die Pistole des Motorradpolizisten hatte wie durch ein Wunder eine Ladehemmung, und die anwesenden Bullen konnten sich auf ihn stürzen und ihn zu Boden werfen. Natürlich war er in Wirklichkeit gar kein Motorradpolizist, sondern hatte sich nur morgens mit einem gefälschten Einsatzbefehl und der Anweisung, einen kranken Kollegen zu vertreten, zum Dienst gemeldet. Den Kollegen fand man dann bei sich zu Hause in seinem Einfamilienhaus in Juvisy vor, erschossen, genau wie seine Frau und seine beiden Kinder und sogar der Hund.

Willkommen im Frankreich von Berthetleaks.

Ja, woran denkst du wohl gerade, mein Schatz? Welche Optionen siehst du für dich, meine Kardiatou?

Verschwinden? Reagieren? Kommunizieren, wie man heute sagt?

Ich verbringe meinen Tag am Telefon.

Ich versuche, Informationen direkt von der Quelle zu bekommen.

Alle tappen im Dunkeln. Keiner wagt etwas zu sagen. Im Übrigen traut man auch niemandem mehr über den Weg. Überall, von wenigen Ausnahmen abgesehen, spürt man Hysterie und Panik. Der Präsident selbst bleibt stumm, die Dienstreise nach Zentralasien kommt da wie gerufen. Wie immer findet er es ganz dringend, nichts zu überstürzen, auch wenn Bobonapartes Rücktritt ein harter Schlag sei. Es heißt, er wolle die Karten neu mischen, indem er das Parlament auflöst, wenn diese »Geschichte mit der Unité«, so seine Worte, ein für alle Mal beendet sei.

Nun ist der Premierminister am Zug. Monatelang hat man ihm seine mangelnde Präsenz in den Medien vorgeworfen, seine mangelnde Autorität. Das Einzige, was man ihm zubilligte, war eine gewisse Ehrlichkeit. Heute ist es diese Ehrlichkeit, die zur Beruhigung der Öffentlichkeit beiträgt, genau wie die informelle, aber ziemlich solide Achse, die er mit der Eisernen Lady im Verteidigungsministerium bildet. Ach ja, übrigens, sie fragt jeden Tag, wie es dir geht, aber du willst immer noch nicht reden. Mit niemandem. Der Premierminister dagegen ruft nicht an. Dem bist du im Grunde seit deinem Eintritt in die Regierung mächtig auf die Nerven gegangen, und du hast sie dann ja auch mit Pauken und Trompeten verlassen.

Wenn ich gerade mal nicht telefoniere, vertiefe ich mich immer und immer wieder in Martin Jouberts Manuskript.

Martin Joubert, der nach dem ganzen Chaos in Brévin-les-Monts verschwunden ist.

Nach Berthets Tod.

Wenn Berthet überlebt hätte, hätte die breite Öffentlichkeit nie von Berthetleaks erfahren. Berthetleaks sollte eigentlich nur als Grundlage für Jouberts Manuskript dienen und nur in codierter Form erscheinen, auch wenn es letzten Endes nicht schlecht ist, dass nun alle Bescheid wissen. Zumindest wenn wir das kollektiv überleben und wieder zu einer Demokratie werden, ja, das wäre wirklich nicht schlecht.

Die haben sich in den vier Monaten jedenfalls eine Menge erzählt … Und eben dieses Rohmaterial, das Joubert herausdestilliert und im Netz verbreitet hat, erschüttert das Land in seinen Grundfesten.

Während seines Aufenthalts in Brive-la-Gaillarde hat Martin Joubert bei Berthet jedenfalls eine gute Schule durchlaufen. Dein Schutzengel hat ihm nicht nur haufenweise Zeug über die Aktivitäten der Unité erzählt, sondern scheinbar auch so ein paar Agentenzaubertricks verraten. Möglicherweise hat Berthet ihm sogar die Liste mit seinen zahlreichen Verstecken gegeben, und den dazugehörigen Bankkonten. Jemand, der heute komplett von der Bildfläche verschwindet, muss jedenfalls intelligent sein. Intelligent und reich, und in der Lage, sich der flächendeckenden Videoüberwachung zu entziehen. Aber Joubert ist alles in allem nur ein dicker, zu Weinerlichkeit neigender Mann um die fünfzig, ohne Kohle, der seinen Computer bisher ausschließlich zum Schreiben seiner Prosa benutzt hat, oder zum Verschicken von Mails, oder um sich in den sozialen Netzwerken wichtig zu machen. Berthet hat ihn demnach in einen Experten verwandelt, einen einsamen Wolf, einen cleveren Hacker, einen Geist …

Im Übrigen frage ich mich, wie Martin Joubert es geschafft hat, so viele hübsche Frauen rumzukriegen.

Wie diese Sylvie Marcinkovsky, oder diese Hélène Rieux, die hat echt Klasse, muss man sagen. Sie reagieren beide nicht auf Interviewanfragen, plaudern nichts aus, und man meint sogar, in ihren Augen eine leichte Wehmut aufblitzen zu sehen, wenn man sie auf Joubert anspricht, scheinbar haben sie immer noch nicht die Nase voll von ihm.

Darüber hinaus wird Martin Joubert immer mehr zum Helden der Linksradikalen, gerade bei der ADL, weißt du, der Allianz der Lebenden, die, die du bei deiner Kampagne in Brévin-les-Monts bezirzt hast, meine Kardiatou. Sie sagen, die Existenz der Unité beweise, dass alle Thesen, die sie in *Auf in den Untergang* vorgebracht haben, Gültigkeit hätten.

Martin Joubert, dessen großer Traum es war unterzutauchen und für niemanden erreichbar zu sein, dürfte jetzt frohlocken. Eines seiner Lieblingsthemen in seinen Büchern war schließlich die Unerreichbarkeit. Tatsächlich weiß niemand, wo er ist. Ich habe von meinen Informanten nur gehört, dass ein Dutzend Verlage, so wie du auch, so wie wir auch, sein Manuskript erhalten haben. Nur die Verlage, die Berthet zufolge keine ehrenwerten Abgesandten der Unité in ihren Verlagsräumen hatten. Die anderen sind jetzt beleidigt, logisch. Sie stehen wie die letzten Idioten da, und können außerdem kein Buch herausbringen, das totsicher ein Bestseller wird. Selbst wenn wir durch Berthetleaks schon alles wissen, im Manuskript steht darüber hinaus auch noch viel über dich, Kardiatou, über dich und Berthet, über diese seltsame Liebe, die er dir entgegenbrachte. Es ist eine schöne Liebesgeschichte, wirklich.

Die Schöne und das Tier.

Der Schutzengel.

Dennoch will dieser Federfuchser, dieser Reimschmied, die Gebote in die Höhe treiben. Dabei plaudert er freimütig aus, dass Berthet ihm dreihunderttausend Ocken rübergeschoben hat, dafür, dass er ihm diesen Roman zu seiner Altersabsicherung schreibt. Er sollte nach seinem Erscheinen eine deutliche Warnung in Richtung Unité sein: Wenn ihr mich tötet, dann wird Joubert Dokumente und Interviews veröffentlichen, die belegen, dass dieser Roman die Wahrheit sagt, so unwahrscheinlich sie auch klingt. Berthetleaks.

Man kann sagen, dass dein alter Lehrer vom Collège Brancion ziemlich geschäftstüchtig ist. Damit nicht genug, flicht die ADL ihm auch noch Lorbeerkränze, das ist echt der Gipfel. So oder so sind uneigennützige Künstler ein Mythos.

Ein romantischer Mythos.

Ich glaube nicht an Romantik, Kardiatou, ich halte Romantik für etwas Verheerendes. Ich glaube, meine Kardiatou, in der Kunst mag Romantik akzeptabel sein, in der Politik ist sie jedoch furchtbar.

Deine verrückte Geschichte mit Berthet ist eine romantische Geschichte. Man sieht ja, wo das hinführt. In gewisser Weise war die Unité, oder ist es immer noch, je nachdem, eine Romantikmaschine. Diese Manie fürs Geheimnis, diese Wollust, mit der eine Handvoll Männer glaubte, im Dunkeln ihre eigene Geschichte zu schreiben, während man uns doch zugleich überall eintrichtert, sogar an der ENA, ja gerade dort, dass die Welt aus großen Strömungen bestehe, ökonomischen, demografischen, geopolitischen, gegen die die Regierungen und erst recht die Individuen mehr oder weniger machtlos seien. Sie können nur versuchen, damit so gut es geht umzugehen und Schadensbegrenzung zu betreiben.

Es muss mir irgendwie gelingen, mit Losey zu sprechen, diesem Mitarbeiter von Bobonaparte und sämtlicher Innenminister seit de Gaulle. Losey war einer der ersten, der dran glauben musste, als Joubert Berthetleaks im Internet verbreitet hat, auf den meistgelesenen Nachrichtenportalen, den einflussreichsten Blogs, über alternative Presseagenturen.

Angesichts der allgemeinen Stimmung sollte ich sogar möglichst bald mit ihm sprechen. Nach der Verhaftungswelle, die auf die Ereignisse von Brévin-les-Monts und deinen aufsehenerregenden Rücktritt folgte, meine Kardiatou, gab es in den Zellen so einige Selbstmorde und diverse gescheiterte Fluchtversuche. Das verstärkt das Image einer Bananenrepublik, das wir inzwischen in den Augen der Welt haben.

Die ersten und einzigen Erklärungen, die Losey abgegeben hat, als Anklage gegen ihn erhoben und Untersuchungshaft angeordnet wurde, ließen an Deutlichkeit nichts zu wünschen übrig: »Ich war es, der Berthet bestätigt hat, was er seit Lissabon schon geahnt und verstanden hatte. Ja, es gab ein Komplott der Unité gegen Kardiatou Diop, auf Bitten gewisser Elemente aus ihrem eigenen Lager. Man wollte zwei Fliegen mit einer Klappe schlagen: Man wollte eine Märtyrerin haben und zugleich den Patriotischen Block und Agnès Dorgelles dauerhaft in Misskredit bringen. Im Übrigen möchte ich darauf hinweisen, dass jene, die mich verhaftet haben, selber in Diensten der Unité stehen, auch wenn sie das nicht zugeben wollen.«

Das war nun zwei Monate her. Es ging in der darauffolgenden Flut an anderen Informationen und anderen Skandalen, die in Verbindung mit der Unité standen, unter. Kein Mensch spricht mehr über Losey. Ich würde gerne mehr darüber erfahren, zumindest über das Komplott gegen dich. Ob Bobonaparte wirklich daran beteiligt war.

Ich muss es irgendwie hinkriegen, Losey zu treffen.

Ich rufe an.

Ich rufe noch mal an.

Ich rufe überall an.

Das Telefon am Ohr, betrachte ich die blauen Hortensien im Garten. Die Uniformen der Gendarmen haben die gleiche Farbe.

Um drei Uhr nachmittags erfahre ich dann, dass Losey einen Herzinfarkt hatte. Ein anderer Kumpel aus meinem Jahrgang aus dem Innenministerium versichert mir, dass es, Ironie des Schicksals, *wirklich* ein Herzinfarkt war. Loseys Cholesterinwerte waren durch die Decke gegangen, dann der durch die Verhaftung ausgelöste Stress, das Übergewicht. Losey hat schließlich sein Leben lang mit Vorliebe Sauerkraut mit Speck und Würsten gegessen.

»Er war ja offenbar einer der großen Manitus der Unité«, merke ich an.

»Damit hat das nichts zu tun. Außerdem war er scheinbar längst nicht so schlimm wie die anderen, glaubt man Berthetleaks.«

»Selbst wenn er weniger schlimm war als die anderen Schweinehunde, so war er trotzdem ein Schweinehund, oder etwa nicht?«

»Sicher, aber ich kann dir versichern, dass drei verschiedene Geheimdienste eine Autopsie Loseys beantragt haben, durch ihre eigenen Leichenbeschauer. Das ist ein natürlicher Tod wie aus dem Bilderbuch. Das ist echt Pech, ein sehr schlechter Zeitpunkt, aber es ist ein natürlicher Tod. Außerdem, weißt du, je mehr deine Kardiatou die Eremitin gibt, desto mehr steigen ihre Umfragewerte. Der Inlandsgeheimdienst sagt jedenfalls, Zweifel sind ausgeschlossen.«

»Der Teil des Dienstes, der auf der Gehaltsliste der Unité stand, oder der andere Teil?«

»Der andere, mein Guter, der andere … Die sind noch vom alten Schlag, begrüßen die Bauern mit Handschlag oder gehen mit den Bürgermeistern der Kantonshauptstädte essen … Wenn jetzt Präsidentschaftswahlen wären, würde Kardiatou praktisch gleich im ersten Wahlgang gewinnen, ohne Stichwahl. Die Umfragewerte stehen in ein paar Tagen in der Presse. Die Leute sind völlig verängstigt, angewidert, orientierungslos. Sie ist in dieser ganzen Geschichte die Jeanne d'Arc, die Rettung in Person, die wundersam Entkommene. Hinter ihr kommt diese Null von Premierminister, aber mit ziemlich großem Abstand, und dann folgt der Block mit Agnès Dorgelles, aber sie verliert an Zustimmung.«

»Na ja, immerhin hat Agnès Dorgelles trotz des Anschlags Brévin-les-Monts gewonnen.«

»Aber nur knapp. Außerdem ist Brévin-les-Monts nicht Frankreich. Zumal seit Berthetleaks. Gut, ich muss Schluss machen. Hier herrscht gerade eine seltsame Stimmung, die Luft knistert geradezu vor Spannung. Noch wurde kein Nachfolger für den scheidenden Minister bestimmt.«

»Bobonaparte?«

»Nennt Diop ihn so?«

»Ja.«

»Witzig.«

»Sag mal, ist was dran an den Gerüchten, dass für eine kurze Übergangzeit das Innen- und das Verteidigungsministerium unter der Eisernen Lady zusammengelegt werden sollen, um den Sumpf trocken zu legen?«

»Na, du bist ja gut informiert! Stimmt ja, Diop ist ja so eine Art Schützling der Eisernen Lady, und da Diop und du …«

»Mein Liebesleben geht dich gar nichts an, also erzähl schon.«

»Ja, das ist tatsächlich im Gespräch und wird immer wahrscheinlicher, um den ›Tiefen Staat‹ zu atomisieren.«

»Ach ja, und habt ihr eigentlich Martin Joubert ausfindig gemacht?«

Man hört ein Seufzen am anderen Ende der Leitung.

»Es gibt keine Spur von ihm. Berthet war ziemlich begabt, und Joubert offenbar ein guter Schüler.«

Er legt auf.

Ich fahre mir mit den Händen durchs Gesicht.

Ich werfe einen kurzen Blick in die Bibliothek.

Du liest immer noch die *Illuminationen*. Da sitzt du, reglos wie eine Skulptur, in einem zerschlissenen Voltaire-Sessel. Du trägst eine Leinenhose, ein blaues Poloshirt, hast eines deiner langen Beine unter den Po gezogen. Du bist barfuß.

Im ersten Moment bemerkst du mich gar nicht.

Du ziehst deine Schnute, meine Kardiatou, deine wunderbare Schnute. Und dann hebst du den Kopf. Du lächelst mich an, aber dieses Lächeln wirkt kläglich, so ein Lächeln kannte ich gar nicht von dir, bevor dieser ganze Wahnsinn begann.

Jouberts Manuskript liegt auf dem Schreibtisch meines Großvaters, ein Schreibtisch aus den dreißiger Jahren mit dicken Kugeln aus Chrom als Griffen. Ich machte als Kind meine Ferienhausaufgaben daran.

Du liest das Manuskript nicht wirklich. Aber du weißt zu großen Teilen, was drinsteht. Dort ist von deinem Leben die Rede. Nur eben aus einem anderen Blickwinkel, und der muss dir seltsam vorkommen.

Es ist der Blickwinkel des Schutzengels.

Berthets Blickwinkel.

Vielleicht stört dich das ja, dich, die du immer stolz darauf warst, dein Leben selbst in die Hand genommen zu haben, meine Kardiatou. Dein Leben wie abgefilmt mit einer Kamera, die du nie bemerkt hast. Eine Kamera, die dich liebte.

Ich überzeuge dich davon, dass du etwas essen solltest.

Du stehst auf, du wirkst erschöpft, aber hast immer noch deinen geschmeidigen Turnerinnengang und erweckst immer noch den Eindruck, als seist du im völligen Einklang mit der Luft und dem Raum, die dich umgeben.

Du gehst hoch erhobenen Hauptes, und der Anblick deines runden Pos, der sich bei jedem Schritt unter der Leinenhose abzeichnet, ist der feuchte Traum eines jeden Teenagers. So finde ich dank dir meine feuchten Teenagerträume wieder.

Wenn du wüsstest, wie ich es liebe, dich durch die Gänge eines Regierungsgebäudes oder eine Flughafenhalle laufen zu sehen, oder im Maloya, dem Club, den vor allem Schwarze besuchen, in der Rue La-Boétie, bis zur Erschöpfung tanzen zu sehen. Dabei wurdest du des Öfteren von irgendwelchen Paparazzi mit dem Smartphone fotografiert. Anschließend erschienen dann in der rechtsextremen Presse widerliche Artikel über dich, in denen man ätzte, dass die auf kulturelle Abgrenzung bedachte Staatssekretärin es offenbar vorziehe, sich mit dem Gesindel aus der Vorstadt zu amüsieren, statt ihre Akten durchzuarbeiten. Als wäre das nicht genug, ließ man sich dann noch in nicht zu überbietender Plumpheit darüber aus, dass diesen Schwarzen, selbst wenn sie eine Elite-Uni besucht hatten, das Tanzen ja bekanntlich im Blut liege.

Außerdem bin ich froh, dass du diese Ungezwungenheit an mich weitergibst, wenn wir uns lieben, meine Kardiatou, wenn dein Körper dem verklemmten kleinen Jungen vom Boulevard de la Reine beibringt, dass Sex auch etwas mit der Kunst sich zu bewegen zu tun hat, eine sinnliche, präzise und verträumte Art Bodenturnen.

Wir essen auf der Glasveranda zu Mittag. Der Garten ist wunderbar und hell, diese Helligkeit, die fast in den Augen schmerzt, wie sie typisch ist für sonnige Tage an der Côte d'Opale. Wir setzen unsere Sonnenbrillen auf. Die Pinien bilden eine schützende Barriere. Man fühlt sich von einem grünen Kokon umgeben, aus dem nur die Spitze des Nachbarhauses herausragt, ein kleines Herrenhaus im anglonormannischen Bäderstil. Du rührst deine Melone mit San-Daniele-Schinken kaum an, dabei isst du das eigentlich so gerne.

Du bittest um ein Glas Wein.

Ich zögere, wegen der Tabletten, die du nimmst. Du schiebst deine Sonnenbrille zurück und siehst mich an, so wie du vermutlich früher auch die Erwachsenen angesehen hast, als du noch ein brillanter und rebellischer Teenager aus dem

Courées-Rouges-Viertel warst. Dieser Blick bringt sehr deutlich zum Ausdruck, dass du beginnst, genervt zu sein, und dass du sehr gut weißt, was du tust. Durch ein offenstehendes Fenster kommt ein Schwall salziger Luft hereingeweht, und ich denke, was das für ein wunderbar banaler Sommer sein könnte, wir würden ohne jede Hast miteinander schlafen. Nachdem wir mit einer Gänsehaut aus dem Meer gekommen wären, würden wir uns Wettrennen mit den Strandseglern liefern und uns am Nachmittag auf etwas rauen Handtüchern zwischen Strandhafer sonnen.

Du sagst nichts, außer einmal:

»Ich finde, du gehst etwas streng mit Denis Clément ins Gericht, ich meine Martin Joubert. Er war ein sehr guter Lehrer, sehr menschlich, überhaupt kein Demagoge. Außerdem vergisst du bei der ganzen Sache, dass er schließlich um nichts gebeten hat, und man außerdem seinen Freund getötet hat. Wie hieß er noch mal?«

»Alexandre Guivarch.«

»Genau, der musste sterben, weil Joubert und er es abgelehnt haben, dieses widerwärtige Buch zu machen, das Delrio von ihnen haben wollte. Ich habe jedenfalls keine Träne vergossen, als ich erfahren habe, dass Delrio und seine Skin-Freunde verbrannt sind, weißt du?«

Ich weiß, ich weiß auch, das steht in dem Manuskript, dass Berthet auf Betreiben von Joubert den SWNachtclub abgefackelt hat. Joubert wollte sich rächen. Und Joubert wollte sicher auch symbolisch seine Existenz als gescheiterter Schriftsteller abfackeln, und seine Lebensgefährtin, Hélène Rieux, hatte ihn auch gerade verlassen. Er war total in der Klemme. Vielleicht hätte ich unter diesen Umständen genauso gehandelt wie er. Vielleicht auch nicht. In jedem Fall bot Berthet ihm eine Art Notausgang, eine Möglichkeit, alle Brücken hinter sich abzubrechen. Im SWNachtclub wurde er zum Komplizen eines Gemetzels. Und selbst wenn dabei die letzten Arschlöcher dran glauben mussten, bedeutet das, dass Joubert eine Rückkehr ins normale Leben verwehrt ist.

Das Buch, das Joubert und Guivarch nicht machen wollten, ist dann trotzdem erschienen, rechtzeitig zum Weihnachtsgeschäft, von einem anderen Schreiberknecht verfasst.

In Schutt und Asche. Eine Erhebung zum französischen Genozid an der Sicherheit. Ein ekelhafter Schund, ein widerlicher Zusammenschnitt der dreckigsten unter »Vermischtes« erschienenen Meldungen.

Hinter dieser ganzen Sache steckten Joubert zufolge nicht nur dieser Kryptonazi Anton Delrio, der sich zu Lebzeiten mit identitärem Rock zudröhnte, sondern auch Gruber und sein Thinktank »Gefahren und Gefahrenabwehr«. Natürlich kann man ihnen nichts nachweisen. Und angesichts dessen, was gerade im Zusammenhang mit der Unité alles ans Tageslicht kommt, hat man diese ekelerregende Geschichte ein wenig vergessen, man hat vergessen, welchen beängstigenden Erfolg dieses Buch hatte, über 200.000 verkaufte Exemplare, man hat den offenen Rassismus vergessen und die Tatsache, dass die sich anschließende Diskussion in den Medien die Schlappe der derzeitigen Regierung bei den Kommunalwahlen noch vergrößert hat, über zwölf Städte mit mehr als 30.000 Einwohnern wurden vom Block im Sturm erobert, darunter auch Brévin-les-Monts von Agnès Dorgelles persönlich.

Später kommt wie jeden Tag am späten Nachmittag die Therapeutin zu dir. Aber ich weiß, dass keine Chemie und keine Therapie dieser Welt diese posttraumatische Belastungsstörung heilen kann, die die Psychotherapeutin bei dir diagnostiziert hat, als wäre Brévin dein Afghanistan gewesen.

Ich kenne dich, meine Kardiatou. Das Einzige, was dich aus dieser depressiven Verpuppung herausholen kann, ist die Aktion.

Der Gegenangriff.

5

Und jetzt, meine Kardiatou, mein schwarzer Schatz, stehst du vom Tisch auf. Du hast dein Essen kaum angerührt.

»Ich möchte heute nicht mehr lesen. Rimbaud tut mir gerade nicht gut. Denkst du, du könntest meine Ausgabe wieder auftreiben, die, die Berthet mir geschenkt hat?«

»Ich werde es versuchen, sie muss irgendwo in deinem Büro im Ministerium liegen.«

»Da setze ich keinen Fuß mehr rein. Ich möchte eine Siesta machen. Komm bitte und leg dich zu mir, ich muss dich hinter mir spüren.«

Schon sind wir im Schlafzimmer, ziehen uns aus, legen uns im Halbdunkel hin, ich dringe wie selbstverständlich in dich ein, wir kommen sehr schnell gemeinsam zum Orgasmus. Du murmelst im Halbschlaf irgendetwas in Serer, es ist nicht die magische Formel, aber es klingt dennoch sanft, und als du einschläfst, bin ich immer noch in dir drin. Meine Kardiatou.

Ich denke an Brévin-les-Monts zurück.

An die Wahl.

Als du wie geplant offiziell deine Kandidatur in Brévin erklärt hast, begann sofort eine furchtbare Stimmungsmache gegen dich. Die Lokalpresse, allen voran *La Montagne*, äußerte unverhohlen ihre Vorbehalte, und erklärte, das würde die Unruhe in der Stadt nur weiter verstärken, wo die Stadt doch momentan nur eins brauche, wieder zur Ruhe zu kommen. Allein *L'Écho*, die letzte verbliebene kommunistische Zeitung der Region, fand, dann wären die Fronten zumindest klar, du würdest diesen verschlafenen Haufen auf Trab bringen und für frischen Wind sorgen. Aber die allgemeine Tonart war von Misstrauen und Argwohn bestimmt. Das Klima war also von Anfang an vergiftet.

Als schwarze, junge Frau warst du inmitten einer Schlangengrube gelandet.

Anfang Dezember sind wir das erste Mal hingefahren, um ein wenig das Terrain zu sondieren und uns einen ersten Eindruck zu verschaffen.

Du, Nouara und ich.

Wir waren, so weit das möglich war, inkognito unterwegs, du wolltest auch keinen Personenschützer dabeihaben.

»Wir sind doch hier nicht auf Sizilien, verdammte Scheiße, und Brévin-les-Monts ist nicht Palermo!«

Du gebrauchst nicht oft Schimpfwörter, meine Kardiatou, nur wenn du dir nicht eingestehen möchtest, dass du genervt bist, Angst hast, und um dir zu beweisen, dass du Recht hast.

Aber in diesem Fall hattest du Unrecht, und du hattest Angst. Ich auch. Ich wollte, dass du politisch Karriere machst, aber auf diesen Kommunalwahlkampf hatte ich keine Lust. Ich hatte dabei von Anfang an ein ungutes Gefühl. Du wurdest instrumentalisiert, du glaubtest, stark genug zu sein, um diese Instrumentalisierung zu deinem Vorteil zu nutzen. Wir hatten ausführlich darüber geredet, mit Nouara und anderen Mitarbeitern aus deinem Stab, darunter auch ehemaligen Mitgliedern von CitéRépublique, deinem Verein. Die Meinungen waren geteilt, aber dein Wille, deine Energie hat schließlich alle überzeugt, nur mich nicht, aber ich habe so gut es irgend ging versucht, meine Vorbehalte vor dir zu verbergen. Ich wollte unsere noch frische Beziehung auf keinen Fall dazu nutzen, dich umzustimmen, da ja nun einmal die Mehrheit deiner Mitarbeiter hinter dir stand. Im Übrigen wäre es mir eh nicht gelungen. Denn du kannst sehr unnachgiebig sein, meine Kardiatou, unnachgiebig bis zur Verstocktheit.

Wir mussten an der Gare d'Austerlitz einen unendlich langsamen Zug nach Brive-la-Gaillarde besteigen. Es war einer dieser altmodischen Züge, er war so gut wie leer. Wir saßen in einem Erste-Klasse-Abteil und waren im gesamten Waggon fast die Einzigen. Ab Châteauroux hatte man kaum noch Handyempfang. Einen Bistrowagen gab es nicht.

Es schneite und Nouara sagte, das erinnere sie an einen phantastischen Film von André Delvaux, aber sie hätte vergessen, wie er hieß.

»*Eine Nacht, ein Zug*«, murmeltest du, das Kinn auf die Hand gestützt, während du in den Schnee blicktest, in die Dunkelheit und das ganze Nichts da draußen.

Du zogst deine Klein-Mädchen-Schnute, eben jene Schnute, die im September 1992 auch Berthet so bezirzt hatte.

Dann fuhrst du fort, halb ernst, halb scherzhaft:

»Das trifft es ziemlich gut, aber das ist nicht wirklich ein gutes Omen, Nouara! Oder hast du etwa vergessen, was in dem Film passiert? Der Film ist mit Yves Montand. Der Zug hält irgendwo im Nichts, sie steigen aus, der Zug fährt ohne sie weiter, und sie laufen durch eine Ebene, die überhaupt kein Ende mehr nimmt, bis sie irgendwann verstehen, dass sie tot sind, weil der Zug nämlich entgleist ist!«

Keine Ahnung, wann oder wo ihr diesen Film gesehen habt. In Roubaix, im Filmclub eines Gymnasiums, oder während eures Studiums in Paris in einem der Kinos im 5. Arrondissement? Ich war immer wieder überrascht über eure Filmbegeisterung. Ich denke, das war eine Art Zuflucht für euch.

Wenn du dich weigerst, eine Stilnox gegen deine Schlaflosigkeit zu nehmen, Kardiatou, dann schaust du manchmal bei einem Streamingdienst drei oder vier Filme hintereinander. Ich hatte noch nie von Delvaux gehört, jedenfalls nicht dem Filmemacher Delvaux. Ich weiß nur, dass *Eine Nacht, ein Zug* nicht auf DVD erschienen ist, denn ich wollte ihn mir anschließend ansehen. Ich wollte nachvollziehen können, was ihr beide, Nouara und du, an diesem Abend genau empfunden habt.

In Touquet gibt es nur einen alten Fernseher ohne Satellitenanschluss und auch keinen DVD-Player. Ich denke, es wäre vielleicht keine schlechte Idee, den aus Lille herzuholen, so dass du deinen Riesenhunger nach Filmen stillen, zur Ruhe kommen und ein wenig abschalten kannst. Rimbaud ist dafür sicherlich zu stark, genauso wie diese Medikamente, deren Nebenwirkungen die positive Wirkung zunichte machen.

In dieser Dezembernacht kamen wir am Ende mit über drei Stunden Verspätung an. Eine Hirschkuh, die im Schnee die Orientierung verloren hatte, war bei Argenton-sur-Creuse mit dem Triebkopf der Bahn zusammengestoßen, ein Zwischenfall, der Nouara zufolge eine weitere Parallele zu *Eine Nacht, ein Zug* darstellte:

»Wir dürfen jetzt auf keinen Fall aussteigen um nachzusehen, was passiert ist«, sagte sie lächelnd. Du lächeltest auch, und ich fühlte mich ausgeschlossen. Euch verband eine besondere Vertrautheit, eure gemeinsame Geschichte als Kinder mit migrantischem Hintergrund, die irgendwann beschlossen hatten, alles zu lesen, was sie in die Finger bekamen, und sich sämtliche Filme anzuschauen. Ihr wusstet, nur mit einer sehr breiten Bildung hättet ihr eine Chance, eurem Milieu zu entkommen und all jene Hindernisse zu überwinden, die die Gesellschaft zwischen euch und den Erfolg gestellt hatte, von dem ihr träumtet.

Wir hatten geplant, den Weg von Brive nach Brévin mit einem Leihwagen fortzusetzen. Nachdem der Betrieb der Regionalbahn auf dieser Strecke vor zwei Jahren eingestellt worden war, gab es keine andere Möglichkeit mehr. Eines deiner Wahlversprechen war, diese Linie wieder in Betrieb zu nehmen, und damit für eine bessere Anbindung von Brévin-les-Monts zu sorgen. Sowohl der Verkehrsminister als auch der Chef der SNCF als auch der Präsident des Regionalrats hatten dir versichert, sie würden alles in ihrer Macht Stehende dafür tun, vor allem um Agnès Dorgelles zu verhindern.

»Wieso werde ich eigentlich das Gefühl nicht los, hier verheizt zu werden, wo sie doch alle *so* nett zu mir sind, diese fünfzigjährigen progressiven weißen Männer mit ihren Uni-Abschlüssen?«, sagtest du zu mir. »Aber ich werde alle, die insgeheim auf mein Scheitern hoffen, noch überraschen. Das wird ein echter Bumerang für sie. Wenn ich erst mal gewählt bin, dann werde ich ihnen so richtig auf die Nerven gehen, das wissen sie genau.«

Dein Versprechen, die stillgelegte Regionalstrecke wieder in Betrieb zu nehmen, brachte dir die Unterstützung der Grünen aus Brévin ein, sie schlossen sich deiner Liste an. Die Nationalstraße zwischen Brive und Brévin war eine Todesfalle. Sie war Tag und Nacht mit Schwerlastern verstopft, die mitten durch die Ortskerne donnerten und jedes Jahr durchschnittlich drei Kinder überfuhren. Angesichts der Zahl der echten Unterstützer, auf die du in Brévin zählen konntest, und der Stärke deiner Gegner, waren die Ökos hoch willkommen.

Als wir in Brive ankamen, hatte die Autovermietung in einer Straße unterhalb eines seit langem leerstehenden Hotels geschlossen. Ich musste zehn Mal die angegebene Nummer anrufen, bis ein Typ sich bequemte, an den Apparat zu gehen, und entnervt erklärte, er käme gleich. Zugegeben, es war bereits 22 Uhr.

Wir warteten in einer der wenigen noch geöffneten Bars, in der, wie in allen Städten dieser Größenordnung, knapp fünfzigtausend Einwohner, die immer gleichen Gestalten gestrandet waren. Sie hatten keine Lust nach Hause zu gehen und dort mit ihren Dämonen allein zu sein, stattdessen zogen sie die aleatorische Verbrüderung an der Theke vor. Das brachte ihnen in diesen Provinzstädten, in denen im Winter nichts los war, schnell den Ruf ein, ausgewiesene Säufer zu sein.

Während wir auf den Mann vom Autoverleih warteten, bestellte ich mir einen Whisky, weil ich nicht wusste, was ich sonst trinken sollte. Ihr beide nahmt einen Martini, auch etwas, was ihr normalerweise nicht trankt. Aber der Wirt schenkte »keine Heißgetränke mehr« aus. Überall Resopal, Neonlicht, das mit der Kälte draußen wetteiferte, eine vorsintflutliche Jukebox.

»So eine gab es in Roubaix auch, im Carillon, weißt du, im Bistro gegenüber der Motte-Fabrik. Gab es das zu deiner Zeit noch?«, fragtest du Nouara, während du an der Zitronenscheibe deines Martinis herumnagtest.

Nouaras müdes Gesicht, das fast grau wirkte, hellte sich

mit einem Mal auf, und sie sagte, ja, das gebe es immer noch, aber sie habe nie gewagt, mit ihren Freundinnen ins Carillon zu gehen, das habe sich nicht gehört, was sie jedoch nicht daran gehindert habe, sich durchs Fenster die in Zeiten von Walkman und CD schon damals unmoderne Jukebox anzusehen.

»Wir Senegalesinnen haben da nicht solche Berührungsängste wie ihr verklemmten Araberinnen«, sagte Kardiatou lachend. »Komm, ich zeige dir, wie das Ding funktioniert.«

Dann standet ihr auf, wechseltet eine Euromünze gegen eine Fünf-Francs-Münze ein, die der Wirt extra für diesen Zweck aufgehoben hatte, und wähltet eine Schallplatte aus, und es erklang ein Chanson, das so überhaupt gar nicht zu diesem Abend passen wollte: *Ein Sommer aus Porzellan*, von Marc Shuman.

Es ist kaum fünfzehn Jahre her
Es ist schon fünfzehn Jahre her
Meine Erinnerung lässt mich im Stich
Doch mein Herz ist sich gewiss

Ein paar der Schnapsnasen, die an den Tischen und am Tresen saßen, starrten uns an, aber ohne jede Feindseligkeit. Einer trug sogar noch seinen Blaumann, zwinkerte Nouara und dir zu und prostete euch mit seinem Rotweinglas zu.

Aus dem Hinterzimmer hörte man zwei Billardspieler, sah sie aber nicht.

Inzwischen weiß ich, wer diese Billardspieler waren.

Sie wohnten nicht weit vom Bahnhof in der Rue Alsace-Lorraine. Sie wussten, dass du kommen würdest, weil einer der beiden noch ein paar zuverlässige Quellen in den Ministerien hatte, meine Kardiatou. Vielleicht sogar Losey. Sie wollten sichergehen, dass dir in diesem winterlich verschneiten Bahnhof mit seiner ergreifenden Gedenktafel für die gefallenen Eisenbahner, die immer mit frischen Blumen geschmückt war, auch nichts geschah.

Natürlich hießen die beiden Billardspieler Berthet und Joubert.

Endlich tauchte der Mann vom Autoverleih in dem Bistro auf. Er pustete sich übertrieben stark in die Hände, um uns zu zeigen, welch unglaubliche Anstrengung man ihm abverlangte. Nouara setzte an, sich bei ihm zu entschuldigen, ihm unsere Verspätung zu erklären, die Zugfahrt von Paris nach Brive, der Schnee, die Hirschkuh von Argenton-sur-Creuse, aber du legtest deine Hand auf ihren Arm, und Nouara verstummte. Wir brauchten uns nicht zu entschuldigen. Wir konnten nichts dafür. Wir hatten keinen Grund, uns bei einem Kerl zu entschuldigen, der einfach nur seinen Job machte. Aber ihr trugt diesen Komplex mit euch herum, eine Schwarze, eine Araberin zu sein, weshalb ihr euch tendenziell immer für alles schuldig fühltet und als Eindringlinge, zu Unrecht da, wo ihr wart. Nouara hatte verstanden und sagte nichts mehr.

Wir bekamen einen BMW der 1er-Reihe. Das machte mich nervös, weil ein Heckantrieb auf verschneiten Straßen nicht gerade das Wahre ist.

Ich fuhr vorsichtig, du saßest neben mir und legtest deine Hand auf meinen Schenkel. Nouara auf der Rückbank tat so, als sähe sie nichts, und beschäftigte sich unentwegt mit ihrem Tablet, versandte SMS mit ihrem Blackberry oder telefonierte. Wir brauchten für den Weg nach Brévin noch einmal über drei Stunden. Im Vorbeifahren sahen wir Autos auf der Seite liegen, Arbeiter der Straßenmeisterei in orangefarbenen Overalls, die versuchten, den Kampf gegen den Schneesturm aufzunehmen, und Motorradpolizisten der Bereitschaftspolizei, die uns mit Leuchtstäben dazu aufforderten, langsamer zu fahren.

In Brévin belegten wir dann unsere drei reservierten Zimmer im Mercure, in der Nähe der Kirche Saint-Marcel, die berühmt ist für ihr geschnitztes Chorgestühl aus dem 17. Jahrhundert, das wir jedoch während unseres Aufenthalts nicht zu Gesicht bekommen sollten. Wir hatten keine Zeit, die Touristen zu spielen. Vielleicht hätten wir besser daran getan, uns das Gestühl mit seinen geschnitzten Dämonen, Ghulen und diversen Monstern anzusehen, dann wären wir gewarnt gewesen.

Als ich auf dem Weg zu deinem Zimmer auf dem Flur Nouara begegnete, tat sie erneut, als sähe sie mich nicht.

In jener Nacht haben wir nicht miteinander geschlafen, meine Kardiatou. Wir sind nur gemeinsam in der Löffelhaltung eingeschlafen, während über den Flachbildschirm ohne Ton ein Schwarz-Weiß-Film lief.

»Was ist das?«, fragte ich reflexhaft.

»*Mr. Smith geht nach Washington*, von Frank Capra. Capra ist echt gut, weißt du«, sagtest du, kurz bevor du einschliefst.

Am nächsten Morgen empfing uns der alte Bürgermeister in seinem Büro im Rathaus. Er sah wirklich sehr alt aus, aber nahm kein Blatt vor den Mund:

»Die meisten führenden Köpfe der Partei in Brévin werden Sie nicht unterstützen, Madame. Es tut mir leid, das zu sagen, aber man ist der Ansicht, Sie wurden uns von Paris einfach vor die Nase gesetzt, und das wurden Sie ja auch. Damit nicht genug, haben Sie noch nicht mal Dreck am Stecken. Das beunruhigt sie noch viel mehr, denn sie sind alle in irgendwelche Korruptionsaffären verwickelt, da erzähle ich Ihnen sicher nichts Neues. Sie würden das gerne in aller Ruhe unter sich abmachen. Ganz ehrlich, sie hassen Sie genauso, wie sie Agnès Dorgelles hassen, sogar noch mehr, weil Sie von ihrer eigenen Partei geschickt werden.«

Er hielt inne, um sich zu räuspern. Er hatte eine heisere Raucherstimme und manchmal begann seine Stimme bei einem Wort unvermittelt zu zittern, es klang fast wie ein unterdrückter Schluchzer. Aber vielleicht lag es auch einfach daran, dass er so viele Jahre in irgendwelchen verräucherten Hinterzimmern zugebracht hatte und so viele Reden vor Publikum hatte halten müssen.

»Mein Gott, wenn ich bedenke, dass ich einige dieser Männer seit meiner Kindheit kenne! Das waren meine Schüler, meine Freunde, wir sind gemeinsam auf die Jagd gegangen, waren zusammen im Urlaub, ich bin Pate ihrer Kinder … Als die Minen noch in Betrieb waren, waren sie Bergarbeiter, im besten Fall Steiger, oder sie arbeiteten bei der Bagagerie Limousine, der Taschenfabrik, noch eine, die geschlossen hat. Das waren harte Burschen, sie waren ehrlich, sie wollten eine bessere Welt, und dafür kämpften sie. Ich weiß noch genau, wie wir vor fünfunddreißig Jahren den Herrschern über die Hochöfen, wie man sie nannte, das Rathaus abnahmen. Als wir das erste Mal den Sitzungssaal des Gemeinderats betraten und uns dachten, jetzt ist es an uns, Brévin zu verändern. Schluss mit dem Paternalismus, jetzt kommt endlich der Sozialismus zum Zuge. Mein Gott, was ist bloß aus uns geworden?«

Die Verzweiflung war ihm ins Gesicht geschrieben, sie war nicht aufgesetzt. Sein Kinn zitterte. Er versuchte sich zu beruhigen, indem er seine Hände flach auf die Löschwiege auf seinem Schreibtisch legte.

»Was ist bloß aus *ihnen* geworden?«, sagtest du mit sanfter, beruhigender Stimme, meine Kardiatou, und legtest deine Hand auf seine Hand, die von blauen Venen durchzogen und von Flecken übersät war, die meine Großmutter Friedhofsblumen nannte. »Sie können nichts dafür, Herr Bürgermeister. Sie haben mit all dem nichts zu tun…«

Deine Geste überraschte ihn, Nouara und mich im Übrigen auch. Aber ich verstand, dass er genau darauf gewartet hatte, auf solch eine Geste. Es war so, als erteiltest du ihm damit eine Art Absolution. In dem Moment habe ich verstanden, meine Kardiatou, dass du eine geborene Politikerin bist, denn diese Geste war aufrichtig und kalkuliert zugleich, auch wenn du dir dessen gar nicht bewusst warst.

Das *Wahr-Lügen* ist die wichtigste Fähigkeit aller ganz Großen in diesem Beruf.

Mit dieser Geste hast du den Bürgermeister sicherlich endgültig auf deine Seite gebracht, ihn dazu gebracht, noch aufrichtiger zu sprechen, und sein ganzes Gewicht oder das, was noch davon übrig war, für dich in die Waagschale zu werfen. Es sollte nicht genug sein, offensichtlich.

Nachdem du deine Hand nach einer gefühlten Ewigkeit

wieder wegnahmst, fuhr er sich zögernd mit der Hand durch seine dünnen, weißen Haare. Er erinnerte entfernt an den Philosophen Michel Serres, auch durch seinen Akzent. Er war Grundschullehrer gewesen und hatte auch als Bürgermeister noch weiter unterrichtet, bis zur Rente. Er war der Archetyp des laizistischen Sozialisten alten Schlags.

»Ich hätte das sehen müssen, ich hätte das verstehen müssen, und ich hätte sie durch ehrlichere und jüngere Typen ersetzen sollen. Ich sollte mit über achtzig eigentlich längst nicht mehr in diesem Büro sein. Der Sozialismus, das ist doch die Jugend, oder etwa nicht? Ich habe zugelassen, dass sich schlechte Gewohnheiten breitgemacht haben. Ich hätte mir niemals vorstellen können, dass einige meiner Stellvertreter so schnell vergessen würden, wo sie herkamen, und auf einmal so versessen aufs Geld sein würden ... Sie wissen, zwei sitzen im Knast, und gegen fünf weitere wird ermittelt.«

Damit spielte er auf die Skandale an, durch die Brévin in die Schlagzeilen geraten war und die dem Image der Regierungspartei erheblich geschadet hatten. Neben den Problemen, mit denen sie in Marseille und im Pas-de-Calais zu kämpfen hatten, hatten die Sozialisten immer größere Schwierigkeiten, sich als eine moralisch integre Partei darzustellen und den Rechten so die Stirn zu bieten. Dementsprechend, meine Kardiatou, haben sie dich auserkoren, meinen schwarzen Wirbelwind. Du warst der Joker, den manche, nicht nur im übertragenen Sinn, bereit waren zu opfern.

In Brévin gab es in nicht mal fünf Jahren erst den Skandal um die teils kommunale Immobiliengesellschaft, die den Auftrag hatte, nach und nach die Bergarbeiterhäuser zu verkaufen, wenn ihre Mieter, pensionierte Bergarbeiter, den Löffel abgaben. Die Minengesellschaft hatte nach ihrer Schließung ihren Immobilienbestand für einen Appel und ein Ei an die Kommune und die Departementsvertretung verkauft. Der Staat hatte dafür Geld gegeben unter der Bedingung, dass sie in Sozialwohnungen umgewandelt würden. Von wegen.

Das waren hübsche Häuser in hübschen Siedlungen, die so gar nichts gemein hatten mit den trist aneinandergereihten Bergarbeitersiedlungen im Norden. Mit geringen Mitteln konnte man daraus hübsche Wochenendhäuser für Engländer, Pariser oder sogar Leute aus Limoges machen.

Und genau diese »geringen Mittel« wurden aufgewendet.

Und alle füllten sich dabei ordentlich die Taschen. Abgeordnete, Unternehmer, Baulöwen. Die Angeklagten verteidigten sich, sie hätten durch den Tourismus die Wirtschaft angekurbelt.

Genau wie mit dem Projekt Brévin-Mémoire. Dafür wurden die Minen in einen Freizeitpark umgewandelt, der Industrietouristen anziehen sollte. Allerdings mit sehr mäßigem Erfolg. Die ehemaligen Bergarbeiter, die als Fremdenführer auftreten oder sich verkleiden sollten wie Minenarbeiter zu Zeiten *Germinals*, fühlten sich gedemütigt. Einige von ihnen traten dann bei den Wahlen für den Patriotischen Block an, ehemalige Sozialisten, ehemalige Gewerkschaftler. Mal ganz abgesehen davon, dass für Brévin-Mémoire damals mehr Bestechungsgelder und Retroprovisionen erwirtschaftet als Besucher angezogen oder neue Jobs geschaffen wurden.

Inzwischen war auch der Skandal unter Tage ein Thema. In den Hunderte Kilometer langen aufgegebenen Stollen sammelte sich Gas, Methan, das man möglicherweise nutzen konnte. Einige Firmen hatten Interesse bekundet, das zu erschließen. Dafür brauchte man Genehmigungen, Konzessionen, um erste Probebohrungen zu machen. Und dieselben Abgeordneten ließen sich ihr Entgegenkommen erneut bezahlen, sehr teuer bezahlen.

Der alte Bürgermeister hatte feuchte Augen. Die Müdigkeit, die Aufregung, der Ekel. Erneut begann er mit seiner ermatteten Stimme zu sprechen, nachdem er uns gefragt hatte, ob er rauchen dürfe.

»›Brive, das heitere Tor zum Süden‹, und Brévin, ›die Stadt der aufbegehrenden Arbeiterschaft‹, wie es in den regionalen Reiseführern heißt. Das Problem ist nur, dass unter dieser aufbegehrenden Arbeiterschaft inzwischen eine Arbeitslosenquote von 37 % herrscht, in den armen Vierteln sogar bis zu 60 %. Das ist wirklich komisch, wenn man das denn so nennen kann, 37 % ist exakt der Wert, den Agnès Dorgelles hier bei den letzten Präsidentschaftswahlen erreicht hat. Dabei haben wir nicht mal Araber, gerade mal ein paar Dutzend türkische Familien im Morjac-Viertel. Da die Dorgelles hier auch antritt, bekommen Sie es mit einer starken Gegnerin zu tun. Bitte, Frau Staatssekretärin, versuchen Sie zu verhindern, dass sie diese Stadt bekommt. Wenn sie gewinnt, dann wird die gesamte Energie, die ich in die Politik gesteckt habe, umsonst gewesen sein, ja, wird mein Leben umsonst gewesen sein. Sie können auf die tatkräftige Unterstützung der Jungsozialisten von hier und aus Brive zählen. Sie sind angewidert vom Verhalten ihrer älteren Parteigenossen und haben sich tatsächlich abgespalten. Ich habe, wie von der Partei gewünscht, Büroräume für Sie gefunden, gegenüber vom Rathaus. Das Haus wurde bereits zweimal mit Parolen vollgesprüht, seit bekannt ist, dass Sie dort Ihr Wahlkampfbüro haben werden, dabei hängen noch nicht mal Plakate von Ihnen. Ich erspare Ihnen die Sprüche und die anonymen Flugblätter voller Rechtschreibfehler, die in die Briefkästen geworfen wurden. Ich schäme mich für Brévin.«

»Falls es wegen meiner Hautfarbe ist, das kenne ich schon«, sagtest du lächelnd.

Er zündete sich mit der alten Zigarette eine neue an. Ich erlaubte mir die Bemerkung, dass ich nicht mehr viele Leute kannte, die Gitanes ohne Filter rauchten.

Er lächelte gütig und ein wenig melancholisch, und einen Moment lang meinte man wieder das Gesicht des Mannes vor sich zu sehen, der einmal ein leidenschaftlicher Grundschullehrer war und ein Bürgermeister, der überzeugt davon war, das Leben seiner Bürger zum Positiven verändern zu können. Auf seinem Schreibtisch stand ein Foto, es zeigte ihn in jüngeren Jahren, wie er Mitterrand die Hand gab.

»Sie sind mutig, Madame. Wenn Sie verlieren, wird die Partei Sie in Stücke reißen, Sie gehören nicht zum engsten Führungskreis. Ich habe getan, was ich konnte, seit das Gerücht die Runde macht, dass Sie kandidieren. Und unser Gespräch hier ermutigt mich, noch mehr zu tun, auch wenn dieses

»Mehr« leider nicht besonders viel ist. Die Grünen treten nicht mit einer eigenen Liste an, das wissen Sie. Überrascht hat mich, dass auch die Kommunisten aus dem Stadtrat nicht mit einer eigenen Liste antreten. Sie möchten nur die gleiche Anzahl an Räten und Stellvertretern auf Ihrer Liste, die sie bei mir auch hatten. Bei denen haben Sie scheinbar einen Stein im Brett ...«

In dem Moment hast du sicher an Jason Vandekerkove gedacht, an den jungen blonden Mann, der dir alles beigebracht hatte, an Malo-les-Bains, daran, wie du zugleich die Liebe und das politische Engagement entdeckt hast, an die Kontakte, die du bis heute pflegst, an das offene Grab eines jungen Mannes, an die Internationale, die auf dem Friedhof in Lille-Sud erklang, an das Jahr deines Abiturs.

»Die Konservativen sind hier eher eine Splittergruppe. Nein, wer Ihnen Probleme bereiten wird, das ist mein ehemaliger Referent für Stadtplanung mit seiner Liste, Morvan. Er wurde nicht von der Partei aufgestellt, da die Partei Sie aufgestellt hat, aber er genießt in Brévin eine gewisse Popularität und hat noch gute Verbindungen, vor allem zu den Verbänden der ehemaligen Bergleute, die ihm noch nicht mal die drei gegen ihn laufenden Ermittlungsverfahren übelnehmen, und seine Villa mit Pool in Beaulieu-sur-Dordogne. Vielleicht hat es auch damit zu tun, dass sie wissen, dass Morvan ihnen Arbeitsplätze für ihre Kinder besorgen kann, in der Kommunalverwaltung, im Département oder in der Region, denn auch dort hat er ein Abgeordnetenmandat. Immerzu der Schrecken der Arbeitslosigkeit. Und dann werden Sie es mit dem Block zu tun bekommen, natürlich mit Agnès Dorgelles, die schon ein bisschen länger in den Fußgängerzonen unterwegs ist als Sie. Momentan hat sie einen leichten Vorsprung, tut mir leid, das sagen zu müssen. Sie redet die ganze Zeit nur über den Stolz der Arbeiter, über den Verrat der Linken. Ihre Nummer zwei ist übrigens der Sohn eines früheren Minenarbeiters, der mit einer Türkin aus Mordac verheiratet ist. Sie sehen, es gibt heute keine einfachen Fronten mehr.«

Dann verfiel er in längeres Schweigen, bevor er zum Schluss noch sagte:

»Um ehrlich zu sein, Madame, ich kann Ihnen nicht sagen, ob diese Fanatiker, die Ihr zukünftiges Wahlkampfbüro vollgeschmiert haben, von Morvan kommen oder vom Block.«

6

Berthet, der wusste es schon.

Seit er in Brive wohnte, traf er regelmäßig Stanko in einem Restaurant im relativ weit entfernten Aubazine.

Berthet liebte die Landschaft dieser Region, die an vielen Stellen von üppig wucherndem Grün gekennzeichnet war, und zugleich etwas Sanftes hatte. Während er so über die Landstraßen fuhr, dachte er an seine Aufträge in dieser Gegend zurück, daran, wie er einen ganzen Nachmittag lang am Ufer der Dordogne Toulet gelesen hatte. Er fühlte sich alt. Er hoffte, dass seine Abmachung mit Martin Joubert ihm einen ehrenwerten und endgültigen Abgang ermöglichen würde, und er so den Krallen der Unité entkommen könnte. Ich glaube, diese beiden Männer, die in deinem Leben eine gewisse Rolle gespielt haben, haben sich mit der Zeit immer besser verstanden, nachdem sie sich näher kennengelernt hatten. Zwischen dem Schriftsteller und dem Agenten gab es große Ähnlichkeiten, die sie bereits empfanden, bevor sie sich überhaupt kannten. Und dann suchte Berthet sich zufälligerweise ausgerechnet Joubert als Schreiber seiner Memoiren aus, dem er bereits zwanzig Jahre zuvor in Roubaix begegnet und sogar manchmal sehr nahegekommen war, wie zum Beispiel bei dieser Episode der *Illuminationen* am Collège Brancion.

Gerade sind erste Erkenntnisse der Polizei bezüglich ihres Aufenthalts in der Rue Alsace-Lorraine in der Presse veröffentlicht worden. Demzufolge lebten Berthet und Joubert dort einträchtig zusammen, fast wie ein Ehepaar. Sie hatten den Keller schallisoliert und als Schießstand und Fitnessraum in einem benutzt. Dabei dürfte Joubert ziemlich ins Schwitzen gekommen sein, was ihm nicht direkt geschadet haben wird.

Eines der Zimmer war vollgestopft mit Hardware und Software, mit deren Hilfe sie unbemerkt sämtliche Netze überwachten und sensible Dossiers auf hochgesicherte Websites kopierten, eben jene Dossiers, die jetzt die unwiderlegbaren Beweise für die in Berthetleaks aufgestellten Behauptungen lieferten. Berthet hatte die Waffen der Unité gegen sie selbst gewendet, um dich zu retten, und sich zu retten, wenn möglich. Er konnte die Nerds von der Unité nicht leiden, aber war selber ein echter Hacker geworden.

Die Ermittler fanden auch eine Menge Zeitungen und Gedichtbände vor. Sie vermuten, dass Berthet ab und an in Limoges eine nigerianische Prostituierte gevögelt hat, die Stadt ist schließlich genauso berühmt für ihr Porzellan wie für ihre Bordelle. Scheinbar konnte Berthet nur noch mit schwarzen Frauen schlafen, so wie bereits mit Amina Bâ.

In Brive gaben Joubert und er sich als Journalisten aus. Sie behaupteten, an einem Buch zu arbeiten, einem Langzeitprojekt über das Leben in einer Kleinstadt, mit dem Ziel, das Frankreich von heute besser zu verstehen. Es war eine Art sentimentale impressionistische ethnologische Dokumentation. Zumindest erzählten sie das in allen Bars und Restaurants herum, vor allem im Adem, einem türkischen Lokal, in dem sie Stammgäste waren, und wo man sie in sehr guter Erinnerung hatte als trinkfeste lustige Gesellen.

Dann hatte Berthet noch zu seiner eigenen Beruhigung Joubert eine erste falsche Identität fabriziert. Joubert vermittelt in seinem Manuskript den Eindruck, dass er in dieser Zeit glücklich war, oder sich jedenfalls in einem Zustand der Schwerelosigkeit befand. Es folgten ein paar sentimentale Anmerkungen zu Hélène Rieux, das übliche Gejammer, dass er diese Frau nicht verdient hatte. Da kann ich ihm nur beipflichten, ich finde auch, dass Joubert Hélène Rieux nicht verdient hatte, aber ich weiß, du magst es nicht, wenn ich deinen früheren Lehrer zu viel kritisiere, meine Kardiatou.

Nachdem Agnès Dorgelles ihre Kandidatur erklärt hatte, hielt auch Stanko sich überwiegend in Brévin auf. Er hatte sich ein etwas bescheideneres Hotel ausgesucht als unser Mercure, ein Formule 1 am Ortsausgang, an der Straße nach Bergerac. Er organisierte Agnès Dorgelles' Wahlkampagne vor Ort, davon verstand er was. Er tat das sogar gerne. Dieser Typ war und ist nur glücklich, wenn er in Aktion ist. Das ist aber auch wirklich der einzige Punkt, den ihr gemein habt, meine Kardiatou.

Bei der Gelegenheit – da Gewalt nun einmal seine Droge war – leitete er auch noch Aktionen gegen die »linken Zecken von der Allianz der Lebenden«, wie er sie nannte, in ihrem Dorf auf dem Hochplateau, oberhalb von Brévin. Bei seinen nächtlichen Überfällen auf Höfe der Mitglieder der Gruppe oder Zusammenkünfte des Dorfrats rund um ein Feuer auf dem Platz vor dem kleinen Rathaus bekam er jedoch starke Gegenwehr. Das waren keine verweichlichten Hippies, die sich darauf beschränkten, irgendwelche idiotischen Broschüren zu drucken, mit denen Stanko und seine drei Kumpels von der GPP aus Paris es hier zu tun bekamen, wenn sie im schwarzen Kampfanzug und mit Baseballschlägern bewaffnet dort erschienen.

Nein, das waren ehemalige Mitglieder der Antifa, die nach wie vor intensiv trainierten, wenn sie gerade mal nicht Kindern Abendunterricht erteilten, ihre Felder bestellten oder sich um ihre Lebensmittelkooperative kümmerten. Dazu kamen die jungen Bauern aus der Gegend, die ihre Jagdgewehre mit grobem Salz füllten, um die Gegner in die Flucht zu treiben und denen von der ADL behilflich zu sein. Aber all das half Stanko, in Form zu bleiben. Auch wenn Agnès Dorgelles, die Angst hatte, er könnte durch einen Skandal alles vermasseln, deshalb sauer war und ihn aufforderte, sich zu mäßigen und sich vor allem auf keinen Fall schnappen zu lassen.

Die Zeitungen der Rechten ließen sich über den angeblichen Teufelskreis der gegenseitigen Provokationen zwischen den Anarcho-Autonomen von der ADL und diesen Handlangern aus, von denen man nicht wisse, woher sie kamen und die womöglich von der Polizei Bobonapartes instrumentalisiert würden. Kurzum, man stellte Angreifer und Angegriffene auf eine Stufe, obwohl die Präsenz der ADL in Brévin sich auf den Verkauf von ein paar Bioprodukten und Büchern, die sie oben auf ihrem Plateau druckten, auf dem Wochenmarkt am Samstag beschränkte. Dort konnte die einheimische Bevölkerung dann Schriften wie *Auf in den Untergang* oder *Theorie des imaginären Antikapitalismus* kaufen, neben Apfelsaft und Nusskonfitüre ohne Zusatzstoffe.

Stanko und Berthet trafen sich regelmäßig in diesem Restaurant in Aubazine, weil Stanko Berthet dafür dankbar war, ihn auf ein mögliches Komplott innerhalb des Blocks gegen Agnès Dorgelles aufmerksam gemacht zu haben.

Und tatsächlich gab es den Versuch eines solchen Komplotts, unter Führung von Samain, ihrem alten Widersacher, dem Chef der katholisch-fundamentalistisch-rassistischen Fraktion des Patriotischen Blocks. Samain hatte seine Kontakte zu früheren kroatischen Söldnern reaktiviert, die er aus dem Krieg in Ex-Jugoslawien kannte, als eine Art christlicher Gotteskrieger eröffnete er damals zugleich das Feuer auf die Serben und die »dreckigen Bosnier«. Seine Idee war, dass Agnès Dorgelles während des Wahlkampfs ein Unfall passiert, also ein Attentat, das man denen von der ADL oder anderen linken Fanatikern anlasten könnte, eine Sache, die Agnès Dorgelles zur Märtyrerin machen würde. Damit hätte der Block das Rathaus sicher gehabt, und zugleich wäre die Tochter des alten Parteichefs endgültig aus dem Spiel gewesen. Samain sah seine Aufgabe darin, dem Patriotischen Block seine wahre Identität zurückzugeben, eben jene, die er zu Zeiten Roland Dorgelles' gehabt hatte. Der machte nicht auf modern, lehnte Abtreibung ab und umgab sich auch nicht mit

Schwuchteln, die irgendwelche nicht ganz klar umrissenen nationalproletarischen Vorstellungen hatten.

Also hatte Stanko, um Samains Pläne zu durchkreuzen, wie immer in heiklen Fällen, ein paar Delta-Leute seines Vertrauens herbeibeordert, Mitglieder seiner geheimen Gruppe innerhalb der GPP, Ehemalige vom Rassemblement de l'Esprit Publique und von der Marine, wie er selbst.

Sie statteten einem der Kroaten, zu denen Samain wieder Kontakt aufgenommen hatte, einen Besuch ab. Er hatte eine Autowerkstatt bei Chilly-Mazarin. Stanko und seine Jungs benutzten so ungefähr sämtliche vorhandenen Werkzeuge, um ihn die halbe Nacht lang zu foltern. Am Ende zerquetschten sie seinen Kopf unter der Hebebühne. Stanko dokumentierte alles fotografisch. Dann schickte er die Fotos an Samain, begleitet von einer einfachen Botschaft: »Wenn Agnès irgendetwas zustoßen sollte, dann könnten Sie enden wie dieser kroatische Automechaniker.« Daraufhin kriegte Samain sich sehr schnell wieder ein. Das war im Januar. Danach konnte Agnès Dorgelles dann unbehelligt mit ihrem Mann Antoine Maynard im Schlepptau Wahlkampf machen. Selbstverständlich wusste sie von all dem nichts.

Ich weiß nicht, ob du in Jouberts Manuskript diese Passage gelesen hast, in der Berthet nach drei, vier gemeinsamen Mittagessen gesteht, dass Stanko ihn faszinierte, als der ehemalige Skin und frühere Fallschirmspringer ihm bei gebratener Foie gras von seinen ganzen Gräueltaten berichtete.

Dein Schutzengel, besessen von schwarzen Frauen, verbrüdert sich mit einem faschistischen Profikiller.

Um Himmels willen.

Ich frage mich, wie Stanko sich aus der Affäre ziehen wird, wenn Jouberts Roman erscheint, selbst wenn er dort einen anderen Namen tragen sollte, selbst wenn Joubert die Realität sicher etwas verzerrt wiedergegeben oder sie übertrieben dargestellt hat.

Zum Dank informierte Stanko Berthet über das, was er in Brévin so hörte. Er erzählte ihm, die eigentliche Gefahr für

Kardiatou ginge gar nicht von ihnen, vom Patriotischen Block aus, zumindest keine Lebensgefahr, nur die üblichen faulen Tricks, die zu jedem Wahlkampf dazugehörten. Das ließe sich nun einmal nicht vermeiden, das sei schließlich sein Job. Berthet sagte, das verstehe er, das sei nur legitim, aber er behalte sich vor, darauf zu reagieren, wenn sie den Bogen überspannten.

»Aber was findest du eigentlich an dieser Frau?«, fragte Stanko, der ihn neuerdings duzte. Er verkniff sich die Formulierung ›an dieser Negerin‹, denn Stanko dürfte gemerkt haben, dass er sich das trotz der zwischen ihnen aufkeimenden Sympathie nicht leisten konnte. Also antwortete Berthet freundlich aber bestimmt, das gehe ihn gar nichts an und außerdem wolle man sich doch den Genuss der Crêpes Suzettes nicht verderben, indem man sich in Küchenpsychologie und endlosen Erklärungsversuchen erginge.

Die Frage war noch, meine Kardiatou, meine Schwester, meine Serer, ob er überhaupt hätte sagen können, was das zwischen euch beiden war. Sicher war es Liebe, aber dieses große Wort bedeutet letztendlich nichts, oder jedenfalls nicht viel. Vor allem in Bezug auf Berthet.

»Eins steht fest«, wiederholte Stanko bei jedem ihrer Treffen, »dieser Morvan ist jedenfalls stinksauer, dass ihm Diop vor die Nase gesetzt wurde. Das sind seine Leute, die regelmäßig ihr Wahlkampfbüro vollsprühen. Die mit der Reinigung beauftragten Angestellten von der Kommune trauen sich nicht, den Mund aufzumachen, weil sie von ihm abhängig sind und denken, er wird der nächste Bürgermeister. Damit nicht genug, versuchen diese Trottel nun auch noch uns das Ganze in die Schuhe zu schieben, indem ihre Tags zunehmend rassistischer werden. Denen würde ich zu gerne die Fresse polieren, denn sie schaden uns damit und ich denke, du hättest auch nichts dagegen, aber Agnès Dorgelles hat mich gebeten, mich zu bremsen, bloß nicht aufzufallen. Ich darf mich noch nicht mal mit den kleinen Schwuchteln von der Allianz der Lebenden vergnügen. Also, so leid es mir tut, aber da musst du dich selber drum kümmern. Ich will ja nichts sagen, aber wenn es hart auf hart kommt, kann deine Schutzbefohlene jedenfalls nicht auf ihre Mitarbeiter zählen. Da sind 'ne Menge Weiber dabei, sozialistische Studenten und Mitglieder der Kommunistischen Partei, die nicht mehr zu den Allerjüngsten gehören. Die Ökos kannst du eh vergessen. Diese Vegetarier, die sind saft- und kraftlos…«

Genau das tat Berthet dann auch, er kümmerte sich selber darum.

Er wartete nach dem Rugbytraining von Entente Brévinoise vor dem Stadion Léon Blum. Es war ein mittelmäßiges Team, das vor allem aus städtischen Angestellten bestand. Er hatte drei Hanswürste im Auge, die für Morvan arbeiteten und immer gemeinsam das Stadion verließen, in einem Fiat Scudo mit dem Wappen der Gemeinde drauf.

Auf der Umgehungsstraße, kurz vor dem Gewerbegebiet, fuhr Berthet ihnen hinten rein. Es war Februar, neunzehn Uhr und bereits dunkel. Also kam der Wagen mit der Kleingruppe auf dem Standstreifen zum Stehen. Hier und da lagen noch Schneereste, die im Mondlicht bläulich schimmerten. Die drei Angestellten stiegen aus und bauten sich vor Berthets Auto auf, das er ein paar Stunden zuvor in Terrasson geklaut hatte. Am nächsten Morgen fand man sie dann halb erfroren hinter der Leitplanke. Sie lebten noch, aber waren in einem erbärmlichen Zustand, hatten mehrfach gebrochene Arme, Beine und Kiefer. In dieser Saison konnten sie jedenfalls an keinem Rugbyspiel mehr teilnehmen, was für ihre Mannschaft jedoch kein großer Verlust war. Sie konnten nicht viel zu dem Überfall sagen, nur dass aus dem Wagen, der ihnen reingefahren war, ein großer Typ mit Sturmhaube ausgestiegen war und sie mit einem Wagenheber in einem Affentempo zusammengeknüppelt hatte.

Berthet seinerseits war dann bis nach Brévin weitergefahren und hatte das gestohlene Auto in einer Tiefgarage an der Place Bérégovoy abgestellt, weil es da keine Überwachungskameras gab.

Berthet gönnte sich Joubert zufolge sogar den Luxus, noch ein Glas im Mercure zu trinken, mit klopfendem Herzen, nicht wegen des Adrenalins, das immer noch in seinem Blut war, sondern weil er gesehen hatte, wie du mit Nouara in einen Fahrstuhl gestiegen warst.

Eben dort soll Berthet dann auch die Killerin entdeckt haben.

Die Killerin der Unité.

Und zwar während er melancholisch durch das getönte Glas der Bar auf die verschneite Straße schaute. Berthet erkannte die Figur auf dem Bürgersteig auf der anderen Straßenseite sofort wieder, auch wenn er sie ewig nicht gesehen hatte. Er kannte diese Frau von früher, eine gewisse Desmoulins. Joubert schreibt in seinem Manuskript, sie habe France Dougnac ähnlich gesehen. Dieser Name sagte mir nichts. Du, Filmkennerin, die du bist, sagtest mir, diese Schauspielerin habe unter anderem an der Seite von Patrick Dewaere in Jean-Jacques Annauds Film *Damit ist die Sache für mich erledigt* mitgespielt, der zeige, dass politische Machtkämpfe in einer Provinzstadt genauso erbittert geführt würden wie auf nationaler Ebene. In *Damit ist die Sache für mich erledigt* heißt die Stadt Trincamp, aber sie könnte genauso gut Brévin-les-Monts heißen, nur dass man in Brévin lieber Rugby spielt als Fußball.

Berthet stand nicht auf, um ihr nachzugehen. Desmoulins war mit allen Wassern gewaschen, sie hätte ihn bemerkt.

Abgesehen davon war sie gewiss nicht allein. Für einen solchen Einsatz schickte die Unité in der Regel ein Team aus mehreren Agenten. Es war besser, er verhielt sich möglichst unauffällig. Aber Berthet war zumindest in einer Hinsicht im Vorteil, er wusste jetzt, mit wem er es zu tun hatte. Sie und ihr Team waren sicher darüber informiert, dass Berthet irgendwann in der Gegend auftauchen würde, man hatte sie bestimmt gebrieft in Bezug auf ihn und dich, meine Kardiatou, und die eigenartige Beziehung, die euch verband.

Aber Desmoulins hatte Berthet noch nicht gesehen.

Sie würde sicher erst dann in Aktion treten, wenn er sich gezeigt hätte. Berthet hatte an dem Abend also einen leichten Vorsprung erhalten, wie die Weißen bei der Eröffnung eines Schachspiels. Im Anschluss sinnierte Berthet dann traurig über die Ironie des Schicksals, denn schließlich hatte ausgerechnet er Desmoulins nach der Geschichte von Domme bei der Unité aus der Patsche geholfen, indem er sie in seinem Bericht nicht belastet hatte, und das nur, weil sie beide eine Aversion gegen rotes Resopal hatten, das hatte sie Berthet sympathisch gemacht. Berthet erinnerte sich auch an ihren flotten Dreier zusammen mit Couthon, als sie und die beiden Männer eine ganze Nacht lang gevögelt hatten.

Als dein Schutzengel bei einer weißen Frau noch einen hochkriegte.

Du wusstest, dass diese Wahl schwierig werden würde, meine Kardiatou. Aber du wusstest nicht, dass es eine Falle war. Berthet wusste es. Berthet fügte, wenn er nicht gerade Joubert sein Leben erzählte, die einzelnen Puzzleteile zusammen.

Du pendeltest derweil permanent zwischen Paris und Brive, mit diesem Zug, der grundsätzlich Verspätung hatte, und dann über diese gefährliche permanent verstopfte Straße nach Brévin. Du versuchtest, eine politische Lücke zu besetzen zwischen Morvan, der sich allein durch die Tatsache legitimiert sah, dass er von dort stammte, und Agnès Dorgelles, die der Korruption der Altparteien den Kampf angesagt hatte und der Linken vorwarf, die Arbeiterklasse verraten zu haben.

Der alte Bürgermeister war sehr umtriebig, er begleitete dich in Fußgängerzonen, auf Märkte und in Mietshäuser, immer mit der Gitanes im Mundwinkel. Du prangertest Agnès Dorgelles' Demagogie an, warfst ihr vor, die Stimmung anzuheizen, machtest sie für die Angriffe auf die Allianz der Lebenden verantwortlich, ließest dich mit ihnen fotografieren. Man beschimpfte dich als linke Zecke, als Pariser Yuppie. Du bliebst dabei, sagtest, was die ADL in den Dörfern oben auf dem Plateau mache, sei ein interessantes Experiment, genau so etwas brauche man jetzt, und vielleicht sei das auch in Brévin denkbar. Meiner Meinung nach war das ein Fehler, auch wenn du im Grunde Recht hattest. Aber es geht nicht darum, ob man im Grunde Recht hat, wenn man in der Politik reüssieren will, das wäre jedenfalls neu.

Es gab weitere widerliche Flugblätter in den Briefkästen, Fotomontagen, auf denen du bei einer Sexorgie mit sämtlichen Regierungsmitgliedern zu sehen warst. Dann kursierten extra unvorteilhafte Aufnahmen von dir, die dich in der Nationalversammlung zeigten, als du »die Negerin« spieltest, oder im Maloya-Club beim Tanzen. Abgeschmackte Blogs schossen wie Pilze aus dem Boden, Facebook-Seiten ebenso, mit dem gleichen ekelerregenden Inhalt. Dort ging es um deinen Fixer-Bruder Boubacar, der gerade fünf Jahre ohne Bewährung in der Justizvollzugsanstalt Bapaume im Pas-de-Calais absaß. Man behauptete, du hättest dich prostituiert, um dein Politikstudium zu finanzieren. Man trieb irgendwelche Pseudo-Freier auf, die angeblich Stammkunden bei dir waren. Das war natürlich nur Fake, unsere Anwälte gingen jedes Mal dagegen vor, aber das Gerücht war im Umlauf.

An manchen Abenden zogst du dich in dein Hotelzimmer im Mercure zurück, ich vermute, um zu weinen. Dann wolltest du mir nicht aufmachen. Also saß ich vor einem Drink in der Hotelbar, Nouara, auf einem Barhocker neben mir, sah mich traurig an, und der Barkeeper uns gegenüber mit seinen großen Augenringen machte einen permanent erschöpften Eindruck. Vielleicht spiegelte er durch ein seltsames mimisches Phänomen auch nur den derzeitigen körperlichen und moralischen Zustand seiner jeweiligen Kunden wider.

Ein paar schnüffelten auch in der Buchhaltung deines Vereins CitéRépublique herum und behaupteten anschließend, dort wäre Geld veruntreut worden.

Du batest den Premierminister vergeblich um Wahlkampfunterstützung. Er antwortete dann, ja, er käme demnächst, aber du müsstest verstehen, dass er vorrangig in den großen Städten, die auf der Kippe standen, Präsenz zeigen müsse, in Paris, Lille, Lyon ... Ich habe dann noch einen Vorstoß bei seinem persönlichen Referenten unternommen, der redete mit mir wie mit einem Loser. Ich merkte, dass er es eilig hatte aufzulegen, als wäre ich ansteckend, als hätte er Sorge, wenn er zu lange mit einem Typen redete, der auf das falsche Pferd gesetzt hatte, könnte das auf ihn abfärben.

Die Einzige, die Präsenz zeigte und die dich unterstützte, war die Eiserne Lady, aber ihre Beliebtheitswerte waren nun einmal nicht besonders hoch. Dennoch tat sie ihr Bestes bei einer Wahlveranstaltung im Festsaal Georges-Guingouin, einer Versammlung, die nur spärlich besucht war.

Ich hatte das Gefühl, dass wir immer mehr ins Straucheln gerieten, die Sache an die Wand fuhren. Als die Eiserne Lady noch am selben Abend nach einem schnellen und tristen Essen in der Auberge du Bon Fermier wieder auf den Rücksitz des DS6 stieg, gab sie dir links und rechts ein Küsschen. Sie drückte dich sogar regelrecht an sich und murmelte: »Vergessen Sie nicht, was Sie damals beim Turnen gelernt haben, Kardiatou, man übt den Ablauf zigmal, und dann klappt es am Wettkampftag auch.« Aber du hast sicher, so wie ich auch, in ihren Augen diesen Anflug von Zweifel, von Unsicherheit gesehen, die man bei ihr selten erlebt.

Auch sonst gab es deutliche Hinweise. Wir hatten ein informelles Hauptquartier zusätzlich zu deinem Wahlkampfbüro, die Central Bar, in der Fußgängerzone. Irgendwann erklärte uns der Wirt, das würde sein Geschäft beeinträchtigen, diese andauernden Diskussionen, und dass er Rücksicht auf seine Kunden nehmen müsse. Also zogen wir in eine Kneipe um, in der sich sonst immer die Kommunisten trafen, in der Nähe der Lokalredaktion des *Écho*, der einzigen Tageszeitung, die dir wirklich wohlgesonnen war, auf der letzten Seite immer deine Auftritte ankündigte und alle drei Tage ein Interview mit dir veröffentlichte.

Morvan war voller Siegesgewissheit.

Agnès Dorgelles war voller Siegesgewissheit.

Je näher der achte März rückte, der Tag des ersten Wahlgangs, desto mehr spürte ich, dass deine Kampagne nicht zündete. Aber wir taten so als ob. Wir bissen die Zähne zusammen. In den Umfragen lag Agnès Dorgelles immer mit großem Abstand vorn, sehr weit vorn, bei 40 %.

Ihr, Morvan und du, lagt Kopf an Kopf bei um die 25 %.

Aber als ich eine Freundin von der Uni, die bei Opinionway arbeitete, nach den unbearbeiteten Zahlen fragte, zeigte sich, dass Morvan tatsächlich immer zwei, drei Punkte Vorsprung hatte. Man konnte zumindest hoffen, dass du dich für einen Dreikampf qualifizieren würdest, aber das würde bedeuten, dass Agnès Dorgelles mit an Sicherheit grenzender Wahrscheinlichkeit gewinnen würde. Wenn du dich aber nach dem ersten Wahlgang zurückziehen würdest, müsstest du dazu aufrufen, den Patriotischen Block zu verhindern, und würdest damit faktisch in der Stichwahl Morvan unterstützen, einen Mann, gegen den mehrere Verfahren liefen, einen Korrupten. Du würdest entweder als jemand gelten, der seine persönlichen Ambitionen über alles stellte und damit einen Gewinn des Blocks möglich machte, oder als eine Frau ohne jede Überzeugung, die jemanden unterstützte, gegen den sie im Namen der Moral am Vortag noch Wahlkampf gemacht hatte. Die zwei Fangbügel derselben Falle. Wie man es auch wendete, du warst die Gelackmeierte.

7

Berthet zeigte ebenfalls mehr und mehr Präsenz in Brévin. Er tauchte in immer neuen Verkleidungen auf, war immer in unserer Nähe. Uns fiel das natürlich überhaupt nicht auf. Er stellte seine Beschattung erst ein, wenn er wusste, dass du im Bett lagst. Wenn er sah, wie sich an diesen anstrengenden Tagen die Fensterläden deines Zimmers im vierten Stock schlossen, war er beruhigt. Berthet hatte unsere Kalenderapps schon vor einer halben Ewigkeit gehackt und kannte unsere Termine genauso gut wie wir.

Nachts fuhr er dann nach Brive zurück, zu seiner »Basis« in der Rue Alsace-Lorraine. Mit Joubert zusammen analysierte er die Daten, zog andere Informationen hinzu, Gerüchte, die im Umlauf waren. Sie versuchten, sich ein Bild der Bedrohungen zu machen, die auf Blogs, Facebook und Websites wie *Boulevard Atlantique* auftauchten, die sehr pro Agnès Dorgelles waren.

»Die Artikel selber können Sie vergessen – tut mir leid, Ihnen als Autor das sagen zu müssen, Joubert – uns interessieren nur die Kommentare.«

»Ach, hören Sie bloß auf damit, ich habe dabei jedes Mal das Gefühl, mich unfreiwillig im Schlamm zu suhlen. Sie können sich das Ausmaß der Niedertracht nicht vorstellen. Man hat den Eindruck, dass die Anonymität, verbunden mit der Vorstellung, von einigen Hundert Personen gelesen zu werden, die niedersten Instinkte weckt und ekelerregende, rassistische, koprophile Phantasien freisetzt. Ich habe mich immer mal wieder gefragt, inwiefern die Feststellung zutrifft, dass diese Kommentare in den Foren genau das Gleiche seien wie die vielen anonymen Briefe, die die Kommandanturen während der deutschen Besatzung erhielten. Ich denke, das trifft nur bis zu einem gewissen Punkt zu. So ein Denunziationsschreiben wurde nur von ein oder zwei Zuständigen gelesen, in den Foren hingegen kann man nicht nur aus der Sicherheit der Anonymität heraus andere denunzieren und verleumden, sondern wird darüber hinaus für einen Tag zum Star. Man hat ein Publikum, das einen trägt oder sogar mit einem zusammen zur Meute wird, das sein Opfer hetzt, bis der Admin einen irgendwann rauskickt oder eben auch nicht, wenn er meint, dass man neue Leser anzieht, indem man rassistische Parolen von sich gibt, und Mobbing oder Diffamierung betreibt.«

»Ich weiß«, sagte Berthet. »Ich habe seit Bestehen des Web 2.0 alles verfolgt, was über Kardiatou gesagt wurde. Auch wenn diese Leute im realen Leben keine echte Gefahr darstellten, habe ich irgendwann beschlossen, einfach um mich abzureagieren, zwei oder drei von ihnen die Fresse zu polieren. Ich habe die IP-Adressen zurückverfolgt. Auf die Art habe ich festgestellt, dass einer, der von der Überlegenheit der weißen Rasse faselte, tatsächlich ein schmächtiger, pickeliger

311

Achtzehnjähriger war, und die junge sexy Frau, die sich von Juden umzingelt fühlte, eine pensionierte Postbeamtin.«

»Und was haben Sie dann gemacht?«

»Ich habe ihnen Angst gemacht. Das kann ich gut, anderen Angst machen. Angst machen liegt mir. Reifen aufschlitzen, nächtliche Anrufe, auch mal jemandem eine reinhauen oder ein paar Fotos, die ich in einer Schwulenbar aufgenommen habe, an die Nachbarn verteilen ... Dann haben sie sich meist für eine Weile oder auch für immer wieder beruhigt. Das hat mir gutgetan, das muss ich ganz ehrlich sagen.«

In Brévin war Berthet Desmoulins nach wie vor einen Zug voraus. Er kannte ihre Methoden. Er sah sie durch die Straßen und über den Markt streifen. Er folgte ihr nur mit äußerster Vorsicht, denn sie war ein echter Profi und sicher war sie nicht allein, sondern hatte ein paar Leute zur Absicherung dabei.

Eines Tages schließlich entdeckte er auf dem Markt am Samstag die anderen. Es waren zwei Bürschchen, die er nicht kannte. Aber für einen alten Hasen der Unité wie Berthet bestand kein Zweifel. Er erkannte sie an ihrer Art sich zu bewegen, daran wie sie auftauchten und wieder verschwanden und mit Desmoulins unter dem Dach der Markthalle eine unsichtbare geometrische Figur bildeten, ein Dreieck, das sich langsam zusammenzog und sich bei Bedarf wie eine Reuse schließen ließ. Dabei speicherten sie ein Maximum an Gesichtern ab. Das war eine der Basistechniken der Unité.

Als Berthet sie lokalisiert hatte, hatte er das Gefühl, sich selbst vor sich zu sehen, als jungen Mann, während des Goldman-Falls, das war eine halbe Ewigkeit her. Da war er ungefähr in ihrem Alter, da glaubte er noch an die Unité und stellte die Aufträge, die man ihm gab, nicht infrage. Es hieß damals, man müsse einen Terroristen töten, der bisher ungeschoren davongekommen war. Berthet selbst hatte für das Kommando den Namen »Ehre der Polizei« gefunden. Losey hatte ihn dafür beglückwünscht. Scheiße. Nichts, worauf er stolz sein konnte, wie der Rote Joubert sagte.

Eine zynischere Ausgabe von Losey muss diesen Bürschchen erklärt haben, dass sie etwas Gutes täten, indem sie dich eliminierten, dass sich das langfristig positiv auswirken würde, meine Kardiatou. Oder, dachte Berthet, vielleicht brauchte diese Generation noch nicht einmal einen Vorwand, eine Entschuldigung, ein Motiv.

Bei Desmoulins lag der Fall anders. Sie hatte keine Illusionen mehr. Genau wie Berthet. Aber das war eine Frage des Alters. Ein Auftrag war ein Auftrag, der brachte Geld ein, Punkt. Der Rest war unwichtig. Du warst Berthets Schwachstelle, meine Kardiatou. Du warst ihm wichtiger als alles andere. Das ist sicher eine Erklärung dafür, warum alles so gekommen ist, wie es gekommen ist.

Berthets Sorge war, Desmoulins könnte eines der Autos, das wir für den Wahlkampf benutzten, mit einem Sprengsatz versehen. Abend für Abend kontrollierte er die Wagen der Parteimitglieder, die dich fuhren. Er fand nichts.

Dann, erzählt Joubert, habe Berthet eine Information erhalten, eine präzise Information über das von der Unité gewünschte Attentat.

Die Unité oder ihre Auftraggeber wollten etwas Spektakuläres.

Etwas, das man nicht vergisst.

Ein Autounfall genügte ihnen nicht. So ein Autowrack an der Straße von Brive nach Brévin wäre zu banal gewesen. Deine Gestalt auf einer Trage unter einer goldenen Wärmedecke wäre fast zu abstrakt gewesen. Außerdem wurdest du durch so einen Autounfall nicht automatisch zum Opfer deiner Gegner. Erst nach einer langwierigen Untersuchung hätte man gewusst, ob es ein Sabotageakt war oder nicht.

Nein, es sollten Kameras vor Ort sein, Schüsse zu hören sein. Du solltest bitte live sterben, so dass man die Bilder deines gewaltsamen Todes anschließend in einer Endlosschleife auf sämtlichen Nachrichtenkanälen zeigen könnte.

Vor allem musste man nach diesem Attentat den Patriotischen Block beschuldigen können, über eine geheime Privatmiliz zu verfügen. Die gab es tatsächlich, Stanko und seine Deltas, nur dass die mit diesem Fall nichts zu tun hatten. Man musste den Block dauerhaft diskreditieren, als eine Partei von Unruhestiftern, von Mördern, ihn wenn möglich verbieten. Dann könnte man die großen antifaschistischen Wochen ausrufen, ohne selber auch nur einen Finger zu krümmen. Man könnte die Republik rund um deine Leiche wieder zusammenführen.

Denn das war die augenblickliche Politik, die von der Unité und ihren Auftraggebern gemeinsam festgelegte Linie, sei es nun Bobonaparte oder seien es andere. Mal unterstützte die Unité den politischen Erfolg des Blocks, mal, wenn die Partei ihr zu mächtig wurde, sorgte sie dafür, dass ihr Aufstieg gestoppt wurde. So wie 1998, da hatte die Unité eine ganze Menge Leute manipuliert, um eine Spaltung zwischen Roland Dorgelles und Louise Burgos herbeizuführen. Mir wäre es lieber gewesen, die Unité wäre nur ein Instrument gewesen, wenn auch ein monströses, in den Händen von Politikern, die ständig ihre Taktik änderten, aber seit Berthetleaks war ich mir da nicht mehr so sicher.

Woher kam die Info dazu, was sich die Unité für dich ausgedacht hatte?

Berthet wollte Joubert, seinem Manuskript zufolge, dazu nichts Näheres sagen. Die Frage ist nur warum, schließlich hat Berthet Joubert ansonsten alles verraten. Oder wollte er damit jemanden innerhalb der Unité schützen? Zumal Berthet nicht davon ausging, dass Jouberts Buch das Ende der Unité bedeuten würde. Er betrachtete es vielmehr als ein Mittel, um nach der Vereitelung des Komplotts gegen Kardiatou von der Unité in Ruhe gelassen zu werden.

Joubert glaubt, Losey war Berthets Informant. Er war im Übrigen einer der Ersten aus dem Umfeld von Bobonaparte, die verhaftet wurden, ganz so, als wollte man ihn auf die Art daran hindern, sich allzu detailliert zu äußern. Aber das werden wir nie erfahren, meine Kardiatou, denn Losey ist von uns gegangen, Berthet ist von uns gegangen, und Joubert ist unsichtbar.

Irgendwann dachte Berthet darüber nach, Desmoulins und ihre beiden Boys zu eliminieren, die in einer anonymen Wohnung im Morjac-Viertel wohnten, wie in alten Zeiten, als er, Couthon und Desmoulins eine Operation in einer Sozialwohnung in der Banlieue von Le Mans planten.

Ob Desmoulins, inzwischen eine Mittfünfzigerin, in ihrer freien Zeit mit den jungen Bürschchen ins Bett stieg? Wenn Berthet sie aus der Ferne beobachtete, wie sie im Central, ganz die elegante Dame von Welt, im Éric-Bompard-Kaschmirmantel ihren Tee trank und dabei *Le Monde* las, schien es ihm, als hätte sie sich gut gehalten. Sie behielt ihre kleine Pelzmütze auf, die ihr zugleich etwas Herbes und etwas Verschmitztes gab, das durch die Lachfältchen rund um ihre Augen noch verstärkt wurde.

Allerdings war Berthet sich ziemlich sicher, dass sie eine Knarre in ihrer Handtasche hatte – ob sie wohl, so wie Berthet selbst, immer noch der SIG-Sauer P220 die Treue hielt? – und eine andere, leichtere Waffe in ihrer Manteltasche, zum Beispiel eine Tanfoglio 22. Das Jagdmesser von Kastinger nicht mitgerechnet, oder vielleicht ein belgisches M7-Bajonett, das sie oben in ihre Dior-Stiefel mit den unendlich hohen Absätzen gesteckt hatte.

Aber wenn er Desmoulins' Team vorzeitig liquidieren würde, würde die Unité sofort reagieren und ein anderes Team schicken, außerdem würde er bestimmt irgendwelche Spuren hinterlassen, und die Unité würde dieses Mal weder Kosten noch Mühen scheuen, ihn endgültig zu eliminieren.

Es wäre also besser, er fände sich mit Desmoulins ab, denn da wusste er wenigstens, woran er war.

Berthet hatte darüber hinaus die Information erhalten, dass, je mehr sich der Negativtrend in den Umfragen verfestigte und dementsprechend die Zweifel wuchsen, ob du es in den zweiten Wahlgang schaffen würdest – Morvan lag inzwischen mit deutlichem Abstand vor dir –, desto größer war der Druck, das Attentat auszuführen. Es sollte noch vor dem achten März, dem Tag des ersten Wahlgangs, stattfinden. Es brachte nichts, dich zu töten, wenn du als Kandidatin im ersten Wahlgang ausgeschieden wärst. Es wäre sogar überflüssig. Du taugtest für sie nur als Märtyrerin, wenn der Sieg *möglich gewesen wäre*, nur als Kandidatin, der »man« keine Chance geben wollte, und für das »Man« sollten in den Augen der Wähler die Extremisten des Patriotischen Blocks stehen.

Und da unterlief Berthet zum ersten und letzten Mal in seinem Leben eine Fehleinschätzung.

Berthet war überzeugt davon, dass Desmoulins bei der Sondersendung in Aktion treten würde, die France 3 Limousin dir am vierten März widmen wollte. Der Zeitpunkt schien wirklich ideal. Der Regionalsender empfing zu diesem Format nacheinander alle Kandidaten, und die Sendung wurde auch überregional übertragen. Man konnte also mit vielen, um nicht zu sagen sehr vielen Zuschauern rechnen. So, wie das heute modern war, filmte man die Gäste bereits bei ihrem Eintreffen in den Fluren des Senders, bevor sie dann, während die Nachrichten liefen, in einer Kabine geschminkt wurden und anschließend ihren Auftritt hatten.

Berthet dachte, dort würde es passieren, in diesem Flur.

Er träumte von diesem Flur.

Er hatte schon Albträume davon.

In der Rue Alsace-Lorraine wachte Martin Joubert nachts von Berthets Wimmern auf. Dann ging er zu Berthets Schlafzimmer rüber, klopfte, keine Reaktion. Joubert betrat das Zimmer trotzdem, während sich sein Magen vor Angst zusammenschnürte, wobei er nicht wusste, ob er Angst um sich, um Berthet oder um sie beide hatte.

Dann sah Joubert Berthet mit nacktem Oberkörper im Bett sitzen, den Rücken ans Kopfende gedrückt, die Hängelampe aus den dreißiger Jahren brannte. Berthets Augen waren tränenumflort, er blickte ins Leere und hielt eine Knarre in der Hand, seine SIG-Sauer P220.

Joubert ging langsam auf ihn zu, redete sanft auf ihn ein. Er setzte sich auf die Bettkante und nahm ihm ebenso sanft die SIG-Sauer aus der Hand und legte sie auf den Nachttisch, auf dem eine Ausgabe der *Gesammelten dokumentarischen Gedichte* von Mac Orlan lag.

»Es wird alles gut, alter Knabe…«

»Ich will nicht, dass sie stirbt, Joubert. Kardiatiou ist meine…«

»Ja?«, fragte Joubert ruhig nach, und hoffte von Berthet endlich eine Definition zu bekommen, welche Art von Beziehung ihn mit dir verband, seit dieser Begegnung in Roubaix im September 1992.

»Schon gut, lassen Sie mich allein, Joubert, es geht schon wieder. Legen Sie sich wieder schlafen.«

»Ach wissen Sie, schlafen war noch nie meine Stärke … Auch wenn es inzwischen besser klappt, seit wir hier sind. Wir können uns ein bisschen unterhalten, wenn Sie mögen. Ich kann uns aus der Küche einen Rumpunsch holen, oder eine Flasche von Jo Landron, auch wenn der Muscadet eigentlich nichts für eine durchwachte Nacht ist.

»Worüber unterhalten?«

»Über Kardiatou Diop zum Beispiel.«

»Sie wissen doch bereits alles, Joubert.«

»Das glaube ich nicht.«

»Na dann dichten Sie den Rest dazu, Joubert, füllen Sie die Lücken aus. Bisher mussten Sie Ihre Phantasie noch nicht besonders stark strapazieren, ich habe Ihnen alles erzählt, was Sie wissen mussten, und Ihnen die Beweise dazu geliefert…«

»Trotzdem«, sagte Joubert, der immer noch in Boxershorts und rotem T-Shirt mit dem Aufdruck ›Für eine bunte Internationale‹ auf Berthets Bettkante saß, »wird das ein seltsames Buch, dieser Roman, der auf Ihren Memoiren beruht.«

»Wo ist das Problem? Was hat das mit Kardiatou zu tun?«, fragte Berthet, während er sich die Augen mit einem Papiertaschentuch abtupfte.

»Das Problem ist, dass ich sämtliche Schattenseiten der Zeitgeschichte Frankreichs der letzten fünfzig Jahre erfahre, aber nicht in der Lage bin zu sagen, was zwischen Ihnen und Kardiatou Diop an diesem Tag im September 1992 in Roubaix passiert ist. Wie kam es, dass Sie an dem Tag der Unité den

Gehorsam aufkündigten und beschlossen, fortan in ihrer Nähe zu leben?«

»Sie waren Ihr Lehrer...«

»Ja sicher...«

»Und Sie hatten nie zuvor eine Schülerin, die ... Wie soll ich sagen...«

»Die was?«

»Sie gehen mir auf die Nerven, Joubert, holen Sie lieber mal den Rumpunsch, als sich weiter dumm zu stellen.«

Aber der Rumpunsch verhinderte nicht, dass die Albträume wiederkehrten, sobald Berthet die Augen geschlossen hatte.

Der Flur von France 3 Limousin.

Auf luxuriös gemacht, aber ohne jede Ausstrahlung, dicke Teppiche, Grünpflanzen, und Werke zeitgenössischer Künstler an den Wänden, zwischen dem Kürzel des Regionalsenders und dem des Mutterkonzerns France Télévisions.

In eben diesem Flur sah Berthet plötzlich Desmoulins auftauchen, die sich in einer Garderobe versteckt hatte, und auf dich schießen und dann in der allgemeinen Panik untertauchen. Er sah Blut aus deinen Lippen quellen, die nur eine Spur dunkler sind als deine Haut. Er sah dich husten, er sah, wie ich um dich weinte, er sah Nouara in Embryohaltung in einer Ecke liegen, ohne dass man wusste, ob sie getroffen worden war oder nicht, er sah auch verletzte, blutüberströmte Journalisten.

Im nächsten Moment sah Berthet in seinem Traum dann auch Desmoulins wieder, in einer Seitenstraße, ein Motorrad, das einer der beiden Jungspunde fuhr, las sie auf und fuhr mit ihr auf einem zuvor genau ausgekundschafteten Fluchtweg davon. Dieser Fluchtweg hatte mehrere Varianten, wie ein Baumdiagramm, und an jeder dieser Gabelungen standen Motorräder oder Autos bereit. Die Entscheidung, welchen der möglichen Wege man nahm, wurde immer erst im letzten Moment gefällt, abhängig davon, wie schnell die Polizeikräfte reagierten und wie schnell sie welche Straßen abriegelten.

Berthet wusste nur zu gut, dass die Agenten der Unité bei einer solchen Operation entweder auf der Stelle getötet oder nie gefasst wurden. Die Agenten kannten nicht nur den Sperberplan, den Milanplan und den Eulenplan in- und auswendig, inklusive der neuesten Aktualisierungen, sondern man ließ sie sogar Simulationsübungen am Computer machen, unter Berücksichtigung der in der jeweiligen Region verfügbaren Polizeikräfte. Die Software war wie ein Videospiel aufgemacht, so dass sie nicht weiter auffiel, und wurde permanent aktualisiert. Die Unité, die immer geldgierig war, hatte sogar überlegt, eine kommerzielle Version für den normalen Konsumenten auf den Markt zu bringen – das hatte Losey früher mal Berthet anvertraut –, genau wie die Drogen aus den hauseigenen Labors, die immer mal wieder bei irgendwelchen Dealern auftauchten. Möglicherweise haben sie diese Idee sogar umgesetzt, wer weiß das schon, aber Videospiele, meine Kardiatou, sind für mich ja eh Terra incognita.

Schließlich erzählte Berthet Joubert von diesem Attentat, das an mit Sicherheit grenzender Wahrscheinlichkeit stattfinden würde. Er legte ihm auch die näheren Umstände dar, erzählte ihm alles, was er über Desmoulins wusste. Er hatte sich noch mal den Werdegang der Killerin vorgenommen. Mit Joubert zusammen sah er sich immer und immer wieder Aufnahmen berühmter Attentate an, auf den einschlägigen Seiten und anderen, die eigentlich allein den Geheimdiensten vorbehalten waren. Sie waren streng gesichert, aber Berthet knackte sie, als hätte er nie irgendetwas anderes gemacht. Dort sah man die Tathergänge aus völlig neuen Blickwinkeln. Dallas 1963, wie man es noch nie gesehen hatte. Am Ende überzeugte Berthet Joubert davon, dass es gar nicht anders sein konnte, auch wenn nicht ganz klar war, ob es ihm nicht im Grunde darum ging, sich selber davon zu überzeugen.

Das konnte nur am vierten März passieren, um 19.30 Uhr, wenn du den Gang betreten würdest, der zu den Garderoben und den Studios von France 3 Limousin führte.

Das Problem war nur, einen Tag vorher, am Vormittag, wurde ebenfalls einer deiner Auftritte vom Fernsehen gefilmt, wenn auch nicht live. Ein Kabel-Parlamentssender drehte einen Dokumentarfilm mit dem Titel *Der Wahlkampf in Brévin-les-Monts*. Das Filmteam hatte geplant, die drei wichtigsten Kandidaten, Morvan, Dorgelles und dich, von der Erklärung ihrer Kandidatur bis zum Ausgang der Wahlen filmisch zu begleiten. Man hatte sich bereits daran gewöhnt, dass sie ständig dabei waren. Nachdem Berthet von diesem Projekt erfuhr, überprüfte er sogleich den Lebenslauf eines jeden Beteiligten. Sie hatten weder direkt noch indirekt irgendeinen Bezug zur Unité, sympathisierten sogar eher mit Kardiatou. Der Regisseur der Dokumentation war ein ehemaliger Kommilitone von dir, hatte Politikwissenschaft studiert so wie du und war ein Jahr über dir gewesen. Wir aßen einmal mit ihm zusammen in der Auberge du Bon Fermier.

An diesem Morgen, dem dritten März, solltest du die Schule Marceau-Pivert besuchen und an einem Runden Tisch mit Schülern diskutieren, aber auch mit Lehrern und Eltern. Die Marceau-Pivert-Schule befand sich im Larche-Viertel, neben Morjac das zweite arme Viertel von Brévin-les-Monts. Der Patriotische Block hatte dort bei den letzten Wahlen 49 % geholt.

Berthet folgte uns mit einem gewissen Abstand. Wir waren zu viert, als wir aus dem Peugeot 807 stiegen, du, Nouara, der alte Bürgermeister und ich.

Das ebenfalls vierköpfige Filmteam stieg direkt hinter uns aus einem anderen Van.

Zwei dickbäuchige Bullen erwarteten uns, um uns zu eskortieren, und begrüßten den alten Bürgermeister herzlich. Es waren auch ein paar Parteimitglieder vor Ort, und Mitglieder der südwestlichen Sektion der Gewerkschaft CGT für den Fall der Fälle.

Bis zur Schule Marceau-Pivert waren es ungefähr dreihundert Meter zu laufen, weil sie zusammen mit diversen Sport-, Kultur- und Begegnungsstätten in einer Fußgängerzone lag. Die Schule lag am Ende einer relativ breiten Straße, in direkter Nachbarschaft zur Mediathek, einem Sozialzentrum, den Geschäftsräumen diverser Vereine und dem Schwimmbad. Es sah aus wie überall an solchen Orten in diesen sanierten Vorstädten: Gesichtslose Gebäude in einem undefinierbaren Lachston, die zur Straßenseite hin kantige Erker mit großen Fenstern hatten. Das Ensemble wurde von beiden Seiten von immergrünen Thujahecken gesäumt.

Für Berthet war es schon fast so etwas wie Routine. Er lief hinter uns, in einem Grüppchen von ein paar Einwohnern, Schaulustigen oder Sympathisanten, die unserem kleinen Tross folgten. Nur wenig später sollte man feststellen, wie er sich an diesem Tag ausstaffiert hatte: Ein Typ in Jeans und Fliegerjacke, mit grauen, im Nacken zusammengebundenen Haaren und einer Brille mit getönten Gläsern, Typ Erzieher, Altachtundsechziger. Es dürfte ihn, der immer den britischen Look bevorzugt hatte, vermutlich ziemlich betrübt haben, ausgerechnet in dieser Aufmachung zu sterben.

Ab und an erklang ein »Los, Kardiatou!«, und vereinzelt hörte man auch Klatschen.

In eben diesem Moment, man kann es sich gut vorstellen – und eben das tut Joubert auch in seinem Manuskript –, war Berthet mit den Gedanken ganz bei deinem Termin am nächsten Tag beim Lokalsender France 3 in Limoges. Er bemühte sich, ganz emotionslos darüber nachzudenken und seine sich wiederholenden Albträume zu vergessen. Er versuchte, sich noch einmal die Örtlichkeiten in Erinnerung zu rufen, mögliche Schusswinkel, und wie man die Sache verhindern konnte, kurz bevor es passierte, aber auch nicht zu früh, so dass alle, die das im Fernsehen sahen, auch davon überzeugt wären, dass es wirklich einen Attentatsversuch auf dich gab.

Die Idee war, erst im letzten Moment einzugreifen.

Das war natürlich gefährlich für dich, aber nur so konnte man verhindern, dass sich so etwas noch mal wiederholte, denn danach würde man dir zwangsläufig einen Personenschutz gewähren müssen, der diesen Namen auch verdiente. Um genau diesen Schutz hattest du Bobonaparte bisher vergeblich gebeten. Er antwortete, den müsstest du schon selber finanzieren, du trätest in Brévin schließlich als eine

Kandidatin wie jede andere an und nicht als Mitglied der Regierung.

Joubert hatte Berthet gegenüber am Vorabend – der ihr letzter gemeinsamer Abend sein sollte, was sie zu dem Zeitpunkt nicht wissen konnten –, als sie bei einem Salat mit geräucherter Entenbrust zusammensaßen, zu dem sie einen Côte-Rôtie von Jean-Michel Stéphan tranken, sogar angemerkt, dass, wenn Berthet sein Coup gelänge, er dich damit nicht nur retten würde, sondern man darüber hinaus hoffen konnte, die Stimmung aufgrund der zu erwartenden allgemeinen Empörung zu deinen Gunsten zu drehen. Am Ende würdest du womöglich an allen vorbeiziehen und noch Bürgermeisterin von Brévin-les-Monts werden.

Angesichts dieser schönen Aussicht, und zusätzlich beflügelt von dem wunderbaren Wein von Jean-Michel Stéphan, entspannte Berthet sich wohl mehr, als geboten war. Das erklärt auch, warum er an diesem Morgen auf dem Weg zur Schule zwar wie gewöhnlich überall potenzielle Gefahren sah, aber Gefahren, die man bezwingen konnte, oder die er in jedem Fall bezwingen konnte, um dich zu retten, und um sich selber zu retten. Er fieberte dem Abend des nächsten Tages mit einer Mischung aus Ungeduld und kontrollierter Angst entgegen.

Auch wir hatten in dem Moment ein gutes Gefühl.

Ich sah dich, meine Kardiatou, meine geschmeidige Serer, in deinem typischen Turnerinnengang laufen, sah dein immer noch unglaublich klares Profil vor mir, ein Anblick, der mich direkt ein wenig schmerzte, weil er in mir die Angst weckte, dich zu verlieren. Ich sah dich erneut nackt im Zimmer des Mercure vor mir, wo wir im Morgengrauen miteinander geschlafen hatten, und ich war glücklich.

Ganz in der Nähe hörte man bereits das Kreischen der Kinder vom Schulhof, die Schule war noch von Bäumen verdeckt. Du solltest in der Pause ankommen. Man versprach sich davon ein paar schöne Bilder, du inmitten der Kinder. Der Himmel war blau, ein Blau, das wir seit Wochen oder gar Monaten nicht gesehen hatten, im Grunde seit Beginn deines Wahlkampfes nicht. Sogar der leichte Wind, der durch die Thujas fuhr, hatte etwas Sanftes.

So liefen wir immer weiter, an diesem schönen Morgen, in der Luft lag eine Vorahnung von Frühling, er schien auf einmal in greifbare Nähe zu rücken. Ich denke, wir alle in unserer kleinen Gruppe, du, Nouara, ich, der alte Bürgermeister, dachten, dass wir letztendlich einen guten Wahlkampf gemacht hatten, dass es wichtig war, bis zur letzten Minute zu kämpfen, bis zur Öffnung der Wahllokale, dass noch nichts verloren war, man nie wissen konnte, wie es ausging.

Der alte Bürgermeister drückte mit dem Absatz seine Gitanes aus.

Ein Vogel flog davon.

Ich dachte noch, dass ich keine Vogelnamen kannte.

Ich sah dich an. Dein Schal drohte zu Boden zu fallen.

Ich streckte meine Hand aus, wollte ihn wieder hochlegen.

Ich sah eine Vene an deinem Halsansatz schlagen. Ich hatte Lust, dich dorthin zu küssen.

Und dann brach die Hölle los.

Die folgenden Bilder sind ja bekannt, oder zumindest teilweise.

Wenn ich sie jetzt noch mal sehe, wenn ich uns jetzt noch mal sehe, habe ich allerdings den Eindruck, dass all das sehr, sehr viel länger gedauert hat.

Zunächst einmal war da dieser Typ mit dem grauen Zopf, der sich auf dich geworfen hat.

Berthet.

Er hat dich, als ihr am Boden lagt, regelrecht mit seinem Körper zugedeckt. Fast im selben Moment ging der erste Schuss los, vom Dach des Schwimmbads aus.

Berthet war, fast zu spät, der Lichtreflex eines Zielfernrohrs aufgefallen.

Das war Desmoulins. Sie hatte dort bereits im Morgengrauen mit einer FR-F2 Position bezogen.

Das 7,62er-Geschoss riss Nouara, die direkt hinter dir lief, den Kopf weg. Mir ist schon klar, dass es für mich, wie auch für deine Therapeutin, äußerst schwierig sein dürfte, dich davon zu überzeugen, dass sie nicht an deiner Stelle gestorben ist. Alles, was wir sagen können, verblasst angesichts der klaren Sprache, die der ballistische Report spricht.

Berthet, der versuchte, dich weiter mit seinem Körper abzudecken, während du zappeltest, holte seine SIG-Sauer P220 raus und gab neun Schüsse in Richtung des Schwimmbaddachs ab, bis sein Magazin leer war.

Ich spürte die Projektile aus seiner Waffe direkt an meinem Ohr, dabei ist mir das Trommelfell geplatzt.

Mich durchzuckte ein Schmerz, ich verlor das Gleichgewicht und fiel, dabei sah ich, was von Nouaras Gesicht übrig war.

Ich habe mich nicht übergeben, ich wollte nur noch heulen, und ich war absurderweise sauer auf die ENA, auf den Boulevard de la Reine, auf meine gesamte Erziehung, die mich nicht auf so etwas vorbereitet hatte.

Mein Ohr tat höllisch weh, alles um mich herum klang mit einem Mal wie bei einem Radio, bei dem der Sender nicht richtig eingestellt ist. Schreie, unterbrochen von Brummen, unzusammenhängende Worte, abgehackt durch Frequenzstörungen.

Ich sah, wie Berthet dich mit seinem Körper abdeckte, und inzwischen weiß ich, das war das einzige Mal, dass er dich an sich gepresst hat, deinen warmen und lebendigen Körper gespürt hat und den Duft des Teenagers wiedererkannte, der an einem Septembertag des Jahres 1992 in Roubaix an ihm vorbeiging.

Vom Dach des Schwimmbads kam ein neuer Schuss.

Er erwischte Berthet, der sich die ganze Zeit nicht von der Stelle gerührt hatte.

Berthet bäumte sich auf, Berthet stöhnte, Berthet spuckte Blut.

Er wollte ein neues Magazin in den Lauf seiner SIG schieben, doch er tat sich schwer.

Es kam noch ein Schuss vom Schwimmbaddach. Er spaltete nur wenige Zentimeter neben euch einen Pflasterstein.

Ein Splitter riss Berthet das Gesicht in Höhe des Wangenknochens auf.

Bei dem Versuch, dich um jeden Preis zu treffen, wurde Desmoulins ungenau.

Ich bekam von dir, meine Kardiatou, nur eine unklare Bewegung mit, dann rührtest du dich nicht mehr, und ich hatte Angst, dass sie dich ebenfalls erwischt hatte.

Hinterher hast du mir gesagt, dass du gehört hast, wie Berthet dich bei deinem Vornamen rief, und dass du das Gefühl hattest, ihn schon immer gekannt zu haben. Er habe dir über die Haare gestrichen, und seine Stimme sei immer gleich ruhig geblieben, selbst als Desmoulins' zweiter Schuss ihn traf, und du habest gespürt, wie es seinen auf dir liegenden Körper durchzuckt habe.

Endlich war es Berthet gelungen, seine SIG zu laden, und erneut das Feuer in Richtung Schwimmbaddach zu eröffnen, dieses Mal etwas gezielter.

Ich fing seinen Blick hinter den getönten Brillengläsern auf. Er rief mir irgendetwas zu, ich verstand kein Wort. Dann fiel etwas Schweres auf mich. Das war einer der beiden Kontaktbeamten. Sie waren beide nicht bewaffnet und konnten überhaupt nichts tun, außer in ihre Walkie-Talkies sprechen.

Auf den Bildern der Dokumentation, die erst auf den großen medialen Druck hin von der Polizei freigegeben wurden, sieht man, dass schon beim ersten Schuss alle in Deckung gehen oder wegrennen, und man erkennt nur noch eine kleine Gruppe, die am Boden liegt.

Nouara liegt tot inmitten einer Blutlache, die sich rund um ihre lockigen Haare gebildet hat. Berthet deckt dich ab, sein Rücken ist voller Blut, und ich werde von dem Kontaktbeamten zu Boden gedrückt, der ein großes Loch in seinem blauen Blouson hat.

Der Kameramann, der offenbar verstanden hatte, was los war, macht einen plötzlichen Schwenk und filmt das Dach des Schwimmbads.

Sofort darauf werden zwei weitere Schüsse abgegeben. Das Objektiv zersplittert und der Kameramann geht zu Boden. Die

Kamera nimmt daraufhin nur noch einen Blumenkübel und den unteren Teil einer Thuja auf.

Die Bilder zeigen also nicht, was ich gesehen habe.

Während Desmoulins auf den Kameramann schoss, richtete Berthet sich mit seiner zertrümmerten Schulter auf, auch Desmoulins hatte ihre Position verändert und stand jetzt aufrecht, ungedeckt.

Sie wollte dich kaltmachen, und dafür brauchte sie unbedingt einen neuen Winkel, irgendeine Stelle, die sie anvisieren konnte, trotz des menschlichen Schutzschildes, den Berthet bildete. Ich registrierte fast mechanisch den Kontrast zwischen ihrer bürgerlich-eleganten Aufmachung – Hosenanzug, Pumps und Haarknoten – und dem massiven FR-F2-Scharfschützengewehr in ihrer Hand.

Berthet und sie standen sich jetzt von Angesicht zu Angesicht gegenüber.

Desmoulins war wohl überrascht, dass Berthet bereits aufgestanden war. Er schirmte dich nach wie vor mit seinem Körper ab.

Ich robbte zu dir herüber, meine Kardiatou, seit du Nouaras Leichnam gesehen hattest, schriest du ununterbrochen.

Man hörte Polizeisirenen. Ich war erleichtert, als ich sie hörte, trotz meines Ohrs, das scheinbar nicht mehr in der Lage war, die richtige Frequenz zu finden.

Der alte Bürgermeister und der zweite Kontaktbeamte, die überlebt haben, haben übereinstimmende Zeugenaussagen über die letzten Minuten des Attentats abgegeben, ansonsten hätte man ihnen vielleicht keinen Glauben geschenkt.

Ich sah nur noch dich, sonst gar nichts mehr, versuchte dich zu beruhigen, du warst voller Blut, von Berthet, ich küsste dich, ich war wahnsinnig vor Glück, dass du am Leben warst, aber du schriest und schriest und schriest.

Ich bekam also nicht mit, wie Berthet und Desmoulins sich von Angesicht zu Angesicht gegenüberstanden.

Berthet, der seine eine Hand nicht mehr bewegen konnte, von der das Blut auf den Boden tropfte, hielt mit der anderen die SIG auf Desmoulins gerichtet.

Desmoulins, aus deren Haarknoten sich immer mehr Strähnen lösten, stand auf dem Dach des Schwimmbads mit der FR-F2 mit Zielfernrohr in der Hand, die sie jetzt schulterte.

Sie war in einer erhöhten Position, mit einem Präzisionsgewehr.

Desmoulins war im Vorteil.

Sowohl der alte Bürgermeister als auch der Kontaktbeamte behaupten, Berthet und Desmoulins hätten einander zugelächelt. Ja, gelächelt.

»Früher war es besser, oder?«, schrie Desmoulins.

»Ich glaube nicht, nein«, soll Berthet geantwortet haben. »Letzten Endes nicht…«

Und dann schossen sie aufeinander, zeitgleich.

Die beiden Detonationen gingen ineinander über.

Berthet war auf der Stelle tot, die Kugel hatte ihn mitten ins Herz getroffen.

Desmoulins lebte noch etwas länger. Sie ließ die FR-F2 fallen, krümmte sich, richtete sich mühsam wieder auf, und drehte sich um, dabei hielt sie sich den Bauch.

Die Polizei fand sie eine halbe Stunde später in einem Betriebsraum des Schwimmbads zusammengerollt in einer großen Blutlache liegen.

8

So vergehen die Wochen in Touquet, im Pinienwald.

Es wird Juli und erneut beginnt es an der Côte d'Opale zu regnen.

Du weißt ja, meine Kardiatou, an den Stränden des Nordens dauert der Sommer gefühlt nur eine Viertelstunde. Der Geruch nach feuchter Erde und Harz mischt sich mit dem salzigen Meeresduft.

Langsam scheint das Land wieder zur Normalität zurückzukehren. Schneller, als man dachte. Die Eiserne Lady mistet ordentlich aus, seit sie das Innen- und Verteidigungsministerium in Personalunion führt.

Die Berichte gleichen sich, unabhängig von der politischen Couleur. Man kann der Demontage der Unité regelrecht zusehen. Es gibt nach wie vor Verhaftungen, und zwar auch in Milieus, in denen man das überhaupt nicht erwartet hätte. So wurde die Öffentlichkeit Zeuge, wie Rapsänger, die zuvor regelmäßig wegen ihrer Songtexte gegen die Polizei verurteilt worden waren, zu Fall kamen, bekannte Journalisten, die Dauergäste in den Talkshows waren, und hochbezahlte Kolumnenschreiber wie dieser Parteienforscher, ein Politikwissenschaftler, mit dem ich auch hin und wieder diskutiert habe, wenn ich mal ins Fernsehen eingeladen wurde, bevor ich dein persönlicher Referent wurde.

Als du von seiner Verhaftung erfahren hast, hast du gelächelt, und du lächelst seit einigen Monaten nur noch sehr selten. Du erinnertest dich gut an ihn, er war früher mal dein Prof. Ein ziemlich arroganter Typ, ein alter Schönling, der mit Vorliebe seine Studentinnen verführte oder auch mal Studenten, wenn es sich ergab. Dafür lud er sie auf ein Glas ins Le Basile ein. Du wurdest zwar nie explizit ausgeschlossen, aber eingeladen auch nicht. Dir fehlten die entsprechenden Codes.

Aber selbst wenn du sie hättest vorweisen können, hattest du gar keine Zeit für so etwas, weil du zu deiner Schicht bei McDonald's am Boulevard Saint-Michel musstest. Berthet behielt dich im Auge, wie immer. Er, der gutes Essen liebte, hat sich in dieser Zeit so viele Big Macs reingezogen wie nie zuvor. Und du wirst feststellen, meine Kardiatou, wenn du das Manuskript liest, dass Berthet der Kunde war, der dir zu Beginn deines zweiten Studienjahres sagte, du hättest einen Turnerinnengang und dir einen anderen, weniger anstrengenden und besser bezahlten Job vermittelte als Verkäuferin in einem Adidas-Shop in der Rue Notre-Dames-des-Victoires im 2. Arrondissement. Dort hattest du mit all den Dingen zu tun, die du von früher, aus deiner Zeit als Leistungssportlerin kanntest: Gymnastikschläppchen, Gymnastikanzüge und Magnesiaweiß, durch dessen Geruch du dich nach Roubaix zurückversetzt fühltest, in deinen Turnverein La Flamme im Trois-Ponts-Viertel.

Natürlich warst du im ersten Moment misstrauisch und dachtest, der Typ wollte dich nur anbaggern. Der damalige Inhaber des Shops war tatsächlich eine Aushilfskraft der Unité, er stellte ab und an seine Räumlichkeiten als Unterschlupf oder für Verhöre zur Verfügung. Du warst sicher eine der bestbezahlten Verkäuferinnen von Paris, mit unglaublich flexiblen Arbeitszeiten. Du dachtest, du hättest einfach Glück gehabt, Dusel, wie so oft…

Joubert berichtet, dass Berthet deinen völlig geschlechtsneutralen Look während deines Politikstudiums mochte, der dir in seinen Augen paradoxerweise noch mehr Sexappeal verlieh. Du trugst immer Jeans, dazu ein weißes T-Shirt, Ballerinas und Dreadlocks, die du, wenn es hochkam, mit ein paar bunten Perlen schmücktest. Du hattest verstanden, dass du eh nicht mit deinen Kommilitoninnen mithalten konntest, die immer aussahen wie aus dem Modemagazin und sich das auch leisten konnten, am Ende hättest du noch einen modischen Fauxpas begangen. Also warst du ganz instinktiv zu dem Schluss gekommen, dass du durch eine möglichst schlichte Kleidung quasi unsichtbar werden konntest. Das gab dir die Gelegenheit, erst einmal das Verhalten der anderen in aller Ruhe zu studieren, bevor du es dir nach und nach aneignen würdest, eine Rechnung, die aufging.

Du hattest Angst vor ihrer Verachtung, und sei sie auch unbeabsichtigt, meine Kardiatou, meine stolze Serer. Dabei verachtetest du sie im Grunde viel mehr, wenn du verglichst, wie ihr aufgewachsen wart, du im Courées-Rouges-Viertel, und sie in einem der wohlhabenden Arrondissements, in denen man mit einem silbernen Löffel im Mund geboren wurde und das ganz normal fand.

Ja, die Unité scheint vor der Auflösung zu stehen. Aber vielleicht täuscht dieser Eindruck auch. Vielleicht hat sich ihr harter Kern, an den man bisher nicht herangekommen ist, im Schoß des »Tiefen Staates« verschanzt. Aber von nun an wird man es wissen. Nichts wird mehr so sein, wie es war, oder zumindest wird nichts mehr *genauso* sein, wie es war.

Seit einigen Tagen gab es keine Berthetleaks-Veröffentlichungen mehr. Joubert hat sicher noch einiges zurückgehalten, für den Fall, dass man ihn findet. Drei Verleger kämpfen, nach allem, was ich gehört habe, um sein Manuskript. Joubert ist virtuell betrachtet reich. Ob das genügt, um ihn zu besänftigen, ihn davon abzubringen, weiter den modernen Helden spielen zu wollen, den Whistleblower?

Deine Popularitätswerte gehen weiter nach oben. Der Präsident spricht davon, die Nationalversammlung auflösen zu wollen. Möglicherweise kündigt er das bei seiner Pressekonferenz am vierzehnten Juli an. Die Eiserne Lady könnte Regierungschefin werden, wenn man die Zentrumspartei mit ins Boot holen und eine Regierung der nationalen Einheit bilden würde, zur Rettung der Republik. Der aktuelle Premierminister hat sich zwar nicht direkt etwas zu Schulden kommen lassen, aber man braucht einen neuen Kopf. Es ist wichtig zu zeigen, dass die derzeitige Regierung sich des Ernstes der Lage bewusst ist, und es ist natürlich auch eine Methode für den Élysée-Palast, wieder die Zügel in die Hand zu nehmen, nachdem man haarscharf am Chaos vorbeigeschrammt ist.

All das, diese ganze Bewegung, die da in den Politikbetrieb kommt, diese Hinterzimmerverhandlungen, beginnen dich erneut zu interessieren. Deine Bewegungen sind wieder katzenhafter geworden, du fährst wieder die Krallen aus. Ich sehe es auch an einem gewissen Leuchten in deinem Blick, einer kaum merklichen Veränderung deiner Stimme. Die Therapeutin scheint ebenfalls zufrieden zu sein, auch wenn sie weiterhin sagt, das sei alles noch nicht stabil.

Es gibt jedoch ein untrügliches Zeichen: Du liest wieder Zeitung, du schaust dir wieder die Websites im Internet an, du surfst wieder auf deinem Tablet. Rimbaud verliert an Boden.

Du hast heute Morgen sogar den Anruf der Eisernen Lady

entgegengenommen. Zuerst ging es in eurem Gespräch um deine Gesundheit, und dann wart ihr plötzlich bei der politischen Lage gelandet. Da hast du dein Smartphone auf laut gestellt. Ich werde wieder zu deinem wichtigsten Berater, im Moment brauchst du meine Ratschläge dringender als meine Liebkosungen. Nein, das ist ungerecht, ich sollte mich eigentlich freuen. Genau das hatte ich mir doch erhofft. Du wirst wieder zum politischen Wesen, du kannst gar nicht anders. Im Übrigen hat die Eiserne Lady dir ein unmissverständliches Angebot gemacht.

»Sie sollten darüber nachdenken, Kardiatou, im Ernst. Ich bin zu alt, ich habe nicht genug Charisma, dieses Mal stände die Partei voll hinter Ihnen und würde Ihnen keine Knüppel zwischen die Beine werfen. Ehrlich gesagt gibt es sonst niemanden, und ich könnte mir keinen besseren als Sie dafür vorstellen. Sie haben das nötige Format. Sollte die Rechte mit einem nach wie vor starken Patriotischen Block gewinnen, dann droht uns eine der reaktionärsten Regierungen seit Pétain. Nein, ich übertreibe nicht. Sie sind unsere letzte Rettung. Die Kommunalwahlen? Brévin? Die Kommunalwahlen sind Schnee von gestern! Haben Sie gesehen, welche Umwälzungen Berthetleaks ausgelöst hat? Die Karten werden völlig neu gemischt.«

Als sie auflegte, schautest du mich an. Da hatte ich verstanden. Wir verstehen uns inzwischen ohne Worte, Kardiatou. Sei es in der Liebe oder der Politik. Möglicherweise können wir das auch gar nicht mehr voneinander trennen. Wer weiß schon, ob wir noch ein Paar wären, wenn es nicht diese Sucht nach den Spielen der Macht gäbe, wie nach einer Droge. Selbst wenn wir in Brévin-les-Monts die grauenhafte Erfahrung einer Überdosis gemacht hatten, selbst wenn Nouaras Name seither tabu ist.

Es war nicht nötig, die Dinge beim Namen zu nennen.

Die Eiserne Lady schlug dir vor, als Spitzenkandidatin bei den vermutlich kurz bevorstehenden Parlamentswahlen anzutreten, mit der Aussicht, im Matignon zu landen, als Premierministerin. Ich dachte wieder an den persönlichen Referenten des Premierministers, der mit mir geredet hatte, als wäre ich ein Aussätziger, als ich meine Forderung erneuerte, der Regierungschef solle dich im Wahlkampf in Brévin-les-Monts unterstützen.

Brévin-les-Monts. Brévin-les-Monts vergessen. So wie es anderen gelungen ist, Palermo zu vergessen.

Erinnerst du dich an deine ironische Bemerkung, Brévin-les-Monts sei schließlich nicht Palermo?

Ja, du erinnerst dich.

Ich weiß, welche Bilder du vor Augen hast. Ich weiß, dass es die gleichen sind wie die, die ich vor Augen habe.

Die Tage, die auf das Attentat folgten.

Im ersten Moment schienst du den Schock wegzustecken. Wir waren mit einem Sonderflug vom Flughafen Brive-la-Gaillarde/Vallée de la Dordogne zurückgeflogen. So wie aus Lissabon, ein halbes Jahr zuvor. Überall waren Bullen.

Endlich.

Erst dort wurde mir klar, wie unglaublich ungeschützt wir während dieses Wahlkampfes gewesen waren. Man hatte uns dort quasi splitterfasernackt hingeschickt. Patriotischer Block, Allianz der Lebenden, die sozialistischen Dissidenten von Morvan, es wimmelte nur so von potenziellen oder auch ganz realen Gefahren. Es handelte sich um eine Hochrisikosituation. Die Presse hob das hervor und zeigte sich verwundert. Im Netz kursierten bereits erste Gerüchte, aber nichts Ernstzunehmendes. Man tat es allgemein als krude Verschwörungstheorie ab und rätselte darüber, wer denn dein mysteriöser Retter gewesen war.

Aber nicht mehr lange.

Ich machte mir Sorgen um dich, um deinen Zustand, der sich schlagartig änderte, als wir in dem Falcon 50 saßen. Ab dem Moment hast du kein Wort mehr gesagt. Du hast dich in völliges Schweigen gehüllt, noch nicht mal auf meine harmlosesten Fragen reagiert. Ich kämpfte gegen den Schmerz in meinem geplatzten Trommelfell an, beim Abheben und Landen musste ich die Zähne zusammenbeißen.

Als wir in Paris ankamen, lehntest du alle Interviewanfragen ab und schlossest dich in der Dachkammer ein, die dir als Büro diente. Du wolltest nicht mit dem Premierminister reden. Man sagte dir, du könnest nicht zur Beerdigung von Nouara gehen, die zwischen den beiden Wahlgängen stattfinden sollte, in Roubaix. Sicherheitsbedenken. Ich glaube, auch wenn du das nicht sagst, dass du darüber letztlich erleichtert warst. Du wolltest nicht mit der Menge konfrontiert sein, mit ihrer Familie. Du fühltest dich schuldig, so absurd es auch war.

Vier Tage später fand der erste Wahlgang statt. Es ist mir peinlich, das zu sagen, aber ich hoffte insgeheim auf einen Meinungsumschwung. Ich war kurz davor, dich zu fragen, ob du nicht zurück nach Brévin-les-Monts fahren wolltest, um dich dort zu zeigen. Aber ich wagte es nicht. Du warst völlig in dich gekehrt. In den Medien begann man, den Patriotischen Block zu beschuldigen. Ich fand, das war die Gelegenheit für dich. Es machte mich rasend. Ich merkte kaum, dass du ein einziges Nervenbündel warst, meine Kardiatou.

Wir reagierten beide sehr unterschiedlich. Du, du sahst die Toten vor dir, den Kontaktbeamten, den Kameramann, und natürlich Berthet und Nouara. Ich hingegen wollte das Ganze vergessen, indem ich aktiv wurde.

Am Abend unserer Rückkehr aus Brévin sah ich, wie du in deiner Dienstwohnung, einer Wohnung ohne jeden Charme in der Rue de la Convention, in der Nähe eines Nebengebäudes des Quai d'Orsay, völlig erschöpft einschliefst, nachdem du zwei Stilnox geschluckt hattest. Du flüchtetest dich in den Schlaf. Du wolltest von all dem nichts mehr hören. Am nächsten Morgen habe ich dich nur mit großer Mühe wachbekommen. Auf der Fahrt ins Ministerium im DS4 nicktest du erneut ein. Man schickte uns immerhin zwei Begleitfahrzeuge mit Blaulicht. Der Personenschützer, der am Steuer saß, warf mir im Rückspiegel einen Blick zu. Er war zugleich fragend und betrübt. Auch er fand wohl, dass das alles ein bisschen viel für dich war, seit Lissabon.

Aber drei Tage vor dem ersten Wahlgang und drei Tage nach dem Attentat lancierte Joubert über alternative Presseagenturen in Frankreich, England, Deutschland und Italien die ersten Berthetleaks-Veröffentlichungen.

Später konnte man rekonstruieren, dass er sofort abgetaucht war, nachdem er von dem Attentat und Berthets Tod erfahren hatte. Es handelte sich um eine unbearbeitete Aufnahme, in der Berthet mit seiner warmen, bedächtigen Stimme von dem Komplott erzählte, dessen Opfer du warst. Dabei erwähnte er zum ersten Mal den Namen der Unité. Er gab auch die Identität der Killerin preis, Desmoulins. Er erzählte von den Aufträgen, die er mit ihr zusammen durchgeführt hatte, nannte die genauen Daten und Zielpersonen. Das ließ sich leicht nachprüfen. Er lieferte auch die Namen der wahrscheinlichen Auftraggeber aus dem Umfeld von Bobonaparte, sparte Losey dabei jedoch aus, der dann dennoch vom Strudel der Ereignisse mitgerissen wurde. Die Journalisten stürzten sich wie die Geier darauf. Agnès Dorgelles im Übrigen auch.

Sie befreite sich meisterhaft aus dem Würgegriff der Medien und wusch sich von jedem Verdacht rein. Sie sprach von einem System, das sich selbst zugrunde richte. Die Folge war, dass sie beim ersten Wahlgang zwar weniger Stimmen bekam als gedacht, aber mit 32 % trotzdem an der Spitze lag. Du lagst mit 24 % an dritter Stelle, es trennten dich nur siebzehn Stimmen von Morvan.

Ich saß also allein in der Wohnung in der Rue de la Convention und sah mir die Wahlberichterstattung an. Im Fünften war mal wieder der alte Schönling von Politikwissenschaftler vertreten. Er wirkte angespannt. Ich schob das auf das gute Abschneiden der extremen Rechten, aber inzwischen weiß ich, dass es mit den Berthetleaks-Veröffentlichungen zu tun hatte. Ihm brach der Angstschweiß aus bei der Vorstellung, dass früher oder später herauskommen würde, wie fürstlich er für seinen Vorstandsposten bei dem Unité-eigenen Trendforschungsinstitut entlohnt worden war.

Du gingst am Wahlabend bereits um 19.30 Uhr zu Bett, um dir *Sommer* von Éric Rohmer auf DVD anzuschauen, und schliefst schnell ein.

Ich hingegen telefonierte in einer Tour mit Brévin. Ich hatte immer noch Ohrenschmerzen, trotz der Schmerzmittel.

Man bat dich inständig, zurückzukommen.

Man hatte eine Neuauszählung der Stimmen angeordnet.

Es galt als erwiesen, dass Morvan zusätzliche Stimmzettel in die Wahlurnen geschmuggelt hatte.

Ich sagte, ich wolle sehen, was ich tun könne. Der alte Bürgermeister flehte mich mit seiner Raucherstimme regelrecht an, es klang wie ein Schluchzen. Aber du wolltest nicht weg, weder am nächsten Tag, noch an einem der folgenden Tage. Zwischen den beiden Wahlgängen bist du wie ferngesteuert unter höchstem Polizeischutz in dein Büro gefahren.

Und dann kamen weitere Berthetleaks-Veröffentlichungen, zwei, drei am Tag. Die seit den Kommunalwahlen ohnehin schon vergiftete Stimmung wurde für alle an Regierungen beteiligten Parteien immer albtraumhafter, außer für den Block, der die Sache sofort für seine Zwecke nutzte.

Du hingegen zogst dich bei jeder neuen Enthüllung noch ein bisschen mehr in dich zurück. Nicht nur wegen der Enthüllungen selbst, sondern auch, weil immer klarer wurde, welche Rolle Berthet in deinem Leben gespielt hatte, und du so nach und nach eine Ahnung von der Wahrheit bekamst, der seltsamen Wahrheit über die Rolle deines Schutzengels. Ich bat dich inständig, einen Therapeuten aufzusuchen, nach Brévin zu fahren, dir nicht alle Zukunftschancen zu verbauen. Du antwortetest nicht, machtest stundenlang irgendwelche Gymnastikübungen am Boden, und da ich nicht locker ließ, sagtest du schließlich:

»Ich soll da runterfahren, um Morvan zu unterstützen? Verfass du mir lieber eine Presseerklärung und schreib, ich rufe dazu auf, den Patriotischen Block zu verhindern. Natürlich fügst du nicht hinzu, dass ich dazu aufrufe, den Block zu verhindern, nur um ein durch und durch korruptes Schwein an die Macht kommen zu lassen.«

Mit jeder neuen Berthetleaks-Veröffentlichung schien sich

mehr und mehr die These zu bestätigen, dass das auf dich von dieser Unité verübte Attentat von Leuten aus unserem eigenen Lager angezettelt worden war. Ich sah, dass du nicht mehr wusstest, was stärker war, deine Abscheu, deine Angst oder deine Verzweiflung. Wenn wir uns liebten, weintest du, du grubst deine Nägel tief in meinen Rücken, kamst sehr schnell und stießest mich dann von dir.

Beim zweiten Wahlgang siegte Agnès Dorgelles dann ganz knapp, ihre Partei stellte insgesamt sechzig Bürgermeister, zwölf davon in Städten mit über dreißigtausend Einwohnern, und die Rückeroberung von Lancrezanne, einer Stadt im Südosten mit über hundertzwanzigtausend Einwohnern, war die Krönung dieses Erfolgs. Der Block hatte diese Stadt bereits 1995 gewonnen, aber sich dort unter aller Kanone aufgeführt. Doch die Wähler haben ein kurzes Gedächtnis. Du hieltest noch vierzehn Tage lang in deinem Staatssekretariat die Stellung, aber es kamen immer neue Berthetleaks-Enthüllungen, der Staat geriet ins Wanken, du beschlossest zurückzutreten, und so sind wir hier gelandet.

»Ich würde gerne nach Wimereux fahren«, sagst du plötzlich, während wir auf der Veranda die Zeitungen studieren.

Es regnet leicht, ein Geräusch, das fast etwas Fröhliches hat.

»Auf den Spuren deiner ersten Liebe, deinem ersten Mal, von Jason Vandekerkove?«

Du zuckst leicht zusammen, blickst mich an ...

»Ich habe Jouberts Manuskript gelesen, und dann die Verbindung zu diesem Foto hergestellt, das ich mal in deinem Portemonnaie gesehen habe.«

»Das alles erzählt Joubert?«

»Du solltest es lesen, es richtig lesen, nicht nur durchblättern. Im Übrigen wird das Buch vermutlich zeitgleich zu den Parlamentswahlen erscheinen.«

»Wie ... wie ist es denn so?«

»Ich denke, letzten Endes sehr schmeichelhaft. Man wird dich wiedererkennen. Er spricht auch über Berthet.«

»Meinen Schutzengel, meinen Retter…«

Du sagst das in einem sehr sachlichen Ton, so sachlich wie möglich.

»Ja, du solltest es wirklich lesen. Letztendlich ist es eine schöne Geschichte.«

»Ich habe keine Lust sie … zu lesen. Mir ist lieber, du erzählst sie mir.«

Du stehst auf, setzt dich auf meine Knie, in dem Rattansessel, und legst deine Hände um meinen Hals. Du küsst mich. Ich habe einen Kloß im Hals.

»Willst du nicht mehr nach Wimereux?«

»Doch, du wirst es mir dort erzählen, da du Jouberts Manuskript gelesen hast, weißt du, dass es dort ein ausgezeichnetes Restaurant gibt, das ich vor zwanzig Jahren nicht ausprobieren konnte.«

So kam es, meine Kardiatou, dass ich dir an einem Tisch im Hôtel Océan das Ende dieser Geschichte erzählt habe, oder vielmehr seinen leuchtenden Beginn. Die Flut mit ihren grünen Wellen brachte zugleich eine aufblitzende Sonne und dicke weiße Wolken mit, als wollte sie uns ein Zeichen geben. Weiter unten sah man drei Wagen der Gendarmerie stehen, und im Speisesaal waren zusätzlich noch vier Beamte in Zivil postiert, die sich mit einem Mineralwasser und einem leichten Gericht begnügten. Ich hatte darüber hinaus das Gefühl, von Geistern umgeben zu sein: Die Geister von dir und Jason Vandekerkove, blutjung in einem Hotelzimmer, und der von Berthet, an einem Tisch im hinteren Bereich seinen Cognac trinkend.

Als wir gegen dreizehn Uhr den Saal betraten, war das Restaurant gut besucht. Ein Murmeln erhob sich, die Gäste steckten die Köpfe zusammen und deuteten mit dem Kinn auf dich. Ich spürte dich kurz zögern, aber dann nahmst du deine Turnerinnenhaltung und deine Sererprinzessinnen-Kopfhaltung ein.

Man sah dich oft in der Zeitung, du standst sinnbildlich für die Opfer der Unité, dieser neuen P2-Loge, die das Land unterwandert und in den letzten dreißig Jahren die größten

Schandtaten begangen hatte, die man sich nur vorstellen konnte. An mehreren Tischen begann man zu klatschen, man hörte zwei oder drei »Bravo Madame«-Rufe.

Inzwischen ist es fünfzehn Uhr, der Saal ist leer. Einer der Zivilbeamten ist auf die Terrasse gegangen, um eine Zigarette zu rauchen, und unterhält sich mit seinen Kollegen in Uniform.

Das Meer ist nicht mehr zu hören.

»So«, sagtest du, und stelltest deine zweite Tasse Kaffee ab, »dann erzähl mir mal etwas über Berthet, erzähl mir, wie alles angefangen hat.«

Also versetzte ich mich dir zuliebe nach Roubaix zurück, so wie ich es in Martin Jouberts Manuskript kennengelernt habe. Ich versetzte mich an den achtundzwanzigsten September 1992 zurück.

Der Herbst des Jahres 1992 war ein absoluter Ausnahmeherbst im Norden. Das Wetter war sehr schön, es war sehr warm. Roubaix fühlte sich fast wie eine Stadt im Süden an, wenn die rote Straßenbahn, die Mongy, mit lautem Geklingel durch die dichte Menge auf der Grand-Rue fuhr, in der man viele Boubous, Schleier und Dschellabas sah.

Berthet hatte den Auftrag, einen Imam aus dem Courées-Rouges-Viertel zu liquidieren, den Imam der Moschee in der Rue Socrate. Wie üblich, entsprechend der perfiden Logik der Unité, war die Sache ein abgekartetes Spiel, denn im Grunde verfolgte man ein ganz anderes Ziel und opferte dafür einen Unschuldigen. Dieser Imam war nämlich gemäßigt. Indem Berthet ihn ohne großes Aufsehen zu erregen um die Ecke brachte, lieferte er den Vorwand für eine Razzia bei den Fundamentalisten. Er erwürgte ihn in seiner Wohnung über der Moschee. Tatsächlich handelte es sich um eine ehemalige Tankstelle mit angeschlossener Werkstatt. Berthet hinterließ ein gefälschtes Bekennerschreiben auf Arabisch, in dem stand, dass die Kämpfenden Zellen des Wahren Glaubens ein zionistisches Schwein exekutiert hätten, jemanden, der mit Frankreich kollaboriert hätte, indem er hinnahm, dass verschleierte Schülerinnen in der Schule verfolgt werden, statt dass er zur Unterstützung der in Sarajewo belagerten muslimischen Märtyrer den Dschihad predigte.

Dann setzte Berthet sich im Labyrinth der engen Gassen des Courées-Rouges-Viertels ab. Er hatte sich den Plan des Viertels genau eingeprägt. Er war eine Woche zuvor in Roubaix eingetroffen und hatte sich ein Zimmer im einzigen annehmbaren Hotel genommen, einem Alliance-Hotel in Bahnhofsnähe.

Nach dreihundert Metern, kein bisschen außer Atem, war er wieder in dem leerstehenden Courée angelangt, den er entdeckt und in dem er sich umgezogen hatte, bevor er den Imam getötet hatte. Er betrat den Hof und lief bis zu dem Häuschen am Ende. Der blaue Himmel bildete einen deutlichen Kontrast zu dem heruntergekommenen Ort. Im Inneren des Hauses schien das staubige Licht an mehreren Punkten säulenartig auf den Boden, da das Dach an mehreren Stellen leck war und die Sonne in ihrem Zenit stand.

Er legte seine Verkleidung ab: Jeans, löchrige Turnschuhe, Kunstlederblouson, Perücke und schwarzer Schnurrbart, farbige Kontaktlinsen. Draußen hörte man schon die Polizeisirenen. Er schätzte, dass ihm noch zehn Minuten blieben, bis das Viertel umstellt sein würde. Aus seiner Reisetasche, die er unter morschen Dielen versteckt hatte, holte er seine Weston-Mokassins heraus, seinen Boss-Anzug und seine gelbe Hermès-Krawatte. Dazu kam eine Hornbrille mit Fensterglas, wie üblich. Er nahm die leere Aktentasche, die er neben die Reisetasche gelegt hatte, wieder an sich und sah sein Spiegelbild in einer Scherbe aufblitzen, die am Boden lag. Jetzt sah er wieder wie ein höherer Angestellter aus, das war sein eigentliches Ziel. Er warf die anderen Klamotten in die Grube, die sich in der Mitte des Hofes befand.

Als er auf die Avenue de la Gare einbog, wurde er prompt von zwei Polizeibeamten kontrolliert. Sie waren überrascht, einen derart gut gekleideten Mann aus den Courées Rouges kommen zu sehen. An dem Tag nannte Berthet sich Étienne Boulard und erklärte, er käme gerade von der Spinnerei Van

Moellen, dort solle er im Auftrag seiner Pariser Firma eine Studie zur Modernisierung von Arbeitsabläufen anfertigen. Berthet gab sich jovial und zeigte sich entsetzt, als man ihm den Grund für die Passkontrolle nannte. Damit gaben die Bullen sich zufrieden. Die allgemeine Unterwerfung der gesamten Gesellschaft unter die Entscheider in der Wirtschaft war 1992 schon weit gediehen.

Berthet kehrte ins Alliance-Hotel zurück. Er hatte beschlossen, so wie es die Vereinbarung mit der Unité vorsah, noch ein paar Tage in Roubaix zu bleiben, um bei eventuellen Komplikationen vor Ort zu sein. Sollte er Pech haben und irgendjemand würde ihm dumme Fragen stellen, dann würde die Spinnerei Van Moellen die Richtigkeit seiner Angaben bestätigen, die Unité hatte selbstverständlich ihre Verbündeten vor Ort.

Tja, wenn Berthet nun am selben Abend wieder gefahren wäre, dann wäre er dir gar nicht begegnet, meine Kardiatou …

Um drei Uhr nachmittags war er wieder in seinem Zimmer im Hôtel Alliance. Joubert schreibt, dass die Stille in einer Stadt wie Roubaix mitten in der Woche an einem Ort wie diesem etwas Metaphysisches habe. Das passt gut zu Berthets Gefühl, ein Geisterleben zu führen, ein Gefühl, das ihn während seiner gesamten Laufbahn bei der Unité verfolgt hat. Die vier Wände seines Zimmers bildeten ein perfektes und zugleich aseptisches Viereck, eine Art Geometrie des Nichts. Wie jedes Mal, wenn Berthet einen Auftrag beendet hatte, hatte er Lust zu vögeln. Aber dieses Mal war keine Desmoulins in Reichweite und eine Prostituierte aufzusuchen, wäre zu riskant gewesen, jetzt, wo nach dem Mord an dem Imam sämtliche Bullen der Stadt und des näheren Umkreises unter Hochspannung standen.

Berthet holte sich schnell und mechanisch einen runter, ohne sich dabei ein spezielles Gesicht oder einen speziellen Körper vorzustellen. Schon wieder dieses Geisterleben. Nachdem er das Fläschchen Jack Daniels, das er in der Minibar gefunden hatte, in ein Glas mit Eiswürfeln gegossen hatte, streckte er sich aus. Er las ein wenig Paul Valéry, der Gedichtband *Charmes* lag auf seinem Nachttisch.

Oh die Belohnung nach dem langen Denken
ein langes Hinschauen auf der Götter Ruhn!

Dann schlief er ein und schlief zwei Stunden lang tief und fest.

Als er wieder aufwachte, war der Himmel immer noch genauso flämisch, knallblau mit großen weißen Wolken, bewölkt und strahlend zugleich. Er öffnete die Fenstertür und sah, als er sich nach rechts beugte, wie die Sonne am Ende der Straße die Glasfront des Bahnhofs in glutrotes Licht tauchte. Etwas in seinem tiefsten Inneren löste sich und er fühlte sich auf einmal grundlos glücklich. Er fand, dass die blendende Glasfront des Bahnhofs ein Zeichen dafür war, dass die Schönheit einem überall begegnen konnte, selbst inmitten dieser zerstörten Stadt, die so hässlich war, dass es einen direkt berührte.

Berthet ging auf die Avenue hinaus. Er wollte mit all dem verschmelzen. Er reckte seinen Hals der Sonne entgegen, er hatte Lust zu lachen, wie ein Idiot. Wenn er in eben diesem Moment gestorben wäre, wäre ihm das völlig gleichgültig gewesen, es hätte ihn sogar glücklich gemacht, weil er sich niemals hätte vorstellen können, so im Einklang mit der Welt zu sein, oder er hatte vergessen, wie er als kleiner Junge im Einklang mit ihr war, als er an einem Morgen in den fünfziger Jahren den Hof der Pierre-Larousse-Schule betrat, während der Herbst Nebelbänder in den rot gefärbten Kastanienbäumen hinterließ.

Berthet hätte diesen Ausnahmemoment gerne festgehalten. Langsam ging er die Avenue hoch bis zum Bahnhof, in Richtung der leuchtenden Glasfront. Der Verkehr war inzwischen dichter geworden und das Hupen der Autos erinnerte ihn an andere Städte, Städte mit einem Hafen, nah am Meer. Berthet hatte kurz die Illusion, hinter dem Bahnhof könnte sich das Meer befinden und er bedauerte, keine Gedichte schreiben zu können. Aber er kostete diesen Augenblick aus, beschloss, ihn für sich zu behalten und zum Beispiel nicht Losey davon zu erzählen, auch wenn der dieses Phänomen sicher verstanden hätte.

Das Bahnhofsrestaurant hatte seine Terrasse geöffnet. Nachdem Berthet sich ein paar Zeitungen gekauft hatte, setzte er sich dorthin. Er trank zwei oder drei Jenlain vom Fass. Er war eigentlich kein großer Biertrinker, aber fand dieses Bier köstlich.

Und in dem Moment sah er dich, meine Kardiatou.

Du warst auf der anderen Seite des Kreisels, in den die Avenue kurz vorm Bahnhof mündet. Du warst in Begleitung von zwei Freundinnen, Asiatinnen. Du warst damals schon fast 1,80 m groß, so wie heute. Du trugst einen eng anliegenden Jeansanzug, eine Sonnenbrille, und deine dicht geflochtenen Rastazöpfe fielen dir bis auf die Schultern.

Dann machtest du eine Geste, eine einzige Geste, die alles entschied, meine Kardiatou, und die Berthet aufwühlte, für immer.

Er konnte Joubert nicht erklären, warum eigentlich.

Du standst mit dem Gesicht zur Sonne und legtest schützend die Hand über deine Sonnenbrille, um zu sehen, ob die Straße frei war. Und dann, als wolltest du dem Schicksal trotzen, dein Glück herausfordern, gingst du los, trotz des dichten Verkehrs.

Und so hörte Berthet inmitten aufgeregten Hupens und quietschender Bremsen durch die entsetzten Rufe deiner Freundinnen hindurch deinen Namen.

»Kardiatou, du bist verrückt geworden!«

Nachdem du die Straße überquert hattest, warst du nur einen knappen Meter von ihm entfernt. Er sah die Poren deiner sehr schwarzen Haut, die Ringe unter deinen Augen, da du die Sonnenbrille zurück in deine Haare geschoben hattest, um dich über deine beiden Freundinnen lustig zu machen, die auf der anderen Seite geblieben waren, und vor allem konnte Berthet deinen Teenagerduft riechen, eine Mischung aus Schweiß und Eau de Cologne, und er sollte nie wieder in seinem Leben etwas als so extrem erotisch empfinden.

Dann schobst du dir den Riemen deiner khakifarbenen Tasche, in der vermutlich deine Schulsachen waren, über die Schulter und fingst an zu lachen, während du deinen Freundinnen bedeutetest, sie sollten herüberkommen.

Als Berthet gezwungenermaßen erst Losey und dann später Joubert von dieser Begegnung erzählte, hatte er eine eigenartige Erklärung dafür, die sehr nach einer Ausflucht klang. Er sagte, in der ganzen Woche, die er in Roubaix der Vorbereitung und Auskundschaftung gewidmet habe, habe er so wie üblich viel über die Stadt gelesen: Auszüge aus den berühmten Dossiers der Unité, Artikel, Geschichtsbücher. So habe er erfahren, dass Roubaix, die nördlichen Viertel von Marseille, die Banlieue von Lyon und zwei Departements rund um Paris etwas gemein hatten, nämlich die gleichen Kennzahlen in Bezug auf Wirtschaft, Gesundheit und Sicherheit, und diese lagen nur knapp über denen von Drittweltländern. Du mochtest an dem Tag noch so strahlen, dich noch so locker geben, meine Kardiatou, Berthets Dossier besagte, dass du statistisch gesehen in deinem Alter bereits den ersten Joint geraucht hattest, dass deine Chance, das Abi zu machen, verschwindend gering war, und dass du nach dem Verlassen der Schule höchstwahrscheinlich arbeitslos sein würdest.

Berthet entschied also, dass er die Statistik Lügen strafen würde. Du hast ihn dabei gut unterstützt, du warst so oder so schon sehr brillant und entschlossen. Aber du weißt genauso wie ich, dass so einige Mädchen in den sozial benachteiligten Vierteln, die brillant und entschlossen sind, am Ende Opfer einer Gruppenvergewaltigung werden, oder einer Zwangsehe, oder einen stumpfsinnigen Job machen müssen, oder ein Kind nach dem anderen gebären, so dass sie ans Haus gefesselt sind.

Ich glaube, Berthet wollte nicht zulassen, dass die Zeit deinen Jungmädchenkörper kaputtmacht, diesen Körper, den er nie besitzen würde, indem er mit dir schlief. Berthet war ein Mitglied der Unité. Berthet wusste, dass es keinen sozialen Determinismus gab, dass eine Handvoll entschlossener Männer ohne Mitleid, ohne Skrupel, genügte, um klammheimlich den Lauf der Ereignisse zu verändern. Schon morgen könnten sie, wenn sie wollten, wenn es im höheren Interesse wäre, Roubaix oder eine andere Stadt zum Schauplatz von ethnischen Konflikten machen, und übermorgen könnten sie dieselben ethnischen Unruhen, die sie provoziert hatten, wieder stoppen. Sie hielten sich für Götter, glaubten sich mit einer unbeschränkten Macht ausgestattet, die sie wunderbar durch eine scheinbare demokratische Transparenz kaschieren konnten.

Ich glaube, dass Berthet an dem Tag, während du dich in der Sonne dieses Spätnachmittags entferntest und ihn mit dem Gefühl eines fast unerträglichen Verlustes zurückließest, beschloss, dass es jetzt an ihm war, Gott zu spielen, für diese vierzehnjährige, grazile Serer mit der Turnerinnenfigur, aber einen Gott der Liebe und des Mitgefühls. Endlich war Berthet irgendwo angekommen.

Ja, meine Kardiatou, das glaube ich.

Und du kannst ruhig weinen, so wie ich auch gerne weinen würde, weil ich genau weiß, dass ich mein Leben lang versuchen werde, dir eine solche Liebe entgegenzubringen, wie Berthet sie dir entgegengebracht hat, und dabei bin ich nicht mal sicher, ob es mir gelingen wird, oh, meine Kardiatou, mein pochendes Herz, meine Kar-dia-tou.

Epilog

1

Berthet träumt. Sein Grab liegt an einer sehr schönen Stelle auf einem Friedhof am Meer, auf einem weißen Felsen in der Normandie.

Losey hatte, als er erfuhr, was in Brévin-les-Monts passiert war, in der sehr kurzen Zeitspanne zwischen diesen Ereignissen und seiner eigenen, wenn auch diskret vonstatten gehenden Verhaftung in seinem Büro an der Place Beauveau, Berthets Beerdigung organisiert.

Losey hatte sich daran erinnert, dass Berthet das Gedicht *Friedhof am Meer* von Paul Valéry so gerne mochte.

Auf dem Friedhof in Sète gab es keinen Platz.

Aber dieser war letztendlich auch nicht schlecht.

Das findet Berthet auch.

2

Martin Joubert ist reich. Martin Joubert heißt nicht mehr Martin Joubert, auch nicht Denis Clément. Er lebt in einer Wohnung ohne besonderen Stil an einer abschüssigen Straße am Kastelle-Hügel von Piräus, fast ganz oben. Er braucht keine Anxiolytika mehr. Er trinkt Café frappé. Das genügt ihm. Martin Joubert ist selber verblüfft, mit welch abgeklärter Gelassenheit er auf den wahnsinnigen Erfolg seines Buches reagiert. Wenn er überhaupt noch schreibt, dann nur Gedichte.

Martin Joubert hat die Absicht, hier seinen Lebensabend zu verbringen. Von seiner Terrasse aus sieht man den Hafen und die Fähren, die zu den Inseln ablegen. Martin Joubert verbringt seine Tage damit, mit dem Fernglas die Touristen zu beobachten, die an Bord gehen und von Bord gehen. Er denkt, womöglich sieht er eines Tages Hélène Rieux mit einem anderen Mann nach Paros übersetzen.

Er empfindet bei diesem Gedanken keinerlei Bitterkeit. Oft denkt er auch an Berthet, an all das, was Berthet ihm beigebracht hat. Martin Joubert hofft, dass Berthet, so wie er auch, von da, wo er jetzt ist, täglich das Meer sehen kann.

Das ist letztendlich das Wichtigste im Leben.

Und im Tod.

3

Es ist Totensonntag, und es herrscht ein echtes Allerheiligenwetter. Das ist alles in allem nur logisch.

Aber auf diesem kleinen Friedhof in der Normandie sind fast alle Gräber vernachlässigt. Unterhalb der Felsen ist das graue, aufgewühlte Meer.

Es ist sehr früh am Morgen.

Ein schwarzer C6, flankiert von zwei ebenfalls schwarzen Peugeots 4008 kommt in der Nähe des verrosteten Tors auf dem Kies zum Stehen.

Schlagende Autotüren.

Viele Männer mit rasierten Köpfen, getönten Sonnenbrillen. Ein Paar steigt aus dem C6.

Die Frau zieht zwangsläufig viele Blicke auf sich.

Sie ist groß. Sie läuft so, wie andere tanzen, sie ist schwarz und ihre lange Gestalt wird durch den beigen Kaschmirmantel zusätzlich gestreckt. Der Mann bleibt ein paar Schritte hinter ihr. Die Frau geht bis zu Berthets Grab. Mühelos beugt sie ihren langen, geschmeidigen Körper nach vorne und legt einen sehr schlichten Strauß nieder, Ilex und Heidekraut, was sonst.

Sie verharrt dort eine ganze Weile. Man kann nicht erkennen, ob sie betet. Der Mann, der jetzt neben ihr steht, legt seine Hand auf ihren Arm.

»Wir müssen los, Kardiatou.«

Sie gehen zurück zum Auto.

Einer der Personenschützer tritt zur Seite, um die Frau in den C6 einsteigen zu lassen.

»Bitte, Madame le Premier ministre.«

Glossar

Ben Barka, Mehdi (1920–1965) – marokkanischer Politiker und wichtigster sozialistischer Opponent gegen den König Hassan II., Vertreter des Panafrikanismus. Am 29. Oktober 1965 wurde Ben Barka in Paris entführt, sein Körper wurde niemals gefunden, die Rolle verschiedener politischer Kräfte in Marokko, Frankreich und Israel bleibt kontrovers.

Gladio-Netzwerk – Deckname einer geheimen paramilitärischen Einheit in Italien, die bei einer Invasion von Warschauer-Pakt-Truppen Guerilla- und Sabotage-Aktionen durchführen sollte. Sie rekrutierte sich vor allem aus dem rechtsextremen Milieu und war im Rahmen der Strategie der Spannung verantwortlich für mehrere Bombenanschläge in Italien, die der Linken angelastet wurden und eine Regierungsbeteiligung der Kommunistischen Partei verhindern sollten.

Hussards – Gruppierung von französischen rechtsgerichteten Autoren, Kollaborateuren während der deutschen Besatzung Frankreichs im Zweiten Weltkrieg; dazu gehörten Jacques Chardonne, Paul Morand, Roger Nimier, Jacques Laurent, Antoine Blondin und Michel Déon.

Lebovici, Gérard (1932–1984) – Filmproduzent, Impresario, Mäzen und Verleger des Verlags Champs libre, der 1968 als »Gallimard der Revolution« gegründet wurde und u. a. Guy Debord und Jacques Mesrine publizierte. Nach Mesrines Tod 1979 nahm Lebovici dessen Tochter Sabrina auf, er verstand sich als ihr Beschützer. Am 5. März 1984 wurde er in einer Tiefgarage in Paris mit mehreren Schüssen in den Nacken aus nächster Nähe in seinem Auto getötet, der oder die Mörder wurden nie gefunden. Guy Debord, zunächst selbst der Tat verdächtigt, veröffentlichte 1985 *Considérations sur l'assassinat de Gérard Lebovici* (Betrachtungen über den Mord an Gérard Lebovici), in denen er den umstrittenen Gendarmerieoffizier Paul Barril mit der Tat in Verbindung bringt, den Verantwortlichen für Terrorismusabwehr unter François Mitterrand.

Markovi-Affäre – als solche wird der nie ganz aufgeklärte Mord an dem Jugoslawen Stevan Markovi (1937–1968) bezeichnet, der als Chauffeur, Leibwächter und Partyveranstalter bei dem Schauspieler Alain Delon arbeitete und auch bei ihm wohnte, obwohl Markovi illegal eingewandert und mehrfach vorbestraft war und Kontakte ins kriminelle Milieu hatte. Am 22. September 1968 wurde Markovis Leiche auf einer Müllhalde bei Paris gefunden, geknebelt und mit einer Kopfschusswunde. Der Fall erlangte eine politische Dimension, als er mit dem gerade zurückgetretenen Premierminister Georges Pompidou und besonders mit dessen Ehefrau Claude in Zusammenhang gebracht wurde, die auch privat mit Delon bekannt waren. Immer wieder wurden Dokumente und Ermittlungsergebnisse an die Presse durchgestochen, ein kompromittierendes Foto, das angeblich Claude Pompidou bei Sexpartys zeigte, wurde offenbar vom französischen Auslandsgeheimdienst SDECE manipuliert, auch sonst waren die Vorwürfe gegen die Pompidous haltlos.

Nouveau parti anticapitaliste (NPA) – Neue Antikapitalistische Partei, gegründet 2009 und hervorgegangen aus der trotzkistisch orientierten Ligue communiste révolutionnaire (LCR). Die NPA verteidigt muslimische Einwanderer gegenüber islamophoben Angriffen als ein Teil des Proletariats, das es zu schützen gilt. 2010 stellte die Partei eine Kopftuch tragende Frau auf einem unteren Listenplatz bei Regionalwahlen auf und wurde dafür von Teilen der laizistischen Linken sowie von feministischen Assoziationen heftig angegriffen.

Poujadismus – eine populistische kleinbürgerliche Anti-Steuer-Protestpartei in den fünfziger Jahren, benannt nach Pierre Poujade und seiner Union de défense des commerçants et artisans (UDCA, Union zur Verteidigung der Händler und Handwerker).